KB040905

길을

묻다

길을

이길여 회고록
김충식 대담

묻다

샘터

목차

일러두기

1. 이 책에 나오는 인명, 지명 등의 외래어 표기는 국립국어원의 용례를 따랐다. 다만 국내에서 이미
   굳어진 인명과 지명의 경우에는 익숙한 표기를 썼다.

2. 책은 겹낫표(『』)로, 작품, 잡지, 신문, 노래, 영화, 프로그램 명은 홑화살괄호(〈〉)로 묶었다.

3. 인명과 지명의 원어는 문맥을 파악하는 데 도움이 된다고 판단한 경우 병기하였다.

4. 가천대학교 이길여(李吉女) 총장과 김충식(金忠植) 교수의 대담(對談)은 2020년 9월 22일부터
   2022년 9월 14일까지 진행됐다. 바쁜 일과 때문에 대담은 간헐적으로 이루어졌고, 때로는 오찬이
   나 만찬을 겸해 진행되기도 했다. 성남 가천대학교 글로벌캠퍼스와 인천 가천의대 길병원, 그리고
   인천 청량산 기슭에 있는 이 총장의 자택 등을 오간 2년여의 긴 여정이었다.
   출간 실무진이 대담을 녹음하고 녹취록을 작성했다. 녹취록은 이 총장의 어조, 뉘앙스까지 최대
   한 살린 원본과 이를 문어체로 재구성한 인쇄본으로 구성돼 있다. 녹음 시간은 총 1천 300여 분,
   녹취록 원본은 200자 원고지 1천 800여 장이다.
   실무진은 각종 자료 수집과 조사를 실시해 일제 강점기부터 현재까지의 학제(學制), 의료 제도, 관
   계 인물, 주요 사건·사고, 근현대사 등 대담 참고 자료를 마련했다. 또 실시간 검색을 통해 구체적인
   사실 관계를 확인하고 실명·직책·지명·위치 등을 제공했다. 이 자료를 토대로 대담이 이어졌다.

책을 펴내며

'발신' '발휘' '발산', 그 에너지원을 찾아

•

대담자 김 충 식

영화 〈남산의 부장들〉 원저자. 방송통신위원회 전 부위원장(차관급). 1977년 고려대 철학과 졸업. 일본게이오대 박사(미디어 저널리즘), 동아일보 사회부 장 문화부장 정보과학부장 논설위원 역임. 2004년 도쿄대학 대학원(법학정 치학연구과)에서 '정치와 보도' 과목을 1년간 강의했다. 2006년부터 대학교 수로 전직. 현재 가천대학교 교수 겸 특임부총장.
저서로 『남산의 부장들』(1992), 『5공 남산의 부장들』(2022) 『슬픈 열도』 (2006), 『법에 사는 사람들』(공저, 1984), 『목화꽃과 일본인』(2015), 번역서로 『화해와 내셔널리즘』(2007) 이 있다.

궁금해서 알고 싶은 게 너무 많다.

그래서 '길을 묻다'라고 책 제목을 정하고 2년여에 걸쳐 인터뷰해 왔다. 가천대학교 이길여 총장. 그는 이 시대의 특별한 현역이다. 그가 특별한 이유 중의 하나는, 일제 강점기(식민지 시대)에 태어나 초등학 교를 일본어책으로 배운 세대로서, 매우 희귀한(?) 현역 대학 총장이 라는 사실이다.

그런데도 생각은 구식이 아니다. 그는 대학의 미래, 급변하는 인공 지능 세상, 나아가 21세기 문명에 대해 새로운 통찰과 아이디어를 끊 임없이 발신(發信)한다. 그의 발신은 '나 때는 말이야!' 하는 훈계조 회 고가 아니다. 그 증빙의 한 가지가 유튜브의 조회 수다.

그의 가천대학교 2021년 신입생 환영사는 현재 7만 9천 조회 수를 기록한다. 2022년 환영사도 7만 조회 수이다. 신입생 환영사란 '의례적'이고 상투적일 수 있다. 그래서인지, 이 나라의 200여 국립대 사립대를 막론하고 어떤 총장의 발신도 이러한 대대적인 호응은 없다.

그런데도 그가 말하면 왜 뜨겁게 반응하는 것일까? 가천대 학생과 교수, 직원을 넘어서, 타 대학교수나 혹은 대학생, 수험생 학부모들이 더욱 귀 기울이는 것인가? 그가 발신하는 메시지가 특별하고 콘텐츠가 다르기 때문일 것이다. 시대를 선구(先驅)하는 그의 '환영사'는 울림을 준다.

저널리스트의 관찰도 다르지 않다. 주요 일간지의 한 칼럼(2022년 12월 6일)에서 기자는 "그를 3년간 두 번 만나 인터뷰했는데, 그는 그때마다 새로운 관심사와 목표를 가지고 있었다"라고 운을 뗐다. 인용해 본다.

"2019년에 만났을 때는 '인공지능(AI)', 이번에는 '학생 창업'이 그의 관심사였다. 둘 다 젊은 대학 총장들도 쉽게 대응하기 어려운 주제다. 하지만 이길여 총장의 의지로 AI학과를 만들고, 창업 대학을 별도 단과대로 개설했다. '젊은 대학'인 가천대가 "성장세가 확연하다"라는 대학가 평가가 나오는 데는 이런 비전 때문일 것이다."

그는 실력을 발휘(發揮)하여 오늘에 이르렀다.

그의 발신에 힘을 싣는 건, 걸출한 업적이다. 한미한 시골에서 자라 서울대 의대를 졸업하여 오늘의 가천대 길병원을 일군 신화를 굳이 되풀이할 필요는 없다. 요컨대, 그는 나라가 공업화, 산업화, 민주화, 지식-정보화로 성장통(痛)을 겪는 와중에도, 한눈팔지 않고 길병원을

TOP10 의료 기관으로 키우고, 가천대학교를 리메이크하여 굴지의 대학으로 만들어냈다.

서울대 총장을 지낸 의사 권이혁 박사(작고, 전 보사부 장관)는 공석에서 늘 길병원을 이렇게 평가했다. "우리나라 전국 규모의 대형병원 서너 곳이 반세기 사이에 우뚝 섰지만, 길병원은 그중에서도 특별하다. 물려받은 것 전혀 없이 맨손으로 일으킨 것은 이길여 선생의 길병원밖에 없다"라고 말하곤 했다. 무에서 유를 창조해 온 실력, 능력을 그렇게 평가했다.

통계청장을 지낸 오종남 교수(서울대 과기과정 주임)는 "이길여 총장은 이미지노베이션의 상징이다. 꿈과 상상과 비전이라는 이미지(image)를 현실에서 혁신(innovation)으로 접목하여, 성공 가도를 달려온 특별한 경영 리더십"이라고 말했다. 그가 한국 경영학자의 모임인 경영학회에서 선정하는 명예의 전당(2020년)에 오른 건 같은 맥락이 아닐까?

그는 제자들에게 "간절히 꿈꾸고 뜨겁게 도전하라!"라고 가르친다. 꿈은 반드시 이루어진다고 격려한다. 그렇다고 해서 그 자신이, 어림짐작으로 무모하게 도전해 온 것이 아니다. 오히려 그 반대였다고 한다. 서울의대 동창회 부회장으로 그와 함께 일했던 심영보 박사(의협 전 이사)는 "이길여 선생은 돌다리를 열 번은 두드리고 건너는 치밀한 분이다. 그렇게 두드리고 안 건너는 경우도 보았다"라고 말했다. 그만큼 첫걸음을 뗄 때 '예비 타당성' 검토에 신중을 기하고, 추진 과정에 심혈을 기울인다는 얘기다.

그는 헌신과 봉사의 매력을 발산(發散)한다.

공무원교육원장을 지낸 윤은기 박사(현 협업진흥협회 회장)는, 이길여 총장에 대해 평하면서 "실력, 담력, 매력. 세 가지를 겸비한 감동의 리더"라고 하는 기록을 남겼다. 탁월한 실적으로 증명하는 실력, 그리고 위기와 도전을 이겨내는 담력, 사람을 흡인하여 이끌어나가는 매력, 그 세 가지를 두루 겸한 특이한 인물이라는 것이다.

'매력 자본'(Erotic Capital)이라는 말이 있다. 런던정경대학의 교수를 지낸 캐서린 하킴(Catherine Hakim)이 옥스퍼드대 저널에 이런 제목의 논문을 2010년에 발표했다. 논문에 의하면, 매력이 곧 능력이고 경쟁력이라는 것이며, 비단 외모만이 아니라 훌륭한 센스와 유머 감각, 절제와 카리스마도 매력 자본에 해당한다는 것이다.

그러면서, "웃어라, 미소의 힘은 강력하다. 일부러라도 웃어라. 그리고 품위를 지키고 절제하라"고 말한다. 자기 통제와 감정 관리를 '제2의 천성'으로 삼으면 매력이 된다. 기품 있는 '카리스마야 말로 매력이고 자산'이라고 설파한다.

그런 매력이 자본이라면, 이길여 총장도 그 같은 자본을 갖고 있다. 이 총장은 간호사 채용 면접 등에서 "크게 활짝 웃어 보라!"라고 주문한다. 그리고 위기와 실패에도 평정심으로, 낙관으로 극복한다. 조직의 윗물이 맑아야 한다고 강조하며, 결벽(潔癖)에 가깝게 자기를 관리하는 것으로 유명하다. 그것이 리더로서 품위, 격조이고 카리스마의 매력이다.

나아가 '선한 사랑'의 마음은 그가 생애에 걸쳐 간직해 온 깃발이다. 그는 길병원의 원훈으로 '박애, 봉사, 애국'을 내걸었다. 환자에게 따스한 체온을 나누기 위해, 스스로 가슴에 청진기를 품어 진료했다. 가난한 환자를 위해 무료 진료와 무료 치료를 하고 '보증금 없는 병원'이라고 써 붙였다. 벽지 오지의 무의촌 환자를 돌보기 위해 적자를 무릅쓰고 취약지 병원을 3군데나 경영했다. 청소년들에게 봉사 정신을 심기 위해 봉사단을 만드는 등, 예시는 한이 없다.

그의 시대를 향한 메시지 발신, 화려하고 걸출했던 실력 발휘, 그리고 양심과 공익성에 충실한 매력 발산, 그 세 가지 에너지 근원을 찾는 작업이 2년여에 이르렀다. 대담자의 우문(愚問)들이, 가천 이길여라고 하는 한 거봉(巨峯)의 생애를 얼마나 손에 잡힐 듯이 포착해 냈는지, 스스로 확신은 없다. 그러나 수많은 주변 인사들을 만나고 자료를 모아서, 되도록 객관적으로 묻고 그 결과를 기록하고자 노력한 것만은 밝히고 싶다. 이제 그 평가는 독자 여러분의 몫이다. 멋진 책으로 다듬어 준 샘터사 김성구 사장, 그리고 편집진에 감사드린다. 자료 검색과 녹음 정리를 도와준 정윤재, 김경민, 신명호 세 분의 정성과 노력에도 고마움을 표한다.

생명, 제자 사랑에 모두 바치다

•

김 병 종

> 서울대 미술대 전 학장. 화가. 대영(大英)박물관, 로열 온타리오 미술관 등에
> 작품이 소장되고, 중국의 시진핑 국가주석 등 국빈이 내한했을 때 그의 작
> 품이 증정되었다. 대학생 시절 〈동아일보〉〈중앙일보〉의 신춘문예 당선되고
> 대한민국 문학상을 받았으며 『화첩 기행』 『시화 기행』 등 저서로 유명하다.
> '유가(儒家) 미학 사상 연구'로 철학박사. '중국 회화의 조형의식 연구(서울대
> 출판부)'로 한국출판문화상을 받았다. 전북 남원시립 '김병종 미술관'에는 초
> 기작 〈바보예수〉에서부터 근작 〈풍죽〉에 이르기까지 전시되어 있다. 문화훈
> 장, 녹조근정훈장, 대한민국 미술인상을 받았다.

생전에 신화와 전설이 되는 인물이 있다. 대개는 없던 길을 내며 가
는 이들이다. 가천 이길여 선생님이 그렇다. 내게는 총장님이나 회장
님보다는 선생님이라는 호칭이 더 편하다. 이분과의 인연은 어느새
50년을 훌쩍 넘어섰다. 1960년대 후반 내가 살던 인천 율목동 집 아래
에 인천에서 최초로 엘리베이터 시설을 갖춘 건물 한 채가 들어섰다.
인천기독병원과 함께 이 건물 '이길여 산부인과'는 세워진 지 채 3년
도 안 되어 인천의 명물이 되었다.

늘 사람들로 붐볐고 그 건물을 통해 끝없이 새 생명들이 태어났다.
당시는 한집에 예사로이 여섯, 일곱씩 아이들이 있던 다산(多産) 시대
였다. 얼마 안 가서 그 병원에서 받아 내는 아기들의 수가 한 달에 무

려 몇백 명에 달한다는 믿기 힘든 소문이 돌았다. 동인천역 건너의 이길여 병원은 훗날 이어령 선생이 명명한 '생명 자본'의 산실이었던 셈이다. 그런데 이 병원이 그토록 유명해진 것은 엘리베이터가 있는 건물이라거나 초음파 심장 박동기 같은 최신식 의료 시설 때문이 아니었다. 이길여 원장에 대한 좀 특이한 소문이 퍼져 나가면서부터였다. 나는 어느 날 어머니를 통해 그 사실을 들었다.

"우리 집 아래 이길여 병원에서는 보증금 없이 입원을 시킨다는구나. 더구나 아이를 낳고서는 입원비를 내지 않고 야반도주를 해도 잡는 사람이 없대. 모르는 척한다는 거지. 원장 선생님이 암암리에 지시해 놓지 않았으면 가능한 이야기냐. 더구나 그분은 한밤중에도 연락이 오면 영종도까지 애를 받으러 간대. 서울 의대 나온 그 원장님 말이다. 너도 이담에 크면 그런 훌륭한 의사 선생님이 되면 좋겠다."

나폴레옹이나 이순신 같은 역사 속의 영웅전은 많아도 눈앞에 보고 배울 롤모델은 귀하던 시절이었다. 비단 우리 집에서뿐이었겠는가. 그 무렵 밥상머리에서는 아마도 나처럼 "이길여 원장 선생님처럼 되어라"는 훈도를 들으며 자란 아이들이 꽤 되지 않았을까. 그런데 오늘날 그 이길여 원장 선생님은 본인의 손으로 받아 내었던 셀 수 없이 많은 생명의 후손을 교육시키는 가천대학교 총장이 되어 옛날 이길여 산부인과에서처럼 교육 일선을 진두지휘하고 있다. 나는 이 일이 '우연 같은 필연'이라고 생각한다. '생명 자본'을 꽃피우는 것은 결국 교육에 있다. 교육을 통해 자아의 성취는 물론 시대와 국가에 대한 소명에도 답할 수 있는 까닭이다. 야밤에 왕진 가방을 챙겨 들곤 밤 물살을 가로질러 아기 울음 들려오는 쪽을 향해 찾아가던 그 생명에의 경외와 열정이 오늘날 그대로 대학 현장에서 발화되고 있는 것이다.

이길여 산부인과는 공교롭게도 그 위치가 우리 집 아래였을 뿐만 아니라 내가 다니던 고등학교의 뒤편이었다. 나는 조석으로 그 병원을 지나가야 했는데 학교에 가면 학교대로 교사들로부터 '서울 의대 나온 이길여 원장님' 얘기가 심심치 않게 나왔다. 물론 그분들도 우리 어머님처럼 "너희들도…….."라는 토를 덧붙이곤 했다. 당시만 해도 의과 대학에서 여학생 보기가 귀했고 여의사 역시 보기 드문 시절이었다. 학교에 오가다 가끔 보면 현관 유리문 저편에서 하얀 가운에 청진기를 걸고 스태프들과 함께 분주히 걸어가는 원장 선생님의 모습을 보곤 했다. 지금도 가천대에 가면 캠퍼스 곳곳에서 나는 그 옛날 이길여 병원을 분주히 다니시던 원장님의 동선이 눈에 그려지곤 한다. 공간만 확산되었을 뿐, 그 옛날의 열정과 비전과 생명의 아우라는 그대로 병원에서 캠퍼스로 옮겨져 온 듯해 보이는 것이다.

2016년에, 그 옛날의 동인천역 앞 용동 큰 우물터 옆 이길여 산부인과는 기념관으로 개관했다. 그때까지 남아 있어 준 그 터와 건물이 나는 참 고마웠다. 나의 옛집도 그리고 집 가까이에 있던 일제 강점기 목조 건물의 시립 도서관도 흔적 없이 사라져 버렸는데, 내 10대 때의 추억의 곳간처럼 병원은 그 자리를 그대로 지키고 있었기 때문이다. 그곳은 60년대 당시의 병원 모습을 정교한 미니어처들로 재현해서 또 하나의 역사 교육 현장으로 문을 열었다. 개관 기념일에 많은 내빈들이 모인 병원 앞마당에서 인천에서 소년기를 보낸 나는 첫 번째 연사로 뽑혀 축사를 하게 되었다. 그 자리에서 나는 원고 없이 이렇게 즉흥 인사말을 했다.

"오늘날 많은 이들이 가천 이길여 총장님의 불꽃같고 기적 같은 삶을 이야기합니다. 한 개인이, 그것도 여성의 몸으로 이룬 그 눈부신 위업들은 기적이라고 말해도 손색이 없을 것입니다. 그러나 우리가 간과하는 부분이 있습니다. 열(熱)은 가까운 데서 멀리로 퍼져 나간다고 하는 사실입니다. 이길여 신화의 진앙지는 바로 이곳에 세워진 그 옛날의 이 집 한 채였습니다. 환자를 어루만지던 자애로운 손길, 아기를 받아 내고 병원을 경영하는 모성적 리더십, 그 위에 끝없이 퍼져 나갔던 감동의 소문과 이야기들이 뭉치고 퍼져 나가며 불덩어리가 되고 불꽃이 되어 이른바 이길여 신화를 이루어 냈던 것입니다. 그렇습니다. 열의 전도는 이처럼 가까운 발화점으로부터 멀리로 퍼져 나갑니다. 먼 데서부터 뜨거워져서 가까운 데로 오는 일은 좀체 없습니다."

그날은 많은 정치인들이 눈에 띄었다. 숱한 사람들과 더불어 악수하고 인사하며 지내기를 다반사로 하는 사람들이다. 하지만 나는 큰 꿈을 가진 이들마다 그런 영혼 없는 악수며 인사보다는 가까운 데서 흘러나온 뜨거운 감동 스토리를 더 소중히 해야 멀리까지 그 기운이 퍼져 나갈 수 있는 법이라고 일러 주고 싶었다. 어찌 비단 정치뿐이겠는가. 오늘날의 이길여 신화는 사실 50여 년 전에 내 어머니의 밥상머리에서 생겨난 것이며, 인천 저잣거리의 아주머니들과 나를 가르친 교사들의 입을 통해 세월을 두고 퍼져 나가서 이루어진 것이라고 나는 지금도 믿고 있다.

가천 선생님이 지닌 자애로움과 엄격함, 예리한 직관과 담대한 스케일, 미래를 꿰뚫는 비전과 통찰, 그러면서도 놓치지 않고 챙기는 섬세한 디테일은 사실 보통 사람은 흉내조차 내기 어려울 정도이다. 가끔씩 생각해 본다. 가천 선생님의 그 모든 덕목들의 첫 실타래가 풀려나온 기점이 바로 옛날 우리 집 앞의 그 이길여 산부인과라고. 밤낮없이 소중한 생명들을 자신의 손으로 받아 내어 처음 눈 맞추던 그 감동과 사랑이 원동력이 되지 않고는 불가능한 일이었다고. 그런 면에서 나는 10대 시절에 지척에 보고 배울 만한 참으로 좋은 스승을 마음에 모셨다는 것을 행운으로 생각한다.

1장

•
•
•

미운 오리 새끼

"나 같은 의료인이 돼라"

●
●

김충식   안녕하십니까. 이런 대담은 처음이라 조금은 어색하고 긴장됩니다. (웃음)

이길여   그렇습니다. (웃음)

어느 인터뷰에선가 '어느 직책으로 불리시는 게 제일 편하십니까?'라는 질문을 받으신 적이 있습니다. 그때는 '가천대학교 총장'이라고 대답하셨는데요?

총장이 편합니다. 가천길재단 회장이라는 직함도 갖고 있는데, 어떤 행사에 갔더니 회장 명찰을 달아 주어서 기업체 회장님들 사이에 같이 서게 되었어요. 서로 어색했습니다. (웃음)

2021년 설을 앞두고, 졸업생으로부터 반갑고 흐뭇한 메일을 받으셨는데요. 비서실을 통해 온 메일이라 저도 읽어 봤습니다. 메일을 보낸 주인공은 2011년에 간호학과를 졸업한 김소미 씨였습니다. 혹시 알고 계셨던 학생이었습니까?

전혀 몰랐어요. 메일을 받고 알았습니다.

—— 대담은 2020년 9월부터 2년여에 걸쳐 진행되었다. 이길여 총장(좌)과 대담자 김충식 교수(우)

그 일부를 읽어 보겠습니다. "간호학과의 나이팅게일 선서식 때 촛불을 들고 총장님 앞에서 선서하던 그 엄숙한 순간을, 저는 아직도 선명하게 기억합니다. 환자의 안녕을 위해 헌신하겠다는 다짐은 저를 지금 미국 조지아의 한 병원에서 환자들과 함께 코로나와 싸우는 중환자실 간호사로 키워 냈습니다.

졸업 후 2015년에 제가 취업한 병원이 메르스(MERS)바이러스 감염 소동이 나서 의료진이 감염되고, 저도 증상이 나타나 격리되는 사태가 생겨 메르스에 관심을 갖게 되었습니다.

사우디아라비아 왕립 병원을 거쳐 지금의 미국 조지아의 에머리 병원에서 간호사의 길을 걸어가고 있습니다. 저의 해외 진출 길을 열어 준 한국산업인력공단에서 수기를 써달라고 제안을 했고, 저는 단숨에 써서 제출했는데 운 좋게 대상에 뽑혔습니다."

기특합니다. 기쁘고 뿌듯해요.

평소에 "나 같은 사람이 돼라" "나 같은 의사나 간호사가 돼라"는 말씀을 기회 있을 때마다 하셨습니다. 김소미 학생이 총장님 같은 의료인, 간호사가 됐다고 생각하십니까?

물론입니다. 마음가짐이 훌륭한 간호사라고 생각합니다. 제가 30대 초반에 미국 유학을 간 것은 미국이 세계에서 가장 잘살고, 배울 것도 기회도 많은 선진국이었기 때문입니다. 하지만 김소미 학생은 세계를 무대로 도전하기 위해 '글로벌 프런티어' 정신으로 사우디로, 미국으로 나간 거잖아요. 정말 가상합니다.

'나 같은 의사를 키우겠다'는 말씀도 더러 하시잖아요. 총장님을 잘 모르는 사람에게는 오해를 살 수도 있는 말인데요.

그래도 어쩔 수 없어요. 제가 그랬듯이 우리 아이들도 '이웃에게 온몸을 던져서 헌신하라', 그리고 '강인한 도전 정신과 의지로 고난과 역경을 헤쳐 나가라'는 뜻에서 하는 말입니다.

사실 조금 특별한 의미에서 이 자리가 마련되었습니다. 총장님은 언론에 수없이 노출되고, 크고 작은 상을 많이 받으셨지만, 개인적으로 저는 '이길여라는 사람'의 진짜 모습을 모르는 분들이 많다고 생각합니다. 우리 사회의 결과 중심주의 또는 성과 중심주의가 그 이유

중 하나가 아닌가 생각합니다만.

무슨 말씀인지 알겠습니다. 사람들이 저의 외형적 성공에만 주목한다는 뜻이지요?

그렇습니다. 언제부터인가 우리 사회는 성취의 과정보다는 그 결과만 주목합니다. 흙수저, 금수저라는 말이 나온 지도 꽤 오래됐는데요. 이런 신조어가 나오게 된 것도 과정을 경시하는 풍조에서 비롯된 듯합니다. '흙수저라서 안 돼' 혹은 '금수저 물고 태어났으니까 성공했지'라는 식의 말이 너무 쉽게 통용되고 있습니다.

그런 조어(造語)를 들을 때마다 걱정이 되고 회의감이 드는 것도 사실입니다. 그런데 제가 살아 온 과정이 과연 사회적인 보탬이나 참고가 될 수 있을지는 또 다른 문제인 것 같은데요.

부담감을 느끼시는 건 이해합니다. 하지만 사회적인 보탬이나 참고 같은 것은 어디까지나 독자들이 판단할 몫입니다. 저는 그것과는 상관없이 총장님의 삶의 궤적을 아주 세세하게, 그러니까 디테일하게 기록으로 남겨야겠다고 결심했습니다. 총장님과 동시대를 사는 후세대의 책무라는 생각도 했고요. '악마는 디테일에 있다'는 말이 있지만 천사도 디테일에 있는 것 같습니다.

디테일하게 말해 달라는 주문이네요. 더 부담스럽습니다. (웃음)

건강 비결은 소명의식과 열정

그동안 성공한 여성을 시점(視點)으로 서술된 대담집이나 회고록은 드물었습니다. 이것만으로도 충분히 의미가 있다고 보고요. 가벼운 질문으로 시작하겠습니다. 언제나 청년처럼 원기 왕성하고 열정적이신데요. 매우 젊어 보이시고요. 가천대 학생들은 '우주 최강 동안(童顏)'이라는 댓글도 답니다. 특별한 비결이 있으십니까?

아시다시피 유별난 건강 관리법 같은 건 없습니다. 물을 많이 마시고 하루 한 시간 이상 산책을 하려고 노력합니다. 날이 굳을 땐 러닝머신을 뛰어요. 가끔 골프를 치기도 합니다.

예전에 〈경향신문〉 인터뷰에서 건강이 소명에서 비롯된 것 같다는 말씀을 하셨습니다.

그런 부분은 확실히 있는 것 같아요. 주어진 소명이 즐거우면 당연히 열정이 샘솟지 않겠습니까. 건강을 위해서라도 열정이 식으면 안 됩니다. 건강하니까 열정이 있는 게 아니라 열정이 있으니까 건강한 건지도 모르지요. 테너 가수인 플라시도 도밍고는 1941년생인데, 아직도 현역으로 노래하는 이유를 "쉬면 녹슬기에(If I rest, I rust)!"라고 말했다고 합니다.

건강은 타고나는 측면도 크지 않겠습니까.

그렇습니다. 할아버지는 76세, 할머니는 81세에 돌아가셨습니다. 그 시절 기준으로 할아버지는 호상(護喪)이었고, 할머니도 장수하신 셈이지요. 어머니는 89세까지 사셨고요. 아버지는 35세에 요절하시긴 했지만 감기 한 번 걸린 적 없던 건강 체질이셨습니다.

부친께서 갑자기 돌아가셨습니까?

선영(先塋)의 시제(時祭)에 다녀오신 후 감기 기운으로 누우시더니 닷새 만에 돌아가셨습니다. 급성 폐렴이라고 짐작되는데 정확한 사인은 모릅니다. 그때 외삼촌 한 분이 '아버지가 일본에서 병이 났더라면 쉽게 고칠 수 있었을 것'이라고 했어요. 그 말을 듣고 의사가 되겠다는 결심을 더욱 굳혔습니다. 요즘 같은 의료 수준이면 금방 일어나셨을 거예요.

그때 총장님 나이가 어떻게 되셨습니까?

아버지가 1948년 동짓달 초사흗날에 돌아가셨고 제가 이리여중 2학년이 되던 해니까, 열일곱 살 때네요. 제가 그때 월반 시험을 준비하고 있었는데 아버지께 꼭 합격할 거라고 약속을 했거든요. 그걸 못 보시고 돌아가셨습니다. 나중에 월반 시험에 합격했을 때 그 생각이 나서 엄청 울었습니다.

——— 아버지 이동숙(1948년 작고)의 벤처사업가적 기
질을 물려받았다. 17살 나이에 아버지를 여읜
슬픔은 컸다.

부친(이동숙, 李東叔)은 1914년생이고 전주 이씨 익안대군파 18대
손입니다. 익안대군은 태조 이성계의 셋째 아들로 병약했고 권력
에 별 관심이 없었다고 알려져 있는데요.

자손도 많지 않았다고 합니다. 유명인 중에는 정치인 이인제(李仁
濟) 전 의원이 익안대군파이고요. 저의 할아버지 함자가 상(相)자, 제
(濟)자인데 이인제 전 의원과 항렬이 같지요. 할아버지 대(代) 항렬이
제(濟)자, 아버지 대가 순(純)자, 저희 대가 래(來)자입니다. 아버지는
호적에 '동숙'으로 올라가 있지만 집안에서는 '동순'으로 불리셨습니
다. 언니 이름은 할아버지께서 귀례(貴禮)라고 지어 주셨고요.

할아버지가 이귀례 이사장님이나 총장님 이름은 항렬을 따르지 않은 모양입니다.

동학교도라서 그러셨던 것 같습니다. 신분제 철폐가 동학의 주요 교리잖아요. 양반이니 항렬이니 따질 필요가 없다고 보신 것이 아니었을까요. 그런데 제 이름은 아버지가 지어 주셨습니다.

할아버지가 지어 주신 것이 아닙니까?

우리 집은 아들이 귀한 집안입니다. 할아버지, 할머니가 11남매를 낳았는데 저의 아버지와 고모 한 분만 빼고는 다 잃었다고 들었습니다. 고모가 딸 하나만 남겨 두고 돌아가셔서 아버지가 독자나 다름없었습니다. 언니가 태어났을 때는 할아버지도 기뻐하셔서 이름을 지어 주셨지만, 제가 태어났을 때는 아들이 아니라 몹시 서운하셨는지 어머니와 저를 잠시 들여다보신 것이 전부였다는 거예요.

어머님(차순녀, 車順女)의 마음고생이 이만저만이 아니었겠습니다.

시절이 그런 시절이잖아요. 어머니만 생각하면 가슴이 아파요. 어머니가 저를 임신했을 때 유별난 태몽을 꿨습니다. 할머니가 태몽을 듣고 철석같이 아들이라고 믿으셨대요. 그래서 어머니에게 손에 물 한 방울 못 적시게 했다고 합니다. 그런데 막상 딸이 태어났으니…….

여러 자료에 소개되어 있어 저도 그 태몽은 잘 알고 있습니다. 그래도 이 책을 읽는 독자들을 위해 다시 한번 소개해 주시지요.

오뉴월 들판, 일꾼들에게 줄 새참을 이고 가는 꿈을 꾸셨다고 합니다. 그런데 막상 논에 가서 광주리를 펼쳐 보니 밥과 반찬은 온데간데 없고 놋수저만 가득 차 있더라는 거예요. 소스라치게 놀라 깨어나셨다고 합니다.

할머님께서 손자를 기대할 만한 태몽인 듯합니다. 놋수저가 가득 차 있었다는 것은 여러 사람을 먹여 살릴 운명을 뜻하는 건가요? 요즘의 흙수저, 금수저 얘기에 빗대면, 총장님은 놋수저를 물고 태어나신 건가요. (웃음)

할머니의 해몽이 그랬습니다. 여러 사람을 먹여 살리는 것은 여자의 힘으로는 가능하지 않다, 영락없는 아들이다, 생각하신 거죠. 할아버지는 할아버지대로 손자임을 확신하고 '고추 달고 나오면 석 달 열흘 동안 잔치를 하겠다'고 동네방네 공언하고 다니셨대요.

총장님이 태어났을 때 집안 분위기가 심상치 않았겠는데요.

잔치 준비로 온 집안이 들떠 있지 않았겠습니까. 우리 마을은 전주 이씨 스무여 호가 사는 집성촌이었습니다. 인근의 친척까지 다 모였다는 거예요. 그런데 또 딸! 그렇게 태어났으니 가을 서리가 내린 것처럼 싸늘했겠지요. 어머니는 미역국 대접도 못 받으셨고요.

어디엔가 '미운 오리 새끼'로 태어났다는 표현도 하셨습니다.

그랬습니다. 그런 '미운 오리 새끼'를 따뜻하게 품어 준 유일한 분이
어머니셨지요. 오늘의 나를 있게 해 준, 저의 정신적 지주셨어요. 그
사랑과 희생과 지극정성이 없었다면 오늘의 나는 없었을 겁니다.

―――― 어머니는 총명하고 활달한 신여성이었다. 어깨너머로 한문을
깨치고 일본어에도 능했다.

동학 운동했던 조부의 영향

⦁
⦁

조부님(이상제)은 1865년생입니다. 대담을 위해서 자료를 세밀히 찾아봤습니다. 전주 이씨 익안대군파 대동보는 물론이고 총장님의 학적부, 졸업 명부, 기타 여러 문헌 자료를 찾아보며 사전 조사를 했습니다. 부친이 1914년생, 언니가 1929년생이니까 할아버지는 50세에 아들을, 65세에 첫 친손녀를 본 것이고요. 또 총장님은 할아버님이 68세가 되던 해에 태어났습니다. 그때는 40대에 손자 손녀를 보는 일도 많았는데 조부께서도 총장님이 딸로 태어나서 실망이 컸을 것 같습니다.

그랬을 겁니다. 그래도 할아버지는 어머니에게 늘 마지막 버팀목이었다는 거예요. 말수가 적으셔서 대놓고 위로나 격려의 말씀은 잘 안 하셨지만, 어머니를 따뜻한 눈길로 보살펴 주셨다고 합니다. 동학교도셨으니까 남녀 차별이나 성 평등 문제에 대해서도 그 연배의 다른 누구보다 열린 마음을 갖고 계셨을 것 같습니다.

춘원(春圓) 이광수는 고아나 다름없이 자라나 천도교에 입교해 감화를 받습니다. 춘원은 자신을 거둬 준 천도교 박찬명 대령을 평생의 은인으로 여겼는데요. 소설『무정(無情)』에 등장하는 '박진사'의 실제 모델이 박찬명 대령입니다. 춘원은 그를 지사(志士)이자 인격자로 그리면서 그 후에도 변함없이 애정 어린 시선으로 동학교도를 바라봅니다.

평안북도 정주 출신인 춘원이 소년기에 받은 동학의 영향이 그 정도였는데 전라북도는 동학 혁명의 본산 아닙니까. 한창 나이인 서른에 동학 농민 운동을 경험한 이상제 선생에게 동학의 교리는 당신의 정체성과도 관련이 있다고 느껴집니다. 할머님(김흥아)께서 그 사정을 잘 알고 계셨을 것 같은데요.

할머니는 할아버지와 나이 차이가 꽤 나서 정확한 사정은 모르셨을 거예요. 어머니에게 "이 지방은 동학이 성했으니까 너희 시아버지도 그 난리에 참여한 것 같다"라는 말씀은 하셨다고 합니다.

이상제 선생이 동학교도라는 사실을 총장님도 알고 계셨습니까?

알고 있었습니다. 할아버지는 아침에 일어나면 천도교 경문을 외우는 일로 하루를 시작하셨습니다. 잠자리에 들기 전에도 경문을 외우셨지요. 의관을 정제하시고 경문을 읽던 모습이 아직도 눈에 선합니다.

집안에 동학 손님들이 자주 드나들었을 것 같은데요.

우리 집에서 살다시피 했던 분들도 있었습니다. 손님들이 가고 나면 사랑채에서 풍겨 오는 그 고약한 냄새가 떠오르네요. (웃음) 하지만 할아버지와 손님들이 뭔가 이상한 일을 하고 있다는 느낌은 받았습니다. 할아버지가 열흘씩, 보름씩 어디론가 나갔다가 오시곤 했거든요.

그럴 때면 동학 손님의 발길이 뚝 끊어지는 거예요.

어린 눈에도 그게 이상하다고 느껴졌습니까?

느껴지지요. 할머니의 말이나 행동이 평소와는 달라지거든요. 할머니는 할아버지가 나갈 때마다 "나가서 무슨 일을 하든, 나한테는 절대로 말하지 마소"라고 하셨습니다.

그건 무슨 말입니까?

할머니가 혹시 일본 순사에게 취조나 고문을 당하더라도 할아버지가 어디에 가셨는지, 무슨 일을 하시는지 몰라야 버틸 수 있다는 의미였을 거예요. 할머니가 입버릇처럼 "소에게 얘기하고 간 사람은 살아도, 마누라에게 발설한 사람은 살기 어렵다"라고 하신 말씀도 생각나네요.

당연히 그런 불안감을 느끼셨을 겁니다. 동학교도에 대한 일제의 학살이 동학 혁명 때 끝난 것이 아니었으니까요. 살아남은 동학교도의 상당수가 의병 항쟁에 가담했고 일제는 1909년 '대(大)토벌 작전'을 벌여 호남 지역을 초토화시켰습니다. 한일병탄 이후에도 일제는 동학 농민 운동이나 의병 항쟁에 가담했다고 보이는 인사들은 끝까지 추적해 잡아 내려고 했습니다. 식민지 통치의 장애물로 여긴 것이죠. 할머니가 1876년생이니까 10대 후반부터 30대까지 목격했던, 참혹한 기억을 쉽사리 떨쳐 낼 수 없었을 겁니다.

기억나는 일화가 있네요. 언니나 저나 학교에서 배운 '만세'를 장난처럼 집에서 외칠 때가 있지 않겠습니까. 그럴 때마다 할머니가 기겁하셨습니다. '만세'를 부르면 순사에게 잡혀 가 죽는다고요.

그때 3·1 만세 운동을 들어서 알고 계셨습니까?

전혀 몰랐습니다. 학교에서 가르쳐 주지도 않았고 어른들 사이에서도 금기어였겠지요.

신문이나 잡지에서 3·1 운동이나 독립 운동 관계 기사는 '○○ 운동'이라고 복자(伏字)로 처리했을 때니까 수긍이 됩니다.

학교나 관공서에서 뭐만 했다 하면 '덴노 헤이카 반자이(천황 폐하 만세)'였습니다. 예전의 '국기에 대한 맹세' 같은 '황국신민의 서사(誓詞)'도 제창해야 했고 '덴노'라는 말만 나와도 차렷 자세를 취해야 했어요.

그때는 조선 총독부가 일본어 상용화 정책을 시행 중일 때인데 총장님도 일본어로 '만세'를 불렀을 것 아닙니까. 할머니가 그런 것에도 겁을 내셨습니까?

그런 분위기를 안 겪어 본 사람은 몰라요. 예닐곱 살 때쯤인 듯싶은데 한번은 언니가 할아버지 방의 벽장에 올라갔다가 새파랗게 질려서 내려온 적이 있어요.

벽장에는 무슨 일로 올라가셨습니까?

할아버지가 드시는 꿀단지가 있었습니다. (웃음) 어릴 때라 혼자는 못 올라가고 언니와 제가 번갈아 엎드려서 등을 딛고 올라갔습니다. 그날은 언니가 먼저 올라갔는데 한참을 지나도 안 내려오는 거예요. 저는 언니 혼자만 먹을 거냐고 빨리 내려오라고 고함을 질렀습니다. 그제야 내려오는데 언니 얼굴이 놀라서 질려 있는 거예요. 부들부들 떨면서 큰일 났다고 했습니다.

벽장에서 뭘 보신 건가요?

벽장에 할아버지가 보시던 책이 많았습니다. 그건 저도 알고 있었는데 온통 '일본 놈을 욕하는 책'뿐이더라는 거예요.

동학 경전이나 교리에 관한 책이었다면 그런 대목이 없을 텐데요. 동학 교리는 인권과 평등에 관한 내용이 대부분이지 않습니까. 아무래도 독립 운동이나 민족 운동 차원의 문서나 서적일 가능성이 있는 것 같습니다. 천도교는 3·1 운동의 중추적인 역할을 하지 않았습니까.

그럴 수도 있겠지요. 동학 손님 중에 '김 선생'이라는 분이 있었습니다. 어머니 말로는 그분이 한 식구처럼 살았고, 눈치로 보아 동학의 중간 우두머리였다는 거예요. 그런데 어느 날 할아버지와 함께 나간 '김

―――― 할아버지는 동학 운동에 깊숙이 관여해 집안
특유의 가풍을 형성했다.

선생'이 다시는 돌아오지 않았고 할아버지의 표정이 한동안 어두웠다
는 이야기를 들었습니다. 할아버지가 독립 운동이나 민족 운동에 관
여하셨다면 아마 재정(財政) 부분을 맡으셨을 거예요. 할머니도 비슷
한 말씀을 하셨고요.

조부께서는 신념으로 그런 일을 했겠지만, 어머님은 동학 손님
들의 수발을 드느라 고생을 많이 했을 것 같습니다.

어떨 때는 30여 명의 끼니를 차려야 할 때도 있었습니다. 우리 식구만
저까지 여섯 명이었잖아요. 거기에 친척들과 함께 산 적도 있었고, 집안

일과 농사일을 해 주시는 분들도 여럿 있었습니다. 언니가 가끔 동학 손님들에게 차(茶)를 날라 주기는 했지만 전부 어머니 몫이었지요.

집안일과 농사일을 해 주시는 분들이라면 그때 말로 머슴이지요?

그렇습니다. 많을 때는 행랑채에 기거하시는 분만 대여섯 명이었습니다. 농사일이 바쁠 때는 거기에 놉(당일치기 일꾼)을 얻기도 했고요.

조부께서 재정 담당이었다는 말이 이해가 됩니다.

그래서 할머니는 불만이 많았습니다. '그 땅은 언제 팔았소?' '그거 팔아서 누구에게 줬소?' 이런 식으로 할아버지를 다그치셨어요.

뭐든지 대장이어야······.

누구나 그런 건 아니지만 생의 첫 기억을 아주 또렷하게 기억하는 사람들이 더러 있습니다. 총장님은 그런 기억이 있습니까?

글쎄요. 두세 살 때였던 것 같은데 댓돌을 기어 올라가던 기억이 납니다. 시골 한옥에는 토방(土房)이 있습니다, 마루로 올라가기 직전에 있는 평평한 턱 같은 공간에 댓돌이 있어요. 거기를 기어서 올라간 게 어렴풋이 생각나네요.

예전에 총장님으로부터 들었던 이야기가 생각납니다. 집안의 누군가가 시집가는 날이었다고 기억하고 있는데요.

아, 그건 아주 생생하게 기억하고 있습니다. 고종사촌 언니가 시집가기 전까지 우리 집에서 함께 살았습니다. 저보다는 열 몇 살 위였어요.

고종사촌 언니도 함께 살았습니까?

그렇습니다. 한 식구가 되어, 내가 매일 따르던 그 언니가 결혼식 올리던 날이지요. 원삼에 족두리를 쓰고 연지곤지를 찍고 앉아 있으니 어린 제 눈에 신기하게 보였겠지요. 제가 아장아장 걸어가서 옷고름도 만지고 하니까, 언니가 부끄러웠는지 저를 자꾸만 밀쳐 내던 기억이 납니다. 그 장면은 아주 또렷해요.

그때는 몇 살 때였습니까?

두세 살 때?

그런 것까지 세세하게 기억하시는데 여섯 살 때까지 말을 못하셨다고 들었습니다. 실어증처럼.

저도 의아하긴 합니다. 태어날 때부터 딸이라고 눈치를 받아서 그랬던 것 같기도 하고요. 어머니도 걱정을 많이 했답니다.

눈치 때문만은 아닌 것 같습니다. 기억력이나 사고력은 또래보다 뛰어난데 말만 못했다는 것은 일종의 소아 실어증 아닌가 싶은데요. 어머니가 아들 못 낳는다고, 구박받는 것을 보면서 '딸인 내가 뭔가 잘못한 건가?' 하는 자의식이 심하게 겹친 게 아니었을까요. 그런 무의식이 작용했을 것도 같습니다만.

소아 정신과 의사에게 한 번쯤 물어보고 싶은 대목입니다. (웃음)

일본의 국민 여배우로 불리는 키키 키린(樹木希林, 1942~2018)도 그런 실어증을 고백했습니다. 세 살 무렵에 층계에서 굴러떨어져 열 살 무렵까지 말을 한마디도 못 하고 자랐습니다. 그래서 동네 사람들은 농아(聾啞)로 알았고, 세월이 흘러서 유명한 배우가 되었다고 소문이 나자, "거짓말이겠지, 말도 못 하는 농아가 무슨 배우가 되겠어?"라고 수군거렸다고 합니다. 본인이 자서전에 밝혀서 더 유명한 스토리가 되었는데요.

그렇군요. 아무튼, 내가 말문이 트이지 않으니 할아버지, 할머니, 아버지의 사랑을 독차지한 건 언니였습니다. 어머니만이 무관심의 대상이 된, 말문이 트이지 않은 둘째 딸에게 마음을 쏟으셨습니다.

집 밖에서도 구박을 받으셨잖아요. 할머니가 어쩌다 총장님을 데리고 나가면 마을 사람들이 '사내로 태어났으면 좋았을 텐데'라고 한마디씩 했다는 이야기를 들었습니다. 늦게까지 말문이 트이지 못한 건 그런 심리적인 상처가 있었던 걸까요?

그런 영향도 있었을 것 같네요.

총장님에 대한 할머니의 태도가 변하기 시작한 건 언니(이귀례)가 대야소학교에 입학하고 나서지요?

언니가 학교에 가면 할머니도 심심해했어요. 나도 언니가 없으니, 놀이 상대가 없어져 외톨이가 된 셈이었고요. 할머니가 소죽을 끓일 때마다 저를 부르시는 거예요. "논산아, 논산아" 하고요.

'논산'이라니요?

저는 어릴 때 이름이 세 개였습니다. 할머니는 논을 많이 사서 부자가 되라는 의미에서 '논산'이라고 불렀고, 할아버지는 덕과 예를 쌓으라는 뜻에서 '덕례'라고 불렀습니다. 귀례 언니 이름에 대한 대칭이었을까요? 아버지, 어머니는 그대로 길여라고 부르셨고요.

정체성 혼란을 겪진 않으셨습니까? (웃음)

그러기에는 꽤 똑똑했었나 봐요. (웃음) 할머니가 저를 유심히 관찰하셨나 봅니다. 언니 없이 혼자서 놀면서 제가 새끼도 꼬고, 비 오면 논밭에 물꼬도 트러 다니고 그랬거든요.

집안 일꾼들이 하는 걸 보고 따라서 하신 거네요.

저야 나중에 들은 이야기지요. 어머니가 저에 대해 걱정을 하면 할머니가 "어린 것이 말은 못 해도 속에 영감이 들어앉아 있다"라고 했다는 거예요.

그러다가 어느 날 갑자기 폭포수처럼 말문이 터졌으니 할머니도 무척 기뻐하셨겠습니다.

쇠죽을 끓일 때면 할머니가 저를 치마폭에 앉혀 놓고는 "논산아, 까라~ 까라~"라고 했지요. (웃음)

'까라'라는 건 이야기를 해 보라는 뜻인가요?

그렇습니다. 쇠죽을 몇 시간은 끓였던 것 같은데 그 시간 내내 조잘대는 거죠.

말문도 트였겠다, 그때부터는 동네 아이들과의 관계가 역전되지 않았습니까?

그랬어요. 저는 뭐든지 대장이어야 했어요. (웃음) 어릴 때부터 이런 게 있었습니다. 어머니는 대장이야, 할머니는 부지런한 분이야, 그런 기억이 입력돼 있었거든요. 어머니는 마을 부녀회장을 맡으셨는데 집안 어른이든, 동네 어른이든 간에 어머니가 앞장서서 '하자'고 하면 그게 곧 동네의 결정이 되는 거였습니다.

총장님도 무언가를 하자고 하면 아이들이 잘 따랐습니까? 사내 아이들이 말을 잘 듣던가요?

―――― 할머니는 부지런함과 자애로움으로 집안을 일으키고 덕을 쌓았다.

대장이 되기 위해서는 대장다워야 하죠? 역시 리더가 솔선수범해야 다들 잘 따르는 거 같아요. 마을 앞 신작로에 다리가 있었는데 어느 날 제가 아이들 앞에서 다리 난간 위를 눈을 감고 걸어갔어요. 외줄 타기처럼. 떨어지면 죽거나 다칠 수도 있었지만, 그냥 하는 거예요. 왜? 대장이니까요. (웃음)

상황이 그려지는 것 같습니다.

서로 지기 싫어하는 상황이었겠지요. 담력에서 지면 대장이 될 수 없으니까요. 한번은 달려오는 트럭을 급정거로 세운 적도 있었습니다. 갑자기 내가 뛰쳐나와 두 팔 벌리고 막아서니 트럭이 끼익, 하고 서는 거예요. 트럭 운전수 아저씨가 죽일 듯이 달려오는데 아이들은 뿔뿔이 흩어지고 저는 신작로 옆 도랑으로 도망갔습니다. 몹쓸 장난이지요.

트럭 기사도 많이 놀랐겠습니다.

아저씨가 너무 화가 나서 아이를 한 명 붙잡고는 "쟤 누구 집 딸이냐?" 하고 물은 거예요. 아저씨가 집으로 찾아와 아버지에게 항의했고, 저는 혼쭐이 났죠.

마을에 또래는 몇 명 정도나 됐습니까?

취학 대상 아동이라고 해야 할까요. 열댓 명?

옛날은 옛날입니다. 지금은 농촌에서 아이 울음소리를 듣기가 어려운 세상이 됐는데 스무여 가구 모여 사는 집성촌에 그 정도면 아이가 많았네요. 그중에 몇 명이나 소학교에 들어갔습니까?

언니와 저, 딱 두 명이었습니다. 그때는 몰랐는데 아이들이 우리를 보고 얼마나 부러워했을까요.

여자아이는 신교육을 거의 시키지 않던 시절인데 총장님께서는 집안 혜택을 많이 받은 셈입니다.

인정은 합니다만, 사실 저는 언니 덕을 봤습니다. 그 시절 여아에게 신교육은 사치로 여겨지던 때입니다. 그런데 언니를 편애하던 아버지가 할아버지의 허락을 받아 언니를 초등학교에 보냈거든요. 둘째라고 안 보낼 수는 없지 않겠어요?

그 마을에서는 상당한 부농이었지요?

그것 또한 인정합니다. 할머니가 워낙 부지런한 분이었습니다. "내 자손들은 집에서 십 리 안팎으로 남의 땅을 밟게 하지 않겠다"라고 공언하시곤 했답니다. 양반 집에서 장사까지 한다며, 동네서 흉보기도 했지만 할머니는 밤새 망건을 만들어 장터에 내다 파셨습니다. 솜씨도 좋고 욕심도 많고, 실용적인 분이었던 거죠.

아버님이 정미소를 운영하면서 가세가 더 폈다고 들었는데요. 그때가 언제였습니까?

제가 태어나고 얼마 안 되어서였습니다. 아버지가 전주나 군산을 다니시면서 신문물을 접하셨거든요. 서울에도 왕래하셨고요. 그러다가 정미소를 하시게 된 건데 말이 정미소지 간판도 없었습니다. 석유를 동력 삼아 돌리는 도정 기계만 갖춘 방앗간이었습니다. 인근에 하나밖에 없는 방앗간이었지만 처음엔 손님이 별로 없었다는 거예요. 아버지가 일꾼을 시켜 배달 서비스도 해 주고 해서 나중에는 옆 동네에서도 찾아올 정도로 잘 됐답니다.

아버지가 그런 방면으로 트이셨던 것 같습니다.

그렇게 생각합니다. 아버지가 한번은 텃논에 콩을 심으셨거든요. 동네 사람들이 몰려와서 '논에 콩을 심는다'며 수군대는 거예요. 콩도 처음 보는 파란 콩이었는데 나중에 알고 보니 완두콩이었습니다. 도시에서 자란 분은 이해하기 어려울 텐데요. 논에 밭작물을 심는다는 것 자체가 쉬운 발상이 아닙니다. 텃논은 대개 천수답이라 보통 때는 거의 말라 있는데 그런 곳을 놀리지 않고 활용하셨던 거죠.

그런 면은 총장님이 아버지를 닮은 것 같은데요.

제게 '벤처' 기질이 있다면 아버지를 닮은 거라고 봐야죠.

2장

.
.
.

왈가닥 모범생

닥치는 대로 활자를 읽다

●
●

1940년 3월 대야소학교에 입학하셨습니다. 소학교라는 명칭은
일제의 '국민학교령'에 의해 1941년 3월 31일부터 국민학교로 변
경됐는데요. 이제부터 편의상 요즘 부르는 대로, 초등학교라고 칭
하겠습니다. 입학 전부터 선행 학습을 하셨다고 알고 있습니다.

언니 교과서를 닥치는 대로 읽곤 했지요. 저는 호기심이 많고 활자
읽기를 좋아해서 특별한 게 아니었습니다. 언니가 학기 초마다 새 교과
서를 받아 오면 그날부터 마지막 장까지 죄다 읽어야 끝이 났습니다.

선행 학습을 독학으로 하셨군요! 언니가 세 살 위니까 초등학교
3학년 과정까지 미리 배우고 입학한 셈인데요. 두 가지가 궁금해집
니다. 우선 한글은 언제 깨치셨습니까?

정확히는 모르겠어요. 어깨너머로 한글을 배우지 않았나 싶네요. 어
머니가 워낙 소설 읽기를 좋아하셔서 군산이나 이리(현 익산) 장터에
가실 때마다 소설책을 사 갖고 오셨거든요. 집 안에 소설책이 뒹굴어
다녔습니다.

어떤 소설이었습니까?

——— 태어나고 자란 전북 옥구군 대야면 죽산리 안터마을 생가

『심청전』『춘향전』『흥부전』같은 거죠.

그렇긴 해도 한글을 혼자 배우기는 어려웠을 것 같은데요.

어머니가 마을 사람들에게 소설책을 읽어 주실 때 물어 보며 배운
겁니다. 어머니가 글도 아시고 책도 갖고 계셨잖아요. 더구나 목청도
좋으셨습니다. 예를 들어 어머니가 오늘은 심청전을 읽어 준다고 하
면 동네 사람 수십 명이 몰려들었습니다. 그런 날은 할아버지, 할머니
도 들을 준비를 하셨지요.

판소리 공연을 하는 것과 비슷하네요.

맞습니다. 사람들이 여기저기 앉아서 그냥 듣는 거예요. 어떤 사람

은 마루에 앉고, 자리가 모자라면 토방에도 앉고요. 어머니 한마디, 한 마디에 "어휴" "저런" "쯧쯧" 이런 탄식이 나왔습니다. 어머니가 변사 (辯士)톤으로 드라마틱하게 읽으셨거든요.

'그랬던 것 이었다!' '것이었던 것이었다!', 이런 식으로 읽으셨 다는 말씀이시지요?

거기에 감정도 싣는 거죠. (웃음) 심청이가 인당수에 빠지는 장면 같 은 슬픈 이야기가 나오면 여기저기서 "아이고, 어쩨야 쓸까!" 하는 소 리가 나오고 울기 시작합니다. 할머니도 펑펑 우셨고요. 저도 슬퍼서 울었습니다.

두 가지 궁금한 대목 중에서 다른 하나인데요. 읽을거리가 없어 서 선행 학습을 그렇게 하셨는데 실제 학교 수업이 지루하지는 않 았습니까?

그래서 제가 책을 그렇게 갈망했나 봅니다. 교과서나 집에 있는 책 을 다 읽고 나면 더 읽을 게 없으니, 견딜 수가 없었습니다.

초등학교 시절 담임 선생님의 동화책을 탐낸 것도 그런 이유 때 문이었습니까?

그 이야기는 또 어떻게 아세요?

대야초등학교에 '이길여 도서관'을 지어 기증하실 무렵에 들은 이야기입니다.

그때는 청소가 끝나면 급장이 선생님께 보고를 드리러 가야 했습니다. 제가 급장이라 매일 갔는데 그날은 선생님이 자리에 안 계셨어요. 오실 때까지 기다리다가 호기심에 책장을 열어 봤는데 온갖 동화책이 다 있는 거예요. 그날부터 청소가 끝나면 일부러 일찍 갔습니다. 선생님이 오실 때까지 동화책을 읽었던 거죠.

교사 대부분이 일본인이었으니까 일본 동화책이었겠지요?

그렇습니다.

1934년생인 이어령(李御寧) 선생은 『축소지향의 일본인』의 서두 부분에 〈모모타로 이야기〉를 언급했는데요. 복숭아에서 태어난 '모모타로'가 개, 원숭이, 꿩을 부하로 삼아 거인 괴물을 물리친다는 내용입니다. 일본에는 난쟁이 영웅이 거인 괴물과 싸워 이긴다는 내용의 이야기가 많습니다. 현대 일본인의 의식 구조 속에 굳건히 자리를 잡은 집단 무의식일 수도 있는데요. 총장님은 이어령 선생과 비슷한 연배인데 그 동화가 기억나십니까?

〈모모타로 이야기〉는 유명하죠. 그 시절 교과서에 실렸기 때문에 초등 교육을 받은 사람은 다 아는 동화입니다. 그것 말고도 수많은 일본 동화책을 읽었습니다.

한국의 고전 소설과 일본의 동화책을 어릴 때 섭렵한 셈인데, 나라 없는 시절에 태어나신 까닭에 겪을 수밖에 없었던, 어찌 보면 슬픈 이야기로 들립니다. 우리말을 쓴다는 이유로 교사에게 뺨을 맞으신 적도 있다면서요?

일생을 두고 뺨을 맞은 것이 그때가 처음이자 마지막이었습니다. 아주 저학년 때였는데 갑자기 하늘에서 벼락이 번쩍하는 겁니다. 친구들끼리 놀다가 무심결에 우리말이 튀어나온 건데 교사가 뒤에서 달려와서 뺨을 때렸습니다.

일제가 일본어 상용화 정책을 강제하고 조선어 교육을 일절 금지한 것이 1938년이었습니다. 총장님께서는 1940년에 초등학교에 들어가셨으니까 거의 입학하자마자 그런 일을 당하신 거 같은데요. 때린 사람이 일본인 교사였나요?

아닙니다. 조선인 교사였습니다. 출간 실무진이 대야초등학교 교직원 명단을 찾아냈잖아요. 바로 기억이 나더군요. 조○○이라고 하는 조선인 교사였습니다.

조선인 교사에게 맞아서 더 분하지는 않았습니까?

전혀요. 맞은 것만은 억울했지만, 내가 잘못해서 맞았구나 하는 생각이었지요. 흔히 말하는 모범생이었고 줄곧 급장을 해서 그런지 선생님이 콩을 팥이라고 해도 믿었을 거예요. 선생님 말씀은 무조건 옳다고 생각했으니까요. (웃음)

나라 잃은 소녀의 슬픔이네요. 일본인 교사들의 조선 학생 차별 같은 것은 없었습니까?

어린 나이였고, 일본 아이들이 없어서 그랬던지, 식민지 차별 같은 것은 별로 느끼지 못했습니다. 1학년 때 담임이셨던 우에하라 선생은 저에게 정말 잘해 주셨습니다. 정월에 아이들 몇 명을 군산 자택으로 초대한 적이 있었는데 일본 가정에는 코타츠(火燵, 이불로 덮개를 씌우도록 만든 화로)가 있잖아요. 기차를 타고 가긴 했지만 먼 길을 걸어 꽁꽁 언 발을 코다츠에 녹이게 해 주셨습니다. 선생님이 '모찌떡(쌀떡)'을 구워 주셨는데 어찌나 맛있던지. (웃음)

나중에 우에하라 선생을 찾으려고 하신 적도 있었잖아요.

해방되고 한참 지나서였습니다. 일본 신문에 광고를 낸다, 낸다고 하다가 끝내 못 하고 말았습니다.

대야초등학교가 조선인 자녀가 다니는 학교라서 일본 학생들과의 다툼은 없었겠습니다.

우리 학교 내에서는 없었는데 이런 일은 있었습니다. 우리 방앗간이 집에서 조금 떨어져 있었어요. 방앗간 근처에 우에노라고 하는 일본인 형제가 살았는데 그 집 아이들이 대야초등학교 근처에 있던 지경초등학교에 다녔습니다. 물론 거기는 일본 아이들이 다니는 학교지만 마을에서부터 가는 길이 같으니까 자주 보곤 했지요. 한번은 그 집 아이가 나를 놀렸는데 언니가 개를 혼내 줬습니다. 둘이 엉겨 붙어 신작로 아래 비탈을 떼굴떼굴 구르더라고요. 그 뒤로 그 아이는 언니랑 저만 보면 피해 다녔습니다. (웃음)

격동의 시대를 산 삼대(三代)의 삶

참으로 파란 많은, 격동의 시대를 살았다는 생각이 듭니다. 총장님 세대가 고생이 많았다는 것은 특별한 이야기가 아니지만, 총장님의 사례는 더욱 유별난 것 같습니다. 이런 표현이 적절할지 모르겠습니다만 이른바 '낀 세대'라고 할까요.

그건 어떤 의미인가요?

김재순(金在淳) 전 국회의장은 실제 출생 연도가 1926년생인데요. 이분은 소학교에 입학해 조선어를 배우다가 1938년 일본어 상

小學校서四年級부터
朝鮮語課目을廢止
今日 德壽, 蓬萊兩校, 府學務課에 出願

—— 한글 교육을 폐지한다는 1939년 3월 19일자 〈동아일보〉 보도. 초등학교에서 친구들과 놀다가 얼떨결에 우리말이 튀어나와 교사로부터 뺨을 맞았다.

용화로 갑자기 학교에서 우리말을 쓸 수 없게 된 경험을 했습니다. 민족어의 상실을 느껴 본 세대라고 할 수 있는 겁니다. 반면 총장님은 초등학교에 입학할 때부터 학교에서 일본어를 쓰지 않았습니까?

맞습니다. 당연히 그래야 하는 줄 알았지요. 뺨도 맞아 가면서요. (웃음)

다른 한편에는 1939년 이후에 태어난 분들이 있습니다. 이분들은 해방 후에 초등학교에 입학한 첫 세대입니다. 가령 1942년생인 문학평론가 김현(金炫) 선생은 '최초의 한글세대 문학 평론가'로 일컬어집니다. 1939년생부터는 한국어로 사유하고 한국어로 글을 썼던 세대인 겁니다. 이분들에게 일본은 경험적 타자가 아니라, 추상적인 타자라고 할 수 있습니다.

그렇네요.

더구나 총장님은 조선인 아이들만 다니는 대야초등학교만 다니시다가 해방을 맞았습니다. 반면 김재순 의장은 1940년 평양상업학교에 입학했는데요. 일본인 자제가 많이 다녔던 학교여서 일본 학생들과의 경쟁의식이 대단했다고 합니다.

해방이 늦었다면 저도 이리여중에서 일본인 학생들과 경쟁을 했겠지요. 꼭 일본 학생이어서가 아니라 누구에게도 지기 싫어서 열심히 공부를 했을 것 같습니다. 그랬다면 경쟁의식이 생겼을지도 모르지요. (웃음)

'낀 세대'라는 의미가 그것입니다. 총장님 세대와 그 전후 세대는 확연히 다릅니다. 언니가 일본 아이와 싸운 경우도 그렇습니다. 외진 시골이고 아이들이라 그 정도로 끝났는지도 모르거든요. 다소 비약일 수는 있겠습니다만 1929년 광주 학생 항일 운동도 일본 남학생이 조선인 여학생을 희롱한 데서 촉발됐습니다. 이 운동을 일으킨 광주고보의 박준채(朴準琛) 학생이 1914년생이니, 총장님 부친과 동갑입니다. 부친께서 광주나 전주 같은 도시에서 신학문을 공부하셨다면 집안에 어떤 일이 일어났을지 모를 일인데요.

제가 훨씬 일찍 태어났거나, 다른 지식이나 정보를 접했다면 그런 의식이 형성됐을 수도 있었겠지요. 사람은 시대의 소용돌이에 휩쓸려 갈 수밖에 없고, 또 한 개인이 겪은 유년 체험이 나머지 생애를 좌우하는 경우도 많지 않습니까. 우리 집안만 해도 동학 운동을 하신 할아버지는 나라 잃은 슬픔을 평생 가슴에 안은 채 돌아가셨고, 아버지는 당신의 일본 유학을 허락하지 않은 할아버지, 할머니를 원망하기도 했습니다. 저는 환경이 달라서, 공부밖에 몰랐고요.

조부모께서 부친의 일본 유학을 반대한 이유는 무엇입니까?

할아버지의 표현입니다만 무조건 '왜놈의 교육은 안 된다'는 거였습니다. 그래서 독선생(獨先生, 한 집안의 아이만을 맡아서 가르치는 선생)을 들여 아버지에게 한학만 공부시키셨습니다. 돈이 없는 것도 아니고 해서, 아버지는 또 얼마나 신학문을 공부하고 싶으셨겠습니까. 열한 살 때 할아버지 몰래 집을 나가 이리역까지 가셨답니다. 거기서 아는 형님과 함께 기차로 대전을 거쳐 부산까지, 일본으로 갈 계획까지 다 짜 놓으신 상황이었는데 할머니가 어떻게 아셨는지 이리역에 쫓아가서 아버지를 붙잡았다고 합니다.

부친께선 그게 한이 되신 거군요.

할머니가 눈물로 호소하시니 아버지도 어쩔 수 없었겠지요. 아버지가 술을 드실 때면 가슴을 치며 그 이야기를 하셨던 기억이 납니다. 당신이 신학문을 못 배워서 '내가 일본 놈들한테 이렇게 바보 취급을 당한다'라는 말씀을 하시곤 했습니다.

어머니는 일본어를 꽤 하시지 않으셨나요?

어머니는 긍정적이고 활동적인 분이었습니다. 뭐든지 배우기를 좋아해서 어릴 때 교회 야학에서 한글을 배웠고, 오빠들이 배우는 『소학(小學)』이나 『동몽선습(童蒙先習)』을 외웠다고 합니다. 일본어는 저도 기억나는데 '이치니치 이치고(一日一語, 하루 한 마디 일본어)'로 배우셨습니다. 어머니가 부녀회장을 맡고 계셨으니까 면사무소 같은 데서 일본어 문장이 내려오면 그걸 마을 사람들에게 전달하면서 익히신 거죠.

동네의 다른 분들은 일본말을 못해 어머니의 도움을 많이 받은 것으로 알고 있습니다. 동네 사람을 위해 아버지가 못하신 일을 어머니가 대신한 셈인데요.

총명하셨던 거죠. 어머니가 없으면 이리나 군산 같은 외지로 못 나가니까 동네 사람들이 많이 의지했습니다. 역에서 일본어가 통하지 않으면 표를 아예 안 팔았으니까요. 그런 시대에 아버지는 일본말을

—— 초등학교 입학 무렵

못하니까 문맹이나 다름없다고 생각하신 거예요. 일제가 '공출'이라고
해서 집 안에 놋그릇이라도 보이면 전부 빼앗아 갈 때 아버지가 '일본
놈' 욕을 엄청 하셨습니다. "내가 일본말을 해야 항의도 하고 그러는
데 그걸 못하니 나는 바보"라고 한탄하시면서요. 일제 강점기가 영원
히 갈 줄 아시고 "내가 살아서 무엇 하나"라는 말씀도 하셨고.

거기에서도 공출을 당했습니까?

태평양 전쟁(1941~1945) 말기였습니다만, 일본이 미국과의 전쟁에
서 불리해지고 물자가 부족해지자, 온갖 것을 앗아 가는 거지요. 집안
일꾼들이 놋그릇, 양푼, 요강, 대야 같은 것을 돌담 위 이엉에다 감추
는 것은 본 적이 있습니다. 우리 동네도 공출을 당했던 겁니다.

일제 말기인 1939년 10월 '국민징용령'이 내려지고, 1940년 2월에는 '창씨개명'이 실시됩니다. '여자 정신대 근무령'이 발표된 것은 1944년 8월입니다. 할머니가 "창씨개명 안 하면 내 아들 죽는다"라고 식음을 전폐했다는 기록을 봤습니다. '창씨개명'이 실시된 것이 부친의 나이 27세 때인데요.

우리 집안이 창씨개명을 한 것은 아버지가 징용을 피하기 위해 내린 결정이었다고 들었습니다. 창씨개명을 하지 않는 '불령선인(不逞鮮人, 불온한 조선인)'은 징용 1순위라는 소문이 퍼져서 할머니와 어머니의 걱정이 이만저만이 아니었습니다. 할아버지가 돌아가신 직후여서, 할머니 성화에 못 이겨 아버지가 결정하신 겁니다. 징용에 끌려가셨다면 집안의 기둥이 뽑힐 뻔했습니다.

당시 조선인 중 창씨개명을 한 사람은 80퍼센트 정도로 나옵니다. 의외로 친일파 가운데 창씨개명을 하지 않은 인사가 꽤 있었는데요. 일례로 백화점을 세운 박흥식(朴興植) 같은 부호(富豪), 홍사익(洪思翊) 중장 같은 일본군 장군은 창씨개명을 하지 않고 지냈지만, 일반 서민들은 일본식으로 이름을 바꾸지 않으면 취업, 자녀의 진학, 민원 처리 등에서 불이익을 받았고, 심지어 식량 배급조차 받을 수 없었습니다. 부친께서는 배급보다는 징용 문제 때문에 창씨개명을 하셨다는 말씀이군요?

그렇게 알고 있습니다. 만약 할아버지가 그 무렵에 돌아가시지 않았다면 그마저도 하지 않았을지도 모르지요.

그건 무슨 말씀입니까?

창씨개명이 실시된다는 소식을 듣고 할아버지가 무척 괴로워하셨습니다. 평소에 손자가 없어 대(代)를 잇지 못해 조상에게 면목이 없다는 말씀을 하셨는데 창씨개명 실시 이후에는 성(姓)까지 잃게 되었으니 죽어야겠다는 말씀까지 하셨다고 합니다. 결국, 건강이 급격히 악화되고 얼마 후에 돌아가셨습니다. 할아버지가 살아계셨다면 할머니도 아버지에게 창씨개명 이야기를 쉽게 꺼내지는 못하셨을 거예요. 할아버지가 돌아가시고, 자칫 징용에 끌려갈 수 있다는 소문이 퍼지니까 할머니도 아버지 걱정이 극에 달하신 것 같습니다.

마을에 징용으로 끌려간 분도 있었습니까?

있었습니다. 건너 옆집 아저씨였는데 아마 사이판 같은 남양군도에 끌려가셨나 봅니다. 해방 후에 돌아오셨는데 그 집 아들이 야자수 열매를 들고 우리 집에 온 것이 기억납니다. 아주 신기했어요. 아이들끼리 야자수 열매로 공차기 놀이도 하고…….

'정신대' 피하기 위해 조혼 성행

●
●

갑자기 '기록 유산'이라는 단어도 떠오르는데요. 일제 강점기, 해방과 분단, 6·25 전쟁과 휴전 등 시대를 증언해 줄 수 있는 원로들이 우리 사회에 얼마 남아 있지 않습니다. 그런 면에서 총장님의 증언은 더욱 의미 있다고 느껴집니다. 마을에서 일본군 '위안부'로 끌려간 사례는 있었습니까?

그때는 '정신대'라고 불렀는데 일본군 '위안부' 이야기도 간접적으로 들었습니다. 저는 초등학교에 다니던 때라 상관없었지만, 저보다 서너 살 위인 딸을 둔 집안들이 걱정이 많았지요. 시집을 안 가면 정신대로 끌려갈 수 있어서 15세 정도만 넘으면 다들 결혼을 시키느라고 난리였습니다. 제가 아는 옆 동네 언니는 시집은 가야겠는데 마땅한 혼처가 없어서 첩으로 들어갔어요.

처녀가 재취(再娶)도 아니고 첩으로 들어갔다는 말씀인가요?

맞습니다. 오죽했으면 그렇겠습니까. 정신대 끌려간다는 게 그만큼 두려웠던 거예요.

매우 중요한 말씀을 하신 것 같습니다. 일본 극우 인사와 일본 자본의 지원을 받는 해외 학자는 언급할 가치가 없을 듯하고, 우리 사

—— 일제강점기의 강제노동, 종군위안부(정신대) 징
발은 지금도 한일 외교의 현안으로 남아 있다.
일제는 1939년 10월 '국민징용령'을 발동했다.
(1939년 5월 2일자 〈동아일보〉)

회의 이른바 식민지 근대화론자들은 징용이나 일본군 '위안부'가
자발적으로 돈을 벌러 간 것이라는 주장을 하고 있는데요.

　이 문제만큼은 내가 확실하게 이야기할 수 있습니다. 적어도 제가
살았던 마을 인근에서는 징용이나 '정신대' 모두 강제적 또는 반강제
적으로 끌려간 사례가 많았습니다. 징용에 안 끌려가려고 중국이나
만주 등지로 도망간 사람도 꽤 있었습니다. 방금 말씀드린 옆 동네 언
니는 어릴 때부터 "언니, 언니"라고 부르면서 같이 놀았던 분이었어요.
그 언니가 뭐가 아쉬워서 첩으로 들어갔겠습니까. 그 시절에도 첩살
이는 수치였습니다.

　대야초등학교 시절, 공부에 관한 질문을 꺼냅니다. 사실 우수한

성적은 다 아는 이야기인데, 왜 그렇게 공부에 몰두하셨습니까? 공부가 그렇게 좋았습니까?

잘 모르겠습니다. 그냥 공부가 좋았습니다.

저 같은 경우에도 1960년대에 시골에서 읽을 수 있는 게 신문밖에 없어서 갈증 난 사람처럼 탐닉했는데요. 신문지로 도배한 벽을 쳐다보다가 낯선 한자를 어른들에게 묻기도 하고요.

1960년대에도 그랬는데 1930년대는 오죽했겠습니까. (웃음)

초등학교 때 교사 대신 급우들을 가르친 적도 있었지요?

맞습니다. 4학년이던 해니까 열세 살 때네요. 도요타라는 교사가 있었는데 남학생반 담임이었습니다. 그런데 그분이 폐결핵으로 한 학기 동안 나오지 않고 요양했어요. 급장인 내가 '교사 없는 학급'을 이끌었어요. 뭘 가르쳤는지 기억은 하나도 안 나는데, 그분 대신 가르치기도 했습니다.

아무리 옛날이야기지만 13세 급장에게 학급을 맡기다니, 상상하기 어렵습니다. 이런저런 말이 나오거나, 혹시라도 발각됐다면 학교가 징계를 받을 사안인데요.

지금도 이해가 잘 안 됩니다. 그 선생님이 교장 조카였는데 아마 그 래서 묵인해 주었는지도 모르지요.

오히려 다른 교사를 쓰는 게 더 말이 나올 수도 있었겠네요. 학생 이 학생을 가르치면서 고충은 없었습니까?

대야초등학교가 전북에서 학생 수가 가장 많았을 거예요. 80명씩 3개 반이었고 그중 2개가 남학생 반이었습니다. 여자아이 혼자 남학 생 80명을 가르치는 상황이잖아요. 힘들었겠다고 짐작하겠지만 전혀 그렇지 않았습니다. 말을 안 들으면 회초리도 아니고 이만한 막대기 를 들고 가서 두들겨 팼습니다. (웃음) 특히 짓궂은 녀석이 있어서 때 린 적이 있는데 이름은 생각이 안 나네요. 나중에 그가 자라서, 교장까 지 올라갔습니다.

너무 일본식 교육에 충실하셨던 것 아닙니까? (웃음)

사실이 그랬던 걸 어쩌겠습니까. 이미 말씀드렸듯이 한 집안에서 할아버지 시대가 다르고, 아버지가 다르고, 또 제가 달랐는데요. 할 아버지나 아버지가 조선이 어떻고 일본이 어떻다는 말을 제게 하시 지 않을 걸 보면 '너는 네 인생을 살아라' 하셨던 거 같습니다. 아버 지가 신학문 배우는 걸 막았지만, 언니나 저의 진학은 쉽게 허락했 으니까요.

겪어 보지 않은 시대를 놓고, 함부로 훗날의 눈으로 재단하는 것은 위험한 것 같습니다. 방금 하신 '할아버지가 다르고 아버지가 다르고 나는 또 다르다'는 말씀에 공감합니다. 할아버님의 경우는 망국의 한을 끝내 달래지 못하고 창씨개명에 충격을 받아 돌아가셨습니다. 장례는 어떻게 치르셨습니까? 그때는 장례가 마을 행사였는데요.

할아버지는 그래도 좋은 봄날에 외롭지 않게 떠나셨습니다. 인근 동네에 인심을 얻으셔서, 상여를 뒤따르는 만장(挽章)이 묘지까지 장사진을 이루었으니까요. 일제의 법이 누구든 공동묘지에 묘를 써야 한다는 것이어서, 당장은 선산에 모시지 못하고, 나중에야 선산으로 이장했습니다.

선산이 군산시 대야면 죽산리 건장산입니다. 1995년 행정구역 변경 이전까지는 옥구군 대야면이고요. 고향은 아무래도 군산이라기보다는 옥구라고 해야 정확할 것 같은데 어떠십니까?

저는 아무래도 좋습니다.

생가인 안터마을이 건장산 자락에 있습니다. 선산과 생가가 바로 인접해 있는 것도 할아버지, 할머니의 큰 복인 것 같은데요.

그렇게 생각합니다. 두 분을 생각해서 선산을 마련했고 증조부모부터 어머니, 아버지 산소까지 선산에 다 모셨습니다. 해마다 빠지지 않고 내려갔는데 코로나 사태 같은 일도 생기고 하니까 안타까울 때도 있어요.

안터마을부터 대야초등학교까지 거리가 4킬로미터 정도 됩니다. 10리 길인데 어린 나이에 걸어서 통학하기가 힘들지 않았습니까?

힘들다고요? 아니, 학교 가는 게 신이 나서 날아다닌 것 같습니다.

초등학교에 진학한 뒤에도 언니 교과서로 계속 선행 학습을 하셨습니까?

물론입니다. 이상하게 들릴지도 모르지만 그건 너무 쉬웠어요. 언니가 새 교과서를 들고 오면 하루 이틀 저녁에 다 읽었습니다.

졸업할 무렵에도 여전히 모범생이었겠습니다.

모범생이었기는 한데 지금 생각해 보면 먹먹한 일입니다. 급장이어서 그랬던 것 같기는 해도 저는 〈기미가요(일본 국가)〉를 열창했습니다. 아이들이 납작 엎드리도록 하는 교육을 받은 거예요.

비슷한 말씀을 북한에 다녀오신 후에도 하셨습니다.

제가 1999년에 방북하지 않았습니까. 북한 아이들이 〈우리의 소원〉

을 부르면서 설움에 북받친 듯이 우는 겁니다. '미제 침략자들 때문에 통일이 안 돼 원통하다'는 건데 너무 안쓰러웠습니다. 교육이란 그만큼 무서운 거예요.

해방 당일에 만세를 부르는 일도 없었겠습니다.

제가 살던 옥구군 죽산리는 시골 중에 시골이었습니다. 어른들끼리 수군수군하셨지 저는 아무것도 몰랐습니다. 이리나 군산 같은 곳도 조용했을 겁니다. 해방 직전이었던 것 같은데 B-29라고 불렀던 미군 비행기가 우리 마을 상공을 지나간 적이 있어요. 친구들과 집에 오던 길에 보았는데 적개심이 생기더라고요.

그때가 초등학교 6학년이셨지요?

_____ 대야초등학교 졸업 기념사진(1946년). 뒤에서 두 번째 줄, 오른쪽에서 다섯 번째가 나.

예.

그렇다고 해도 점점 더 친일파로 몰릴 만한 말씀을 하고 계십니다. (웃음)

뭐 사실인데 거짓말할 필요가 있어요? 그때나 지금이나 저는 모범생, 급장 기질이 있는 것 같습니다. 왜정(倭政) 때는 제가 어렸을 때고 뭘 몰라서 그런 거지만 저는 정부 시책이라면 마음으로부터 따르는 편입니다. 김영삼 대통령 시절에는 공무원들에게 골프를 치지 말라고 해서, 나도 안 쳤으니까요.

해방 직후에 일본인 교사들은 어떻게 됐습니까? 모범생 급장으로서 작별의 인사라도 나누셨습니까?

그게 참, 하룻밤 사이에 싹 사라져 버리더군요. 방학이어서 그랬던 것도 같은데 인사는커녕 얼굴도 못 봤습니다.

마을에 살던 일본인들은요?

우스운 이야기가 하나 있어요. 방앗간 부근에 우에노라는 형제가 살았는데요. 일본에는 형이 죽으면 동생이 형수를 데리고 사는 풍속이 있었나 봅니다. 물론 옛 풍속이겠지만 우에노 집안에서 실제로 그런 일이 벌어졌습니다. 어른들이 "저런 상것들이 있나"라고 욕하곤 했지요. 그들도 하루아침에 싹 다 정리해서 떠났다는 겁니다.

"해방은 도둑같이 뜻밖에 왔다"라는 함석헌(咸錫憲) 선생의 말이 떠오릅니다. 도둑같이 온 해방이 총장님의 행동이나 태도에 미친 영향 같은 것은 없었습니까?

모르겠네요. 너무 어려서, 기억도 잘 안 나고요. 그때 저는 이리여중 입시 준비에 전념하고 있던 때라서요.

온갖 반대 속에 어머니가 중학교 보내
●
●

대야초등학교 졸업일이 1946년 6월 29일입니다. 우등생이어서 원하는 학교는 어디든지 가실 수 있었을 텐데 굳이 이리여중을 지망하신 이유가 있었습니까?

이리여중은 성적만으로 갈 수 있는 학교가 아니었습니다. 일본 학생이 주로 다니는 학교였고, 조선인이 없지는 않았지만, 무슨 고관대작집 딸, 무슨 병원 집 딸 정도는 돼야 입학할 수 있었습니다. 그만큼 그 인근에서 최고 명문이었기 때문에 저는 오로지 이리여중을 희망했습니다. 조선인이 주로 다녔던 군산여중도 명문이었지만 성적이나 명성이 이리여중에는 못 미쳤지요. 운 좋게 저는 해방되던 해에 초등학교 6학년이었고, 그 이듬해에 졸업을 해서 이리여중에 합격할 수 있었습니다.

일본 학생들이 돌아가 버려서 경쟁률이 낮아졌다는 말씀이시지요?

그렇습니다. 저보다 한 해 이상 선배들은 일본 학생들과 직접적인 경쟁을 해야 했습니다. 많이 떨어졌습니다.

입시에 합격하셨다고 해도 여자아이를 중학교에 보내는 것은 그 시절 상당히 드문 경우였습니다. 당시 중학교는 '고등 교육 기관'이라고 불렸으니까 지금으로 치면 대학교에 다니는 것 이상이었겠네요. 할머니의 반대도 심했다고 들었습니다.

할머니뿐만 아니라 친척들, 동네 사람들까지 모두 다 반대했습니다. "여자는 많이 배워 좋을 일 없다" "가시내가 글자나 깨쳤으면 됐지 무슨 상급학교냐" 이런 말을 공공연히 했어요. 결국은 어머니가 그런 반대를 다 물리치고 저를 이리여중에 보내신 겁니다.

총장님의 이리여중 입학일이 1946년 9월 1일입니다. 이른바 '해방공간'이라는 시기인데 암살, 테러, 폭동, 반탁(反託, 신탁통치 반대) 운동 같은 여러 가지 사건이 있었습니다. 학교생활이 어수선하지는 않았습니까?

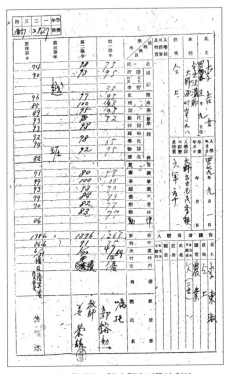

───── 이리여고 학적부. 3학년 월반 기록이 있다.

어리기도 했고 공부만 알았기 때문에 특별한 기억은 없습니다. 다만 반탁 운동은 학교에서 직접 겪었기 때문에 1학년 때 잠깐 휩쓸려 다닌 적은 있습니다.

좌익 학생들의 단체인 한국 학생 동맹이 발족한 것이 1946년 6월, 우익의 전국 학생 총연맹이 결성된 것이 그해 7월입니다. 이들이 동맹 휴학을 일으키며 곳곳에서 충돌했는데요.

저 같은 1학년은 그런 것은 모르고 선배 언니들이 가자는 대로 따라나선 것이 전부였습니다. 그러다 보니 웃지 못할 상황도 꽤 있었어요. 어떤 날은 좌익 쪽의 선배가 나가자니까 찬탁 쪽에 서 있고 또 어떤 날은 그 반대고……. 1학년 때도 물론 공부는 열심히 했지만, 데모에 많이 나갔습니다. 2학년에 올라가면서 학교가 차츰 안정된 후에야 본격적으로 공부를 할 수 있었습니다.

그래서 2학년 때 월반(越班) 시험을 준비한 거군요.

그런 제도가 있다는 걸 알았다면 1학년 때 했을 겁니다. 나중에야 알고 나서는 친구 몇 명과 함께 시험 준비를 하고 응시했어요. 나와 박지홍이라는 친구는 붙고 고옥희라는 아이는 떨어졌습니다.

나무 위에 올라가 공부를 한 것이 그때인가요?

옥희와 우리 집에서 공부할 때 이야깁니다. 어머니가 밀가루에 호박잎을 버무린 개떡을 쪄 주시면 둘이 갖고 뒷산으로 갑니다. 그런데 거기서 나는 나무 위에 올라가 공부했어요. 옥희는 나무 아래 가마니를 깔고 하고요. 위에서 공부한 저만 합격했습니다.

유별난 곳에서 공부하는 습관이 생긴 겁니까? 교단 밑 비좁은 터널 같은 데서 공부를 하신 것은 그전의 일입니까?

그럴 겁니다. 교단 밑 공간은, 청소하려고 들추다가 발견했으니까요. 교사(校舍)가 일본식 단층 건물이었는데 건물 아래쪽에 반지하 같은 아주 비좁은 공간이 있었습니다. 요행히 환기를 위한 구멍이 있었고, 그곳에 책을 읽을 수 있을 만큼 빛이 들어와서, 통학 기차가 연착되면 슬그머니 그곳으로 들어갔습니다. 처음엔 퀴퀴한 냄새가 나고 벌레나 거미줄도 있어서 버티기 힘들었는데, 이상하게 그런 특이한 공간에서 집중이 잘 되더라고요.

당시 이리여중은 중학교 과정 3년과 고등학교 과정 3년이 합쳐진 6년제 중학교였습니다. 해방 직후의 과도기적 학제(學制)였는데 1951년에 이리여중과 이리여고로 분리됩니다. 한 번 월반하셨기 때문에 총장님이 이리여중을 다니신 기간이 1946년부터 1951년까지인데요. 다시 말해 총장님은 이리여중을 5년 다니시고 이리여고 출신이 되신 겁니다. 이제부터는 편의상 이리여고로 칭하겠습니다. 월반으로 얻게 된 장점 같은 것은 있었습니까?

1년 먼저 졸업하고 학비를 절약한 것 정도입니다. 월반 그거 할 게 아니더라고요. 3학년을 건너뛰고 4학년 선배들과 한 반이 됐는데 친구가 되기 어려웠어요. 결국엔 원래의 동기생들과만 놀게 됩니다.

기차 통학은 할 만했습니까? 현재는 장항선 일부가 되었지만, 당시 군산선은 단선 철도여서 하루에 몇 번 운행되지도 않았고 연착도 다반사였다고 하던데요. 완행열차라서 임피역부터 이리역까지

—— 선생님을 모시고 친구들과. 뒷줄 왼쪽이 나

10킬로미터도 안 되는데 한 시간 정도 걸렸고요.

　지금으로서야 상상이 안 되겠지만 군산선은 원래 그러려니 하고 타고 다녔습니다. 의자에 앉는 것은 생각도 못했고, 차 문은 온통 열려 있었습니다. 서서 가고 매달려 가는데도 큰 사고가 없었던 것이 신통하기만 합니다. 저는 매일같이 늦었는데 기관사가 한 5분 정도는 기다려 줘요. 하루는 기차가 정차해 있는 걸 보고 뛰어갔는데 제가 딱 가니까 기관사 아저씨가 약을 올리듯이 출발해 버린 거예요. 다음 차도 없었기 때문에 그날은 꼼짝없이 임피역부터 이리역까지 걸어갈 수밖에 없었습니다.

같은 통학 시간에 군산선을 이용하는 이리공고나 이리농고 남학생과의 로맨스 같은 것은 있었습니까? 이리여고생이라면 인기가 많았을 것 같습니다.

저야 원체 그런 쪽으로 무신경했지만, 그 시절 기차 안의 풍경을 떠올리면 재밌습니다. 여학생은 여학생끼리 이쪽에 모이고 남학생은 남학생끼리 저쪽으로 뭉쳤습니다. 병아리가 어미 닭을 쫓아가듯이 여학생들이 타면 쪼르르 한쪽으로 몰리고 그랬어요.

그래도 추근대는 남학생이 더러 있었을 것 같은데요.

아니에요. 행여 옷깃이라도 닿을까, 겁을 내고 눈길도 안 맞추려고 했어요. 그렇게 남녀 간에 내외하던 시절이었습니다.

졸업할 때까지 기차 통학을 하신 겁니까?

제가 월반을 해서 다른 동기는 6년을 다닌 학교를 5년만 다녔는데요. 그중 4년 반 동안 기차 통학을 했습니다. 그러다가 이리에 사는 동급생 지홍이 집에 같이 살게 되면서 통학을 면했습니다. 졸업 전까지 6개월 정도였지요. 아버지가 "다 큰 계집애가 왜 남의 집에서 사냐"라고 결사반대하셨지만 제 고집으로 관철했습니다.

이리여고에서 '삼바가라스(三羽烏, 친하게 지내는 삼총사라는 뜻의 일본 말)'로 불리던, 세 친구가 있었지요?

아, 그건요. 2학년 때 김진열, 조순주라는 친구와 친했는데 저까지 셋이 몰려다니니까 선생님들이 '삼바가라스'라고 부른 겁니다. 공부도 잘하고 행실도 단정한 여학생 세 명이 단짝이라는 좋은 뜻이었어요. 우리끼리는 '별 삼 자매'라고 불렀습니다. 셋이 같이 기념사진을 찍은 적도 있고요.

그 사진은 저도 봤습니다. 별 그림이 세 개 찍혀 있고 '영원한 별 삼 자매'라고 쓰여 있더군요.

그 사진을 나중에 조순주의 사위가 나한테 가져왔어요. 순주는 꽤

—— 이리여고의 '삼총사'. '별 삼 자매'라고도 불렸다. 왼쪽부터 조순주, 김진열, 나

오래전에 세상을 떠났지만 사위는 지금도 우리 길병원 의사예요. 수십 년 만에 사진을 다시 보고 얼마나 감회에 젖었는지 모릅니다.

김진열이라는 분은 생존해 계신가요?

모릅니다. 6·25 때 행방불명됐어요. 아버지가 철저한 사회주의자여서 전쟁 나고 바로 월북했을 거라는 소문만 들었습니다.

한 분, 한 분이 모두 드라마틱하네요. 그런데 '삼바가라스'가 탈선을 했다는 이야기는 뭡니까?

모범생들의 무모한, 한편으로 조그만 일탈 비슷한 것이었는데요. 어느 날 '내일은 학교에 가지 말고 한번 망가져 보자'라는 이야기가 나왔습니다. 다음날 기차를 타고 무작정 전주에 갔습니다. 세라복 입은 여학생들이 대낮에 거리를 활보하니까 사람들이 다 쳐다보는데 견디기 어려웠어요. 시선을 피해 철길로 걷다가 남학생 세 명과 마주쳤습니다.

흥미진진하군요. (웃음)

끝이 별로예요. (웃음) 남학생들과 즐겁게 수다를 떨었는데 한 친구가 갑자기 '우리가 지금 이럴 때가 아니야'라고 제동을 걸었습니다. 오후 늦게 학교에 들어가서 담임 선생님에게 엄청나게 혼났습니다.

예전에 저에게 "후라빠(왈가닥)와 모범생은 종이 한 장 차이"라고 하신 기억이 있는데요. 언젠가 담배도 한번 피워 봤다고 하셨습니다. '왈가닥 모범생'은 아니었습니까? (웃음)

담배를 피운 건 지홍이 집에 들어간 이후의 이야기인데요. 호기심에 둘이서 이불 뒤집어쓰고 딱 한 번 피워봤습니다. 그 후엔 다시는 손대지 않았습니다. 제가 지홍이 집에 들어가 살게 된 계기가 있어요. 그 친구는 많은 경험을 해야 소설을 잘 쓸 수 있다는 지론을 가진 문학소녀였습니다. 혹시 S 동생, B 오빠 같은 말 들어 보셨어요?

S는 시스터, B는 브라더 아닙니까.

지홍이가 조숙해서 1학년 때부터 B 오빠가 있었습니다. 그런데 B 오빠가 보낸 편지를 6학년 때 소지품 검사에서 들키고 말았어요. 정학까지 당할 뻔했지만, 지홍이 형부가 이리여고 담임 교사인 강영철 선생님과 친했습니다. 어찌어찌해서 형부가 정학을 무마시키고 나서 궁리 끝에, 나에게 지홍이와 같이 살면서 돌봐 주라고 한 겁니다. 그래서 '감독관'으로 같이 살게 된 거예요.

서울대 가기 위해 전쟁 중에 방공호에서 공부

●
●

이리여고 학적부에 기록된 총장님의 성행개평(性行槪評)을 읽어
드리겠습니다. "성격 온순하고 모든 일에 적극성을 가지고 있고 책
임감이 왕성한 동시에 통솔력이 있음. 클래스의 모범생이다."(2학
년) "온순하고 제반에 적극적이며 진지함. 약간 명랑성이 결여하
다."(4학년) "쾌활하고 적극성이 있음."(5학년) "온순하고 침착하며
책임감이 왕성하며 적극성을 갖고 사고적이며 노력가이다."(6학
년) 월반으로 올라간 4학년 때 "명랑성이 결여하다"는 대목이 나
온 것을 보면 대체로 맞는 평가인 것 같은데 총장님 생각은 어떠십
니까?

'왈패짓'을 많이 했다고 생각하는데 온순하고 모범생이라는 평가가
많아서 다행이네요. (웃음) 4학년 때 "명랑성이 결여하다"는 평가도 맞
는 것 같습니다.

'왈패짓'이라면 어떤 행동을 말하는 건가요?

대장 노릇을 하는 거죠. 친구들하고 있을 땐 언제나 대장 노릇을 해
야 직성이 풀렸습니다. (웃음)

"월반은 할 게 아니다"라는 말씀을 하셨는데 성격이 다소 침울

해 보일 만큼 월반이 힘들었습니까?

선배들과 만나면 위계질서 때문에 고개 숙여 인사에 절을 하던 때잖아요. 선배에 대한 인사나 경례를 철저히 지켰습니다. 어제까지 절을 하던 후배가 하루아침에 동기라고 한 반에 앉아 있으니 고깝게 보였겠지요. 지금 생각해 보면 동급생이 된 선배들로부터 정신적인 '이지메'를 당한 것 같습니다.

따돌림이 그때도 있었군요. 지금처럼 교복 치마를 수선해서 입거나, 추켜올려 입기도 했습니까?

그 정도는 아니지만 치마 주름을 곱게 접어 요 밑에 깔고 자기는 했습니다. 다리미는 당연히 없었고, 그렇다고 인두로 매일 다릴 수는 없었으니까요. 저는 세라복의 깃까지 신경을 썼습니다. 그게 잘 정돈돼 있어야 모범생이거든요.

왈패처럼 행동하시면서도 모범생은 포기할 수 없으셨다니 모순인 것 같습니다. (웃음)

그래서 남들 안 보는 데서 숨어서 공부한 겁니다. (웃음)

6·25 발발했을 때가 이리여고 졸업반이던 6학년 때였지요?

그렇습니다.

초등학교 6학년 때는 해방을 맞으셨는데 인생의 중요한 고비마다 격변이 터진 느낌입니다. 졸업식은 제대로 치르셨습니까? 아무리 그런 시절이라 해도 가족이나 친구랑 찍은 졸업 사진 한두 장은 있을 법한데 찾을 수 없으니.

기억에 없는 걸 보면 졸업식 자체가 없었던 것 같습니다.

이리여고 2학년 때 친구들 십수 명과 교복을 입고 지경역(현 대야역) 플랫폼에서 찍은 사진을 봤습니다. 이 사진이 오히려 졸업 사진 같은 느낌이고 그 어려운 시절에 작정하고 날을 잡아 모였다는 인상을 받았습니다. 어떻게 지경역에서 만났습니까? 총장님 생가에서 이리여고는 반대 방향인데요.

지경역 부근이 대야면의 중심입니다. 대야초등학교가 그 근처에 있었어요. 그 사진이 오히려 대야초등학교 졸업식의 의미를 담고 있겠습니다. 사진을 자세히 보면 조금 다른 교복을 입고 있는 친구들이 보일 겁니다. 군산여고에 간 친구도 있고 아예 진학 못한 친구도 있어요. 모두 대야초등학교 동창입니다.

전에 대야초등학교 여학생 수가 80여 명이었다고 하셨는데 그중에 중학교에 들어간 학생이 사진에 찍힌 열댓 명 정도라고 봐도 되

여고생이 된 대야초등학교 동기들이 모교가 있는 지경 역에 모였다. 앞줄 오른쪽에서 다섯 번째가 나

겠습니까?

그렇습니다.

호남 지역은 6·25 개전 초기에 잠시 인민군에게 점령되긴 했지만, 피란은 가셨을 텐데 어디에 숨으셨습니까?

사실 우리 집은 피란 갈 필요가 없었습니다. 남자가 없었으니까요. 할아버지, 아버지는 돌아가셨고 언니는 시집을 간 뒤여서 할머니, 어머니, 저 이렇게 살고 있었습니다. 피란이라기보다는 인민군이 우리 집을 접수해 버려서 우리는 근처의 외삼촌 댁에서 살았습니다. 인민군이 할머니에게 싹싹하게 굴어서 생각보다 무섭지 않았어요.

총장님은 뒷산 방공호(防空壕)에 숨어서 공부하셨다고 알고 있는데요. 방공호라는 토굴은 누가, 언제 판 겁니까?

1940년대 일제 말기에 총독부가 미군 폭격기의 공습에 대비한다고 의무적으로 방공호를 파게 했습니다. 가옥 형태에 따라 굴을 파지 않은 집도 있는데, 모범적으로 팠던 겁니다.

방을 놔두고 하필 방공호에서 공부를 하신 이유는 뭡니까?

공부에 집중하기 위해서였습니다. 그때 서울대 의대 입시 준비를 하고 있었거든요.

서울대 의대에 들어가기 위해 방공호 안에서 공부를 하셨다는 말씀이지요?

그렇습니다. 제가 별난 성격인지 그런 곳에서 공부가 훨씬 잘 돼요. (웃음)

생각보다 6·25 전쟁 상황이 심각하진 않았던 모양입니다.

북측에 점령된 상황이고 전투가 벌어지는 것도 아닌 평야라서 대부분의 일상은 그대로 돌아갔습니다. 이리여고에서도 인민위원회 조직이 만들어졌습니다. 김○애라는 친구가 여성 동맹 위원장이 됐는데 어느 날 저를 찾아왔어요. 자기 밑에서 무슨 위원장을 맡아 달라고 했는데 아무리 생각해 봐도 걔 밑에서는 일을 못 하겠다 싶어 거절했습니다. 의대 입시 준비도 해야 했고요.

소녀들의 엇갈린 운명

●
●

공부 잘하는 모범생 소녀의 자존심이 운명을 가른 순간이었네요.

수락했다면 부역(附逆)이 되어, 모진 고생을 했겠지요. ○애 같은 친구들이 이리에서 군산까지 걸어가면서 선전전 같은 것을 했는데 발이 완전히 부르터서 피가 나고……. 사람 발가락이 아니었습니다. 그런데 박지홍이라는 순진한 이 친구는 받아들였던 거예요. 인민군이 물러가기 보름 전에요. 서울 수복이 언제였지요?

보통 '9·28 서울 수복'이라고 하는데요. 1950년 9월 28일입니다.

그 보름쯤 전일 겁니다. 지홍이가 무슨 부위원장을 맡아서 인민군을 따라가는데, 낮에는 숨어 있다가 남의 밭을 털어서 먹고, 밤에는 도망가고, 그 짓을 반복하더랍니다. 그러면서도 정신 교육을 하고. 이러다가는 이북으로 끌려가겠다 싶어 탈출했다는 거예요.

늦게라도 발을 빼서 천만다행입니다.

그것도 아닙니다. 지홍이는 참 딱하게 됐어요.

어떻게 됐습니까?

이리여고 교장이 평안도 출신 여자였는데 굉장히 강한 분이었습니다. 이분이 점령군 측의 여성 동맹 학생들에게 호되게 당했던 모양이에요. 학생들이 감금하고 작대기로 찌르고 모욕을 줬대요. 그래서 이분이 "하루라도 저쪽에 붙은, 부역한 학생은 전부 다 퇴학이다!" 이렇게 나온 겁니다. 지홍이는 결국 퇴학을 당하고 졸업을 못 했습니다.

전국적으로 학도 의용군 입대가 집중적으로 이뤄진 것이 1950년 7월입니다. 당시 기록을 보면 군산중학교 240여 명, 전주 북중학교 400여 명, 군산사범학교 90여 명 등이 모두 그 시기에 입대한 것으로 나와 있습니다.

이리공고나 이리농고 학생은 없었나요?

제가 찾은 기록에는 나와 있지 않네요. 총장님이 알고 있던 남학생 중에 학도의용군으로 자원한 사례가 있었습니까?

한마을에 살고, 같은 전주 이씨 문중이었던 이차순, 이신순 등이 징집됐습니다. 같이 통학하면서 얼굴이 익은 남학생들도 어느 날부터 보이지 않는 친구가 있었습니다.

차순, 신순이면 여자 이름인데. 아, 부친 항렬이 순(純) 자라고 하셨지요? 두 분은 어떻게 됐습니까?

차순은 전사했고 신순은 살아 돌아왔습니다. 차순은 참 착했는데 입대하자마자 폭격을 당해서 죽었다는 소문을 들었습니다.

인민재판이나 학살의 참상을 보거나 들으신 적은 있으십니까?

역시 듣기만 했습니다. 다 죽였다는 거 아닙니까. 부자라고 죽이고, 지주(地主)라고 죽이고, 인민재판 해서 죽이고, 엊그제까지 머슴이었던 사람이 주인을 죽였다고 하고……. 옆 마을에서는 인민군이 우물에 독을 풀고 사람들을 빠뜨려 죽였다는 이야기까지 있었습니다.

인민군이 퇴각한 다음에 바로 복학하셨습니까?

아닙니다. 그때 텔레비전이 있습니까, 라디오가 있습니까. 저는 아무것도 모르고 방공호에서 공부만 하고 있었습니다. 강영철 선생님이 아니었으면 이리여고에서 제적될 뻔했습니다.

강영철 선생이라면 박지홍 친구의 형부와 친했다는 담임 교사를 말씀하시는 건가요?

바로 그분입니다. 강 선생님이 우리 '별 삼 자매'와 지홍이를 아주 예뻐했습니다. 인민군이 물러갔는데도 우리들이 학교에 돌아오지 않으니까 걱정이 된 거예요. 다 이유가 있었습니다. 말씀드렸던 대로 진열이는 자진 월북했던 것 같고, 지홍이는 부역 문제로 학교에 돌아올 수가 없었고, 순주는 무슨 이유인지 학교를 그만두었습니다. 저는 세상모르고 방공호에 틀어박혀 공부만 하고 있었지요. 강영철 선생님이 일부러 집까지 찾아와서 그러는 거예요. "길여, 너 세상이 어떻게 돌아가는지도 모르고 공부만 하고 있으면 어떻게 해! 넌 이번 달 말까지 복학하지 않으면 자동 퇴학이야."

그분이 총장님의 인생에 적지 않은 영향을 주었네요. 만약 이리여고에서 제적을 당했으면 다른 학교 편입을 알아보랴, 대학 입시 준비하랴, 인생이 어떻게 흘러갔을지.

그래서 강영철 선생님을 내 인생의 잊을 수 없는 남자 한 분으로 꼽는다니까요. (웃음) 저는 막연히 의사가 되려면 의과 대학에 가야하고, 기왕 의과 대학에 간다면, 다들 최고라고 하니까 서울대학교에 간

——— 일생의 벗 박지홍 닥터(왼쪽)와 함께. 오른쪽에 크게 웃고 있는 나

다는 생각뿐이었습니다. 그런데 강 선생님이 서울대학교의 위상 같은 것도 가르쳐 주시면서 목표 의식이 더 확고해졌습니다. 그분이 내 인생의 진로에 결정적인 영향을 끼친 겁니다.

역사가 네 소녀의 운명을 갈가리 찢어 놓았네요. 총장님은 전쟁 전에 세웠던 목표 그대로 걸어갈 수 있었지만, 나머지 세 분은 한 분, 한 분이 파란만장한 삶을 살게 됐습니다. 6·25 전쟁의 파도가 참으로 기구한 운명들을 양산했습니다.

그건 분명한 것 같습니다.

강영철 선생과는 이리여고 졸업 후에도 안부를 나누셨는지요?

물론입니다. 연락을 주고받으며 지냈습니다. 고향의 선생님이 우리 길병원으로 선물을 들고 찾아오신 적도 있었습니다. 박제(剝製)한 재두루미였는데요. 그때는 상당히 귀한 선물이었습니다. 언제인지 정확하게 기억은 안 나지만 선생님이 돌아가셨을 때 지홍이와 함께 제 차로 장례식에 갔습니다. 내려가는 길이었나, 올라오는 길이었나, 아무튼, 그때 지홍이가 허무한 마음에 〈허공〉이라는 노래를, 절절하게 부른 기억이 납니다.

조용필 가수의 〈허공〉 같은데 그 노래는 1985년 11월에 발표됐습니다. 강영철 선생이 1980년대 후반에 돌아가셨을 수도 있겠네요.

저는 병원에만 갇혀 살던 때라서 대중가요를 거의 몰랐습니다. 지홍이가 이런 노래 정도는 알아야 한다고 해서 차 안에서 〈허공〉을 불렀습니다. 그러다가 제가 지홍이한테 그랬어요. "야야, 우리 둘도 참 심하다. 은사님이 돌아가신 판에 우리는 노래나 부르고."

〈허공〉의 가사처럼 우리는 "허공 속에 묻힐 그날들"을 살고 있는 것 아니겠습니까. 강영철 선생이 떠나시면서도 두 분에게 소중한 추억을 주신 것 같습니다.

저도 그렇게 생각합니다.

3장

•
•
•

전쟁과 가난,
그리고 의대생

의사가 될 수밖에 없었던 이유

●
●

의사가 된 이유에 대해 여쭤보려고 합니다. 아주 긴 이야기이고, 저도 꽤 알고 있는 부분이기 때문에 이 질문부터 차근차근 드리도록 하겠습니다. 어릴 때부터 의사놀이를 하셨지요? 당골 이야기부터 해 주십시오.

그 시절 시골 마을에 의사가 있을 리 없잖아요. 한의사도 아주 먼 데 있었고요. 누가 아프면 좀 사는 집들은 당골을 불렀습니다. 쌀을 주면 당골이 주술이나 굿을 해줘요. 그때는 아프면 귀신이 붙어서 그런 거라고 믿었습니다. 내가 머리가 아프다고 하면 당골이 와요. 당골이 광목에 쌀 한 됫박을 싸서 이걸 "쒜, 쒜, 쒜" 하고 흔든 다음에 머리에 문지르면 아픔이 싹 가셔요. 차가운 쌀을 머리에 대면 일단 시원하고 머리가 맑아지는 것처럼 느껴지잖아요. 이 방식을 의사놀이에 써먹은 겁니다.

그 방식 그대로요?

쌀 한 됫박은 너무 무거우니까 저는 그릇에 담은 쌀을 헝겊에 쌌습니다. 당골 흉내를 내면서 그걸 아이들 머리에 문질러 주고 "이제 귀신이 물러갔다~" "너는 다 나았다~" 선언하는 겁니다. 어떨 때는 "야, 너는 목이 아프다고 해" "너는 손이 아프다고 그래" "너는 배가 아프다고 그래" 하면서 환자를 제가 만들었습니다.

───── 태어나고 자란 옥구 안터마을. 지평선이 보이는 드넓은 평야의 한가운데 야트막한 건장산이 있고 그 아래 마을이다.

병 주고 약 주는 의사가 된 격인데 어떻게 치료하셨습니까?

목은 붉은 '아까징끼(沃度丁幾, 요오드팅크, 상처에 바르는 소독 구급 약)'를 발라 주고 손은 붕대를 감아 주고 배는 "할미 손은 약손~" 하는 식이었습니다.

1930년대 후반인데 그때 아까징끼와 붕대가 집에 있었습니까?

붕대는 일본식으로 '호따이(封帶)'라고 불렀는데 둘 다 있었습니다. 아버지가 군산이나 이리를 오가시면서 사 오신 겁니다.

동물도 치료하셨지요?

그건 의사놀이가 아니었습니다. 실제 치료였어요. 버려진 개나 고양이를 안고 와 씻기고 포대기에 싸 주는 겁니다. 병들고 굶주린 짐승이니까 보살펴 주면 낫게 돼요. 다리가 부러진 짐승이 생기면 집안 일꾼에게 부탁해 부목을 댔습니다. 부목을 다리에 대고 붕대로 감아 주면 잘 나아요. 강아지를 포대기에 싸서 업고 다니면, 할머니가 "강아지 쪄 죽겠다"라고, 더워서 죽는다고 핀잔주셨지요.

일종의 간호사나 간호보조원의 도움을 받은 셈인데요. 직접 부목을 만들지 못하는 때라면 초등학교에 들어가기 전입니까?

말문이 터지지 않을 때니까 여섯 살도 안 됐을 거예요.

유년기나 소년기에 잔혹성을 보이는 아이도 더러 있는데요. 아무 죄의식 없이 개미를 죽이고 곤충을 분해하고 약한 동물을 괴롭히기도 하지 않습니까. 총장님은 어릴 때부터 병들고 약한 동물에게 측은지심을 느꼈던 것 같은데요?

모르겠습니다. 그냥 돌보고 싶었던 것 같은데 할머니와 어머니의 영향도 있지 않았나 싶네요. 두 분은 인정이 많은 분이었습니다. 나환자나 걸인이 구걸하러 와도 결코 그냥 보내는 법이 없었습니다. 작은 소반에 밥과 반찬, 국까지 챙겨서 손님처럼 대접했어요. 그 심부름을 언니와 제가 했습니다. 부엌에서 상을 들고 마당을 거쳐 대문까지 가는 겁니다. 그분들은 대문 안으로는 들어오지 않았습니다. 다 커서 가 보니 우리 집 마당이 손바닥만 한데, 그때는 어찌나 넓어 보였는지, 짜증을 낸 적도 있었습니다. 초등학교에 다닐 때인데 그날은 아침부터 걸인이 왔어요. 이미 지각하게 생겨서 마음이 바쁜데 할머니가 굳이 상을 들고 가라고 하셨습니다. 그 속상했던 기억이 지금도 떠오릅니다.

유년기에 '죽음'에 대해 느껴 보신 것도 남다른 경험으로 보입니다. 소꿉친구를 장질부사(장티푸스)로 잃었다고 들었습니다.

가슴 아픈 이야깁니다. 위생 관념이 부족하고 예방 접종도 없던 시절이어서 장질부사가 마을에 돌면 아이와 노인이 많이 죽었습니다. 앞집에 살던 소꿉친구 순이가 장질부사로 죽었다는 소리를 들으니까 너무나 슬펐습니다. 그때, 왜 제가 뒷산으로 올라갔는지 모르겠지만 아마 슬퍼서 그랬을 거예요. 그때는 아이가 죽으면 '애장'이라고 해서 가마니에 주검을 돌돌 말아서 아버지가 지게에 지고 갔어요. 그리고 길가에 묻어야 남은 자식이 안 죽는다는 미신이 있었습니다. 뒷산에서 그 광경을 바라보면서 정말 서럽게 울었습니다.

총장님 본인이 죽을지도 모른다는 공포를 느끼기도 하셨지요?

숫자까지 기억하는데, 뒷산에 감나무가 세 그루 있었습니다. 감나무가 잘 부러진다는 거 아시죠? 아이들이 올라가면 위험하니까 어른들이 감나무에 소를 묶어 놓고 쉬게 하고는 "감나무에 올라가서 소똥에 떨어지면 죽는다"라고 겁을 주는 거예요. 그런데 제가 감나무에 올라

갔다가 가지가 부러지면서, 진짜 소똥 위에 떨어졌어요. 한 바퀴 반은 돈 것 같습니다. (웃음)

지금은 우스개지만 그때는 심각했을 것 같습니다.

말도 마세요. 죽는 줄 알았습니다. 너무 무서워서 진땀을 흘리고 난리도 아니었어요. 그러니 그 후에 언니가 지구는 둥글고 자전하기 때문에, 만유인력이 사라지면 우리는 다 죽는다는 이야기를 했을 때도 엄청난 공포를 느꼈던 겁니다.

선생님의 말씀은 콩을 팥이라고 해도 믿었다고 하셨는데 언니의 말이 틀린 것은 아니지만 총장님은 남의 말을 너무 잘 믿는 것 같습니다.

언니는 학교에 다닐 때고 나는 취학 전이니까 심각하게 받아들였지요. 사실 만유인력이 사라지면 모두가 죽는 것은 맞지 않습니까. (웃음)

이영춘 박사를 만나다

●
●

대야초등학교에 들어가서 이영춘(李永春) 박사를 만나셨지요?

제가 의사가 되는 데 큰 영향을 끼친 분입니다.

이분 아호가 쌍천(雙泉)이라는 사실은 혹시 알고 계셨습니까?

알고는 있었는데, 나중에 제가 정신문화연구원 류승국(柳承國) 원장님으로부터 가천(嘉泉)이라는 호를 받았잖아요. 이영춘 박사님과 특별한 인연을 느꼈습니다.

이영춘 박사는 세브란스의전을 졸업하고 교토대학교에서 의학 박사 학위를 받았습니다. 일본인이 경영하는 군산 구마모토 농장 의무실 진료소장을 맡으면서 대야초등학교 등에서 순회 진료와 예방접종을 한 것으로 나오는데요. 1903년생으로 당시 40세 안팎의 나이였습니다. 이영춘 박사를 처음 만났을 때 어떤 인상을 받으셨습니까?

아이들이 주사를 무서워하잖아요. 급장이 모범을 보여야 하니까 제일 먼저 박사님 앞에 딱 섰는데 하늘에서 하느님이 내려온 것 같은 느낌이었습니다. 흰 가운, 반사경, 청진기도 너무 멋져 보였고요. 박사님이 "숨을 크게 쉬어" 하시면 저도 모르게 크게 "후" 하게 되고……. 그런 말씀도 그냥 천상의 목소리 같았습니다. (웃음)

그날로 의사가 되자고 결심하셨나요?

물론입니다. 막연하지만 의사에 대한 동경이나 갈망 같은 것이었겠

의사의 꿈을 갖게 한 이영춘 박사. 의사가 귀하던 시절, 학교 순회 진료로 지역민의 존경과 사랑을 받았다.

지요. 이리여고 시절, 젊은 아버지가 돌아가셨을 때 그 결심을 다시 한 번 다졌습니다. 의사가 되면 노벨상을 타 보겠다는 꿈도 꾸고요. 그때 제가 퀴리 부인 전기를 읽었거든요. (웃음)

의사가 되기로 한 후에는 서울대 의대 합격이 다음 목표가 되었 겠지요? 항상 최고를 목표로 하셨으니.

당연합니다. 저의 경쟁심을 자극하는 일도 있었어요. 6·25 때 서울에서 가족을 따라 이리에 피란 와서, 더는 내려가지 못하고 이리여고에 편입한 아이들이 대여섯 명 있었습니다. 주로 경기여고, 이화여고 학생이었는데 교사도 몇 분 있었고요. 그중에 경기여고에 다녔던 전 ○숙이라는 아이가 우리를 깔보는 게 느껴진 겁니다. 그 친구는 키도 크고 늘씬했어요. 우리가 키도 작고 얼굴도 시커멓고 수준 낮은 교재로 공부하고 있었으니 얕잡아 볼 만도 했겠지요.

이리여고생을 무시하는 말을 했습니까?

제가 서울대 의대를 목표로 한다고 하자, "이리여고에서 어떻게 서울대 의대를 가느냐?"라며 비웃었어요. 그 친구 말고도 서울에서 피란 온 사람들이 다 그런 분위기였습니다. 그래서 저는 '그래? 어디 두고 보자' 이렇게 된 겁니다. 그런데 그 친구 사연도 참 안됐어요. 6·25가 나고 잠깐 밖에 나갔다가 귀가하니까, 가족들이 총을 맞고 다 죽어 있더랍니다. 아버지가 경찰이어서 모두 학살된 거예요.

사연은 안됐지만, 총장님은 오기가 발동했다는 말씀이네요. 방공호에 들어가신 이유를 알겠습니다. 그런데 의대 합격 소식은 어떻게 들으셨습니까? 6·25 전쟁으로 신문조차 없던 시절인데요. 전시연합대학이라는 긴급 편제로 전주에 피란을 와서 대학 교육을 했습니다만.

전주 어딘지는 모르겠는데 방(榜)이 붙었어요. 시골에서 여학생이 서울대에 합격한다는 것은 극히 드문 사례여서 합격자 명단에 오른 제 이름을 보고 "왜 남자 이름이 이길여야?" 하고 쑥덕댔다는 이야기를 들었습니다. (웃음)

이때도 할머니가 대학 진학을 반대하지 않았나요?

여전히 반대하셨지요. '그 정도 배웠으면 됐다' '여자가 많이 배워 좋을 일 없다' '대학은 무슨 대학이냐, 팔자만 세진다' 그런 말씀을 하셨습니다. (웃음) 할머니의 반대는 어머니가 어렵지 않게 막아 주셨지만, 문제는 학비였습니다.

학비를 걱정할 정도로 가세가 기울었습니까?

아버지가 돌아가시고 정미소를 처분했거든요. 그때부터는 땅을 팔고 논을 팔아서 학비를 댔습니다.

부친께서 1948년 동짓달에 별세하셨으니까 불과 2, 3년 만에 가정 형편이 어려워진 거군요.

어머니가 고생을 많이 하셨습니다. 학비를 연초에 한 번, 9월 초에 한 번씩 냈거든요. 처음에는 논이나 땅을 팔아 학비를 댔습니다. 그러다가 졸업 2년 전부터는 더 어려워졌어요. 봄학기 등록금은 지난가을에 수확한 쌀이 남아 있으니까 괜찮았습니다. 그런데 가을이 해마다 문제였어요. 아직 추수는 멀었고 학비는 내야 하니까 매년 9월이면 어머니나 저나 속앓이가 심했습니다. 혹시 '오리쌀(올해 쌀)'이라고 들어 보셨습니까?

덜 익은 벼를 가마솥에 찌고 햇볕에 건조해서 도정(搗精)한 쌀 아닙니까. 지역마다 올벼쌀, 올기쌀, 찐쌀 등으로 불리는데요.

그걸 우리 지역에서는 오리쌀이라고 불렀습니다. 제가 대학에 다니는 동안, 어머니는 해마다 오리쌀을 만들었습니다. 제 학비를 대기 위해 아직 여물지 않은 벼를 그냥 베는 겁니다. 그렇게 뜨물이 나는 채로 베면, 30퍼센트 정도의 손실이 나는 데도요.

그렇게 해도 등록금 납입 기일은 맞추지 못했을 것 같은데요. 벼가 여름 볕을 받아야 오리쌀이라도 만들 수 있잖아요.

등록 마감일인 9월 1일을 해마다 넘겼습니다. 그때부터 등록금을 낼 때까지 어머니에게는 피 말리는 시간이었지요. 저는 어머니가 근심하실까, 내색은 안 했지만 9월 15일쯤 되면 어쩔 수 없이 등록금 이야기를 꺼낼 수밖에 없었습니다. 그때 고생하신 어머니를 생각하면 아직도 가슴이 미어지는 것 같아요.

납기일을 넘기면 어떻게 됩니까? 강의를 못 듣게 되나요?

그건 아닌데 도강(盜講)이 되는 거지요. 죄인 아닌 죄인이 된 것 같아서 자존심이 무척 상했습니다. 있는 집안의 자제들만 대학에 갈 수 있었던 시절인데 가정 형편을 비교당하는 것도 싫었고요.

이리여고 졸업일이 1951년 7월 23일, 서울대 문리과대학 의예과 입학일이 같은 해 9월 1일입니다. 이것은 가을에 입학하는 학제를 그때까지 유지하고 있었다는 의미인데요. 식민 통치와 미군정(美

軍政)의 영향입니다. 대체로 1951년까지는 가을 졸업이, 그 이후부터 1961년까지는 봄 졸업이 유지됐다고 보시면 될 것 같습니다.

1951년 5월 4일에는 '대학교육에 관한 전시 조치령'이 공포되면서 전시연합대학이 출범합니다. 이 법령에 근거해 부산, 전주, 광주, 대전 등지에 전시연합대학이 설립됩니다. 학생 수는 차례대로 4천 268명, 1천 283명, 527명, 377명입니다. 총장님이 다니신 전주의 전시연합대학의 학생 수가 1천 300여 명에 이르렀으니 광주, 대전보다도 훨씬 많은 상당한 규모였습니다.

그렇게 많았습니까? 상세한 기록이 있다니 신기하네요. 기억을 더듬는 데 도움이 될 것 같습니다.

전주의 전시연합대학 교사는 전주북중(현 전주고)에 마련되고 학장은 당시 문리대 철학과 교수였던 고형곤(高亨坤) 박사가 맡았다고 합니다. 이분은 옥구군 임피면 출신이고 고건(高建) 전 총리의 부친이기도 합니다.

전주전시연합대학이 그 위치라는 건 이제 알았습니다. 전주에는 1년밖에 있지 않았으니까요.

전주와 부산의 서울대 시절

○
○

전주에서는 하숙하셨습니까?

어디였는지는 기억이 안 나는데 한옥에서 넷이서 하숙을 했었습니다. 이 이야기를 하니까 생각이 나는데 제가 좀 유별났습니다. (웃음)

어떤 면에서요?

여럿이서 잘 때 다른 사람 몸에 닿는 것을 싫어합니다. 넷이서 자면 딱 맞는 방이었는데 저는 자다가 몸이 닿으면 발로 차 버렸어요. (웃음) 어느 날 자다가 일어나 보니 셋이서 웅크리고 자고 있었습니다.

총장님은 음식과 옷차림은 검소한 편이지만 잠자리와 자동차만은 항상 최고를 추구하시잖아요. 좁은 하숙방이나 자취방에서 엉겨 자던 힘든 기억 때문에 그런 성향이 생긴 것은 아닐까요? 차에서 토막잠을 잘 때도 많으니까요.

그럴지도 몰라요. 자동차는 이동 중에 업무도 보고 휴식도 하는 공간이어서 대체로 세단을 이용해 왔지요.

전쟁통이라고는 하지만 전주 같은 후방은 안정되고 있었고, 또

_____ 부산 피란 시절의 서울대 의대(위)와 서울대 병원(아래)

스무 살 꽃띠에 입학한 서울대학교인데 여대생의 낭만은 좀 즐기
셨습니까?

　의도한 것은 아니었지만 우연찮은 '섬싱(something)'은 있었습니다.
어느 일요일인가 친구랑 넷이서 한껏 차려입고 전주 시내에 나갔는데
지프 한 대가 우리 앞에 서는 겁니다. 키가 훤칠하고 늠름한 군인 네
명이 타고 있었어요. 서울대 독문과와 법대에 다니다가 입대했다면서
말을 걸어왔습니다. 지프에 같이 타고 하루 종일 미팅 겸 데이트를 즐
겼습니다.

100　●　길을 묻다

결국 차에 타신 거군요. (웃음)

남녀 간 내외가 심할 때인데 우리도 어디서 그런 용기가 생겼는지 모르겠습니다.

영화를 보더라도, 전쟁에 그런 속성이 있는 것 같습니다. 전쟁 중일수록 사랑과 로맨스에 대한 갈망이 더 커지거든요. 때로는 향락으로 치달을 수도 있지만 죽음의 공포와 스트레스를 사랑과 로맨스로 풀려는 경향일까요. 군인은 군인대로 생사의 갈림길에서 스트레스를 받을 테고, 이를 바라보는 여성은 여성대로 연민이 생기지 않겠습니까.

그럴지도 모르죠.

그때는 군인이 대우받고 잘사는 시절인데요. 군인들과는 그 후에 연락이 됐습니까?

이번에도 허무한 결말입니다. 하숙집의 점심, 저녁도 거르고 밤늦게 돌아왔는데 주인집 아주머니가 "세상에, 말만 한 다 큰 처녀들이……." 하고 혀를 차는 거예요. 누가 먼저라고 할 것 없이 스스로 반성문을 썼습니다. 한 친구는 "이렇게 공부할 수 있게 뒷바라지해 주신 부모님을 봐서라도 이러면 안 되는데"라며 눈물까지 흘렸어요.

참 '순수의 시대'였습니다.

그렇긴 한데 저에게는 '모범생 콤플렉스'가 있었던 것 같습니다. 저도 노래나 춤, 운동 다 좋아하고 너무 해 보고 싶었지만 잠깐 한눈을 팔다가도 금세 제자리로 돌아왔거든요. 어떨 때는 스스로 너무 옥죄는 자신이 딱하다고 느껴질 때도 있었습니다.

기록에 의하면 전주전시연합대학은 1952년 6월에 해체됩니다. 7월부터는 휴전 회담이 개시되고 한국 정부의 반대에도 불구하고 유엔군과 공산군은 휴전을 희망하며 전쟁을 관망하는 태도를 취합니다. 이에 따라 문교부의 방침은 9월 신학기부터 각자의 본교에 돌아가 수업을 받으라는 것이었는데 대학마다 사정이 달라 제대로 시행되지 않았습니다. 서울대학교의 경우는 본교를 부산에 두고, 서울에 분교를 두어 서울의 학생들에게 청강을 허용하는 정도였습니다. 총장님도 부산으로 떠나야 했는데 할머니와 어머니가 걱정하지 않으셨습니까? 옥구에서 전주로 가는 것과 부산으로 가는 것은 전혀 달랐을 텐데요.

부산이 멀었습니다. 그때 교통 형편으로는 옥구에서 대전으로 가서 하룻밤 자고 거기서 또 기차를 타고 부산으로 가야했으니까요. 어머니와 할머니가 걱정은 하셨지만 대학을 포기하라고 하지는 않으셨습니다.

부산에서도 하숙하셨습니까? 서울대 학적부에 적힌 당시 주소는 부산 동광동 17번지로 돼 있습니다.

그런가요? 아무튼 범일동 산꼭대기 판잣집 다락방에 이리여고 출신 네 명이서 자취를 했습니다. 한 명은 짐만 두고 딴 데서 자고 실제론 세 명이 거주했는데 다락방 크기가 딱 다다미 하나였어요.

요즘은 군산이나 목포에 남아 있는 일본식 가옥이 유명하지만, 부산에도 광복동, 동광동, 충무동, 보수동 같은 곳에 적산가옥이 많았지요. 아시다시피 '적국(敵國)의 재산이었던 집'이란 뜻인데 그런 가옥은 당연히 다다미 크기로 방 넓이를 쟀습니다. 혹시 다다미 한 장의 크기를 알고 계십니까?

한 평은 안 될 것 같고 반 평 정도 되나요?

거의 정확합니다. 찾아보니 너비 90센티미터, 길이 180센티미터더군요. 그 넓이에서 어떻게 세 명이 잘 수 있습니까?

짐은 벽장에 두고, 앉는 책상은 벽 쪽에 세워 두고 교대로 잤습니다. 어차피 공부는 해야 하니까 한 명이 앉아 공부하면 그 뒤에 두 명이 나란히 자고, 그러다가 한 사람 깨워 교대하고…….

총장님이 하시는 말씀 중에 "새우잠을 자더라도 고래 꿈을 꾸어

야 한다"가 혹시 여기서 나온 겁니까? (웃음)

새우잠을 잔 것은 확실해요. (웃음)

윤동주 시인의 〈쉽게 씌어진 시〉도 생각나네요. 이 시에 "육첩방(六疊房)은 남의 나라"라는 구절이 있는데 여기서 첩(疊)이 다다미 아닙니까. 윤동주 시인은 남의 나라 다다미 방이었지만 그래도 육첩이었습니다. 그렇게 따지면 총장님은 피란촌의 '일첩' 다다미 방에서 생활하신 겁니다. 더구나 그 방을 혼자도 아니고 다른 두 명과 함께 썼는데요.

그냥 불편한 정도가 아니라, 사람이 잠을 자야 살 수 있잖아요. 그런데 잠도 제대로 잘 수 없으니 그게 제일 힘들었습니다. 어느 날은 자다가 하도 가슴이 답답해서 일어나 보니 공부하고 있어야 할 아이가 내 가슴 위에 엎드려 자고 있는 거예요. 엄청 싸웠습니다. (웃음)

잠이 오면 다른 사람을 깨우면 될 텐데 그분이 약속을 안 지킨 거군요?

안 지켰지요. 그 아이는 이런저런 이유로 공부를 좀 안 했습니다. 원래 저는 초저녁잠이 많아 먼저 자고 일어나서 공부하고, 조윤상(趙允相)이라고 하는 또 다른 친구는 거의 잠도 안 자고 공부를 했거든요.

—— 서울대 의대 친구들과 함께. 전후 폐허와 가난 속에서 더욱 치열하게 공부할 수밖에 없었다.

그런 환경 속에서도 그렇게 공부를 열심히 하셨다니 지금 세대는 상상도 못할 것 같습니다.

그런데 조윤상이 저를 보고 "너는 머리도 좋고 건강한데 왜 그렇게 공부를 안 하니? 내가 너 같으면 더 열심히 공부해서 노벨상 탈 것 같다"라고 했던 것 아닙니까. 그 아이는 폐결핵을 앓아서 그런지 건강이 좋지 않았습니다. 저도 나름대로 열심히 공부했지만, 윤상이는 매일 밤을 새우다시피 했습니다.

그때 말고 누군가로부터, 공부 안 한다는 말을 들어 보신 적이 있으십니까?

이리여중 다닐 때지요. 사실은 안 하는 척한 겁니다. 공부는 친구들 안 보이는 데서 했지요. 왜 그런 거 있지 않습니까. '나는 머리가 좋을 뿐, 공붓벌레는 아니야', 이렇게 보이고 싶은 마음.

그러면 교단 밑이나 방공호에서 공부하신 이유도 그런 건가요?

암튼 숨어서 공부한 거니까. (웃음)

조윤상 박사는 언론에 대서특필된 적이 있는 분이어서, 기사를 찾아봤습니다. 전북 이리 출신이고 고려대학교 의대의 전신인 '서울여의전'을 졸업하고 1956년 미국 유학을 떠난 것으로 나와 있습니다. 여기서 서울여의전은 서울여자의과대학을 말하는데요.

맞아요. 그래서 당시에는 서울여자의과대학을 '여의대'라고 불렀습니다. 이 학교가 나중에 수도의과대학이 되고, 그 이후에 우석대학교로 개편되고, 지금의 고려대학교 의대가 됐습니다.

그 기사를 보기 전까지 저는 조윤상 박사와 총장님이 서울대 의대 동문인 줄 알았습니다.

이리여고 동문입니다. 전시연합대학이니까 여러 학교에 다니던 학생들이 부산에서 함께 수업을 받은 겁니다.

조윤상 박사는 1991년 일시 귀국해 국내외 한국과학기술자 하계 심포지엄에서 보고 발표를 한 적이 있는데요. 이때 조 박사가 발표한 암 치료 물질과 그의 발표 내용이 국내 언론에 크게 보도됐습니다.

그게 잘 됐으면 좋았을 텐데요. 아시다시피 암 치료는 아직까지 인류의 난제입니다. 윤상이는 그 후에 미국 국립보건원(NIH)에서 일하다가 과로로 세상을 떠났습니다. 참 열심히 공부하고 치열하게 살았던 친구였어요.

시체 한 구로 'SKY'순 해부학 실습

부산 피란 시절, 서울대는 부산 광복동 2가 3번지 동주중학교(옛 동주여상, 현 동주고)에 대학 본부를 마련했습니다. 의과대도 그곳에 임시 교사가 있었고, 길 건너에는 부속 병원이 있었다고 합니다. 유행성 출혈열(한탄 바이러스) 백신 개발자 이호왕(李鎬汪) 박사는 1928년생이며 1954년에 서울대 의대를 졸업했는데요. 이 박사의 회고에 따르면 서울대 의대가 "부산 광복동에 있는 동주여상에 임시 막사를 세워 놓고 서울대 의대를 비롯해 세브란스 의대, 서울여의대(고려대 의대 전신), 이화여대 의대 등 4개 의과 대학과 치과 대학이 통합 강의"를 실시했다고 합니다. 분위기가 상당히 어수선했을 것 같습니다.

듣다 보니, 방금 말씀하신 네 학교 학생들이 시체 하나를 가지고 차례로 해부 실습을 했던 일이 생각나네요. 부산 지리는 잘 모르지만, 버스를 타고 하단에 간 기억이 있는데요. 그때는 해부 실습용 시체가 부족해서 각 대학이 돌아가면서 실습을 했습니다.

전쟁통인데 실습용 시체가 부족했습니까?

시체는 많았겠지요. 하지만 연고가 없어야 하고, 상태가 온전해야 하니까 주로 행려병자의 시체가 쓰였습니다.

행려병자도 많았을 텐데요.

아마 시체를 보존하는 포르말린이 부족해서 그랬지 않았나 짐작합니다.

시체를 해부할 때 견딜 만하셨습니까? 해부 실습 때 자신이 적성에 맞지 않는다는 것을 깨닫고 의사의 길을 포기하는 사람도 있다고 들었습니다.

저는 그런대로 잘 참는 편이었는데 첫날은 막 구역질하는 아이, 시체를 쳐다보지도 못하고 그냥 쓰러지다시피 하는 아이도 있었습니다. 못하겠다고 아예 실습에 안 오는 아이도 있었고요. 그런데 사람이 참, 적응하는 동물이라는 것이, 첫날에는 해부를 마치면 인근 냇가에 가서 피부가 벗겨질 정도로 손을 씻고들 했습니다. 해부용 장갑도 없이 맨손으로 했고 비누도 없었으니까요. 그러다가 점점 익숙해져서 대충 씻고, 나중에는 손도 안 씻고 도시락을 먹더군요. (웃음)

손을 냇가까지 가서 씻었습니까?

실습실이라는 것이 사람이 안 다니는 산골짜기에 천막을 쳐 놓은 수준이었습니다. 옆에 냇물이 흐르고요.

하긴 여러 의과 대학이 시체 하나로 실습을 했다는 것도 그때니까 가능했던 이야기 같습니다.

서울대 의대가 해부를 하고 나서 덮어 놓고, 그다음은 여의대가 하고, 그다음은 세브란스 의대, 이화여대 의대, 서울대 치대 순이었지요.

나중에 여의대가 고려대, 세브란스 의대가 연세대가 됐으니까 요즘 말로 SKY순이네요. (웃음)

순서가 왜 그렇게 됐는지는 모르겠습니다. (웃음)

_____ 서울대 의대 학적부

부산에서도 탈선 비슷한 로맨스가 있었습니까?

전혀 없었습니다. 1년 동안 자취방과 학교를 오간 것이 전부였습니다. 광복동 옆에 있던 국제시장도 안 가 봤으니까요. 관광이나 여행은 꿈도 못 꿨고요. 개폐식인 영도다리가 하늘로 올라가는 것을 보면서 참 신기하다고 생각했던 게 기억나네요.

서울대 학보인 〈대학신문〉에는 "부산 피란 시 서울대 학생들은 아리랑 다방이나 돌체 다방에 모여 현실을 비판했다"라고 나와 있는데요. 그런 다방에 가 보신 적은 있으십니까?

아리랑 다방이나 돌체 다방은 기억이 안 납니다. 그런 건 시간적으로나, 금전적으로 여유가 있는 학생들이나 가능했을 거예요. 그래도 다른 다방은 몇 번 가 본 적이 있어요. 커피 위에 계란 노른자를 올려 주는 '모닝커피'도 그때 마셔 봤습니다.

범일동 자취방에서 광복동 학교까지 통학은 어떻게 하셨습니까? 지도상으로는 상당한 거리거든요. 자취방 주소가 동광동으로 돼 있다고 말씀드린 것도 그래서였습니다.

제 기억은 확실히 범일동인데, 멀긴 해도 매일 걸어서 다녔습니다. 그때는 도보 한 시간 정도는 걷는 것도 아니었어요. 산꼭대기까지 숨을 할딱거리며 올라 다닌 기억이 나네요.

제 생각에도 부산 시절의 서울대 학사 운영이 제대로 이루어졌을 것 같지는 않습니다. 하지만 각처에 전시연합대학이 만들어지고 서울대가 부산에 본교를 마련한 것은 상당한 의미를 둘 수 있을 것 같습니다. 전쟁 중에 대학 교육의 연속성을 유지한 것은 세계적으로 드문 일이기도 하고, 교육사적 측면에서도 의의가 크지 않겠습니까?

지금 생각해 봐도 그런 상황 속에서 저뿐만이 아니라 다들 맹렬히 공부한 것 같습니다. 나라를 구하겠다고 목숨을 바친 학도병을 보세요. 교육이 아니면 가능했을까요? 그런 교육열 덕분에 우리나라가 이만큼 발전한 거라고 저는 확신합니다.

잉크도 얼어붙는 자취방에서

:

서울로 환도(還都)할 때가 됐습니다. 대담을 진행하다 보니 제가 총장님의 시간 여행을 이끄는 길잡이가 된 느낌입니다. (웃음) 총장님은 1953년 3월 31일 부산에서 예과 2년 과정을 수료합니다. 4년 과정인 본과 진학일은 4월 1일인데요. 이해 7월에는 휴전 협정이 조인되고, 서울대는 9월부터 서울에서 신학기 개강을 하게 됩니다. 같은 해 10월 15일에는 교내에서 개교 7주년 기념식 및 환도 축하식이 열렸습니다.

옥구 고향 집에서 대전, 대전에서 서울까지 기차를 타고 올라간 게 기억납니다.

서울은 이때가 처음이었지요? 그때는 서울 한 번 가보는 것이 소원인 사람도 많았습니다. 처음 본 서울이 충격적이었을 것 같은데요.

저도 어렸을 때 서울 한 번 가보는 것이 꿈이었습니다. 서울에 왔을 때 꿈을 이룬 셈이지요.

거처는 어디에 마련하셨습니까?

처음에는 혜화동에 짐을 풀었다가 얼마 후에 방을 옮겼습니다. 부산에서 알게 된 정정숙의 집이었는데 함께 자취했습니다. 경복궁 옆 효자동이었어요. 집은 기와만 얹은 시골집과 비슷했습니다. '서울도 별거 없네'라는 생각이 들었지요. (웃음)

본과에 진학하고 학교도 정상화됐으니까 이때부터 본격적인 공부가 시작됐겠습니다.

물론입니다. 아시다시피 제가 자존심이 매우 강하지 않습니까. 이리여고에 입학할 때도 전부 무슨 군수 딸, 어디 의사 딸뿐이어서 다소 위축됐는데 그걸 공부를 열심히 해서 성적으로 풀었거든요. 그런데 서울대 의대에 입학해 보니 집안이 좋은 것은 기본이었습니다. 경기여고 1등 출신도 있고, 독일어 소설을 줄줄 읽는 친구에, 영어 회화를 거침없이 하는 동기들, 〈타임〉지를 번역해 학비를 버는 친구를 보며 처음엔 기가 죽었지요. 자존심을 세우려면 공부밖에 없었습니다.

'시골 콤플렉스'를 공부로 승화시켰다는 말씀이군요.

악바리처럼 공부했습니다. 겨울에 이불을 둘러쓰고 덜덜 떨면서 밤을 새웠습니다. 잉크가 얼면 호호 불어 녹여 가면서, 펜으로 찍어 썼어요. 서울에서 맞은 첫 겨울이었는데 정말 추웠습니다.

방 안인데도 잉크가 얼었습니까?

당연히 얼지요. 자취생이 방에 불까지 땔 수는 없잖습니까. 잉크가 안 얼도록 계속 손에 쥐고, 체온으로 녹이는 겁니다. 그러다가 호호, 불어서 조금 녹으면 그걸 찍어서 펜으로 쓰고요.

펜과 잉크를 썼다는 것도 지금 세대에겐 생경한 느낌일 겁니다. 샤프펜슬, 볼펜은커녕 연필도 귀한 시절이었으니까요.

그럼요. 전기도 잘 안 들어와서 석유 등잔을 밝히고 공부했습니다. 그렇게 몇 시간 공부하고 나면 어질어질합니다. 한밤에 화장실에 가는데 아시다시피 그때는 마루, 토방, 마당을 지나고 계단 몇 개를 올라가야 화장실에 갈 수 있었잖아요.

한옥 구조가 거의 그랬습니다. 집 대문을 열면 마당이고 마당 구석에 화장실이라기보다는, 큰 독 위에 널빤지 두 개만, 발을 딛도록 올려놓은 변소가 있었지요. (웃음)

변소에 아이가 빠져 죽는 사건도 일어났던 시절이잖아요. 겨울 한밤에 그런 데를 정신이 몽롱한 채로 간 거예요. 변소에 앉아 있는데 몸이 이리저리 흔들리면서 이쪽 벽에 머리를 쿡 찧고, 또 반대편 벽에 꾹 찧고 하는데 갑자기 '정신 못 차리면 빠져 죽는다'라는 생각이 들어 가까스로 걸어 나왔습니다. (웃음)

현재 한국의 화장실은 청결하고 쾌적하다고 세계적으로 정평이 나 있습니다만 1990년대까지만 해도 끔찍한 화장실이 많았습니다. 지금 40, 50대까지도 어릴 때 변소에 빠지는 악몽을 꾸면서 자랐지요. 아이 혼자 변소에 가는 것도 큰일이어서 밖에서 누가 지켜보고서 있지 않으면 볼일을 못 보는 아이도 많았습니다.

그러게나 말입니다. 도시의 청결성이나 화장실 문화는 선진화의 척도이지 않겠습니까. 그런 면에서 우리나라는 이미 세계 최고의 선진국이라고 할 수 있습니다.

모두가 착했던 '순수의 시대'

본과에서 공부를 열심히 한 이야기는 이미 다 나온 것 같습니다. (웃음) 이 대목은 더 언급하지 않겠습니다. 혹시 재학 시절에 데모는 해 보셨습니까? 1952년 5월에는 부산 정치 파동이 일어났고, 1956년 5월에는 정·부통령 선거로 시국이 어지러웠는데요.

아 이런 것도 해당이 되는지는 모르겠는데, 서울대가 함춘원(含春苑)에 음악 대학 건물을 짓는다고 해서, 데모한 적은 있습니다. 지금은 함춘원지(含春苑址)라고 서울대병원 본관 뒤편에 흔적만 남아 있지만 원래 거기가 숲이었습니다. 정신과 병동으로 가는 길목에 있었어요. 청년 의사와 간호사가 사귀는 장소이기도 했고요. (웃음)

의대 안에 음대를 짓는다고 했으니 의대생들은 불만이 많았겠습니다.

그 이유였습니다. 데모라고 해 봐야 음대 공사장 앞에 쌓아 둔 벽돌을 의대생들이 일렬로 서서 배추나 연탄을 나르듯이 릴레이식으로 바깥에 버린 것이 전부였지요.

어머니가 학비를 대느라 고생하셨다는 말씀을 하셨는데 과외 같은 아르바이트를 해 본 적은 있으신지요?

입주 과외를 1년 정도 했습니다. 명동 성당 근처에 있던 일본식 여관집이었어요. 과외를 소개해 준 최인자라고 하는 의대 친구가, 주인 여자가 하는 짓이 꼭 평양 기생 같더래요. (웃음) 아닌 게 아니라 주인 여자가 얼굴도 예쁘고 그런 티가 조금 났습니다. 그러다가 고학년이 되고, 의사 시험도 준비해야 해서 효제동 최인자 집에 들어갔습니다. 거기서 졸업 때까지 편하게 지냈지요.

최인자라는 분은 박지홍 선생과 함께 총장님의 평생지기라고 알고 있는데요. 총장님은 평생을 같이 걷는 막역지우(莫逆之友)가 많으시네요.

그러네요. 그 두 사람은 평생을.

박지홍 선생은 어떻게 됐습니까? 부역으로 이리여고에서 제적을 당했다는 이야기까지 하셨습니다. 서신 왕래 정도는 계속됐겠지요?

물론입니다. 지홍이가 서울 제 자취방에 찾아온 적도 있었습니다. 대학에 가고 싶은데 (6·25때 부역했다는 이유로) 이리여고 중퇴이니, 고등학교 졸업장이 있어야 하잖아요. 고교 편입이 가능한 학교를 알아보다가 찾아낸 게 서울 정신여고였습니다. 결국은 잘 안 됐습니다.

고향으로 다시 내려가야 했겠네요. 같이 계셨으면 많은 힘이 되었을 텐데요.

며칠 같이 지내다 내려가는데 그때는 웬만한 도시가 아니면 열차가 하루 한 번꼴로 운행됐습니다. 밤차로 혼자 내려가는 게 너무 안쓰러워서 제가 서울대 배지를 떼서 지홍이 가슴에 달아 줬어요. 대학생이 대접받던 때였으니까요.

서울대에 입학하면 배지뿐만 아니라 베레모를 나눠 줬었지요. 1950년에 서울대 문리대에 입학한 식물학자 김준호(金俊鎬) 박사는 "입학금에 교모(베레모) 값이 포함되어 있어 황금정(을지로)의 신라양행을 찾아가서 모자를 받았다"라고 기록을 남겼던데요.

그랬을 겁니다. 저보다 한 해 먼저 입학한 선배네요.

최인자 선생은 본과에서 알게 된 친구입니까?

그렇습니다. 최인자가 평양 의전(醫專)에 다니다가 서울대 의대 본과로 편입했어요. 그런데 알고 보니까 부산에서 나처럼 범일동에서 살았다는 거예요. 철로 변에 떨어진 석탄을 주워다 팔기도 하고, 때로는 범일동 산꼭대기까지 물지게를 지고 올라가 물장사를 하면서 어렵게 살았더라고요.

너나없이 고생했던 세대인 것 같습니다. 최인자 선생이 서울에 올라와서는 형편이 다소 나아졌나 보네요.

그 친구 언니가 군인하고 결혼했어요. 언니가 서울 집에서 하숙을 쳤는데 특별한 일이 없으면 거의 남편 부대가 있는 강원도에 가 있었습니다. 최인자 혼자서 하숙집을 관리하기도 어렵고, 서울대 의대 편입 후 본과 공부를 따라잡아야 하기도 해서, 겸사겸사 제가 들어갈 수 있었습니다.

―― 서울대 의대 정문 앞에서. 왼쪽부터 김순덕, 나, 최인자. 최인
자는 나와 인천과의 인연을 맺어 주었다.

집에 다른 하숙생도 있었다는 말이네요. 남학생이었습니까?

이것도 재밌는 이야기인데요. 그 집 2층에 방이 두 개 있었습니다.
하나는 8첩 다다미방이었는데 서울 법대생 네 명이 썼고, 또 다른 6첩
방은 인자와 제가 썼어요. 일본식 가옥이라 방 사이에 후스마(襖, 두꺼
운 헝겊이나 종이를 바른 창호지 문)만 있었으니 기침 소리, 숨소리까지
다 들렸습니다. 그런 공간에서 각자 밤을 새워 공부했는데, 어떻게 그

렇게 살 수 있었는지 지금 생각해도 불가사의합니다.

지금의 층간 소음은 '저리 가라'였겠는데요.

겨울에는 우리도 그렇고 남생들도 그렇고 방에서 소변보는 요강까지 썼다는 거 아닙니까. (웃음) 그렇게 지내면서도 스캔들 한 번이 없었습니다. 아까 '순수의 시대'라고 표현하셨는데 다들 착했습니다. 공부밖에 모르고 살았으니까.

'인골' 갖고 귀향했다가 마을 소동
●
●

집은 어디에 있었습니까?

지금은 동대문 옆에 서울 성곽이 있잖아요. 예전엔 그곳에 이화여대 부속 동대문병원이 있었습니다. 거기서 대학로 쪽으로 조금 더 간 자리였습니다. 학교까지 15분 정도 걸렸어요. 집 근처에 국화빵을 파는 가게가 있었는데 오가던 길에 사 먹었던 기억이 납니다.

하숙집이 다 걸어 다닐 만한 곳에 있었네요. 그러고 보니 총장님은 기차로 통학했던 때를 제외하면 줄곧 도보로 통학하셨습니다.

초등학교 때는 10리를 걸어 등교하셨고요. 그게 요즘까지의 건강의 기초가 된 것 아닌가요.

저도 그렇게 생각해 왔고 지금도 틈만 나면 걸으려고 노력하고 있습니다.

생활비를 아끼기 위해 방학 때마다 고향에 내려가셨다고 들었습니다.

사실입니다. 어머니와 할머니도 뵙고 싶었고요.

고향에 가면 동네 사람들이 선망의 눈으로 바라보지 않았나요?

그랬을 것 같기는 한데 한번은 인골을, '사람 뼈다귀'를 갖고 왔다고 동네 사람들이 우리 집에 몰려온 적이 있었습니다.

의과대 학생이기에 인골을 가지고요?

사람 몸에 대해 공부할 게 얼마나 많습니까. 피부 아래 무슨 조직이 있고, 근육과 신경은 어떻게 지나가고, 그런 걸 다 외워야 하는데 방학이라고 공부를 게을리할 수는 없어서 가방에 넣어 간 거예요. 우리 할머니조차 가시내는 공부를 시킬 게 아니라며 노발대발하셨습니다.

그런 시골 출신 의대생으로서, 미국 유학은 또 어떻게 꿈꾸시게
된 겁니까?

저는 연구하는 의사가 되고 싶었습니다. 마리 퀴리처럼 노벨상을 타
고 싶었어요. 그런데 저의 몇 년 선배 때부터 미국에 유학 가기 시작했
습니다. 제 동기들도 많이 갔어요. 저도 미국에 가고 싶었습니다. 졸업
후에는 무조건 유학 간다는 생각뿐이었지요.

그 시대적 배경은 이렇습니다. 1955년 미국 정부는 반공 대외 원
조 사업의 일환으로 국무성 산하에 ICA(국제협력처)를 신설합니다.
사실상 한국 원조를 주목적으로 하는 기관이었습니다. ICA는 전쟁
으로 폐허가 된 한국의 재건을 지원하기 위해 여러 가지 사업을 펼

_____ 서울 종로구 연건동 서울대 의대 부속병원 전경(1949년)

치는데 그중 하나가 '미네소타 프로젝트'였습니다. 서울대 의대 교수와 조교들을 미네소타대학 의대로 연수를 보내는 프로젝트였는데 이에 대해서 들어 보신 적이 있는지요?

물론입니다. 그런데 그것은 나중에 보사부장관을 지낸 권이혁(權彝赫) 서울대 의대 교수가 미네소타대와 협력해 만든 프로젝트였습니다. 주로 남자 선배들이 병역 면제를 겸해 이 프로젝트로 미국 유학을 많이 떠났지요. 하지만 그것과 관계없이 잘사는 집 아이들은 대부분 미국으로 갔습니다.

'미네소타 프로젝트'는 1955년 9월 15일 서울대 의대 졸업생 12명이 1차로 미국으로 출발하면서 시작됐고 1961년까지 이어집니다. 총장님은 이 프로젝트와 상관없이 미국 유학을 꿈꾸셨다는 말입니까?

그렇습니다. 비행기 표, 본인의 의지, 그리고 집안 사정만 맞으면 누구라도 갔을 겁니다. 저 같은 경우에는 미국의 선진 의료를 배우고 싶어서 너무나 가고 싶었던 거예요.

총장님은 그야말로 비행기 표가 없어서 그때 못 떠나신 거네요.

지금은 웃으면서 이야기할 수 있지만 얼마나 한이 맺혔겠습니까.

비행기 표값은 얼마였습니까?

'300'이라는 숫자가 머리에 맴돌긴 하는데 정확하지는 않습니다.

제가 기사 검색을 해봤습니다. 1955년 9월 4일 자 〈경향신문〉에 따르면 당시 미국 동부까지 가는 항공료가 600달러로 나오는데요. 이를 1958년 1월경 공정 환율 '500환 대 1달러'로 환산하면 30만 환이 됩니다. 총장님이 '0' 하나를 더한 숫자를 기억하고 계신 것 같습니다.

아, 그렇군요.

30만 환도 상당한 금액이었습니다. 대통령 월급이 13만 6천 환이었을 때니까요.

그때 저로서는 꿈도 꾸지 못할 거액이었어요.

당시 집안 형편이 그렇게 어려웠습니까?

무리하면 갈 수는 있었을 거예요. 그러려면 논 한 필지를 팔아야 하는데 그 무렵엔 어머니가 겨우 먹고살 정도의 땅밖에 남아 있지 않았습니다. 한마디로 미국행은 불가능했지요.

4장

•
•
•

봉사 활동에 눈을 뜨다

골든 박사가 던진 충격과 감동

●
●

의대 졸업 후에, 어떻게 나아가겠다는 구체적인 계획은요?

다소 진퇴양난이었습니다. 미국에 갈 수도 없었지만, 월급도 없는 무급 조교로 연구실에 남을 수도 없었습니다. 무엇보다 생활비를 감당하기 어려웠어요. 어머니가 한 번씩 쌀을 올려 보내 주시기는 했지만, 친구 집에 계속 얹혀살 수도 없었고요. 언젠가는 미국에 가야겠고, 서울에 머물 수는 없는 형편이었습니다. 그때 마침 퀘이커(Quaker) 의료 봉사단이 군산도립병원에 와 있다는 것을 알게 되었습니다. 영어도 익히고 생활비도 아낄 겸해서 바로 내려갔습니다.

이 역시 배경 설명이 좀 필요할 것 같은데요. 한국에서 종교친우회(Religious Society of Friends)라고 불리는 퀘이커는 17세기 영국에서 창시된 기독교 교파입니다. 6·25 전쟁 중에 미국인과 영국인이 중심이 된 퀘이커 봉사단이 군산에서 활동한 데는 연유가 있습니다. 중공군의 개입으로 평양에서 후퇴하게 된 유엔군은 평안남도 진남포에서 피란민들을 LST(상륙정)와 어선에 태워 군산으로 후송합니다. 이때 군산에 상륙한 피란민의 수는 총 5만여 명이었는데 반은 김제, 부안, 익산에 배치됐고 반이 군산에 남습니다. 군산에 남은 피란민 가운데 3천 명은 옥구로 가고 군산에는 2만 2천 명이 수용됐습니다. 옥구와 군산에 피란민 마을이 형성된 겁니다.

───── 수련의 생활을 했던 군산도립병원 전경(위). 이승만 대통령이 방문하기
도 했다(아래).

그렇게나 많았었군요. 하여간 제가 군산도립병원에서 일하는 동안
환자들이 무지무지하게 몰려들었습니다. 퀘이커 의료 봉사단이 군산
에 얼마나 머물렀습니까?

휴전 협정이 조인된 직후부터 본격적으로 활동할 수 있었기 때
문에 1953년 하반기부터 1957년 하반기 정도까지였습니다.

4년 정도네요. 저는 퀘이커 의료 봉사단이 한국을 떠나기 직전 마지막 6개월을 함께했습니다. 봉사단은 6·25 때 파괴된 도립병원을 복구하고 병원 내에 간호사 양성 과정을 만들었고요. 단순히 의료 봉사 활동에 그친 것이 아니라 군산 전체를 깨우치고 갔다고 해도 좋을 만큼 지역 사회에 선한 영향력을 미쳤습니다. 빵과 과자를 만드는 방법을 가르쳐 주기도 했는데, 우리 언니가 그때 식빵 제조법을 배웠습니다.

퀘이커 봉사단의 헌신과 열정을 지켜본 한국인들은 큰 감동을 받은 것 같습니다. 대한적십자사 총재와 인제대 총장을 지낸 이윤구(李潤求) 박사는 총장님과 시기는 다르지만 군산도립병원에서 봉사 활동을 했습니다. 그때 감동을 받아 퀘이커 교도가 되었고요. 나중에 입교한 함석헌(咸錫憲) 선생도 비슷한 경우였습니다.

그럴 거예요. 저도 군산도립병원에서 만난 골든 박사로부터 넋이 나갈 정도로 감동을 받았습니다.

그 이야기는 저도 들었습니다만 직접 목격한 사람이 아니라면 그 감동을 느끼기 어려울 것 같습니다.

직접 본 저로서도 말로 표현하기는 어렵네요. 그때는 폐결핵이나 간디스토마 환자가 그렇게 많았습니다. 아침에 병원 문을 열면 환자들이 인산인해처럼 밀려왔습니다. 그냥 환자도 아니고 거의 죽어 가는 사람들이에요. 어느 날은 기도(氣道)에 피고름이 차서 숨을 못 쉬고,

컥컥거리며 죽어 가는 폐렴 환자가 들어왔습니다. 놀란 의료진이 경황 중에 석션(Suction, 흡입관)을 외치며 찾아도 눈에 보이지 않았는데요. 그러자 골든 박사가 그냥 달려들어, 자신의 입으로 피고름을 빨아내는 거예요.

충격이 컸겠습니다. 아무리 인간애가 강하다고 해도 쉽지 않은 행동인데요.

그 환자는 얼굴 전체가 피고름 범벅이었습니다. 저를 비롯해 다른 모든 의료진들이 얼어붙은 채로 서 있었습니다. 눈물 흘리는 사람도 있었고.

의사는 저래야 한다, 진정한 봉사는 저런 것이구나, 이런 생각을 하셨던 걸까요?

그때는 워낙 충격이 커서 아무 말도 할 수 없었습니다. 아무튼 평생 잊을 수 없는, 커다란 깨달음이었지요.

총장님이 고향인 군산의 도립병원에 귀향했으니, 어머니가 상당히 든든하셨겠네요. 병원도 많고 의료 보험이 잘돼 있는 지금도 병원에 아는 의사가 있는 것과 없는 것은 차이가 나지 않습니까.

어머니 건강 검진을 해드렸고요. 그리고 어머니가 아시는 분 전부를

병원으로 모셔 오라고 했습니다. (웃음)

'딸 잘 키웠다'고 부러워들 했을 것 같습니다. 다른 환자도 많았을 텐데, 친척이나 지인 환자까지 진찰하게 되면 병원에 눈치가 보이지 않았습니까?

다른 환자를 모두 돌보고 나서 가욋일로 도왔습니다. 어머니 체면이 걸린 문제라서 지인 환자가 더 이상 없을 때까지 치료를 했습니다. 그랬는데도 궁핍한 시대라, 어느 분이 다녀간 뒤에 병원 담요가 없어졌어요. 민망했습니다. (웃음)

군산도립병원의 의료진 구성은 어떠했습니까?

외국인은 의사와 간호사가 네댓 명, 직원이 6~7명 정도 됐던 것 같고요. 한국인 의사는 서너 명?

퀘이커 봉사단과의 짧고도 긴 6개월이었던 것 같습니다. 봉사단이 본국으로 돌아간다는 소식을 미리 들으셨을 텐데, 향후를 대비해 무슨 계획이라도 갖고 계셨습니까?

비행기 표값을 벌어 미국에 가는 것만이 목표였고요. 그러자면 숙식을 해결할 수 있으면서 약간의 급여를 받을 수 있는 병원이 필요했는데, 마침 서울적십자병원에 한국 최초로 수련의 과정이 생겼습니다.

—— 생애의 롤 모델이 된 골든 박사와 함께. 어느 날 각혈하는 환자를 살리기 위해 피고름을 입으로 빨아내는 골든 박사를 보며 깊은 충격과 감동을 받았다.

운이 따랐던지 골든 박사가 적십자병원 손금성(孫金聲) 원장과 친했습니다. 골든 박사가 저를 손금성 원장에게 추천해 줘서 적십자병원 수련의로 갈 수가 있었지요.

손금성 박사는 미국에서 의사 자격증을 따셨더군요. 서재필(徐載弼) 박사가 일시 귀국했을 때는 통역을 전담했다고 합니다. 총장님께서도 서재필 박사와 인연이 있지 않습니까?

2019년에 '서재필 의학상'을 수상했습니다. 손금성 박사는 미국에서 어느 대학 의대를 졸업했습니까?

필라델피아 하네만대학이라고 기록에 나옵니다. 필라델피아에서 활동했던 서재필 박사와 그때 인연이 닿은 것 같습니다.

손금성 박사는 확실히 트인 분이었습니다. 적십자병원에 수련의 제도를 도입한 것도 미국에서 체험한 선진 의료 시스템을 한국에 정착시키려는 노력이었겠지요. 저로서는 수련의 과정을 밟으면서, 숙식도 해결하고 급여까지 받을 수 있어서 더없이 좋았습니다.

급여가 비행기 표를 마련할 정도는 됐습니까?

어림없었습니다. 인턴 기간이 6개월밖에 되지 않아서요. 마침 그때 인천에서 개인 병원을 개업한 최인자가 같이 일하자고 해서 '딱 비행기 표값만 벌자'는 생각으로 인천으로 내려가게 됐습니다. 그것이 생애의 인연이 되었네요.

1958, 인천과 맺어진 인연

●
●

의사 국가 자격시험 공부는 어떻게 하셨습니까?

시험 한두 달 전부터 최인자와 저, 그리고 정구영과 홍사항이라는 남학생 동기가 함께 시험 준비를 했는데요. 최인자 방에 네모난 가부좌 책상 하나를 놓아 두고 각자 한 면씩 차지하고 빙 둘러앉아서 공부를 했습니다.

코타츠를 두고 마주 앉은 것 같은 정다운 분위기였을 것 같은데요.

그러네요. 추워서 무릎에 담요까지 덮었으니까요. 정답게 참 열심히 공부했습니다. (웃음)

보건사회부 장관이 날인한 의사 면허증이 1958년 6월 24일자로 발부됐습니다. 이때부터 의사 활동을 시작하셨고 지금까지 인천과의 생애의 인연이 이어집니다. 운명적이라고 할 수도 있겠는데 그때는 이렇게 될 줄 모르셨지요?

당연히 몰랐지요.

병원 전경을 담은 사진을 봤습니다. 정문에 '여의사 진료' '입원실 산실(産室) 완비' '소아마비 예방주사 접종' '태반주사(조직요법 실시)'라는 문구가 적혀 있는데요. 이런 문구 하나하나가 병원을 홍보하는 카피일 텐데 격세지감을 느끼게 합니다. 우선 여의사가 운영하는 산부인과는 당시에 엄청난 메리트를 가지고 있었겠습니다. 서울대 출신 여의사라는 사실도 곧 소문났을 것 같고요.

_____ 인천에 1958년 갓 도착해서 진료하던 병원의 입구

그래요. 여의사가 드물 때인데 서울대 출신은 또 얼마나 귀했겠습니까. 당시 서울대 의예과 신입생이 120명이었는데 동기 여학생이 9명이었습니다. 이건 6·25 전쟁으로 남학생이 줄어, 좀 예외적인 경우고요. 여자 신입생이 적게 들어올 때는 두세 명, 많아야 대여섯 명 정도였습니다. 그런 상황에서 최인자와 내가 인천에 산부인과를 열었으니 금세 소문이 퍼졌습니다.

조금 나중의 통계이긴 한데 1963년 의사협회 통계조사과에서 집계한 수치가 있습니다. 당시 전국 의사 총수는 6천 548명이고, 이 중 여의사는 1천 48명, 6분의 1 정도였습니다.

생각보다는 많네요.

아닙니다. 여의사 1천 48명 중에서 산부인과 의사를 넉넉잡아 400명 정도로 본다고 해도 1963년 신생아 수가 100만 명이 조금 넘었습니다. 통계적 수치로만 따진다면 1년에 산부인과 여의사 1인 당 신생아 수는 2천 500명입니다. 여의사가 귀했던 건 틀림없는 사실이지요.

그렇군요.

정문에는 '산부인과 소아과'라고도 적혀 있는데 소아과도 보신 겁니까?

지금 관점에서 그 당시를 보면 안 됩니다. 병원 구경, 의사 구경도 어려웠던 때였습니다. 소아과를 겸할 수 있어서 얼마나 다행이었는지 모릅니다. 내과 질환 또는 외상 환자, 어떨 때는 죽어 가는 환자가 무작정 우리 집을 찾아오는데, 돌려보낼 수밖에 없었습니다. 그때마다 정말 안타까웠습니다.

'우리 병원'을 '우리 집'이라고 하시면 모르는 사람들은 오해할 수도 있겠습니다.

오랜 습관입니다. 우리 집이 병원이었고 병원이 사는 집이었으니까 틀린 말은 아닙니다. (웃음) 지금도 굳이 바꾸지 않는 습관이에요. 언제부터인지는 잘 모르겠는데 저는 길병원 직원들과 가천대학교 학생들을 '우리 아이들'이라고 부릅니다. 내 식구, 내 자녀 같다는 생각도 들고, 또 내 자식처럼 책임진다는 마음도 있어서.

그건 저도 잘 알고 있습니다. 실제로 그 이상의 연배이기도 하고, 직원들이나 학생들의 거부감도 전혀 없지 않습니까. 그런데 병원에 거처가 있었습니까?

따로 집이 있었던 것도 아니고 병원에서 살았습니다.

환자가 많아서 끼니도 제대로 못 챙겨 드셨잖아요?

그렇습니다. 눈코 뜰 새가 없었습니다.

의사를 더 영입한다는 생각은 안 해 보셨습니까?

그런 건 생각도 못해 봤습니다. 하루빨리 비행기 삯을 마련해 미국에 갈 생각뿐이었으니까요. 더구나 최인자가 내가 합류한 지 6개월 만에 결혼해서 대구로 내려가 버렸습니다.

완전히 총장님 개인 병원이 돼버렸네요. 최인자 선생은 어떻게 그렇게 빨리 결혼하시게 됐습니까?

인자는 결혼이 인생의 목표 비슷했어요. (웃음) 졸업 무렵부터 선을 보러 다니더니 어느 날 덥석 결혼해 버리더라고요.

총장님에게도 선이 많이 들어왔을 것 같은데요.

꽤 들어왔지요. 하지만 저는 마음이 콩밭에 있었습니다. 오직 미국에 간다는 목표밖에 없었습니다.

어떤 기사를 보니까 대학에 다니실 때 동기 남학생들이 총장님이 가장 먼저 시집을 갈 것이라고 했다던데 그건 무슨 말입니까?

제가 어릴 때부터 워낙 잘 웃고 명랑하니까 그런 말이 나온 것 같습니다.

'활짝 웃음'은 정말 총장님의 트레이드마크처럼 돼 있는데요. 신입사원 면접 같은 것을 보실 때 "활짝 웃어 보세요"라는 주문을 많이 하셨잖아요. 그런데 초긴장 상태의 면접장에서, 응시생이 자연스럽게 활짝 웃는 게 쉽지 않을 것 같기도 합니다만.

기회가 있을 때마다 웃어 보라고 했습니다. 한동안 사람들이 저에게 '성공의 비결'을 많이 물어봤거든요. 그때 '항상 활짝 웃는 것이 비결'이라는 말을 자주 했습니다. 요즘은 그렇지 못한 젊은이들이 너무 많아요.

가슴에 품은 청진기

●
●

젊은 시절, 환자에 대한 헌신과 열정은 간판이 되었습니다만, 그
것 말고 초창기 병원의 성공 비결은 무엇이었을까요? 시대적인 상
황과 배경에 대한 설명도 필요할 듯해서요.

여러 가지가 있겠지요. 우선 병원 위치가 현 동인천역 인근 '용동 큰
우물' 옆이었습니다.

'용동 큰 우물' 부근은 현재는 구도심으로 쇠퇴했지만, 한때 인천
최대의 상권으로, 왕래가 많았다는 말씀이지요?

그렇습니다. 그리고 시대적으로 환자는 넘쳐 나고 병원은 부족한 시
기였습니다. 1958년이 처음 개업한 해인데 '58년 개띠' 신생아 수가,
'베이비 붐'의 상징이 되었지요?

1년 출산이 100만 명에 육박했습니다. 99만 3천 628명입니다.
전후 최고 기록인데 이듬해에 바로 깨졌습니다. 1959년 처음으로
100만 명을 돌파한 이래 1971년까지 1965년 단 한 해를 제외하고
계속 100만 명을 넘었습니다. 1960년에 찍은 108만 535명이 현재
까지 최고의 기록입니다.

그렇게 곳곳에서 아기 울음소리가 들렸으니 산부인과가 얼마나 잘 됐겠어요.

'용동 큰 우물' 인근에도 용동 권번(기생학교)이 있었다고 합니다. 그 주변에 유명한 주가(酒家)가 형성되어 용동이 인천 상권의 중심지였다는데요. 지금도 '용동 큰 우물' 층계석에 용동 권번 명문(銘文)이 새겨져 있다고 합니다.

그런 시절이었으니 환자들이 몰려들 수밖에 없잖아요. 게다가 실력 있는 여의사가 진료하는 친절한 병원이라는 소문까지 나서 환자들에 파묻히다시피 했습니다.

'실력 있는 여의사'라는 건 이해가 되는데 '친절한 병원'이라는 건 어떻게 소문이 난 겁니까?

사실 그때는 아주 당연한 거라고 생각을 했기 때문에 저도 이유를 잘 몰랐습니다. 나중에 들리는 이야기가 저한테 진찰이나 치료를 받고 나면 산모들이 그렇게 편안하고 기분 좋다고 했다는 거예요. 저는 단지 청진기를 가슴 품에 넣고 다니며, 체온으로 덥혔을 뿐인데도요.

'가슴에 품은 청진기'가 그때로군요.

환자들이 차가운 청진기의 금속이 몸에 닿자, 소스라치게 놀라는 것

_____ '가슴에 품은 청진기'는 마음 바쳐 진료하자는 상징이다. 그 정신을 이어받기를 바라며 가천의대 졸업생들에게 해마다 청진기를 목에 걸어 준다.

을 보고 그때부터 청진기를 가슴에 품기 시작했습니다. 저는 다른 의사도 다 그러는 줄 알았습니다.

결코 당연한 일은 아니었습니다. 이어령 교수는 이런 글을 남겼습니다. "중국의 삼자경(三字經)에는 황현이라는 아홉 살 효자가 나온다. 겨울철, 부모님의 선뜻한 이부자리에 미리 누워서 덥혔다가 나온, 효심의 주인공이다. 일본에는 주군이 발 시리지 않도록,

신발을 품에 넣고 다니며 섬긴 부하 얘기가 있다. 그러나 한국의 이 길여라는 의사는 그보다 더하다. 부모나 상사를 극진히 섬기는 것은 당연할 수 있지만, 타인 중에도 특히 약한 자, 환자를 배려하는 따스한 마음은 중국 일본의 고사에 비길 일이 아니다. 청진기가 발명된 이래, 이렇게 환자를 대한 의사는 아마도 처음이 아닐까?"라고 했어요. 그러면 따뜻한 물에 소독약을 덥혀 내진(內診)하신 것도 그 시절인가요?

그럼요. 그때는 크레졸을 소독제로 썼습니다. 언제부터 병원 냄새가 사라졌는지는 모르겠지만 대략 1990년대까지만 해도 동네 의원 같은 소규모 병원에 들어가면 특유의 냄새가 났어요. 그게 크레졸 냄새입니다.

1980년대까지는 확실히 그런 냄새가 났던 것 같습니다. 병원 화장실이 특히 심했고요.

냄새도 나고 좁기도 했지요. 그래서 제가 구월동에 중앙길병원을 지을 때 화장실을 크고 쾌적하게 만들라고 신신당부했어요. 그런데 설계도면을 보니까 완전히 일본식으로 작았습니다. 일본식은 병리실이 항상 지하에 있었어요. 화장실도 지진이 많은 나라라서 그런지, 아주 협소합니다. 그래서 내가 '안 된다. 병리실은 가장 쾌적한 데 있어야 한다. 화장실도 무조건 크고 청결해야 한다'고 우겼지요. 그런데 제가 무슨 이야기를 하다가 여기로? (웃음)

크레졸 희석까지였습니다.

사실 환자들은 이 부분을 더 좋아했습니다. 산부인과 내진은 여성의 체내를 진찰하는 것이어서 갑자기 차가운 것이 들어오면 불쾌함을 느끼는 게 당연합니다. 그래서 저는 난로 위에 항상 주전자를 올려놓고 물을 끓였습니다. 그 물을 적당히 식혀서, 희석 크레졸액을 만들고 거기에 장갑 낀 손을 담그면 따뜻해지잖아요. 그러면 환자들이 놀라지 않고 편안해합니다.

실력 있고 친절한 서울대 출신의 여의사, 환자들이 몰려들 수밖에 없었겠습니다. 비행기 표 비용은 금방 마련됐겠네요.

얼마 안 걸렸지요.

그런데 왜 미국으로 떠나지 않으셨습니까?

환자들한테 매몰되었습니다. 환자 가운데 상당수는 참다 참다 죽을 것 같아서 병원에 오는 사람들이었는데요. 내가 미국에 가 버리면 이 환자들은 누가 돌보나? 그렇게 차일피일 미루다 보니 나중에는 미국에 간다는 생각을 까맣게 잊고, 환자들에 파묻혀 버렸습니다.

잊히지 않는 환자도 많았겠습니다.

임신중독증으로 사망한 영종도 산모는 영원히 잊을 수 없어요. 이른 아침에 30대 초반의 남자가 '우리 집'으로 뛰어 들어왔습니다. 표정만 보고서도 산모의 상태가 심상치 않음을 직감할 수 있었습니다. 황급히 왕진 가방을 챙겨서, 남자를 따라 조산사와 함께 여객선을 타고 영종도까지 갔습니다. 또 몇 리를 산 넘고 개울 건너, 한없이 걸어 집에 도착해 보니 해는 저물어 가고, 그 집에 당도하니, 산모가 입에 거품을 문 채 절명해 있었습니다. 남자는 목을 놓아 울고 저도 옆에서 울고……. 어떻게 돌아왔는지도 모르겠네요. 이때의 슬픔과 충격이 나중에 병원선(船) 구상으로 이어지고, 지금의 닥터 헬기를 운영하게 된 계기입니다.

환자 사랑으로 시작한 무료 자궁암 검진

●
●

최인자 선생이 결혼으로 떠난 뒤, 일손이 많이 부족하지 않았습니까?

새벽 한두 시까지 환자들이 밀려서 다리 한 번 쭉 펴고 잔 적이 없었습니다.

환자들과 적지 않은 직원, 가족이 쓰기에는 건물이 너무 협소하지

_____ 고향 어른들을 인천의 병원으로 모셔 무료 진료를 하고 난 뒤

않았나요? 협소한 2층 목조 건물이었다고 기록에 나와 있습니다.

지금 생각하면 말도 안 되는 비좁은 공간인데 그래도 1층은 대기실과 진찰실, 2층은 수술실과 입원실이 있었습니다. 다들 그렇게 살았던 시절이었어요.

그래도 나중에 어머니가 인천에 올라오셔서 정말 든든하고 행복했겠습니다.

송학동에 일본인이 살았던 제법 큰 집이 있었는데, 그 집을 사서 어머니를 따로 모셨습니다. '살림 느는 재미'라는 말이 있는데 그때가 그랬습니다. 병원 건물을 사글세로 시작했는데 곧 전세로 변경했고 한 3년쯤 지나서 건물 전체를 아예 사 버렸습니다. 그때 어머니가 '인천 시내를 다 얻은 것 같다'라고 하셨는데요. 행복해하셨어요.

그래서 미국 유학마저 까맣게 잊어버리신 거고. (웃음)

그러다가 어느 날 문득 '어? 내가 미국을 안 갔네. 가야지' 하는 생각이 들어 알아봤는데요. 그 사이에 ECFMG라는 제도가 생겨서, 이 어려운 시험에 합격해야만 미국에 갈 수 있게 된 거예요. ECFMG는 쉽게 말해 미국 의대 졸업생과 동등한 자격을 시험으로 인정받는 제도입니다.

자료를 찾아보니까 'Educational Commission for Foreign Medical Graduates(외국인 의대 졸업생 교육평가 위원회)', 즉 ECFMG 시험이 외국인 의대 졸업생을 평가하는 새로운 표준이 된 것은 1961년경입니다. 이전까지 미국과 캐나다 이외의 외국인 의대 졸업생은 무시험으로 미국 의료 시스템에 들어갈 수 있었습니다. 이 시험은 1958년에 처음 시작돼 3년 만에 미국 전역에 정착됐는데요. 총장님이 1961년 이전에 미국행을 알아보셨다면 시험을 안 치르는 주(州)도 있었을 겁니다.

그게 그렇게 됐던 거군요. 알았다면 아마 그 방법을 택했을 것 같습니다. 시험이 아주 어려웠어요. 당시에 서울대 의대 졸업생들 사이에 "갓 졸업하면 한 달 동안 이불을 펴서는 안 되고, 졸업하고 1년 지난 사람은 몇 달을 이불을 펴서는 안 된다"는 그런 말이 나올 정도였습니다.

네 시간 자면 합격하고 다섯 시간 이상 자면 떨어진다는 사당오락(四當五落) 같은 말이네요.

그때가 대학 졸업한 지 3, 4년 후였고요. 저는 적어도 1년 동안 이불을 펴고 자면 안 되는 상황이 된 겁니다. 그 시험이 어려웠던 이유가 있어요. 서울대 의대는 경성대학 의학부 체제를 그대로 따르고 있었는데 그게 독일식 의학 체계였습니다. 독일식 의학 공부를 한 사람이 갑자기 미국의 의학 시험을 치러야 하니 어려울 수밖에 없었습니다.

총장님은 1960년대부터 자궁암 검진을 포함한 무료 부인병 검진을 시행한 것으로 알고 있는데요. 환자가 더 몰려들었을 텐데 ECFMG 공부를 할 시간이 있었습니까?

다행히 1962년에 언니가 가족과 함께 인천으로 올라와서 병원 일을 본격적으로 도와줬습니다. 그 무렵부터 ECFMG 시험을 공부할 여유가 조금 더 생겼습니다. 그래도 낮에는 거의 환자에 치여 살았고, 밤잠을 줄여 가며 이를 악물고 겨우 책을 펼치는 생활의 연속이었습니다. 세상에 저처럼 고생을 사서 한 사람도 드물 거예요. 어떨 때, 그랬던 내가 불쌍하다는 생각도 듭니다.

그렇게 몇 년을 공부하신 겁니까?

4년 정도 했습니다. 우리는 '해리슨 텍스트북'이라고 불리던 교재로 공부했는데 그게 제가 처음 본 영어 원서였습니다. 사전처럼 얇은 종이로 된 책인데 수천 페이지는 족히 됐을 거예요. 그 책과 4년 동안을 씨름한 셈이지요.

의학 서적은 거의 영어로 돼 있는 것 아닌가요?

제가 대학에 다닐 때는 마땅한 교재가 없었습니다. 교수가 강의한 내용을 필기해서 그것만 죽도록 암기하는 것이 시험공부의 전부였습니다. 의사 자격 국가시험도 그렇게 봤고요. 그러니 원서를 읽을 기회가 없었습니다. 하지만 제가 '해리슨 텍스트북'을 4번이나 읽었다는 거 아닙니까. 나중에 펜 색깔을 보니까 그렇더라고요. 처음엔 연필로 밑줄 긋고, 그다음엔 빨간 펜, 파란 펜, 까만 펜 순으로.

ECFMG 시험은 어디서 치르셨습니까?

신촌의 연세대(세브란스) 계단식 강의실이었습니다. 영어 리스닝 시험도 있었는데 하필 제 자리가 맨 뒷자리로 배정되고 스피커 상태도 좋지 않아서 아찔하더라고요. 맥박을 재 봤더니 분당 120이 나오지 뭡니까. (웃음) 심호흡하고 정신을 가다듬으려고 엄청 노력했는데 생각보다 문제가 쉽게 나와서 안도했던 기억이 납니다.

합격 통지를 받았을 때가 기억나십니까? 서울대에 합격했을 때보다 더 기뻐하셨을 것 같습니다.

그랬어요. 기억이 선명합니다. 산모를 진찰하고 있는데 간호사가 미국에서 날아온 통지서 봉투를 들고 왔어요. 봉투가 두꺼우면 불합격, 얇으면 합격이었습니다. 두꺼우면 재시험 서류까지 들어 있으니까요. 차마 만져 보기가 겁나서 "두꺼우냐, 얇으냐?" 하고 물었습니다. 그랬더니 얇대요. 그제야 저도 만져 보고 합격인 줄 알았습니다. (웃음)

합격 통지서에 인턴 생활을 할 병원까지 나와 있습니까?

아닙니다. ECFMG 시험이 어려워서 합격자가 적었기 때문에 합격자가 오히려 인턴 병원을 선택할 수 있었습니다. 합격자가 갈 곳을 골라서 가는 패턴인데, 제 경우도 뉴욕의 열 군데쯤 되는 병원들로부터 인턴 제의를 받았습니다.

뉴욕에 있는 병원만 지원하셨다는 말씀이신가요.

——— 메리 이머큘리트 병원. 가톨릭 재단이 운영하는 수녀 병원이다. 여기에서 보내 온 비행기 표에 감동을 받아 이 병원을 선택했다.

저는 오로지 뉴욕이었습니다. 말을 낳으면 제주도로 보내고 사람은 서울로 보내라는 말이 있지 않습니까. 저는 무조건 세계의 중심이라는 뉴욕에 가고 싶었습니다.

이리여고와 서울대 의대에 집착한 이유와 비슷하군요. (웃음) 그런데 뉴욕의 10여 개 병원 가운데 하필 메리 이머큘리트 병원(Mary Immaculate Hospital)을 선택한 이유는요?

제가 미국 가는 비행기 표에 한이 맺힌 사람이잖아요. (웃음) 그 병원만 비행기 표를 동봉해 보냈더라고요. 물론 다른 이유도 있었습니다. 400병상이어서 인턴 생활을 하는 데 적당한 규모였고요. 수녀

병원이라는 점도 마음에 들었습니다. 비행기 표값을 후불해 주겠다고 약속한 병원도 있었지만 직접 표를 보내 준 병원과 비교할 수는 없었습니다. 거기에 감동한 거예요. 그 하늘색 표가 지금도 눈에 선합니다.

총장님이 오히려 메리 이머큘리트 병원을 찍어서 간 셈이군요. ECFMG 합격 통지서가 미국 비자(VISA) 이상이었네요. 의사는 미국에 영주하기가 쉬웠잖아요.

그럼요. 비자 이상이었습니다. 미국만 가면 그대로 눌러앉는 의사가 많았습니다. 앞에서 서울대 의대의 미네소타 프로젝트에 대해 말씀하셨잖아요? 그 프로젝트로 미국에 간 유학생 대부분이 귀국하지 않았습니다. 다른 코스로 미국에 간 서울대 의대생들도 상당수 미국에 영주했고요. 사실 저도 그때는 미국에 정착할 생각도 있었습니다.

한국과의 '이별 여행'

이해가 갑니다. 제2차 세계대전 직후 세계 최강 대국으로 부상한 미국은 1950년대에 이르러 세계인이 동경하는 꿈의 나라가 됩니다. 반면 한국은 6·25 전쟁으로 잿더미의 최빈국으로 전락했으니.

어머니 곁에 언니가 있어서 마음의 부담도 조금은 덜했습니다. 한국을 떠나 다시 못 올 수도 있다는 생각에 지금 생각해 보면 '이별 여행' 비슷한 것을 하고 다녔어요.

'이별 여행'이요?

그동안 공부하랴, 환자 돌보느라 못 해 본 것을 다 해 보고 떠나고 싶었습니다. 이를테면 그때 카바레가 한창 유행이었는데 거기도 난생처음 가 봤습니다. (웃음)

'카바레'를 키워드로 넣어 기사 검색을 해 보니 1963년부터 기사량이 폭증하더군요. 이때가 총장님이 미국으로 떠나기 1년 전입니다. 정비석 작가의 유명한 통속소설 『자유부인』으로 상징되는 춤바람이 사회적 문제가 된 것은 1950년대부터입니다만, 카바레가 유행하기 시작한 게 그 무렵인 모양입니다. 그런데, 누구랑 어느 카바레에 가셨습니까?

대연각 호텔이 들어서기 전에 그 자리에 카바레가 있었습니다. 거기에 갔었고요.

대연각 호텔은 1971년 12월에 발생한 화재로 워낙 유명해졌지만, 대연각 호텔을 짓기 전에는 그 자리에 무학성(舞鶴聲) 카바레가 있었습니다.

무학성이었던 것 같네요. 거기 갔다가 여자들끼리만 왔다고 문전박대를 당했습니다. (웃음)

지금 같으면 오히려 우대받았을 텐데 그때는 남녀가 짝을 맞춰 오지 않으면 카바레 분위기가 깨진다고 축객(逐客)하던 시절이었지요. 함께 가신 두 분은 누구였습니까?

박지홍하고, 지홍이 친구 이정선 씨라는 분이었습니다.

박지홍 선생이 다시 등장하는군요.

지홍이가 어렵사리 조선대 미대 회화과를 나와서 저랑 같이 살고 있었습니다.

회화과요? 고등학교 졸업장 없이 대학 진학이 가능했습니까?

어찌어찌해서 입학은 했는데요. 결국, 고등학교 졸업장이 없어서 졸업은 못한 것 같습니다. 지홍이가 문학소녀이기도 했지만 그림이면 그림, 노래면 노래, 예술적인 소양이 뛰어났습니다. 그런데 이런 이야기가 독자들에게 의미가 있을지 모르겠네요.

저는 의미가 있다고 보는데요. 박지홍 선생 이야기는 한 편의 소설감입니다. 여자끼리만 카바레에 갔다가 쫓겨났다는 이야기도 시대상을 보여 주고 있습니다. 그 시대를 살아 보지 못한 세대는 쉽게 이해하지 못할 일화들입니다. 많은 참고가 될 겁니다. 작가들에겐 영감도 줄 수 있고요.

하긴 요즘도 '밥 없었으면 굶을 게 아니라, 라면을 먹었으면 되잖아요?'라는 식의, 젊은이들의 반문이 있다고 합니다. 밥이 없던 시절에는, 라면이라는 식품 자체가 존재할 수 없는 건데도. '빵이 없으면 고기라도 먹지'라는 말은 철부지 공주의 말과 같지 않겠어요?

저는 그래서 시대상이나 당대의 분위기를 아는 것이 중요하다고 생각하는데요. 총장님의 성공 스토리도 그렇습니다. 총장님이 '이길여 산부인과'를 개원하면서 '보증금 없는 병원'을 써 붙였지만, 시대상을 모르면 그 의미를 이해하고 공감하기 어렵습니다. 그런 의미에서 이 대담은 시대상을 조명하고 세대 간의 공감을 넓히는 작업일 수도 있습니다.

알겠습니다.

그러면 다시 카바레 이야기로 돌아가겠습니다. (웃음) 무학성에서 쫓겨난 뒤 다른 카바레를 시도해 보지 않으셨나요?

아이고, 뭐 그 정도 했으면 됐지요. 어느 날, 그 멤버 그대로 꼼장어(붕장어)를 먹으러 갔습니다. 드럼통 위에 솥뚜껑을 얹어 놓고 꼼장어를 굽고, 소주를 마시는 그런 데였는데요. 사실 그날은 꼼장어를 먹고 싶기도 했지만, 우리의 주량이 어디까지인가를 테스트해 보고 싶었습니다.

역시 '한국과의 이별 여행'의 하나로요?

할 수 있는 것은 다 해 보고 떠나자는 마음이었습니다.

음주 테스트 결과는 어떻게 됐습니까?

박지홍이는 한 잔 마시고 더는 못 마셨고요. 이정선 씨는 멀쩡하게 마시다가 갑자기 쓰러지는 스타일이었습니다. (웃음) 그러다 보니까 저는 재미가 없어서 한계치를 측정해 보지도 못하고 술자리가 끝났습니다. 저는 소주를 한 병쯤 마셨던 건가?

술이 세시군요. 그때는 소주 알코올 도수가 30도였던 시절입니다.

우리 집이 방앗간 집이라 어릴 때부터 술을 맛보았습니다. 동네잔치를 하면, 우리 집에서 술을 빚었거든요. 왜정 때라 밀주 단속이 심해서 멥겨를 쌓고 그 밑에 술독을 파묻어 숨깁니다. 그러면 술 냄새가 안 납니다. 겨울이 되면 술이 얼잖아요. 술이 얼면 더 단맛이 납니다. 언니랑 몰래 가서 언 술을 손톱으로 긁어 먹곤 했습니다. (웃음)

술을 마신 게 아니라, 말 그대로 먹었군요.

어릴 때부터 그래서인지, 제가 술이 좀 셉니다. 그러고 보니 할머니, 할아버지, 어머니, 아버지, 언니까지 모두 술이 세네요.

'이별 여행'까지 하시고 미국 갈 준비도 끝났는데 병원 처리는 어떻게 하셨습니까?

어머니를 한국에 남겨 두고, 미국이라는 미지의 세계로 떠나는데 어떻게 될지 모르잖아요. 땅 팔고 집 팔아서 인천까지 올라오신 어머니를 생각하면 위탁 운영 말고는 다른 선택의 여지가 없었습니다. 여의사를 영입해서 그분이 어머니에게 일정 금액의 생활비만 드리고 나머지 수익은 모두 가져간다는 조건으로 계약을 맺었습니다. 가족들이 병원 일을 계속 봐주기로 해서 큰 걱정은 없었습니다.

환자들도 총장님을 쉽게 보내지 못했을 것 같습니다.

아쉬워하다 못해 "우리는 어떻게 하냐"고, "우리를 놔두고 어딜 가냐"고 울고불고 매달리는 환자들이 많았습니다. 가슴이 아팠습니다. 하지만 어쩌겠습니까. 결심하고 꿈꾸며 매달린 유학인데요. 조금만 기다리라고, 반드시 돌아온다고, 약속했습니다.

발길이 잘 안 떨어지셨을 것 같습니다.

맞습니다. 한시도 환자가 떠나지 않았고, 잠 한번 실컷 자 봤으면 하는 것이 그때 유일한 소원이었는데 막상 환자들을 두고 떠나려고 하니 가슴이 너무 아팠습니다. 제가 그때 단골 미용실에 갈 때마다 이런 상상을 하곤 했거든요. '원장님이 갑자기 그만두면 나는 어떻게 하지? 어디 가서 커트를 맡기지?' 하물며 미용실 원장님도 그런 존재인데, 의사는 자신의 생명을 맡기는 절대자 아니겠습니까.

출국 직전, 워커힐 호텔에서 '예행연습'도 하셨지요?

워커힐 호텔이 생긴 지 얼마 안 됐을 때지요. 완벽한 미국식 시설이 갖춰져 있다는 소문을 듣고 거기로 간 겁니다. 미국 가서 실수를 줄이자고.

워커힐 호텔 개관이 1963년 4월입니다. 총장님이 가셨을 때가 개관한 지 1년 6개월 정도 지난 시점인데요. 미국식 시설을 완벽히 갖춘, 당시 유일한 국내 호텔이라고 봐도 되겠습니다.

지금 같은 시대에도 해외여행을 처음 떠나는 사람은 긴장되는데, 그때는 겁나고 공포를 느끼는 정도였어요. 비행기 안에서 화장실에 갔다가 문을 열지 못해 갇혔다는 이야기, 버튼을 누르고 문을 닫아 버려 열쇠공을 불렀다거나, 샤워기를 쓸 줄 몰라 사고가 났다는 이야기도 있었습니다. 워커힐 호텔에 그런 모든 시설이 갖춰져 있다고 해서 그 멤버 그대로 하룻밤을 잤던 겁니다. 문도 열었다 닫아 보고, 변기 물도 내려 보고, 샤워 꼭지도 틀어 보고 그랬습니다.

관훈클럽 초창기 멤버인 기자가 1950년대 중반 미국에 연수를
갔는데, 기숙사 문이 안에서 잠겨 버려 미국 학생이 식당 나이프를
들고 와서 따 줬답니다. 『이야기 관훈클럽』이라는 책에 나오는 이
야깁니다.

그런 해프닝이 하나둘이었겠어요?

이제 미국으로 떠나실 때가 됐는데요. 한국에서의 마지막 날, 공
항 풍경이라고 해야 할까요. 해외여행이 아예 금지된 시절이고 정

—— 어머니와 김포 공항에서

치인이나 공무원, 기업인이 아니고서는 출국 자체가 어려웠던 시절입니다. 일반 국민이 외국으로 떠난다는 것은 이민 또는 유학 간다거나, 그게 아니라 해도 자주 오갈 수가 없기 때문에 공항이 눈물바다가 되는 것이 일상이었습니다.

＊

전송객들도 탑승 구역 안에 들어갈 수 있었고 활주로의 비행기 바퀴 근처까지 갈 수 있었습니다. 비행기는 프로펠러 엔진이었고요. 트랩 수십 미터 앞에서 작별 인사를 하고 사진도 찍고 그랬습니다. 거기서 한바탕 울고불고하다가 비행기 트랩으로 올라가는 것이 보통이었지요. 물론 어머니와 언니, 온 가족과 친구들이 배웅을 나왔습니다. 어머니는 울지 않으셨습니다. 의연하셨어요. 하지만 저를 보내고 돌아가는 길에 대성통곡하셨다고 합니다. 나중에 전해 들었습니다. 지금도 그 생각만 하면 눈물이 날 정도로 가슴이 아려옵니다.

5장

●
●
●

낯선 천국 미국으로

의사의 배려는 천상의 위로

•
•
•

미국 뉴욕 JFK공항에 도착한 것이 1964년 10월입니다. 지금처럼 앵커리지나 시애틀을 경유하지는 않았을 듯한데요.

일본 도쿄에 가서 하룻밤을 자고 거기서 하와이에 가서, 하와이에서 로스앤젤레스, 로스앤젤레스에서 뉴욕으로 갔습니다. 메리 이머큘리트 병원 사무장이 멋진 차를 몰고 마중을 나왔는데요.

칙사 대접을 받으셨군요.

ECFMG 시험 합격자가 그만큼 귀했으니까요.

미국이 '천국'이라는 건 언제 느끼셨습니까?

JFK공항에 내리자마자 느꼈지요. 공항에서 병원까지 10, 20분도 안 걸렸는데 고속 도로부터 달랐어요.

텔레비전 뉴스를 통해 간접적으로 미국을 접하지 않으셨나요?

TV가 있긴 했지만 볼 시간이 없어서 미국이라는 나라에 대해 거의 몰랐습니다. 깜짝 놀랐습니다. 이게 '천국'이구나. (웃음)

그 고속 도로가 '그랜드 센트럴파크 하이웨이'지요?

맞아요. 한국은 경부 고속 도로도 개통되기 전이어서 서울만 벗어나면 온통 비포장 흙먼지 도로뿐이었지만 미국은 널찍한 수십 차선의 고속 도로가 펼쳐져요. 스치는 풍경에서 정말 넓고도 풍요로운 나라구나, 하고 느낄 수 있었습니다.

최빈국 코리아에서, 세계에서 가장 잘사는 나라로의 순간 이동인가요. 문화 충격을 받으셨을 것 같습니다.

하와이, 로스앤젤레스에서부터 문화 충격을 받았습니다. 정말 이국적인 풍경이었습니다. 로스앤젤레스에서 잠시 대기하는데 밍크코트를 입은 여자, 반소매를 입은 남자, 미니스커트를 입은 여자, 스스럼없이 키스하는 남녀, 굉장히 인상적이었습니다. 미국이 천국이라는 것은 미국에 있는 내내 느낄 수밖에 없었습니다. 이게 천국이구나, 천국이 이거구나 하는 느낌? 그 이유를 구체적으로 이야기하자면 끝이 없을 것 같고요. 건물, 상점, 도로, 병원, 사회 인프라, 시민 의식, 이런 모든 것이 한국과는 하늘과 땅 차이였습니다.

미국의 의료 환경 수준은 바로 눈에 들어왔을 것 같습니다.

한국에서는 일상적으로 당연하게 받아들였던 것들이 미국에 가서 보니 모두 다 초라하고 비참한 수준이었습니다. 인천의 병원에서 쓰던 주사기, 장갑, 거즈, 기저귀. 이런 것들은 미국에 비교하면, 질이 떨어지는 정도가 아니라 애초부터 비교 대상이 아니었습니다. 한국에 있을 때 거즈나 기저귀 같은 것은 누더기가 될 때까지 삶아서 다시 썼고요. 주사기는 어머니랑 언니가 매일 밤 소독을 했습니다. 주사 바늘은 숫돌에 갈아 재사용했고요. 그런데 메리 이머큘리트 병원에서는 한 번 사용한 주사기는 그냥 버리더라고요. 세상에.

한국에서는 미군 부대에서 흘러나오는 주사기를 재활용하던 때였는데요. 미국은 그때 이미 일회용 주사기를 사용하고 있었습니까?

주사기뿐만이 아니었고요. 장갑도 한 번 쓰면 버렸습니다. 한국에

——— 유학 중 미국 사람들에게 한복의 아름다움을 알리고 싶어 특별한 행사가 있는 날을 골라 마음먹고 한복을 입었다. 병리과 지도교수 멘델스 박사가 신기한 듯 쳐다보고 있다.

있을 때는 내진용 고무장갑에 구멍이 나면 손목 부분을 조그맣게 잘라 부레풀(민어의 부레를 끓여서 만든 접착제)로 붙여 쓰곤 했거든요. 더이상 오리고 떼어 낼 데가 없어지면 그제야 장갑을 버렸습니다. 미국에서 가장 아까웠던 건 기저귀였습니다. 아기가 오줌도 안 눈 기저귀를 한 번 쓰면 버리더라고요. 놀랍기도 하고요. 얼마나 아까운지 그걸 모아다가 우리나라에 보냈으면 하는 마음도 들었습니다.

메리 이머큘리트 병원에 계실 때는 어디에서 묵으셨습니까?

병원 내에 수녀들의 숙소가 있어서 거기서 함께 생활했고요. 얼마 후에 병원에서 아파트를 마련해 줬습니다.

의사소통에는 어려움이 없었습니까? 한국에서 영어를 배우셨다고 해도 막상 미국에서는 달랐을 텐데요.

의료 영어는 간단합니다. '어디가 아프세요?' '여기가 이렇게 아파요' '어떻게 다쳤어요?' '침대에서 떨어졌어요' '나 금방 갈게요!' 이런 식이에요. 어려움이 없었던 것은 아니지만 직무를 수행하는 데는 별 문제가 없었습니다. 처방도 '엑스레이를 찍어라' '무슨 주사를 투여해라'라는 정도였으니까요. 콘퍼런스에 가면 조금 달라지지만 거기서도 거의 의학 용어만을 사용하니까.

일상적인 대화는 조금 다르지 않았습니까? 『이야기 관훈클럽』에 나오는 일화인데요. 기자들이 미숙한 영어 때문에 이런저런 실수를 많이 했다고 합니다. 레스토랑 메뉴판을 읽을 줄 몰라서 먼저 주문한 사람이 있으면 '세임' '미투!'를 연발하고, 아이스크림 가게에서도 아는 단어가 '스트로베리'밖에 없어서 한동안 그것만 주문했다는 이야긴데요.

저는 거의 병원에만 있었습니다. 식사도 병원 식당을 이용했기 때문에 의사소통에 곤란한 상황을 겪은 적은 없었고요. 전화 통화는 좀 힘들었습니다. 간호사나 과장의 전화를 받으면 무조건 'I'll be there(갈게)!' 하고 달려갔어요.

미국에서 간단한 수술을 받으셨다고 들었습니다. 미국에 가신

지 얼마 안 되는 시점이라고 알고 있는데요.

메리 이머큘리트 병원에서 수술 어시스트를 하다가 갑자기 쓰러졌습니다. 난소에 혹이 생기면 그게 커지면서 꼬입니다. 완전히 꼬이면 혈액 순환이 안 되고 썩게 되는데 이때 수술을 받지 않으면 그냥 죽을 수도 있어요. 제가 그 증상이었습니다. 배가 아픈데도 참고 참다가 쓰러진 겁니다.

그래도 병원 안에서 그런 일을 당한 게 다행이었네요. 혼자 계시다가 그랬으면 큰일 날 뻔했습니다.

진찰을 해 보니까 제 배에서 혹이 만져졌대요. 수술은 간단했지만, 막상 환자의 입장으로 수술을 받아 보니 의사의 시선으로는 안 보였던 게 다 보이는 겁니다.

어떤 것들이 있었습니까?

내색은 안 했지만 너무 불안했고요. 수술 전에 진정제를 놓는 것은 환자의 긴장과 불안을 풀어 주는 조치라는 생각이 들었습니다. 한국에서는 그냥 마취부터 했거든요. 그렇게 정신이 있는 상태로 수술실로 이동하는데 천장의 불빛이 보였습니다. 요즘은 한국이나 미국이나 수술 환자의 얼굴을 덮어 주는데 그때는 미국도 그런 건 없었습니다. 가면서 생각하는 거죠. 아, 천장은 깨끗해야겠구나. 조명은 편안해야

겠구나. 환자가 불안해 할 테니까……. (웃음)

그래서 중앙길병원을 지을 때 건물 내부의 색깔과 조명을 그렇게 신경 쓰신 거군요.

그렇습니다. 그런데 그보다 더 감동적인 것은 주치의의 배려였습니다. 수술실에 들어가기 전에 '걱정하지 마라' '내가 수술 잘 해 줄게' 이렇게 제 귀에 대고 속삭이는데 그 몇 마디가 굉장히 저의 마음에 안정을 주는 거예요. 그 소리가 하늘에서 울리는, 천상의 위로처럼 들렸습니다. 크게 배웠지요.

향수병과 임사 체험

●
●

인턴 생활이라는 것이 어떻게 보면 단순하고 반복적인 일상의 연속인데요. 스트레스는 어떻게 푸셨습니까?

저뿐만이 아니라 여러 나라에서 온 외국인 인턴이 있었는데요. 한 달쯤 지나면 누구나 날카로워지고 향수병에 걸리게 됩니다. 미국인 인턴도 타향살이라 예외가 아니었습니다. 그걸 병원도 아는 거죠. 메리 이머큘리트 병원은 한 달에 한 번 댄스파티를 열어 줬습니다. 큰 강

——— 뉴욕의 공원에서 동료 수련의들과. 가운데가 나

당에 냉장고, 커피 메이커, 거기에다 이런저런 음식을 갖다 놓고 음악을 틀어 줘요. 그러면 의사, 간호사, 인턴, 병원 직원들이 모여 밤새도록 춤을 추며 스트레스를 날려 버리는 거예요.

1960년대 중반이니까 록앤롤 댄스파티였겠네요. 남녀가 빙글빙글 돌고 남자가 여자를 들어 올리기도 하고, 당대를 배경으로 하는 영화에 자주 등장하는 장면이지요. 그때는 비틀즈 노래와 트위스트 춤의 인기가 절정이었습니다.

그런 건 몰랐습니다. 춤을 못 추니까 어떤 춤을 췄는지 기억나지도 않고요.

그때 춤을 좀 배워 보겠다는 생각은 안 하셨습니까?

그런 생각은 못 했습니다. 다만 제가 미국에서 보고 배운 것은 한국에 와서 거의 다 실천했는데 댄스파티만은 못했지요.

한국에서 병원 댄스파티가 열렸다면 사회적인 소동이 되었을지도 모르지요. 그런데, 춤을 안 추셨으니까 다른 스트레스 해소법이 필요했을 것 같습니다.

수영을 했습니다. 이건 퀸스 종합 병원(Queen's Hospital Center)에 있을 때의 이야기에요. 댄스파티를 열어 주지는 않았지만, 메리 이머큘리트 병원보다 훨씬 큰 병원이어서 여러 가지 부대시설이 잘 갖춰져 있었습니다. 병원 내 수영장을 자주 이용했습니다. 그러다가 한번은 다이빙대에서 죽을 뻔했어요.

무슨 일이 있었던 건가요?

수영장에 꽤 높은 다이빙대가 있었습니다. 다이빙 방법을 잘 몰라서 배로 떨어졌는데 얼마나 아픈지 창자가 파열되는 줄 알았습니다. 통증 때문에 물속에서 잠시 정신을 잃었던 것 같은데요. 아무 움직임 없이 가라앉아 있었는데 순간적으로 어머니의 모습과 저의 과거가 몇 초 동안에 파노라마처럼 지나가는 거예요. 아, 이렇게 가는구나.

죽음의 공포를 느낄 때 그런 현상이 나타난다고 하는데 그걸 실제로 경험하셨군요. 임사 체험 같은.

그렇더라고요. 그러다가 문득 정신이 들면서 '우리 어머니가 내가 죽으면 얼마나 슬퍼하실까. 나 죽으면 우리 엄마 불쌍해서 안 돼!' 하고 간절하게 발버둥을 치니까, 솟구쳐 오르더라고요. (웃음)

정말 큰일 날 뻔했네요. 주위에 사람은 없었습니까?

혼자 있을 때가 많았습니다. 미국이 참 이상한 것은 길거리에서는 키스 이상의 스킨십도 거리낌 없이 하는 나라인데, 그 병원 내 수영장은 남자가 가는 날, 여자가 가는 날을 엄하게 분리하더라고요.

그날은 수영장에 총장님 말고는 다른 여성도 없었다는 말씀이네요.

수영장도 틈이 나야 가는 건데, 여유가 생기면 다들 남자 친구를 만나러 나가지 않았을까요.

듣는 제가 안타깝네요. 총장님은 여가를 어떻게 보내셨습니까?

숙소에서 텔레비전을 보는 정도였습니다. 아주 가끔 혼자서 공원을 거닐거나, 영화를 보러 가기도 했고요. 외롭기는 해도 그렇게 나쁘진 않았습니다. 미국은 한국에 비해 여성 차별이 적었고, 의사는 아시아 사람이라고 해도 인종 차별을 덜 받았습니다. 계속 살고 싶은 생각이 들 정도로.

알겠습니다. 즐겨 보던 TV 프로그램이 있을까요?

〈페리 메이슨(Perry Mason)〉과 〈미션 임파서블(Mission Impossible)〉
이라는 스릴러 드라마를 자주 봤습니다. 〈다이내스티(Dynasty)〉라는
드라마도 기억나네요.

그렇게 말씀하시면 지금 젊은 세대들은 미국 HBO의 〈페리 메이
슨〉과 톰크루즈가 주연을 맡았던 영화 〈미션 임파서블〉을 떠올릴
수밖에 없겠는데요.

HBO요?

HBO는 'Home Box Office'의 약자인데요. 타임워너사가 1972년
설립한 미국의 대표적인 유료 케이블 채널입니다. 〈페리 메이슨〉
은 원래 미국 CBS TV가 1957년부터 1966년까지 방영한 탐정 드라
마 시리즈이고요. 이 드라마를 HBO가 리메이크해 2020년 6월부
터 8월까지 방영했습니다. 총장님이 1964년부터 1968년까지 미국
에 체류하셨으니까 CBS가 방영한 〈페리 메이슨〉을 약 2년간 시청
하셨던 것 같습니다. 〈미션 임파서블〉도 CBS가 방영한 첩보물인데
요. 1966년부터 1973년까지 방영됐습니다. 이 시리즈 역시 2년 정
도 보셨을 것 같네요. 드라마나 영화 속의 영어는 일상적인 대화보
다 훨씬 어려운데 더구나 탐정물과 첩보물이었습니다.

너무 재미있게 봤습니다. 그런데 제가 최근에 채널을 돌리다가 〈페리 메이슨〉도 보고, 〈미션 임파서블〉도 봤거든요. 그런데 영어를 못 알아듣겠는 거예요. 한 10퍼센트도 안 들리더라고요. 일본어는 들리는 건 다 들리는데, 말이 안 나와요. 제가 어렸을 때 일본어를 썼고, 일본에 유학 갔을 때도 스스럼없이 일본말을 했습니다. 그랬는데 이젠 말이 안 나와요.

언어라는 게 습관이라서, 안 쓰면 잊어버릴 수밖에 없습니다.

세월이 참 무상합니다.

그때 노벨상을 받았었다면

●
●

메리 이머큘리트 병원에서 1년간 인턴 생활을 하고 퀸스 종합 병원에 레지던트로 가셨습니다. 구글 지도로 위치를 찾아보니 두 병원이 가까운 거리에 있네요. 직선거리로는 1킬로미터 남짓 같던데요.

아주 가까워요. 모두 퀸스 구에 있습니다. 존 F. 케네디 대통령의 이름을 딴 JFK공항도 퀸스에 있어요.

숙소는 옮기셨습니까?

아파트에서 나와 병원 기숙사로 들어갔습니다. 거기에 귀국할 때까지 있었습니다.

본격적인 수련의 생활이 시작됐는데요. 어떻던가요?

모든 게 시스템화, 매뉴얼화 되어서 톱니바퀴처럼 돌아갔습니다. 쉴 틈이 없었어요. 퀸스 병원에 출근한 첫날, 수간호사가 저에게 환자들의 병력(病歷)을 한 시간 동안 설명했습니다. 30명이 넘은 환자들의 검사 결과, 병세, 치료 결과 같은 내용을 설명하면서 차트를 한 번도 안 보는 거예요. 경이로웠습니다. 그래서 저도 외워야 했습니다.

굳이 외울 필요가 있었습니까? 차트에 나와 있잖아요.

수간호사에게 환자들의 상황을 듣고 나면 한 시간쯤 후에 수석 전공의(Chief Resident)가 옵니다. 수석 전공의에게 그 내용을 제가 보고해야 돼요. 단어 하나도 틀려선 안 됩니다. 그러고 나면 과장(Attending Doctor)이 처방을 내립니다. 이런 과정이 매일 반복됐지요.

환자가 계속 바뀔 테고, 이름도 낯설었을 텐데 쉽게 외워지던가요?

───── 레지던트 생활을 한 퀸스 병원(1960년대)

어떻게 매일 그 많은 환자의 기록을 다 외울 수 있었는지 지금 생각해도 신통합니다. 어쨌든, 그때는 다 외웠습니다.

　총장님이 〈중앙일보〉에 연재했던 '남기고 싶은 이야기'의 관련 대목을 읽어 보겠습니다. "완벽한 환자 관리 체크리스트는 수련의에게 엄청난 업무량과 부담이 되었다. 하루하루 진땀 나는 긴장의 연속이었다. 격일로 당직을 섰고, 정상 근무일조차 새벽부터 늦은 밤까지 강행군을 계속했다. 나는 잠을 포기하고 대부분의 시간을 환자들과 붙어살다시피 했다." 그때 연세가 30대 중반으로 접어들 무렵인데요. 체력적으로 힘에 부치지는 않았습니까?

　모르겠어요. 잘 버텼던 것 같은데요.

한밤중에 응급 환자가 오면 총장님께도 호출이 오나요?

당연하지요. 응급 환자뿐만 아니라, 그때 미국에서는 아스피린 한 알을 쓰더라도 의사의 처방이 있어야 했습니다. 자다가도 뛰쳐나가는 수밖에 없어요.

퀸스 종합 병원에서부터 직접 환자를 진료하고 수술도 하시게 된 거죠?

그때부터 저를 보는 현지 의사들의 시선이 달라졌습니다. 이를테면, 당시 미국은 신생아에게 무조건 포경 수술을 했거든요. 저는 5분이면 충분한데 손이 늦고 어설픈 의사는 그걸 30분 이상을 해요.

주사도 잘 놓으셨잖아요.

미국 가서 처음 본 건데 '나비침'이라는 주사가 있습니다. 신생아 머리에 놓는 나비 모양의 주사기예요. 일반 주사기보다 훨씬 편리합니다. 신생아 머리의 혈관을 찾아 꽂으면 되는 건데, 혈관을 못 찾는 의사가 많았습니다. 제가 단번에 척척 찾으니까, 동료들도 수석 전공의나 과장도 너무 놀라는 거예요. 한국에 있을 때는 시도 때도 없이 정전됐는데, 그럴 때도 손의 감각만으로 신생아의 핏줄을 찾아 주사를 놓은 적이 있었거든요. 그런 훈련이 도움이 되었던 것 같습니다.

한국인 특유의 손재주로요.

한국인이라고 특정한 건 아니지만 "역시 동양인은 손재주가 뛰어나다"라는 말은 들었습니다. 우쭐했고요. 병원에서 신생아 '대사이동 검사'도 제게 맡겼습니다. 태어난 지 2, 3일 되는 신생아의 대퇴동맥(사타구니 부근)에서 채혈하는 것인데 미국 의사들은 손이 커서 어려움이 많았거든요.

소아과에만 계시지는 않았을 텐데 다른 과에서도 인턴을 하셨지요?

인턴 때라 다 돌았지요. 산부인과, 내과, 외과 등에도 있었습니다. 내과에서 회진할 때 만난 노인 폐렴 환자 이야기를 해야겠네요. 그 환자는 자기가 걸린 병의 원인균이 무엇인지, 치료제로 맞고 있는 페니실린의 용량과 효과, 부작용이 무엇인지까지도 꿰고 있었습니다. 심지어 사흘 후면 퇴원할 것 같다는 말까지 했어요. 이것은 평소에 의사가 환자에게 자세한 설명을 해 주지 않으면 불가능한 일이거든요. 미국은 이미 그때부터 의료진이 환자의 알 권리를 존중하고 설명의 의무를 충실히 하고 있었습니다. 무척 감동했습니다.

이런 부분도 한국에 돌아와서 적용하셨겠지요?

그래서 제가 다른 의사들보다 두 배, 세 배 바빴습니다. (웃음) 마취

할 때 환자를 안심시키는 일도, 환자에게 증상과 처방과 치료를 설명해 주는 일도 다 제가 도맡아서 했습니다.

병리과 주임과장인 설리번 박사가 총장님을 딸처럼 아꼈다고 들었습니다.

고마운 분이지요. 제가 미국에서 병리학(Pathology)을 전공했는데 저의 지도 교수를 해 주셨습니다. 저도 이분을 정말 기쁘게 해드린 적이 있었는데요. 설리번 박사는 폐결핵 흉터에서 암이 발생하는 과정을 처음으로 밝혀 낸 세계적인 석학이었습니다. 폐결핵 환자의 시신을 해부할 때마다 수련의들에게 결핵 상처에서 암이 분화된 증거를 찾아보라고 하셨거든요.

자신의 이론을 뒷받침할 증거를 찾아보라는 뜻인가요?

이론은 이미 증명된 상태였지만 실제로 그 샘플을 발견하는 것은 매우 어려웠습니다. 폐결핵 상처도 아니고, 암으로 발전한 세포도 아닌 그 중간의 조직을 찾아내는 문제였거든요. 아시다시피 미국은 결핵 환자가 드물고 결핵 상처가 암이 될 확률도 몇 십만 분의 일이잖아요.

결국 성실성과 열정의 문제였네요.

—— 퀸스 병원 동료들과. 나를 안고 찍은 이가 병리과 주임과장 설리번 박사이다.

운도 약간 따라 줘야 합니다. 결핵 환자의 폐 단면 사진을 슬라이드로
만들어서 한 장, 한 장씩 수천 장을 봐야 하는데 제가 한 박스 분량의
슬라이드를 다 훑어본 거예요. 그러자 설리번 박사가 "닥터 리가 해냈
다!"라면서 뛸 듯이 기뻐했습니다. 케이스 리포트(Case Report)도 내고
콘퍼런스도 하고, 굉장했습니다. 난리가 났어요.

설리번 박사가 총장님을 총애했겠는데요. 여성 의사로서 동질감
도 느꼈을 듯하고요.

그랬던 것 같습니다. 레지던트 하면서 더 미국에 머물렀다면 제가
학자가 되고, 노벨 의학상을 받았을지도 모릅니다. 인생이 다르게 흘
러갈 뻔했지요.

어떻게 흘러갔을지 듣고 싶습니다.

심장에는 좌·우 심실과 심방이 있잖아요. 네 개의 방이 각각 수축과 팽창을 반복하는 셈인데 그런 운동에 규칙성이 없으면 피가 심장에 들어오기도 어렵고, 피를 혈관에 뿜어 주기도 어렵습니다.

거친 비유지만 소젖을 짤 때처럼 두 손으로 리드미컬하고 규칙적인 압력과 이완을 반복해야 한다는 말씀이시군요.

그렇습니다. 가슴에 손을 대 보면 심장이 뚝, 딱, 이렇게 한 번씩 뛰는 것처럼 느껴지지만 사실은 심방과 심실 사이에 있는 판막이 닫히는 소리가 '뚝, 딱' 하고 두 개로 나뉘어서 뛰는 것이거든요. 앞에 '뚝'은 승모 판막과 삼첨 판막이 닫히는 소리이고 뒤에 '딱'은 대동맥 판막과 폐동맥 판막이 닫히는 소리입니다. 당시까지의 추론은 그 수축과 팽창의 규칙성을 인체 내의 전기 자극이 관장하고, 또한 인체 내에 그런 전기의 흐름이 있다는 것이었습니다. 그 전기의 흐름을 심전도라고 하지요. 1895년에 네덜란드 생리학자인 에인트호번(W. Einthoven)이 심전도를 측정하기는 했지만 세포 병리학적으로 구체적인 전기 흐름의 세포에 대해서는 잘 모르고 있었는데 이 루트를 제가 발견한 겁니다.

문외한이 들어도 대단한 발견인 것 같습니다. 어떻게 발견하셨습니까?

설명하기는 복잡한데 심장 근육 조직의 크기를 관찰하면서 전기의 흐름을 추정하는 방식이었습니다. 제가 직접 심장 단면 사진을 슬라이드로 수천 장 만들어서 심장 조직의 크기를 일일이 관찰했습니다. 다시 말해 일반 심장 세포와는 다르게 심장 근육에 전기를 전달하는 전기선에 해당하는 특수한 심장 세포 조직을 관찰하는 과정에서 전기 자극의 루트를 발견한 거죠.

어렵습니다. 저는 잘 이해가 안 되네요. (웃음) 하지만 주위의 반응이 대단했겠습니다.

병원 내 콘퍼런스에서 발표를 했는데요. 노벨 의학상 감이라는 칭찬을 받았습니다. 센세이션이었어요. 한 내과 의사는 자신이 논문을 대신 써 주겠다면서 논문 저자도 내 이름으로 해 주겠다고 제의했지만, 그 양반이 좀 속이 보이는 분이라서 거절을 했습니다. 환자는 돌보지 않고 논문과 학자적인 명성에만 신경을 쓰는 의사였거든요. "내가 왜 당신을 줘. 레지던트 끝나면 나중에 내가 쓸 거야"라고 쏘아 줬습니다. (웃음)

나중에 논문이 나왔습니까? 물론 총장님은 그럴 시간이 없었다는 것은 알고 있습니다. (웃음)

그럼요. 결국 다른 사람이 썼는데 그때 제가 못 쓰고 만 것이 지금도 한으로 남아 있습니다.

논문을 쓴 분은 노벨상을 탔습니까?

못 받은 것 같아요. 보도가 없었으니. (웃음)

인생 단 한 번의 로맨스

●
●

4년 동안 미국에 계셨는데 한국에 나온 적은 없었습니까?

딱 한 번 귀국했습니다. 원래는 동료 수련의와 함께 유럽 여행을 가려고 했는데요. 마리아와 마타라는 친구였습니다. 셋이서 첫해에 2주간의 휴가를 반납했습니다. 그러면 그다음 해 휴가는 4주가 되잖아요. 그렇게 휴가를 세이브해 놨는데, 막상 유럽으로 갈 때가 되니 갑자기 어머니가 보고 싶어지는 거예요. 한국에 와서 어머니와 시간을 보내다가 복귀했습니다.

뭐니 뭐니 해도 뉴욕은 맨해튼인데요. 맨해튼은 자주 가 보셨나요?

1년에 몇 번씩 갔고 데이트할 때는 갔습니다. 아시다시피 퀸스는 롱아일랜드 섬에 있잖아요. 강과 바다로 막혀있는 맨해튼도 사실상 섬

_____ 뉴욕 세인트 패트릭 대성당 앞에서

이긴 하지만 대륙의 일부라고 볼 수 있는데 롱아일랜드 섬에서 맨해튼을 바라보면 참 묘한 감상에 젖게 됩니다.

먼발치에서, 엠파이어 스테이트 빌딩을 비롯한 신기루 같은 스카이라인을 보면서 감상에 젖는군요. '저게 미국이구나, 미국의 힘이구나' 하는 생각은, 누구라도 할 거 같아요.

그래요. 브로드 웨이, 타임스 스퀘어, 센트럴 파크가 다 맨해튼에 있지 않습니까. 퀸스에서 맨해튼으로 건너간다는 것은 저에게는 휴가를 의미했습니다.

보통은 그 반대지요. 낮에는 맨해튼에서 일하고, 저녁에는 퀸스나

브루클린에 있는 베드타운, 주거지로 돌아가는 사람이 많으니까요.

타임스 스퀘어 근처에 '라디오시티 뮤직홀(Radio City Music Hall)'이라는 영화관이 있었습니다. 그때는 개봉 영화를 상영했는데 지금도 그런지는 모르겠네요. 거기서 〈어두워질 때까지(Wait Until Dark)〉를 본 기억이 납니다. 여주인공이 엘리자베스 테일러였지요. 영화 속에서 욕을 하던 장면도 생각나고요. (웃음) 아, 이 영화도 혼자 봤네요.

센트럴 파크에서 선글라스를 끼시고 한껏 멋을 낸 옷차림의 사진을 봤습니다. 1968년 봄이라고 나와 있는데요.

맨해튼 이야기를 꺼낼 때부터 각오하고 있었습니다. (웃음)

유일한 로맨스 스토리를 빠뜨릴 수는 없을 것 같고요. 그런 로맨스를 가진 사람의 숙명이라고 생각해 주십시오.

퀸스 병원 앞으로 꽃을 들고 찾아왔는데요. 훤칠하고 잘생긴 남자였습니다. 제가 자주 가는 마트의 점원에게, 내가 어디에서 일하는지 물었다는 거예요.

남자의 신상에 대해서는, 역시 '남기고 싶은 이야기'의 한 대목인데요. "나보다 두 살이 많았는데 서울에서 중학생 때 혼자 미국에 건너와 아르바이트를 하면서 대학을 졸업하고 자기 사업을 한다고

했다.” 이렇게 기록되어 있습니다. 이제 총장님은 첫 데이트에 대해 말씀해 주시면 되겠습니다. (웃음)

저는 브로치를 단 예쁜 원피스를 입고 기다리고 있었습니다. 기숙사 창문으로 도로가 보이거든요. 검정 링컨 콘티넨탈이 서더니, 말끔한 정장을 입은 그 청년이 내렸습니다. 손을 흔들면서 나를 보고 웃는데, 역시 그런 기다림과 설렘이 좋더군요. 영화 한 장면 같은.

첫 데이트 장소가 베어 마운틴 주립 공원이었지요?

맨해튼 서쪽을 흐르는 허드슨 강을 따라 북쪽으로 두 시간 정도 차를 몰고 가야 하는 거리에 있어요. 드라이브 겸 피크닉이었는데 경치도 좋고 그분이 한국 음식까지 준비해 와서 정말 감동했습니다.

한국 음식은 가끔 드시지 않았나요? 퀸스에 한식당은 없었습니까?

그건 모르겠지만 한국 음식은 그때가 처음이었습니다. 다 그러지요? 외국 나가면 한국 음식이 그리워지는 거요. 김치는 또 얼마나 그립습니까. 그분이 맨해튼 한식당에서 비빔밥을 주문해 왔는데 그 맛과 정성이 이루 말할 수 없었습니다. 그런데 어디까지 이 이야기를 해야 하나? (웃음)

독자 입장에서는 결말을 듣고 싶어 할 것 같은데요. 제가 요약해 보겠습니다. "그날 이후 우리는 자주 만나 데이트를 즐겼다. 주말이면 뉴욕 빌딩 숲을 돌아다니고, 센트럴 파크나 뉴욕 외곽의 공원으로 피크닉을 가기도 했다. 그곳에서 우리는 음악을 들으며 나란히 누워 밤하늘의 별을 헤아리고, 새벽이슬을 맞을 때까지 춤을 추기도 했다. 때론 브로드웨이에서 공연을 관람하며 애틋한 로맨스를 이어갔다." 이제 그분이 프로포즈한 이야기를 해 주십시오.

새벽 2시쯤, 차 안이었는데요. 청혼을 하더니, 제 무릎을 베고 눕는 겁니다. 조금 전까지 함께 춤을 췄거든요. 그렇게 좋아했던 남자 얼굴이, 플라타너스 잎 사이로 비친 달빛 때문인지, 갑자기 섬뜩한 느낌으로 다가오는 거예요. 어떻게 이런 말도 안 되는 느낌이 들 수 있지? 그래서 '결혼은 생각해 본 적이 없다'고 대답하고 돌아왔어요. 밤새도록 울었습니다.

그게 끝이었습니까?

2주 정도 지나서 전화가 왔습니다. 센트럴 파크에서 열리는 음악회에 같이 가자는 거예요. 또 거절하고 그날도 울었습니다. 그게 끝입니다.

왜 그런 결정을 내리셨을까요?

모르겠어요. 그게 제 운명이었던거죠. 레지던트 기간이 끝나가던 때여서, 그때 제 머릿속이 상당히 복잡하기는 했습니다. 아무리 생각해도 귀국해서 적어도 2년 동안은 환자에게 봉사하는 게 옳다는 결론을 내렸거든요. 그게 마음의 짐을 덜어 버리는 길이기도 했고요.

마음의 짐이라는 건 무슨 뜻인가요?

6·25 때 또래의 청년들이, 또 서울대 의대 학우들이 학도병으로 나가는 것을 봤잖아요. 군산도립병원에서 상이군인(傷痍軍人)도 많이 봤고요. 그게 다 마음의 빚이었습니다. 내가 나라를 위해 할 수 있는 일은 의료 활동과 봉사밖에 없다는 것을 깨달은 거예요.

미국에 영주할 계획도 잠시 하셨잖아요.

그럴 생각도 한 적이 있습니다. 그런데 제가 있는 동안에 미국 이민법이 크게 바뀌었습니다. 지금 인터넷으로 찾아봐 주세요.

1965년 12월 대대적인 개정이 있었네요. '1965년 이민 및 국적법령(The Immigration and Nationality Act of 1965)'입니다. 국적에 따른 차별적인 쿼터제를 폐지하고, 동양인은 17만 명, 서구인은 12만 명으로 이민자 수만 규정한 것이 주요 골자입니다. 국내 언론에는 미국 이민법 개정으로 한국인의 미국 이민이 쉬워졌다는 보도가 나오고요. 이 법이 정식 발효가 된 것은 1968년 1월 1일부터인데 총장님이 귀국한 해입니다.

그해였을 거예요. 동양인에게 미국 이민의 문호가 크게 열렸습니다. 당시 동양인에게만 교환 방문 비자(Exchange Visitor Visa)가 주어졌는데요. 이민법이 바뀌면서 미국이 아닌 아프리카 같은 오지나 본국에서 2년 동안 의료 봉사 활동을 하고 오면 영구 비자(Permanent Visa)로 바꿔 췄습니다. 그렇게 영구 비자를 받으면 의사는 바로 시민권을 획득할 수가 있었습니다. 수련의 동기 중에 동양인들, 특히 필리핀인들은 거의 다, '봉사 활동 2년'을 채우고 시민권을 받기 위해, 고향으로 일시 돌아가는 분위기였습니다.

총장님도 영구 비자를 받기 위해 귀국하셨다는 말씀이군요.

그렇습니다. 지금 이야기는 처음입니다. 한 번도 이런 이야기를 해 본 적이 없어요. 누가 물어본 적도 없었으니까요.

어려운 말씀을 해 주셨습니다.

미국에 있는 동안, 한국을 떠날 때 저를 붙잡고 매달리던 환자들의 울부짖음이 귓전에 맴돌 때가 많았습니다. 그러면서 '내가 이분들을 놔두고 오로지 내 일신의 안일을 위해서 미국에서 계속 살아야 돼?'라는 생각이 두고두고 저를 괴롭혔습니다. 번민 끝에 내린 결론이 이거였어요. '그래, 한국에 가서 2년만 봉사하고 나면 내 마음도 홀가분해질 거야. 죽기 살기로 환자만 보고 돌아오자.'

그리스 철학자 헤라클레이토스가 '성격이 운명'이라는 말을 했는데요. 이 문구를 여러 지성들이 즐겨 인용했습니다. 한국에는 소설가 이병주(李炳注) 선생이 그랬고, 최근에 철학자 김형석(金亨錫) 박사도 이 문구를 말했는데요. 운명은 크고 작은 무수한 선택에 의해 결정되는데 그 선택을 좌우하는 것이 결국은 성격이 아니겠습니까.

철학도다운 질문이네요. 무슨 말인지는 알겠지만, 철학도의 분석을 들어보고 싶네요.

1966년 8월 23일자 〈동아일보〉 기사에서 인용된 한미 재단 통계에 따르면 한국의 재미 유학생 수가 8천여 명이고 이 가운데 800여 명이 귀국했고 유학생 신분을 유지하고 있는 체류자가 2천 411명이었다고 합니다. 미(未)귀국자는 4천 800여 명이었고요. 이 통계가 뜻하는 것은 미국에서 학업을 마치더라도 7명 중 1명만 귀국했다는 것입니다. 총장님은 레지던트 도중에 귀국하는 경우여서 미귀국자가 아니었습니다. 그렇게 고심할 필요는 없었는데요. 미국에 남아서 학업을 연장하며 영구 비자를 얻는 방법은 얼마든지 있었을 텐데 굳이 귀국을 선택한 것이 총장님다운 신념과 철학을 드러낸다는 뜻이었습니다.

이해했습니다. 제 성격상 귀국을 선택할 수밖에 없었고요. 그 선택이 운명으로 이어졌습니다. 그래서 오늘의 제가 있는 것이고요.

모두가 만류했던 귀국

•
•

미국에 계셨던 4년 동안 미국에서는 여러 가지 새로운 흐름이나 충격적인 사건이 있었습니다. 굵직굵직한 것만 꼽아 봐도 비틀즈의 선풍적인 인기라든가 히피족의 등장, 베트남전 반대 운동, 대학가 소요, 마틴 루터 킹 목사 암살 등이 있었는데요. 특별히 기억나는 사건이 있으신지요?

마틴 루터 킹 목사 암살 사건은 기억이 생생합니다. 그날 동료들과 워싱턴 D.C.로 벚꽃 구경을 갔었거든요.

사망일이 1968년 4월 4일이네요. 비극의 날이 되었지만 벚꽃 구경하기에는 좋은 날이었을 것 같습니다.

버스를 타고 가는데 여기저기서 소요가 일어나서 전쟁이라도 난 것 같았습니다. 총소리가 굉장했고요. 차를 돌려 돌아갈 수밖에 없었습니다.

법무부 장관을 지낸 로버트 케네디도 얼마 후에 암살당했지요. 같은 해 6월 6일입니다. 그는 1963년 11월 대통령 재임 중에 암살당한 존 F 케네디의 동생이고요.

그날도 어제처럼 기억이 납니다. 병원 라운지에서 동료들과 함께 생중계로 뉴스를 봤어요. 다들 의사라서 그런지 저 부위에 총을 맞아서는 생존 가능성이 없다는 의견이 지배적이었습니다. 결국 사망했고요.

영화 〈포레스트 검프〉가 생각납니다. 총장님이 역사적 현장에 계셨다는 생각이 드네요.

베트남전과 관련해서는 직접적인 경험도 있습니다. 퀸스 병원에서 청소를 담당한 흑인 청년이 있었는데 징집을 당했습니다. 병원 안에서 "나는 전쟁을 반대한다. 죽기 싫다. 내가 흑인이 아니었다면 징집을 당하지 않았을 거야!"라고 고함치며 절규하더군요.

미국에서 당일치기가 아닌 여행을 해 보신 적이 있으십니까?

───── 뉴욕에서 한국 유학생들과 즐거운 시간을 보내기도 했다. 오른쪽 두 번째가 나

캐나다 여행은 한 적이 있었습니다. 1967년에 몬트리올에서 엑스포가 열렸거든요. 그 엑스포 기간이 인터넷에 나오나요?

1967년 4월 27일부터 10월 29일까지였네요. 몬트리올 엑스포는 캐나디언에게 집단적 추억으로 남아 있는데요. '몬트리올 엑스포스'라는 메이저리그 야구팀도 있었습니다.

여하간 뉴욕에 있는 한국 유학생들까지 들떴던 겁니다. 저까지 다섯 명이 새벽에 출발해 열두 시간인가 운전을 해서 몬트리올에 갔습니다. 차가 달리자마자 노래 합창이 시작됐어요. 민요, 트로트, 가곡, 동요, 나중엔 록앤롤까지 불렀는데 결국 레퍼토리가 떨어졌습니다. 무슨 노래가 남았을까 서로들 생각하다가, 마지막에는 애국가도 불렀습니다.

음주 가무를 사랑하는 한국인의 특성은 정말 연구 대상인 것 같습니다.

민박집에 도착해 보니 한밤중이었습니다. 얼마나 지쳤겠어요. 남자 두 명은 저쪽 방에 가서 먼저 잤는데 우리 여자 세 명은 바로 잘 수가 없었습니다. 같이 간 최해숙이라는 후배가 일제 전기밥솥을 사 왔거든요. 누가 취사 버튼을 누르냐를 두고 작은 다툼이 벌어졌지만 나이가 제일 많았던 제가 이겼습니다. (웃음)

그게 다툴 문제였습니까? (웃음)

　다들 그때 전기밥솥을 처음 본 거예요. 해숙이가 시사에 참 밝은 친
군데 버튼만 누르면 저절로 밥이 되는 전기밥솥이 있다는 거예요. 제
가 '그런 게 어디 있냐? 말도 안 된다. 한번 가져와 봐라'고 해서 그 소
동이 벌어졌습니다.

　정말 세상과 담을 쌓고 사시긴 했나 봅니다. 영문판 위키백과에
는 1956년 12월 일본 도시바가 세계 최초로 전기밥솥을 상용화해
출시했다고 나와 있고요. 1966년 1월에는 금성(지금의 LG) 전기밥
솥 광고가 〈동아일보〉에 실렸습니다. 전기밥솥을 처음 볼 수는 있
겠지만 존재 자체를 몰랐다는 건 다소 문제가 있었다고 보여집니
다. (웃음)

　저만 그런 게 아니었으니까요. 밥이 정말 되는지를 확인하고 자려고
했지만 셋 다 피곤에 지쳐 그냥 쓰러져 버렸습니다. 다음 날 일어나서
밥통부터 열었더니, 고슬고슬 밥이 잘 익어 있었습니다. 정말 신기했
습니다.

　귀국 준비는 어떻게 하셨습니까? 일시 귀국을 염두에 두셨지만
그래도 준비는 필요했을 것 같은데요.

　일단 짐은 H라는 친구에게 전부 맡겼습니다. 2년 후에 찾을 요량이

었는데 미국에 다시 가지 못해서 결국 못 찾았지요. 아까운 건 하나밖에 없습니다. ECFMG 시험 준비할 때 봤던 '해리슨 텍스트북'을 주고 왔습니다. H가 '여의대(고려대 의대의 전신)'를 나오긴 했는데 ECFMG 합격증이 없었거든요. 바로 그 내 손때 묻은 책을 기념으로 보전하고 싶은데, 어디서 구할 수가 없네요. 많이 아쉽습니다.

그것 말고도, 귀국 준비가 더 있을 텐데요.

그런데 진짜 귀국 준비는 한국에서 이뤄졌습니다. 언니와 가족에게 병원 증축 준비를 해 달라고 편지로 미리 부탁해 놨거든요. 귀국하자마자 바로 환자 진료를 하고 싶었고 이전보다 훨씬 많은 환자를 능률적으로 돌보고 싶었습니다. 그러기 위해선 증축이 필수적이었습니다.

귀국할 때 무슨 서류를 써야 했는데 그제야 나이를 깨달았다고 하신 적이 있는데요. 그건 무슨 이야깁니까?

재입국 비자 신청 서류였습니다. 귀국 직전에 미국 이민국에서 작성했는데 생년월일과 나이를 기입하는 칸이 나왔습니다. 미국에서 저는 나이를 완전히 잊고 살았거든요. 거기는 나이를 묻는 데가 없잖아요. 멍하게 있다가 '내가 1932년생이니까 올해 몇 살이지? 미국은 만 나이로 써야 되잖아' 이런 생각이 들었습니다. 그렇게 뺄셈을 해서 나이를 적었습니다.

———— 귀국길 미국 공항에서. 작별시 찍은 동료가 나중에 보내 준 사진

귀국하실 때 수련의 동료들이 많이 아쉬워했겠는데요. 특히 설리번 박사가 만류하지 않았습니까?

말도 못하지요. 수련의 동료들, 병원 의사들이 한결같이 '안정된 자리를 버리고 왜 떠나느냐?'고 반대했고 설리번 박사는 '가지 말라'고 대놓고 만류했습니다. 하지만 마음을 이미 굳게 먹은 터라 아무 소리도 안 들렸습니다.

송별회가 매일처럼 열렸다고 들었습니다.

그때는 제가 인기가 좀 있었습니다. (웃음) 너도나도 송별회를 열어 줬습니다.

인기는 지금도 많으시지요. (웃음) 특별히 생각나는 송별회가 있으신가요?

아무래도 한식을 먹은 날이 기억납니다. H의 집이 케네디 광장 부근에 있었는데 H가 불고기와 잡채 같은 것을 만들어서 송별 파티를 열어 줬습니다. 아는 사람들은 거의 다 왔습니다. 이분들이 또 공항까지 배웅을 나왔고요. 공항 한편이 눈물바다가 됐습니다.

정든 사람과의 작별이라 눈물을 흘리는 건 자연스러운 일이지만 한편으로는 서양 사회에선 생경한 풍경이 아닐까요? 특히 서양에선 남에게 눈물을 보이지 않으려고 하지 않습니까. 설리번 박사도 물론 나오셨겠지요?

남편과 함께 나왔습니다. 설리번 박사도 눈시울을 붉혔고요. 그분들에게 한국은 여전히 가난한 나라, 언제 전쟁이 날지도 모르는 위험한 나라였습니다. 그래서 더 슬퍼했는지도 몰라요. 저의 귀국은 그분들에게 그런 의미였습니다.

6장

이길여 산부인과

"이길여 이름 걸고 진료한다"

●
●

귀국 후에 '이길여 산부인과'의 원장으로, 4년 만에 다시 한국에서 진료를 시작하셨습니다. 풀 네임(full name)을 병원 이름으로 내건 의미는요?

당시로서는 파격적인 이름이었습니다. '김안과', '박내과', 이런 식이었지 병원명에 의사 이름 석 자를 다 넣는 것은 드물었지 싶어요. 제 이름을 걸고 신명을 다하겠다는 의지를 담은 겁니다.

『길병원 40년사』에는 '진료의 실명제'라는 표현이 나옵니다.

그런 의미입니다.

이길여 산부인과는 이전보다 부지가 늘어났고 지하 1층, 지상 10층인, 총 36병상 규모였습니다.

그 정도면 충분할 거라고 예상했지요.

모자랐다는 말씀이군요. 병원 건물은 어떻게 지으셨습니까.

제가 미국에서 선진 의료 수준을 체험하고 돌아오면서 얼마나 다짐

—— 이길여 산부인과 간판. 병원명에 의사의 이름을 내거는
것은 당시로선 파격적인 일이었다.

하고 왔겠습니까. 엘리베이터까지 있는 최신식 건물을 지었습니다. 그
때까지도 인천에 엘리베이터가 있는 건물은 올림포스 호텔밖에 없었
습니다. 이길여 산부인과가 승강기를 갖춘 인천의 두 번째 건물이었
지요.

  인천 이외 지역 분들은 감이 안 올 수 있는데요. 올림포스 호텔은
1965년 10월 개관한 인천 최초의 관광호텔입니다. 1967년에는 국
내 최초로 외국인 전용 카지노를 유치했고요. 당시 국내 최고의 관
광호텔인 셈인데요.

엘리베이터가 얼마나 큰 구경거리였는지 온 동네 아이들과 환자 가족들이 우리 집(병원)으로 구경 왔습니다. 누르니 올라가고 내려가고, 신기해서 놀이터가 되었어요.

내쫓지는 않았습니까? (웃음) 성가신 일이긴 했을 텐데요.

그럴 리가요. 걸인이라도 내쫓지 않는 게 우리 집안 전통입니다.

제가 당시 기사를 검색해 봤습니다. 1968년 1월 29일자 〈경향신문〉 기사인데요. 제목은 '서울의 아파트 어디까지 왔나'입니다. 몇 구절을 읽어 보겠습니다. "마포아파트는 6층이나 되는 아파트에 엘리베이터 시설이 없이 6층까지 오르내리는 데 특히 여자와 어린이들은 힘이 들고 또 위험하다." "제일 호화판이라는 세운상가 아파트에 한국 최초로 엘리베이터가 등장했다."

그러니 아이들이 얼마나 신기했겠습니까. 인천의 명물이 됐습니다. 그건 그렇고 이 이야기는 꼭 하고 싶습니다. 엘리베이터 설치 공사를 할 때 작업자들이 너무 고생을 하더라고요. 저는 한밤중에도 간호사가 부르면 계단을 뛰어 내려갈 때가 많았는데 그때까지도 그 컴컴한 데서 줄 하나에 대롱대롱 매달려 작업을 하고 있는 겁니다. 떨어지면 바로 사망이지요. 그래서 이런저런 대화를 나누게 됐습니다. 알고 봤더니 작업자들이 서울대 공대를 나온 엘리트였어요. 당시에는 엘리베이터가 최첨단 시설이었기 때문에 최고 엘리트가 작업을 한 것이고,

그런 분들이 그렇게 위험한 일도 마다하지 않았다는 거예요. 그 시절이 그랬습니다.

병원 건물 1층은 진료실과 대기실, 2층은 수술실, 3층부터 8층까지는 입원실, 최고층은 총장님과 가족의 거주 공간으로 구성돼 있었다고 기록돼 있습니다. 개원 초창기에 비해 입원실이 크게 늘어난 것은 기록됐지만 내부 시설과 의료 설비에 대해서는 나타나 있지 않은데요. 내부 시설은 몰라도 의료 설비만큼은 어느 정도 발전이 있었겠지요?

그것도 아니었던 것 같습니다. 한국의 상황이 그만큼 발전하지 못했으니까요. 다만 모든 시설과 장비를 환자의 편의와 눈높이에 맞췄습니다. 제일 먼저 한 것이 산부인과 진찰대가 한국 여성의 체형에 잘 맞는지, 긴장을 풀고 편안하게 진찰을 받을 수 있는지, 내가 직접 진찰대에 드러누워 보면서, 꼼꼼히 살폈습니다. 그때는 병원마다 진찰대가 일반 침대에다 다리 받침대를 용접으로 붙여 놓은 수준이었습니다. 환자가 다리를 움직이면 뚝뚝 떨어지기도 했고요.

손수 진찰대를 고치지는 못 했을 것 아닙니까?

의료 기기 만드는 분을 모셔다가 문제점과 개선책을 알려드렸습니다. 실제 제작은 그분이 하셨고요.

그래서 환자 진찰대에 직접 올라가서 누워 보신 거군요.

간호사와 직원들 앞에서, 내가 환자가 되어 올라갔습니다. 그렇게 직접 체험해 보니 환자가 느끼는 부끄러움 같은 감정을 느낄 수가 있겠더라고요. 간호사들에게도 올라가 보라고 했더니 엄청 민망해해요. 진료할 때 환자들이 불편을 느끼지 않도록 간호사에게 산모들을 재촉하지 말라고 교육했습니다.

분필 든 의사 선생님

●
●

용어의 변천사를 잠깐 짚고 넘어가야 할 것 같은데요. 현재는 누구에게나 입에 붙은 말이지만 '간호사(看護師)'라는 용어가 간단치 않더라고요. 일제 강점기에는 '간호부(看護婦)'라는 단어가 압도적으로 많이 쓰였습니다. 해방 이후에도 이 단어가 상당히 사용되다가 점차 '간호원(看護員)'이란 용어로 대체됐고요. 1963년 7월 '의료보조원법'이 공포되면서 간호원은 공식 용어가 됩니다.

간호원에서 간호사로 바뀐 건 1980년대 말이었을 겁니다. '조산사(助産師)'라는 용어도 비슷한 과정을 거쳤습니다. 그전에는 '조산원(助産員)', 더 거슬러 올라가면 '산파(産婆)'라고 불렸지요.

——— 미국 유학에서 돌아오는 나를 환영하기 위해 공항까지 나온 가족과 친지들

그렇습니다. 1987년 10월 의료법 개정안이 국회에서 통과되면서 간호사와 조산사가 공식 용어가 됐습니다. 일제 강점기에는 간호부와 산파 이외에 '조산부(助産婦)'라는 단어도 쓰였는데 공식 용어는 간호부와 산파였습니다. 경기도 위생과에서 '간호부·산파 시험'을 치른다는 기사 등이 검색됩니다.

간호사는 부녀자[婦], 간호하는 보조원[員], 간호하는 선생님[師]으로 공식 용어가 격상돼 온 셈이네요. 의사(醫師)는 처음부터 선생님이었는데, 간호 파트의 호칭 격이 점점 높아진 것은 좋은 일입니다.

산파라는 단어는 의미 그대로 사용하면 '출산을 도와주는 할머니'라는 뜻으로 뉘앙스가 다소 고리타분한데 비유적으로 사용하면

긍정적인 뉘앙스가 됩니다. 예를 들어 총장님이 미국의 선진 의료를 한국에 도입한 산파 역할을 했다고 하면 받아들이시겠습니까?

신문에서 그런 식으로 썼지요, 신당의 산파, 무슨 제도의 산파……라는 식으로.

알겠습니다. (웃음) 이길여 산부인과를 개업한 1960년대 말에는 간호원이 공식 용어였지만 이제부터 간호사라는 용어로 쓰겠습니다. 앞서 총장님은 진찰대에 올라온 환자들이 수치심을 느끼지 않게 간호사들을 철저하게 교육했다고 하셨는데요. 다른 교육도 병행했다고 알고 있습니다.

일요일도 예외 없이 교육이나 대청소를 거르지 않았습니다. 그때는 간호사들이 대부분 중졸이었습니다. 순서는 잘 기억나지 않지만, 월요일은 영어, 화요일은 산과, 수요일은 부인과, 목요일은 의학 일반, 금요일은 교양, 토요일은 미국 이야기, 일요일은 대청소, 이런 식으로 간호사들을 교육으로 괴롭혔는데(?) 너무 잘 따라 주어 가상했습니다. 그들이 저에게 '분필 든 의사'라는 별명도 붙여 주고.

환자 볼 틈도 없었을 텐데 그게 가능했습니까? 강의는 총장님이 혼자 하신 것으로 알고 있는데 아침 시간 말고는 그럴 여유가 없었을 텐데요.

그렇지요. 일찍 일어나는 수밖에 없었습니다. 새벽 6시면 간호사와 같이 병원 청소를 시작하고, 청소 끝나면 강의하고, 강의 끝나면 아침 먹고, 그런 일과였습니다. 그런데 강의는 지켜지지 못할 때도 많았습니다. 잠이 부족하고 피곤해서 못 일어나는 아이들은 그냥 자게 내버려뒀고요. 새벽부터 환자가 밀려오면 그날은 결강인 거죠.

간호사들도 병원에서 숙식을 했습니까?

너무 당연한 일이라 제가 미처 말씀을 못 드렸네요. 입원실을 몇 개 비워 간호사 숙소로 만들었고, 저도 거기서 섞여 잘 때가 많았습니다. 물론 위층에서 가족과 함께 자기도 했지만.

음식은 누가 했습니까?

어머니와 언니, 그리고 도와주시는 아주머니 몇 명이 맡았습니다. 청소를 도와주시는 분은 따로 없었고요.

산부인과 전체가 말 그대로 한 식구였네요. 식구(食口)라는 단어에 '함께 밥을 먹는 사람'이라는 뜻이 들어 있지 않습니까. 병원에서 숙식하는 간호사라는 것은 지금으로서는 상상조차 어렵습니다.

진짜 먼 옛날이야기 같네요. 그러니까 지금 기준으로 보면 근로기준법 위반인가요? (웃음)

그건 아닐 겁니다. (웃음) 병원 청소를 비롯해 모든 걸, 오너 의사가 간호사와 같이 하셨으니까요. 그때만 해도 먹여 주고 재워 주기만 하면 자기 딸이라도 잘사는 친척 집에 '식모'살이 보내는 경우가 허다했습니다. 김기영(金綺泳) 감독의 영화 〈하녀〉가 제작된 것이 1960년이었는데 식모나 하녀는 당대 영화에 자주 등장하는 일반적인 소재였습니다. 그래서 병원에서 숙식을 제공받으며 일하는 것이 오히려 특전으로 여겨졌던 시절이었지요. 대학생들의 입주 가정교사도 많았던 시절이지만, 혜택이었지 결코 착취가 아니었습니다.

'식모살이' 소녀가 많긴 했습니다. 그러고 보니 그 단어도 가정부,

가사 도우미 같은 말로 격상돼 왔네요.

시대적인 설명도 약간 보충해야 할 것 같은데요. 그때는 간호사와 간호조무사의 구별이 지금처럼 엄격하지 않았습니다. 1966년 7월 의료보조원법 시행령이 국무회의에서 개정되면서 간호보조원 제도가 신설됩니다. 여기서 간호보조원이란 '중졸 이상의 학력을 갖고 보건의료 기관에서 2년 이상 근무한 18세 이상의 여자로서 보조원 시험에 합격한 사람'을 뜻하는데 지금의 간호조무사에 해당합니다. 개정 취지는 '요즘 부쩍 늘어난 간호원들의 해외 진출로 빚어지는 국내 의료요원의 부족수를 메우기 위함'이었고요. 이길여 산부인과에도 '간호원'과 '간호보조원'이 섞여 있었을 것 같습니다.

오히려 간호보조원이 더 많았습니다. 당시 중졸 이상의 여성은 고학력에 속했습니다. 그만큼 귀했는데 그런 여성들도 자격시험이 어려운 간호사보다는 손쉬운 간호보조원에 몰렸지요.

그런 상황인데 무료 강의까지 해 주셨으니 그때 간호사들이 그렇게 총장님을 좋아했던 것 아니겠습니까.

정말 가족처럼 지냈습니다. 지금도 소식을 주고받아요. 특히 조영진이라는 간호사는 아직도 명절마다 선물을 보내옵니다.

바퀴 달린 회전의자의 의미

•
•

1965년 가수 김용만이 〈회전의자〉라는 노래를 발표해 대단한 인기를 끕니다. 첫 소절이 "빙글빙글 도는 의자, 회전의자에 임자가 따로 있나? 앉으면 주인이지"인데 어느 가요 평론가는 '그 시절에 특히 회전의자가 출세와 성공의 상징이었다'고 했습니다. 가사에는 "아, 아, 억울하면 출세하라, 출세를 하라!"는 대목이 있는데, 그것은 1961년 군사 쿠데타로 젊은 장교들이 정권을 잡고 설치는 세대교체 바람을 풍자한 것이라고도 하고요.

그리고 1968년 4월 23일자 〈동아일보〉에는 동양강철의 신제품 판매 개시 광고가 실려 있는데요. 책상, 의자, 책꽂이 같은 제품이 소개돼 있고 그중 바퀴 달린 사무용 회전의자가 있습니다. 제가 이 노래와 광고를 언급한 이유를 짐작하시겠지요? (웃음)

그 광고를 봤더라면 고생을 조금 덜 했겠네요. (웃음) 저는 세운상가 철공소에서 바퀴를 구입해 직접 의자에 달았습니다. 바퀴 달린 회전의자가 그만큼 귀한 시절이었지요. 회전의자가 출세와 성공의 상징이었다는 말도 사실이지만 우리 병원의 경우는 좀 달랐습니다.

성공 출세해서 회전의자에 앉은 것이 아니라, 바퀴 달린 회전의자를 발로 밀치고 다니며, 환자를 돌보아야 시간을 절약할 수 있었다는 말씀이지요?

——— 진료실에서 환자를 맞고 있다.

진료실에 진찰대를 세 개 놓고 환자를 봤습니다. 줄까지 서서 기다리는 환자들을 생각하면 1분, 1초라도 아껴야 하는데 일반 의자로는 감당이 안 되는 거예요. 바퀴 단 의자 덕을 톡톡히 보았습니다.

바퀴가 부러지거나 하는 일은 없었습니까? 철공소에서 바퀴만 달다시피 한 의자여서 상태가 조악했을 것 같습니다.

그랬지요. 바퀴가 부러지거나 고장 나면, 의자가 제대로 움직이지 않잖아요. 앉은 채로 이리저리 움직이다가 벽이나 벽걸이 책장 같은 곳에 머리를 부딪쳐 머리에 혹이 나기도, 환자에게 부딪힐 때도 있었고요. 그 경험 때문에 의자는 무조건 좋아야 한다는 관념이 생긴 것 같습니다.

환자 침대에 식사용 접이식 받침대도 총장님이 고안하셨지요? 미국 병원 침대가 그렇게 돼 있었습니까?

제가 본 바로는 당시 미국에도 그런 침대는 없었습니다. 환자의 편의를 생각하다 보니 그런 침대를 주문 제작하게 됐는데 높이도 조금 낮췄습니다. 아무래도 한국인 평균 키가 미국인보다 작았으니까요.

귀국하신 이후에 환자들이 총장님을 '미국 의사'라고 불렀다고 들었습니다. 인근에 소문이 나고 환자들이 구름처럼 몰려들었지요?

말도 못 합니다. 겨울에 새벽 4, 5시면 아주 캄캄한 밤이나 마찬가진데 그때부터 환자가 들이닥치는 날도 많았고요. 줄까지 서서 기다리는 환자를 그냥 돌려보낼 수는 없어서 몇 시까지가 진료 시간이다, 이런 개념도 없었습니다. 그날의 늘어선 마지막 환자를 진료하고 나면 그때가 진료 종료 시간이었습니다.

환자들이 줄까지 섰습니까?

문밖까지 줄을 섰습니다. 한겨울 밤에도 병원 문을 닫지 못했습니다. 우리가 문을 닫지 않은 것이 아니라 환자들이 문을 잡고 있었고요. 환자가 문을 잡고 서 있다가 자기 차례가 돼서 들어오면 그다음 환자가 또 문을 잡고 서 있고, 그런 식이었습니다. 어느 날은 진료실에서 환자를 보는데 너무 추운 거예요. '왜 이렇게 춥지?' 하고 나가 봤더니 환자들이 그러고 있더라고요.

문을 닫으면 자기 앞 순서에서 진료가 끊길까 봐 문을 잡고 서 있었다는 말씀이네요.

처음에는 다툼이 좀 있었습니다. 병원 안에 있는 환자들은 추우니까 문을 닫으라고 하고, 밖에 있는 환자들은 우리도 진료를 받아야 한다고 열어 놓으라고 하고요. 그러다가 차례대로 문을 잡고 서 있는 것으로 정리가 됐습니다.

보증금 없는 병원

●
●

환자가 많은 날은 얼마나 왔습니까?

하루에 300명 정도까지 진료한 기억이 납니다. 귀국 후부터 환자가 몰려든 것은, 한때 무료 진료권을 나눠 준 효과도 있었던 것 같습니다. 돈이 없어서 치료를 받지 못하는 환자는 절대로 없어야 한다고 결심하고 돌아왔으니까요. 하지만 그렇다고 해서 '돈 없는 사람 무료'라고 써 붙일 수도 없잖아요. 돈 있는 사람에게는 치료비를 받아야 했고요. 고심 끝에 생각해 낸 아이디어가 무료 진료권이었습니다.

무료 진료권은 몇 장이나, 어떻게 나눠 주셨습니까?

동장(洞長)에게 전달한 것으로 기억합니다. 그런데 무료 진료권은 취지를 살리지 못해 단발로 그쳤습니다. 한번은 금반지를 낀 분이 그걸 들고, 진료받으러 왔더라고요. 형편이 어지간한 부자라는 생각이 들고, 무료 진료권이 엉뚱하게 쓰인다는 생각에 딱 150명으로 끝냈지요.

그래서 '보증금 없는 병원'이 나오는 거군요. 총장님이 자주 하셨던 말씀대로 '술값, 책값, 병원비는 떼먹어도 죄가 되지 않는다'는 우스개가 있던 시절이어서 병원으로서는 보증금이 최소한의 '안전장치'였기는 했습니다.

그렇습니다. 그 무렵에 '자궁외임신' 환자가 있었습니다. 자궁외임신 환자는 수술을 받지 않으면 사망까지 이르게 됩니다. 그 환자는 복강 출혈이 멈추지 않는 상태여서 매우 위험한 응급상황이었습니다. 진찰 결과를 설명해 줬는데, 환자가 주섬주섬 옷을 입는 거예요. 2층이 수술실이니까 그냥 올라가면 되거든요. 어이가 없어서 '아니, 지금 뭐하고 있는 거냐'고 물었습니다. 그랬더니 '집에 가야지요' 이러는 거예요.

수술비가 없었군요.

당장의 수술비는 없어도 환자가 보증금을 내야만 치료를 시작하는 게 당시 우리나라 병원의 관행이었습니다. 제가 "수술 안 받으면 큰일

—— 의사 없는 섬마을 의료 봉사(1970년대 초반)

난다. 죽을 수도 있다"라고 해도 환자는 다 포기한 얼굴이었습니다. 보증금이 없으니 수술을 못 한다는 거예요.

'병원 보증금'이라는 키워드로 기사 검색을 해 봤습니다. 먼저 1968년 10월 11일자 〈경향신문〉입니다. "부산의 모 기독교병원의 경우 비영리기관으로 병원 개설 허가를 받고도 입원자는 8천 원 ~1만 2천 원의 높은 보증금이 있어야 하고 진찰비도 150원씩 받고 있다." 다음 기사도 〈경향신문〉에 실린 것인데요. 1969년 2월 13일 자입니다. "분초를 다투는 응급 중환자들이 보증금이 없다는 이유로 병원 문전에서 비정하게 추방당하는 판국에, 돈 없이 병 고치기란 그냥 앉아서 죽음을 기다리는 신세와 다름없다."

병원 문턱이 높을 때였습니다. 결국은 돈이 문제였지요. 죽을 만큼 아픈 병이 아니면 병원을 찾지 않는 환자도 많았습니다.

기사 하나만 더 읽어 보겠습니다. 1969년 10월 21일자 〈매일경제〉의 〈인술(仁術) 탐방〉이라는 연재물인데요. 서울 서대문구 해동병원 편입니다. "심희선 의사는 형편에 따라 보증금 없이도 입원 가료를 해 주는 갸륵한 인술가이기도 하다." 총장님 같은 분이 또 계셨네요.

측은한 마음에 그랬군요. 그런데 나는 아예 '보증금 없는 병원'이라고 큼지막하게 쓴 종이를 병원 정문에 붙였습니다.

그 환자는 어떻게 됐습니까? 끝내 집으로 돌아가지는 않았겠지요?

환자와 환자의 어머니에게 '우리 병원은 보증금이 필요가 없으니까, 우선 수술부터 받으시라'고 했지요. 그랬더니 돌아오는 대답이 마음을 더 아프게 했습니다.

뭐라고 하던가요?

"보증금을 안 받으면 뭐해요? 어차피 수술비도 없는데."

정말 찢어지게 가난한 분들이었군요.

그래서 '그렇다면 수술비도 받지 않겠다'고 했습니다. 사람부터 살려야 되지 않겠습니까. 환자는 며칠 후에 건강한 몸으로 퇴원했습니다. '살려 주셔서 고맙다'고 눈물 바람이었지요. 그러고 나서 '보증금 없는 병원'이라고 써서, 내 걸었습니다.

보증금을 면제하는 정도가 아니라, 가난한 환자들에게는 병원비를 깎아 주고, 형편이 더 어려운 환자들은 아예 병원비조차 받지 않으셨잖아요.

간호사와 수납 창구 직원에게 병원비가 없어 하소연하는 환자는 미리 알려 달라고 단단히 일렀습니다. 환자 카드에는 가난한 환자를 나타내는 내부의 암호 비슷한 것이 있었습니다. '━'표시였는데 저는 그걸 보고 환자에게 '병원비는 됐다'고, '안 내고 가셔도 된다'고 했지요.

그 역시 대단한 것 같습니다. 환자들이 모르게 암호로 표시한 것은 자존심을 살려 주기 위한 배려가 아니겠습니까.

당연한 일이 아닐까요. 그런 일을 크게 고민했던 기억은 없습니다.

거꾸로 총장님이 수납 창구 직원에게 병원비를 받지 말라는 사인을 보내기도 했다고 들었습니다.

한 층이 24평이라는 크지 않은 공간이었기 때문에 가능했습니다.

진료실과 수납 창구 사이에 작은 창이 있었거든요. 제가 손을 들거나 눈짓을 하면 병원비를 받지 말라는 신호였지요. 이건 서로 시선이 마주칠 때의 이야기고 보통은 진료기록부에 'X' 표시를 했습니다.

그렇게 저렴하게 혹은 무료로 치료를 받은 환자들이 나중에 여러 가지 농수산 특산품을 들고 와 보답했고, 그것들이 병원 마당에 쌓였다고요?

정이 넘치는 병원이었습니다. 제가 인천 지리는 병원 근처와 연안부두 정도밖에 몰랐을 때였거든요. 그런데도 저는 송도에선 망둑어가 많이 나오고, 덕적도는 옥수수가 맛있고, 채소는 구월동에서 많이 재배되고, 소래포구에서 나오는 멍게가 맛이 좋다는 걸 그때 알았습니다. 어디 그것뿐인가요. 퇴원하고 한두 해 지나서도 병원비 일부와 쌀을 들고 왔던 환자도 있었고요. 감자, 옥수수 같은 것을 한 자루씩 들고 오시고.

우리 동화에는 '은혜 갚은 까치' '은혜 갚은 호랑이'처럼 동물들의 보은이 등장합니다. 『흥부전』도 그런 스토리이고요. 코로나 사태 이후에는 해외의 6·25 참전용사에게, 또 한국에서 봉사 활동을 한 외국인에게 '코로나19 생존박스'를 전달해 세계적으로 큰 화제가 되지 않았습니까.

도움 받던 나라가 도움 주고 갚는 나라가 된 것은 정말 감개무량한 일입니다. 은혜를 갚는 것처럼 아름다운 일이 또 어디 있어요? 한국인의 천성이 착한 모양입니다.

한국인은 착하고 특유의 정이 있지요. '코로나19 생존박스'를 받은 외국인들이 자신의 한국 생활에 대해 추억한 내용을 보면, 한 가지 공통점이 있습니다. 자신들이 봉사와 희생으로 한국에 베푼 것보다 더 많은 것을 한국으로부터 받아 갔다는 겁니다. 그렇게 가난하게 살면서도 한국인들은 계란 몇 알이라도 들고 와 어떻게든 고마움을 전하려고 했다는 말이지요. 그건 물질적인 보답이 아니라 정을 의미하지 않겠습니까.

저도 그런 때의 감동을 누구보다 잘 압니다. 명절을 앞둔 어느 날 참외 한 바구니를 들고 저를 찾아온 할머니 한 분이 떠오르네요. 일부러 진료실까지 찾아오셨으면서도 머뭇머뭇 말을 못 꺼내시는 거예요. 조금 뒤에 "이거, 직접 키운 건데, 지난번에 수술하고 돈도 못 내고……." 이러시는데 그때의 울컥함이란 말로는 설명할 수가 없어요.

무의촌 진료 봉사

의사와 의료 시설이 없는 섬을 '무의도(無醫島)'라고 합니다. 인천 연안에 무의도가 많았는데 안 가 본 섬이 없을 정도였다고 알고 있습니다.

안 가 본 데 빼고는 다 가 봤습니다. (웃음) 그런데 막상 무의촌 진료를 하다 보니 그렇게 다닐 일이 아니었습니다. 그 많은 섬들을 한 바퀴 돌고 오려면 한 열흘은 잡아야 했거든요. 그것도 하루 두세 군데를 걸어서 돌아다녀야 했는데 그 고생은 말도 못합니다. 그러다가 요령이 생겨서 영흥도와 이작도처럼 큰 섬에서는, 주민들을 모이도록 했습니다. 사전에 일정을 알려 주면 인근 무의도 주민들이 배를 타고 한곳으로 모여 왔지요.

그때 찍은 사진 중에는 총장님이 칠판에 그림을 그려 강의하는 장면이 있던데요.

여성의 나팔관, 또는 수정(受精) 과정을 그린 그림일 거예요. 무의촌 진료를 할 때만이 아니라 진료실에서도, 그림을 그려 환자들에게 설명했습니다. 지금은 웬만한 환자들도 준(準)의사 수준이지만 그때만 해도 환자들이 심각할 정도로 자기 몸에 대해 무지했습니다. 저는 가급적이면 환자의 병과 치료 방법, 주의 사항 같은 것을 환자와 보호자가 이해할 때까지 반복해서 설명했어요. 그럴 때 가장 효과적인 방법이 그림을 그려 설명하는 것이었습니다.

그게 습관이 되신 거군요. 대담 인터뷰 중에도 그림을 몇 차례 그

—— 환자와 간호사들에게 '분필 든 의사'로 불리기도 했다. '의사는 환자에게 설명을 잘해야 한다'는 것이 나의 지론이다.

리셨잖아요. 예를 들어 군산의 생가, 마을 구조를 설명하셨을 때요.

환자들이 저에게 '그림 잘 그리는 의사'라고 했어요.

그림을 그려 설명하시는 특별한 이유 같은 건 있으신가요?

다른 의사로부터 진료를 받을 때 의사인 저도 알아듣기 어려운 경우가 있었습니다. 이를테면 이비인후과에 갔을 때였는데요. 해부학을 공부한 저도 이해하기 어려운 정도인데 의학 지식이 부족한 환자들은 오죽하겠습니까. 그림이나 모형으로 설명을 해 주면 이해가 빠를 수밖에 없지요.

나중에는 미용사들과 함께 무의촌 진료를 다니셨는데 어떻게 연계하게 된 겁니까?

제가 무의촌 진료를 한다는 소문이 나자, 인천 지역 미용사 협회 회장이 저를 찾아왔습니다. 다들 가난하고 어렵게 살았지만, 미용사들은 특히 더 그랬습니다. 가난한 집에서 여자아이를 낳으면 미용실 앞에 버리는 경우가 많았습니다. 들어 보셨지요?

들어 봤습니다. 당시는 미장원이라는 용어가 압도적으로 많이 쓰였는데 미장원의 '시다', 요즘 말로 순화하면 '스태프' 중에 그렇게 자란 분들이 있다고 알고 있습니다. 미장원에 아이를 버리면 나중에 미용 기술이라도 배워서 먹고살 길은 찾을 거라는, '영아 유기'하는 부모의 눈물겨운 사연.

그런 형편들이니 몸이 아파 병원 가는 것도 사치였지요. 미용사 협회 회장이 저를 찾아온 이유는 어려운 처지에 놓인 미용사들의 병원비를 할인해 달라는 것이었습니다. 그 자리에서 수락했습니다. 그랬더니 미용사 협회 회원들도 무의촌 진료에 데려가 달라는 거예요. 머리카락 잘라 주는 봉사를 해 준다고. 주민들에게 너무 좋을 것 같아서 인천 미용사 협회와 자매결연까지 맺었습니다.

적절한 표현이 아닐 수도 있지만 '환상적인 컬래버레이션'이었던 것 같습니다. 한쪽에선 미용을 해 주고, 한쪽에선 진료를 해 주고, 무의촌 주민들이 얼마나 좋아했을지 눈에 그려집니다.

그뿐인가요. 미용사분들이 머릿니도 잡아줬습니다. 머리를 만지기 전에 얼굴을 가리고 DDT(살충제)를 뿌리면 시커먼 머릿니가 우수수 떨어졌습니다.

나중에 유해성이 알려져 사용이 금지됐지만, DDT는 당시로서는 인기 높은 살충제였습니다. DDT 방역이 나오면 자기도 뿌려 달라고 줄을 서서 기다리던 것이 당시의 풍경이었습니다. 그런데 이 부분에서도 '은혜 갚은 까치' 비슷한 이야기가 나올 것도 같은데요.

현지에서 감자떡이나 생선을 들고 오는 주민들이 많았고요. 이런 일도 있었네요. 영종도 선착장에서 배를 기다리는데 시간이 약간 남았습니다. 시간 때우기 겸해서 근처 다방에 갔는데 다방 여주인이 "어머, 이길여 선생님 아니세요?" 이러는 거예요.

예전에 치료를 받았던 환자였군요.

10여 년 만에 다시 만난 겁니다. 저는 당연히 기억 못 했지만, 자궁외임신 환자였는데 제가 무료로 수술을 해 줬다면서 눈물을 흘렸습니다. 생명의 은인이라면서요. 세상에서 가장 맛있는 공짜 커피를 얻어 먹었습니다.

정말 뿌듯하셨겠습니다.

그 기분이야 이루 말할 수가 없지요. 그렇지만 공짜에, 조금 쑥스러운 느낌도 있어서 간호사들에게 "봤지? 내가 이런 사람이야" 하고, 같이 웃었습니다. 사진이라도 찍어 둘 걸 그랬어요. (웃음)

보증금이 없다고 옷을 주섬주섬 입었다던 그 환자였습니까?

그분은 아니었습니다. 자궁외임신 환자도 많았고, 무료로 수술해 준 환자도 많았으니까요. 자랑 같은 이야기지만 미국에서 귀국 이후 재개한 무료 부인병 검진을 받은 여성은 이루 다 헤아릴 수가 없습니다.

기록에는 무료 부인병 검진이 1968년 11월로 나옵니다. 귀국 직후였네요.

그렇습니까? 너무 오래된 일이라 연도 같은 것은 다 잊어버렸습니다.

이참에 말씀드리자면 '보증금 없는 병원'은 1969년 11월, 무의촌 진료 사업은 1970년, 인천 미용사 협회와 자매결연 및 홍보 활동은 1971년부터 시작됐다고 『길병원 40년사』에 기록돼 있습니다. 다 비슷한 무렵의 일이네요.

그러니 얼마나 바빴겠습니까.

그런데 인천 미용사 협회와 홍보 활동을 전개했다는 이야기는 뭔가요? 자매결연에 대해서는 말씀해 주셨고요.

병원 내에서 나온 아이디어였는데요. 이길여 산부인과 캘린더를 제작해 인천 지역 미용실에 배포했습니다. 미용실이 한 300군데 됐을 거예요. 병원 이름과 전화번호를 넣은 파마용 어깨천 같은 것도 만들어 보냈고요.

귀국 이후에 환자를 대하는 태도라든가, 총장님 스스로 달라진 점은 있었습니까?

모든 걸 환자 우선으로 한다는 기본 철학은 달라진 게 없었습니다. 다만 귀국 목적 자체가 2년 동안 여한 없이 봉사하고 미국에 가자, 그런 마음가짐이었기 때문에 이길여 산부인과 시절에는 이전보다 더 봉사에 무게를 뒀습니다. 대부분의 환자보다 내 나이가 더 많아졌다는 것도 변화라면 변화겠네요. 그때가 30대 후반을 넘어 마흔을 바라보던 나이였으니까요. 덕분에 환자를 볼 때 많이 여유로워진 점도 있었던 것 같습니다.

여유로워졌다는 것은 어떤 뜻인가요?

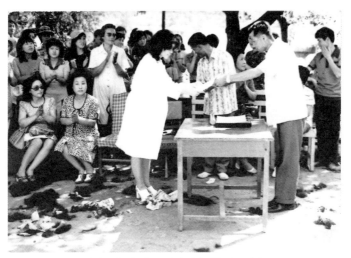

환자와 대화하고 환자의 심리까지 돌보는 일이 편해졌다는 뜻입니다. 환자가 진찰대에 누우면 얼마나 부끄럽고 긴장이 되겠습니까. 개원 초기에는 그러지 못했는데 이길여 산부인과를 할 때는 한 손으로 환자 다리를 만지면서 긴장을 풀어 줬어요. 그러면서 '식사는 하셨어요?' '요즘은 어떻게 지내세요?' 하고 말을 거는 거죠. 엉덩이도 토닥여 줬습니다.

심리적으로는 여유를 갖게 됐지만, 의사로서 신경 써야 하는 일은 더 늘어난 것 같습니다.

그렇습니다. 다른 의사들은 잘 안 하는 일을 저만 하는 경우가 꽤 있었습니다. 이를테면 마취를 앞둔 환자를 안심시키는 일은 의사가 잘 안 하거든요. 하지만 저는 미국에서 수술을 받았던 경험도 있고 해서 환자를 직접 안심시켰습니다. 손을 꼭 잡아 주면서 '내가 수술 잘 해 줄 테니 아무 걱정하지 말아요' 그러면 환자가 그렇게 편안해하는 거예요.

요즘 사람들도 마취를 받을 때는 무척 두려워하고 긴장합니다. 하물며 그때는 마취를 받으면 영영 못 깨어난다고 생각할 때 아닙니까.

죽을 각오를 하고 마취를 받던 시대였습니다. 그래서 환자를 편안하게 해 주는 것이 정말 중요합니다. 제가 마취를 앞둔 환자에게 이런 말도 자주 했습니다. '좋았던 것만 생각해' '어떤 게 좋았어?' '결혼할 때가 좋았어? 연애할 때 좋았어? 뭐할 때 좋았어?', 그렇게 말하면 환자가 그 순간에 좋은 것만 생각하려고 노력을 합니다. 사람의 마음이 참 중요한 게 간단한 수술도 불안한 상태에서 마취가 된 사람은 불안해하면서 깨어나고, 안심하고 수술을 받은 사람은 잠에서 깨는 듯이 편안하게 깨어납니다. 이건 확실히 경험을 통해 하는 말이에요.

환자를 끌어안아 일으키는 것도 같은 의도였겠지요?

처음에는 산모들의 고통을 위로하는 의미에서 시작했습니다. 친밀감을 주려는 의도도 있었고요. 그런데 오래지 않아 환자를 끌어안아 일으키는 일이 또 다른 진찰이라는 걸 터득하게 됐습니다.

무슨 뜻인가요?

환자를 안으면 체온과 심장 박동을 느낄 수 있습니다. 환자의 상태를 바로 알 수 있는 겁니다. 무겁게 안겨 오는 환자는 치료를 더 해야 하고, 가볍게 느껴지는 환자는 거의 완쾌된 거예요.

"매일 환자에 미치다"

●
●

귀국한 지 2년이 지난 시점에 미국에서 영구 비자가 나왔습니다. 1970년 연말의 일입니다. 이때 미국에 가셨다면 설리번 박사가 매우 기뻐했을 것 같은데요.

그랬을 겁니다. 설리번 박사가 매년 크리스마스카드를 보내왔는데 그때마다 '닥터 리 자리는 아직도 남겨 두고 있다'는 메시지를 전했거든요.

하지만 한국에 남으셨는데요. 때를 놓친 것인가요?

때를 놓쳤다기보다는 너무 깊숙이 환자들에게 빠져 버렸기 때문에 움직이지 못했던 것 같습니다. '그때 나는 환자에 미쳤었다'라는 말을 자주 합니다만 사실 환자도 저에게 미쳤던 시절이었습니다. 저를 정말 아끼고 사랑해 주었고 놓아주려 하지 않았습니다. 제가 아니면 진찰을 받지 않으려고 하는데 어떻게 합니까. 그런 환자를 놔두고 나만 잘살려고 미국으로 다시 떠난다? 그럴 수는 없었습니다.

그냥 총장님 얼굴 보는 것만으로도 안심이 될 것 같아서 통금이 풀리자마자 새벽 4시에 병원을 찾아온 환자도 있었다면서요?『길병원 40년사』에 기록이 있습니다.

그날은 아마 새벽까지 분만을 받고 쓰러지다시피 잠자리에 들었던 날일 겁니다. 간호사가 깨워서 진료실에 내려가 보니, 멀쩡해요. 임신 7개월이었다는데 어디가 아파서 왔느냐고 물어도 아니라고 하고, 태아의 움직임이 안 느껴지느냐고 해도 아니라고 하고, 허리가 아프냐는 질문에도 고개를 저어요. 그럼 왜 오셨느냐고 물으니까 첫 아이라 그런지 갑자기 불안해져서 왔다는 겁니다.

한 시간도 제대로 못 잤는데 짜증이 좀 나셨겠는데요.

아유, 그런 게 어딨어요. 그런 일에 짜증이 났다면 환자를 어떻게 돌봤겠습니까. 웃으면서 "괜찮으니까 나를 믿고 돌아가시라"라고 했지요. 산모가 그때서야 안심하고 돌아가는데 저의 마음까지 환해지는 것 같았습니다. 그때는 불안해하는 환자를 위로해 주느라 환자 옆에서 같이 자는 일도 있었습니다.

그런 사례가 많았을 것 같은데 하나만 더 소개해 주실 수 있겠습니까?

1970년대 초였던 것 같은데 우리 병원에 다니던 30대 잉꼬부부가 있었습니다. 어느 날 부인이 넋이 나간 모습으로 저를 찾아왔어요. 인도네시아로 출장을 간 남편이 교통사고로 죽었다는 거예요. 제 품에 안겨서 서럽게 우는데 저도 같이 울었습니다.

보통 그럴 땐 친정 엄마를 찾아가지 않습니까?

저도 그게 고맙기도 하고 슬프기도 하더라고요. 친정 엄마보다 저를 먼저 찾아왔으니…….

혹시 1969년에 진찰했던 이정분이라는 산모를 기억하십니까? '쥐구멍에 햇빛은 고사하고 바람구멍도 없을 정도'로 가난했던 형편 때문에 이길여 산부인과에 찾아와 아이를 지우려고 했던 분입니다.

이름이야 어떻게 기억했겠습니까. 그런 사연을 가진 산모가 한둘이 아니기도 했고요.

우선 이분의 말을 전한 다음에 질문을 드리겠습니다. "내가 뼈아플 때 만난 분이 이길여 원장님이에요. 제게는 박사님, 회장님이 아닌 원장님입니다. 이 거리를 지날 때마다 마음속으로 '원장님 감사합니다, 감사합니다'라고 했어요. 그분 덕분에 소중한 딸을 얻었고, 제 인생이 달라졌어요." 낙태를 원하는 새댁에게 '남편하고 같이 오세요', '다음에 또 오세요' 하면서 여러 차례 돌려보낸 이유를 말씀해 주십시오.

설명하지 않아도 다들 아시지 않을까요?

제가 우문(愚問)을 던진 것 같습니다. 이정분이라는 분은 그 후 딸을 낳았고 딸은 '엄마의 보물'이 됐습니다. 미국에서 대학교와 대학원을 졸업하고 현지에서 일자리를 얻어 정착했다고 합니다. 이 같은 사연이〈경인일보〉에 소개됐습니다.

이길여 산부인과 기념관이 개관한 게 언제였지요? 2016년이던 가요?

───── 인천 중구 우현로 90번길의 이길여 산부인과 기념관(2016년 6월 개관)

2016년 6월입니다.

제가 특히 감동을 받은 부분은 그분이 개관 직후도 아니고 우연히 기념관을 발견하고 굳이 그 사연을 전하기 위해 기념관까지 들어오셨다는 점이었어요. 무슨 볼일이 있어서 그 근방에 들른 것으로 기억하는데 아무튼 시간을 내주신 것 아니겠습니까. 오히려 제가 고마웠습니다.

환자뿐만이 아니라 총장님이 책임지게 된 사람들이 개원 초기에 비해 몇 곱절로 늘어났습니다. 간호사와 직원은 말할 것도 없고, 의사만 해도 몇 명은 더 뽑으셨고요. 가족들도 병원 일을 도와주는 차원을 떠나 아예 직원이 됐습니다. 그런 부분도 미국으로 가지 못한 큰 이유가 된 것 같은데요.

맞는 말입니다.

언니가 환자를 위해 끓인 미역국 얘기도 자료에서 읽었습니다.

언니의 손맛에 대해서는 환자와 환자 가족들 사이에 소문이 자자했습니다. 특히 언니가 끓인 미역국은 이길여 산부인과의 명물이었습니다. 퇴원한 환자의 남편이 냄비를 들고 와서 미역국을 받아 간 일도 있었습니다. 두 손으로 냄비를 든 채 들어오는 모습이 눈에 선하네요.

그 맛 좋은 음식을 왜 그렇게 안 드셨습니까? 귀국 직후부터 거의 식사를 못 하셨다고요?

그러게 말입니다. 그때는 그런 겨를이 없었습니다. 환자 한 사람 더 보는 게 최고인 줄 알고, 강박처럼 쫓기던 시절이어서 환자를 보느라 아침, 점심은 그냥 거르는 날이 많았습니다.

그런 날은 언니께서 총장님을 따라다니면서 뭐라도 먹이려고 했다던데요.

말 그대로였습니다. 제가 하도 안 먹으니까 언니가 미군 부대에서 나온 분유에 계란을 타서 섞은 음료를 만들었는데요. 거기에 링거 줄을 끊어 만든 빨대까지 꽂아 들고 와서 저를 따라다녔습니다. 이거라도 마시고 해, 하는데 그걸 마시면서 내달렸지요.

그럴 때 언니가 필사적으로, 영양 공급을 위한 노력을!

그랬습니다.

총장님은 진료실과 수술실은 물론 층마다 시계와 달력을 몇 개씩 둬야 안심하셨다고 알고 있습니다. 이것도 시간 관리를 위해서겠지요?

1분, 1초라도 아껴야 환자 한 명이라도 더 볼 수 있지 않겠습니까. 시계, 달력뿐만이 아니라 저는 손톱 다듬는 줄과 거울도 곳곳에 있어야 마음이 편했습니다. 내진 때문에, 환자의 몸속에 손을 넣을 때가 많아서 줄을 눈에 보이는 데 두고 틈만 나면 손톱을 손질했습니다. 차분히 손톱을 깎을 여유가 없었으니까요.

거울을 층마다 몇 개씩 둔 건 어떤 의미였습니까?

아무리 바빠도 단정하지 않은 모습으로 환자를 대할 수는 없었습니다. 그건 환자에 대한 예의가 아니잖아요. 여기저기 뛰어다니고 병실에서 쪽잠을 자다가 보면 머리가 흐트러지거나 얼굴이 눌려 주름질 때가 많습니다. 거울을 보면서 그때그때 정리했던 거죠. 한번은 거울을 보다가 제 얼굴의 일부가 없어져서 놀란 적도 있습니다. (웃음)

그건 무슨 이야깁니까?

그때는 병실에 침대가 없었습니다. 방바닥에 환자가 누워 있고 저는 쪼그려 앉아 환자 상태를 보곤 했는데 어느 날은 병실에서 방문턱을 베개 삼아 잠이 들었습니다. 그게 아마 7, 8층이었던 것 같아요. 제가 잠들면 간호사들이 저를 조금이라도 더 잠자게 하려고 최대한 늦게 깨웁니다. 그러다 보니 저는 항상 허겁지겁 환자에게 달려갈 수밖에 없었습니다. 엘리베이터도 타지 않아요. 그게 더 빨랐거든요. 층수를 누르고 기다리는 시간이 아까웠습니다.

계단도 두세 개씩을 뛰어다니셨지요. 그 이야기는 저도 알고 있습니다.

그렇게 호출을 받고 뛰어 내려가면서도 한 번씩 거울을 보는 거예요. 층간 복도마다 거울을 걸어 놓았거든요. 한 층을 내려가면서 슬쩍 보니까 얼굴 한쪽이 안 보이는 겁니다. 또 한 층을 내려가면서 보니까 또 없는 거예요. 다 내려가서 자세히 보니 얼굴 한쪽이 눌려 찌부러져 있었습니다. (웃음)

밤중에 급히 내려가다 보면 순간적으로 그로테스크하게 보일 수 있었겠네요.

그랬던 것 같습니다.

인생의 허무를 느끼다

　●
　●

'남기고 싶은 이야기'에서는 이 시절에 대해 "난 1년 365일 외출은 꿈도 못 꿨다. 계절의 변화는 사람들의 얼굴에 핀 화사한 웃음이나 옷차림에서, 또 창밖 가로수 잎이 연둣빛으로 물드는 것을 보면서 느꼈을 뿐이다"라고 회고하셨는데요. 그런 생활을 몇 년 동안 계속하셨는데 정신적인 피폐가 극심했을 것 같습니다. 우울증이 오지는 않았습니까?

왔습니다. 그때는 막연히 견딜 수 없다고 느꼈는데 지금 생각해 보면 우울증이 맞는 것 같습니다. 여러 가지 생각이 겹쳐서 한꺼번에 몰려왔습니다. 우선, 제가 어렸을 때부터 가졌던 의사의 꿈은 다 이뤘다는 생각이 들었습니다. 다른 의사가 평생에 마주할 환자들을 나는 그 몇 년 동안에 다 돌봤다고, 나는 내 책임을 다했다고 생각했습니다. 봉사도 할 만큼은 다했고요.

갑자기 허무함을 느끼셨군요. 그래도 세속적인 관점에서는 이길여 산부인과만으로도 의사로서 남부럽지 않은 성공을 거뒀지 않았습니까.

세속적인 성공이라면 부(富)를 말씀하시는 것 같은데, 그때도 '사'자(字) 붙은 놈은 도둑놈이라는 말이 있었습니다. 판검사, 변호사, 또 무슨 사, 무슨 사라고 해서 의사도 거기에 들어갔습니다. 앞서 병원 보증금 이야기를 하셨는데 지금 한 번 검색해 보세요. 응급 환자가 보증금이 없어 그냥 죽은 사례도 있을 겁니다. 저도 그런 기사를 봤어요.

대략 훑어봐도 많이 나오네요. 1979년 3월 한 시립병원에서 구급 환자 가족에게 보증금을 요구하며 환자 치료를 거부했다는 기사가 보입니다.

그런 시절에 자식들을 가장 먼저 미국 유학을 보내고, 제일 먼저 2, 3층 빌딩을 짓기 시작한 게 의사라고들 말했지요. 2층짜리 건물도 많지 않았던 때였습니다. 저는 10층짜리 병원을 지었지만, 의사가 돈이 많다는 건 부끄러운 일이다, 그때만 해도 그렇게 생각하고 있었습니다. 그랬으니 '내 인생은 이렇게 개업의로 끝나는 건가?'라는 생각에, 참을 수가 없었지요.

미혼으로 마흔을 넘긴 것도 허탈감의 한 이유가 됐겠지요?

그럴까요. 저는 남들처럼 결혼하고 자식 낳고 자식 키우는 재미를 느껴 보지 못했고, 그렇다고 여가와 취미를 즐기며 살지도 못했습니다.

결혼은 왜 안 하셨습니까? 맞선 자리는 많이 들어왔을 텐데요. 여러 번 들어 본 질문일 텐데 죄송합니다.

안 했는지, 못했는지. (웃음) 워낙 남자에게 관심이 없었던 성격 탓도 있겠지만 지금까지 말씀드렸다시피 젊었을 때는 공부와 일에 빠져 있었고, 개업의가 돼서는 환자에 빠져 살았습니다. 환자를 돌보느라 끼니도 걸렀지만, 화장실도 제대로 못 갈 정도였으니 결혼은 생각지도 못했던 거죠. 더구나 그때는 여자 나이 마흔을 넘으면 결혼은 끝난 거나 마찬가지였습니다.

우울증이 온 또 다른 이유가 있을까요?

항상 꿈꿔 왔던 노벨상은커녕 저는 그때 미국도 못 갔고, 학자도 아니고, 아무것도 아니었습니다. 그러면 '나는 뭐야?'라는 생각이 드는데 그만…….

그런 여러 가지 생각이 한꺼번에 몰려와 견딜 수가 없게 되신 거군요.

그때의 제 상태를 표현하면 이렇습니다. 아무도 없는 8차선 고속 도로를 저 혼자 벤츠를 타고, 최고 속도로 막 달리는 거예요. 그러다가 도로 한복판에 커다란 바윗덩이가 터억 가로막고 있는 거예요. 정신을 차리고 고개를 들어보니 내 자신이 보이는 겁니다. '어? 지금까지 내가 뭐 했지?' '나는 지금 뭐지?' '앞으로 나는 뭐가 되지?' 이런 생각을요.

그게 언제였습니까?

1974년이었습니다. 그 이듬해에 일본 유학을 갔기 때문에 확실하게 기억하고 있습니다.

어떻게 해결책은 찾으셨습니까?

찾았습니다. 이때 생긴 습관인데 저는 인생의 어떤 고비나, 숙제를 맞이하게 되면 사흘 밤낮을 안 자고 안 먹고 골똘히 생각만 합니다. 물론 일부러 안 자고 굶는다는 말은 아니고요, 하지만 실제로 그렇게 몰두합니다. 그럴 땐 내가 밤새도록 가시덤불 정글 속을 맨손으로 헤집

_____ 이길여 기념관 내 밀랍 인형 옆에서

고 빠져나오며 피투성이가 된 느낌이 들어요. 그렇게 하루, 이틀 지난
한 고행길을 헤쳐 가며 화두(話頭)를 좇다 보면, 막막한 어둠이 걷히면
서 새벽같이 밝아오고, 내가 기어이 정글을 넘어왔구나, 하는 어슴푸
레한 해답의 순간이 찾아옵니다. 그러면 해결책을 찾은 거예요.

  종교에서, 간절하게 금식 기도를 한 사람이 정신이 맑아지는 그
런 순간이겠네요. 그래서 떠오른 해결책이 뭐였습니까?

  현실 도피나 마찬가지였지만 당장은 공부밖에 없었습니다. 그렇다

고 미국으로 돌아가면 후배들과 같이 레지던트를 해야 하니까 그건 제 자존심이 허락하지 않았습니다. 결론은 일본이었습니다. 천상 한국에서 살아야 하겠고, 한국과 일본을 오가면서 틈틈이 병원 일도 볼 수 있었으니까요.

연줄이 없으면 일본 유학도 어려웠을 것 같습니다.

그랬습니다. 특히 여자 혼자 일본에 가는 건 보통 각오가 아니더군요.

1973년 김대중 납치사건, 이듬해 육영수 피격 사건 등으로 인해 한일관계도 최악이었고요. 그래서 어떻게 하셨습니까?

온몸으로 부딪치는 수밖에 없었습니다. 대학 은사인 서울대 이제구 교수를 찾아갔습니다. 일본에 가서 공부하고 싶다고 했더니 가톨릭대 최진 교수를 소개시켜 주더군요. 최진 교수는 일본에서 전자현미경 공부를 하고 온 분이었습니다. 그래서 또 최진 교수를 찾아갔고 니혼 (日本)대학의 다케우치 타다시(竹內正) 교수를 소개받았습니다. 결국 다케우치 교수의 인도로 일본에 가게 됐지요.

그런데 비자는 쉽게 나오던가요?

그게 쉽지 않았던 문제였습니다. 이정선 씨의 도움으로 주한 일본 대사관 문을 두드렸습니다.

이정선 씨라면 박지홍 선생의 친구분이지요? 총장님과 박지홍 선생과 셋이서 '이별 여행'을 떠났던 그분?

그렇습니다. 그때 이정선 씨가 문화공보부에서 일하고 있었습니다. 이정선 씨가 일본 참사관을 소개해 줘서 대사관으로 직접 찾아갔지요. 참사관에게 사정을 설명했더니 '그러냐'고 하면서 선뜻 비자를 내주겠다고 하더군요.

일본에 가기 위해 몇 다리를 거친 겁니까? (웃음) 미국은 시험 잘 쳐서 한 번에 갔는데요.

제가 그래서 사흘 동안 안 먹고 안 자고 생각하면 길이 있다고 말하는 거예요. 간절하게 꿈꾸면 길이 열리더라고요. 몇 다리 거쳤다는 표현을 하셨지만, 그 과정에서 보통 우여곡절이 있었던 게 아닙니다. 한국에서 했던 의료 활동을 설명하고, 일본에서 새로운 의학 지식을 얻기 위해 유학을 꼭 가야겠다고 설득한 것이 일본 대사관을 움직였던 것 같습니다.

박지홍 선생은 그때 어떤 일을 하고 계셨습니까? 궁금합니다.

저와 같이 이길여 산부인과 꼭대기 층에 살고 있었고, 서울대 의대를 다니고 있었습니다. (웃음) 졸업반이었을 겁니다.

서울대 의대요? 박지홍 선생이 살아 계실 때 대담집을 냈다면 좋았을 텐데 아쉽습니다. 그분의 삶에도 한국의 근현대사가 녹아 있는 것 같습니다.

동감합니다. 지홍이가 살아 있다면 제가 지금 덜 외로울 텐데요.

박지홍 선생이 그때 서울대 의대 졸업반이었다고 하면 언제 입학한 겁니까? 6년을 역산하면 총장님이 귀국하실 무렵 아닌가요?

딱 그 무렵입니다. 귀국하고 나니까 지홍이의 서울대 입학이 화제가 돼 있더라고요. 신문과 잡지에도 나고 그랬습니다.

그럴 만도 하네요. 기사를 지금 찾아보겠습니다. 1969년 2월 16일자 〈조선일보〉 기사인데 제목은 '서울대 사상 최고령 신입생, 의예과에 합격한 37세의 박지홍 양'이네요. "올드 미스 박지홍 양이 치열한 경쟁을 뚫고 서울대학교 의예과에 합격, 서울대 역사상 최고령의 신입생이 되었다. '적어도 70세까진 살 욕심인데요. 이제 반이니 그리 늦은 것도 아니겠죠. 학교 6년, 의사 수업 6년을 끝내더라도 20여 년은 사회에 봉사할 수 있잖겠어요?' 박양은 이렇게 만학의 변을 털어놓았다. 박양은 1951년 봄 6·25로 휴학된 이리여중(6년제) 5년을 마치고 전남 화순으로 피란했다. 이때 부모를 잃고 언니(박초량) 집에 기거하면서 의사인 형부 일을 도와주었다. 혼담이 빗발쳤지만, 형부 집안의 까다로움 때문에 번번이 어긋났다.

절친 박지홍의 서울대 의대 입학을 보도한 기사(1969년 2월 16일자 〈조선일보〉). 37살 최고령으로 서울 의대에 입학한 신기록을 세웠다.

1966년 1월 형부의 강권으로 서울대 입학을 포기, 숙대 약학과에 입학했으나 형부가 그해 12월 병으로 사망하자 숙대를 그만두고 작년에 서울대 의예과를 쳤다. 그러나 3점차로 낙방이었다. 1년을 영수학원에서 공부, 예비고사를 거쳐 올해 입시에서 당당히 합격한 것이다." 박지홍 선생의 생애를 기리는 뜻에서 다소 길지만 거의 기사 전문을 읽어 봤습니다.

고맙습니다. 저도 간만에 지홍이를 추억할 기회를 가졌네요. 친구가 그립습니다.

부역(附逆)한 전력 탓인지 몇 군데 사실과 다른 부분이 있긴 합니다. 그래도 비교적 박지홍 선생의 삶을 잘 묘사하고 있는 것 같습니다.

혼담이 빗발쳤다는 대목은 믿기 어렵습니다. (웃음)

그런가요? (웃음) 박지홍 선생과는 총 몇 년 동안을 함께 사신 겁니까? 일단 이리여고 시절 3년, 병원 초창기 7년, 더하면 약 10년을 함께 사셨네요.

제가 미국에 가면서 지홍이가 우리 집에서 나간 겁니다. 제가 미국에 나가 있는 동안 지홍이는 검정고시에 합격하고 서울대 입시 준비를 했고요. 거기까지가 거의 10년이네요. 그러다가 지홍이가 서울대에 들어가면서 다시 우리 집에 왔고 제가 어머니를 위해 인천 송도에 텃밭이 있는, 지금 이 집을 지어 이사할 때까지 같이 살았습니다.

송도 자택으로 이사하신 게 1998년이었지요?

그렇습니다.

도합 40년을 동고동락하신 겁니다. 전생에 도반(道伴)으로 함께 했던 연(緣)이 아닌가, 하는 생각마저 듭니다. 박지홍 선생도 평생을 독신으로 지내셨잖아요.

맞습니다. 지홍이뿐만 아니라 어린 시절 함께 뛰놀았던 친구들이 너무 그립습니다.

7장

·
·
·

종합 병원을 꿈꾸다

새로운 열정을 찾기 위해

●
●

1975년 초 일본으로 건너가셨는데 일본 장기 체류는 이때가 처음이었지요? 숙소는 어디에 마련하셨습니까?

그전에 도쿄는, 미국에 오갈 때 잠시 들른 것이 전부였습니다. 숙소는 도쿄 이케부쿠로역 근처의 그랜드 비즈니스호텔이었고요. 거기서 니혼 대학교 의학부까지 버스를 타고 다녔습니다.

버스 통학은 처음 아니었습니까?

그렇네요. 그래서 힘들었나? (웃음) 버스 정류장까지 가려면 이케부쿠로역 구내를 지나야 하는데 거기가 보통 넓은 게 아니거든요. 그때는 하이힐을 신을 때여서 한 십 리 길을 걷는 것 같았습니다. (웃음)

1960년대 초반 패티김이 일본 공연 갈 때면, 일본 여 가수들 기죽인다고, 안 그래도 큰 키에 일부러 하이힐을 신었다고 하는데 혹시 그런 이유였나요? (웃음)

그런 건 아니었고요. 품위를 지키고 예의를 차리고 싶어서였을 겁니다.

비즈니스호텔을 숙소로 정한 이유는요?

——— 1975년 니혼대학 유학 시절 동료들과 나(오른쪽)

집을 얻을 수는 없었고 하숙비는 월 10만 엔 정도였는데 호텔과 거의 맞먹었습니다. 세탁이나 방범 문제 같은 걸 고려하면 비즈니스호텔이 오히려 싸게 먹혔지요.

물론 공부는 열심히 하셨을 것 같아서 이 부분은 여쭤보지 않겠습니다.

아니오. 공부를 열심히 안 했다는 뜻은 아니지만, 일본 체류 기간이 6개월밖에 되지 않아서 미국에 있을 때처럼 집중적인 공부는 어려웠습니다. 그 이후에는 한국을 오가면서 병원 일과 학업을 병행했습니다.

그렇습니까? 일본에 가서 박사 학위를 따오셨기 때문에 남들은 박사 학위를 취득하기 위해 일본에 간 것으로 알고 있습니다.

말씀드렸다시피 마음을 다스리기 위한 유학이었잖아요. 박사 학위는 원래 계획에 없었습니다. 마음을 정리하면서 어떻게 하면 잃어버린 자아와 목표 의식을 되찾을 수 있을까 고민했습니다.

이길여 산부인과에서 과장을 지낸 어느 분이 이런 말을 했습니다. "내가 있었던 1973년에서 1976년 사이에 인큐베이터를 갖추었으며, 아기를 못 갖는 여성을 위한 나팔관 검사기도 갖추었습니다. 그리고 1974년 봄에는 당시 포니 자동차 한 대 값으로 미국에서 복강경 기기를 들여왔지요. 그리고는 개인 병원으로는 국내 최초로 그해 가을부터 복강경 시술을 시작했습니다." 이 기간이 총장님이 우울증을 겪으면서 일본 유학으로 이를 이겨 보려고 했던 때와 거의 일치합니다. 이러한 최신 의료 장비를 갖출 수 있었다는 것은 이길여 산부인과 운영이 정점에 도달했다는 의미로 볼 수 있는데, 저는 오히려 이 정점에서 총장님의 정신적 방황이 시작되지 않았나 생각합니다.

그랬던 것 같습니다. 새로운 열정을 불러일으킬 수 있는 목표가 필요했어요. 일본의 선진 의료를 배우고 싶기도 했고, 뭔가 새로운 동기를 찾을 수도 있겠다는 생각이 들었고요.

당시 일본의 의료 수준은 어떠했습니까? 한국보다는 월등했겠지요?

엄청난 격차였습니다. 그때 일본은 모든 면에서 미국을 위협하고 있었습니다. 특히 의료 보험이 너무 부러웠어요. 일본은 1961년부터 모든 국민이 의료 보험 혜택을 받고 있었습니다. 1973년부터는 70세 이상의 국민에게 무상 의료 혜택이 제공됐습니다.

그 시기 우리나라의 의료 보험 수혜율은 총인구의 0.2퍼센트였습니다. 이건 1975년 7월 30일자 통계인데요. 1979년 7월 1일 통계는 30퍼센트로 올라 4년 동안 폭발적인 성장을 하기 했지만 전 국민 의료 보험 혜택은 그로부터 10년 후인 1989년 7월 1일에야 이뤄집니다.

0.2퍼센트와 100퍼센트는 하늘과 땅 차이 아니겠어요. 그랬으니 제가 얼마나 가슴이 아팠겠습니까. 의료 보험뿐만이 아니었습니다. 그 무렵 일본은 모든 현(縣)에 의과 대학을 설치한다는 목표로 의학부 신설을 장려하면서 의사 수를 늘리고 있었습니다.

국민 의식 수준은 어떻던가요?

공중도덕 면에서는 상당한 선진국이라고 느꼈습니다. 사소한 사례부터 들자면 어느 날 제가 전철 안에서 어떤 일본 여성의 발을 밟았거든요. 하이힐에 찍혀서 눈물까지 글썽이면서도 오히려 저한테 "스미마생, 스미마생(미안합니다)" 하는 거예요. 내가 미안하기 짝이 없었어요. 이런 것만이 아니라 일본 사람들은 '실례합니다' '감사합니다'라는 말을 달고 살잖아요. 지금은 한국도 세계 최고 수준의 국민 의식으로 칭송받고 있는데 그때는 참 비교가 됐습니다.

시대의 한계이자 굴레였던 것 같습니다. 의료 보험 수혜율이 0.2퍼센트였던 시대니까요.

그때 일본은 이미 자원봉사가 일반화돼 있었습니다. 아침 일찍 일어나는 게 습관이 돼서 새벽에 가끔 도쿄 우에노 공원에 간 적이 있었어요. 어두컴컴한 새벽에 하얀 앞치마를 두른 아주머니들이 떼를 지어서 비질을 하고 있는 거예요. 저게 뭐냐고 물었더니 '보란치아(Volunteer의 일본식 발음)'래요. 한국에서는 볼 수 없었던 자원봉사자들이었습니다.

그때쯤이면 한국에서도 새마을 운동이 한창이었지만 관(官) 주도의 성격이 강했습니다. 일본에서 목격한 민간의 자발적인 봉사였군요.

그렇습니다. 당시 일본은 사회 전반에 여유, 다양성이 넘쳐났습니다. 병리과 동료 연구원들이 저에게 취미를 묻는데, 대답할 말이 없었습니다. 거기 남자 중에 요리가 취미라는 이도 있었고, 여행이 취미라

는 사람도 있어서 신기했어요. 다케우치 교수의 취미는 쇼핑이었고요.
일종의 문화 충격을 받았습니다. TV에서도 어디에 맛집이 있나, 어디
가 풍경이 좋은가, 어디 가면 뭐가 맛이 있고, 어떻게 하면 맛있게 요
리할 수 있을까, 이런 프로그램이 나오고 있었습니다. 그때까지도 우
리는 당장 하루 먹고 사는 문제에 급급했잖아요.

일본의 단점이라든가, 한계 같은 것도 발견하셨습니까?

보았습니다. 어떻게 보면 일본의 특성인데요. 너무 폐쇄적이었습니

다. 학술 콘퍼런스에서 느낀 것인데 일본 학생들의 수준은 미국만큼은 아니지만 나름대로 굉장히 높아요. 그런데 원어로 하지 않고 전부 일본어로만 하는 거예요. 의학 용어도 마찬가지였습니다. 의학도 세계를 향해 열리는 것이 아닌, 일본식 의학 같았어요. 한계가 있겠구나, 그런 느낌을 받았습니다.

그런 부분은 일본의 한계가 분명합니다. 장인 정신이다, 일생일업(一生一業)이다 해서, 한 우물 파는 거까지는 좋은데, 기술만을 위한 기술로 파고들어 버릴 때가 많거든요. 기술은 바깥세상의 흐름과 응용도 중요한데, 혁신과는 거리가 먼 일본식의 기술만 집착하다 보니, '갈라파고스'적인 진화로 갔다는 비판이 있습니다. 하지만 이런 분석은 비교적 최근에 나온 것이고요. 일본의 강점이 주로 부각되던 1970년대 중반에 그런 걸 느끼셨다면 대단히 날카롭게 보신 것 같습니다.

비슷한 사례가 또 있는데요. 일본에 있을 때 학술 세미나와 학회 참석도 연구 못지않은 중요한 일과였습니다. 가끔 발표 기회가 주어질 때도 있었는데 첫 발표 때 긴장을 많이 했습니다. 초등학교에서 배운 일본어가 전부라서 전문적인 의학 이론을 일본어로 발표할 수준은 아니었거든요. 고민하는 나에게 다케우치 교수가 아이디어를 줬어요. '영어로 학술 발표를 하면 조용할 거다, 질문자들이 과묵(?)해질거다'고 하는 겁니다. 실제로 영어로 발표를 하니까 질문이 없었습니다. (웃음)

—— 니혼대학 연구실에서 토끼 300마리를 해부하며 병리학을 연구, 박사학위 논문을 썼다.

다이아몬드 반지와 초음파 기기

●
●

일본 체류 기간 6개월 동안 하루 일과라고 해야 될까요. 니혼대학에서는 무슨 공부를 하셨습니까?

다케우치 교수의 지도하에 매일 실험실에 틀어박혀 해부하고, 신장(腎臟)학회에 참석하고, 그런 일상이었습니다. 동료들 대부분이 해부를 기피해서 제가 도맡아 하다시피 했습니다.

사체를 해부하셨다는 말씀입니까?

아닙니다. 다케우치 교수가 개, 고양이, 토끼 등을 추천했는데 저는 토끼를 선택했습니다. 나중에 헤아려 보니 제가 해부한 토끼가 300마리나 되더라고요. 그런데 1년에 한 번씩 실험용으로 희생된 동물의 위령제를 지내는 게 신기했습니다. 일본식 풍습이고, 한국과 미국에는 없었던 일이거든요. 위령제도 건성으로 하는 게 아니라 제단을 만들고 연구원들이 차례대로 나서서, 극진하게 허리 숙여 절을 해요.

일본에는 만물에 영혼이 깃들어 있다는 이른바 '신도(神道)적 정령신앙'이 있는데요. 그래서 인격 대신 물격(物格)의 나라, 라는 말도 합니다. 특히 죽으면 모두 혼령이 되어 산 사람 주변을 맴돈다, 억울하게 죽은 생명체의 영혼은 산 사람을 괴롭힌다고 믿습니다. 일본의 위령제는 실험당한 토끼의 영혼, 혹은 죽은 자의 영혼을 두려워해서인데, 서양이나 우리나라의 위령제는 말 그대로 망자의 혼을 위로하는 측면이 강합니다.

지금은 우리나라에서도 대학이나 연구기관에서 실험 동물 위령제를 지내지만, 그때는 참 생소했습니다.

어떤 연구를 위해 그렇게 많은 토끼를 해부하신 건가요?

엔도톡신이 신장에 미치는 영향을 연구했다고 보시면 이해가 빠를

듯하네요. 엔도톡신이라는 건 세균의 세포가 파괴되어 죽으면서 세포벽에서 떨어져 나오는 독소를 말합니다. 인체에 발열 증상이나 쇼크를 일으키기 때문에 엔도톡신의 생물학적인 작용은 중요한 관찰 대상이거든요. 암수를 구별할 수 있는, 다 자란 토끼에 엔도톡신을 주사한 뒤 신장의 반응을 살피는 연구였습니다.

다케우치 교수는 대단한 의학자라는 느낌을 받았습니다. 니혼대학 도서관 자료를 검색해 보니 병리학 총론과 각론을 비롯해 '생검·수술재료의 병리진단' '췌장병학' '췌장염' '췌장암' 등 저서가 많았습니다.

오직 연구에만 몰두하는 병리학자였지요. 킴멜스틸 박사라고, 당뇨병 환자에게 나타나는 콩팥의 특이한 병리학적 변화를 규명한 세계적인 의학자가 있는데 다케우치 교수는 그분의 제자였습니다.

폴 킴멜스틸(Paul Kimmelstiel) 박사는 독일인이고 1900년에 태어나 1970년에 사망했습니다. 1935년부터 1940년까지 미국 버지니아 메디컬 칼리지에서 부교수로 재직했고 1940년부터 18년 동안 샬럿 메모리얼 병원의 병리학 연구소장을 지내셨네요. 다케우치 교수는 1914년생이니까 버지니아 메디컬 칼리지에서 공부한 것 같습니다.

다케우치 교수의 부친이 '일본 소아과 의사 1호'였는데요. 그 자부

_____ 니혼대학 동료 연구원이 서울에 와서 박사 학위증서를 전달했다.(1977년)

심이 대단했습니다. 사회학 관련 책도 썼던 것 같고요. 부인은 정신과 의사였습니다. 다케우치 교수가 비서와 대화를 나누면 저는 감히 끼어들 수가 없었습니다. 유럽 문학이나 미술에 관한 소양이 깊어서 두 분의 대화를 들으면 '아, 나는 정말 인문학에 아는 게 없구나' 하고 자책했습니다. (웃음)

박사 학위 논문 제목이 '독성에 대한 토끼의 신장반응에 관한 연구'인데요. 1977년에 받으셨습니다. 학위 수여식에는 참석하셨습니까? 졸업 사진이 없다는 말이 아니라 초등학교부터 대학까지 졸업식에서 찍은 사진이 없어서 드려 보는 질문입니다.

역시 못 찍었네요. 니혼대학의 동료 연구원 중 한 분이 직접 한국으로 날아와 학위 증서를 전달해 줬습니다. 사실 1977년이면, 한국에 돌아와 박사 학위 같은 것은 잊어버리고 있을 때였지요. 그때라도 사진 좀 멋있게 찍어 둘 걸 그랬나요? 그분이 박사 학위증서는 잃어버리면 절대로 재발급이 안 된다고 했는데 박지홍을 포함해 셋이서 그런 이야기를 하는 사진이 남아 있습니다.

박지홍 선생은 그새 졸업을 하시고 이길여 산부인과에 오신 겁니까?

참 찰떡같은 인연이지요. (웃음)

아니, 아름답고 부러운 인연입니다. (웃음) 1970년대 초반부터 본격적으로 이길여 산부인과의 의료 선진화를 추진하셨습니다. 의료 선진화는 곧 의료 장비의 선진화로 연결되는데요. 의료 장비 선진국인 일본에서 받은 자극이라고 할까요. 예를 들어 일본의 알로카사(社)는 세계적인 초음파 진단기 업체였습니다.

이길여 산부인과가 최초로 도입한 첨단 의료 기기가 알로카의 초음파 진단기기였습니다. 1970년대 초였다고 기억하는데 우리나라에 초음파 기기 네 대가 수입됐을 때 그중 한 대를 산 게 우리 병원입니다. 그때 돈으로 4천만 원 정도니, 매우 고가였습니다.

그 돈의 가치란, 1970년 1월 성북구청에서 사업예산을 발표했는데요. 미아리부터 창동 사이의 도로를 확장하는 데 4천만 원이 책정됐습니다. 도로 전부를 확장한 것은 아니고 2킬로미터 구간을 15미터 넓히는 공사였습니다. 이렇게 비교하면 감이 더 안 오는 건가요. (웃음) 어쨌든 초음파 기기 한 대를 도입하는 것이 사회 간접 자본을 확충하는 것과 맞먹었다고 할 수 있겠습니다.

엄청 비쌌다는 건 맞아요. (웃음) 저는 대학 동창의 다이아몬드 반지가 생각납니다. 가격이 3천만 원이 넘는다고 해서 까무러치게 놀랐는데 그 돈이면 첨단 의료 기기를 살 수 있겠다는 생각을 했거든요. 그때 들여온 게 바로 그 초음파 진단기였습니다.

기사 검색 결과로 유추해 보면 총장님이 초음파 기기를 구입하신 건 1971년 12월이었던 듯합니다. 그달에 한강성심병원이 개원하면서 크리스탈 동위원소 기기, 초음파 종양 진단기 등 최신 기기를 갖췄다는 기사가 있습니다. 개원식에 현직 장관이 테이프를 끊었을 만큼 사회적 의미가 컸습니다.

그러면 그때가 확실합니다. 분명히 1970년대 초였습니다.

초음파 진단기도 엘리베이터처럼 이길여 산부인과의 명물이 됐을 것 같습니다.

명물 이상이었습니다. 우리나라에 4대 들여왔을 때인데 우리 병원 말고는 모두 대학 병원이었습니다. 환자와 보호자의 입장에선, 배 속 태아의 심장 박동을 들을 수 있는 기기이기도 해서 폭발적인 인기를 누렸습니다. 인천 을왕리에서 온 어느 산모는 아들을 낳으면 5대 독자라는 거예요. 임신 8주 정도 됐는데 태아의 심장 박동 소리를 들려줬더니 다음날 온 가족과 함께 왔습니다. 그날은 가족들이 너무너무 좋아하고 신기해했고 얼마 후에는 마을 사람들이 버스를 대절해서 왔습니다. (웃음)

감격해서 우는 산모는 없었습니까?

있었지요. 있었습니다. 나중에는 확성기를 연결해서 병원 밖에서도 들을 수 있게 했습니다. 지나가는 사람들까지 난리가 났었습니다.

종합 병원 설립 결단

앞서 제가 소개한 기록에는 미국에서 복강경 기기를 들여온 것이 1974년 봄이라고 나와 있습니다. 서울대 의대 산부인과가 국내 최초로 미국 더글라스사(社)의 복강경을 도입한 것이 1973년 3월 말이었습니다. 이길여 산부인과와 서울대병원의 복강경 도입 시기가 1년 정도밖에 차이가 나지 않습니다. 초음파 진단기기 도입은 국내 유수의 병원과 '동(同) 타입'이었습니다.

이길여 산부인과 시절은 40, 50년 전의 이야기이지 않습니까. 그동안 수많은 인터뷰에서 '첨단 의료 기기 도입에 앞장섰다' '하지만 정확한 시기는 기억나지 않는다' '어쨌든 빨랐다'는 식으로 말해 왔거든요. (웃음) 그런데 정확한 도입 시기를 그렇게 확인할 수 있군요.

이 대담집 발간의 목적 가운데 하나가 총장님의 삶과 길병원의 역사를 두 축으로 한국 의료의 발전사를 조명하는 것입니다. 두 축을 당대의 맥락과 교차 비교해야만 그 목적을 달성할 수 있을 테니까요. 그리고 한국의 의료 발전사는 대한민국 발전사의 한 축이니까요.

동의합니다. 현재 우리나라는 세계 최고 수준의 의료 선진국입니다. 일본 의료는 일본식만 고집해서 수십 년째 제자리걸음을 하고 있는데 우리는 눈 한 번 감았다가 떠보니 여기까지 온 겁니다. 우리나라도 이제는 누가 뭐래도 선진국이지요. 우리나라 사람만 그 사실을 모른다는 농담도 나오고요. (웃음)

첨단 의료 기기 도입 같은 것도 한 예에 불과합니다만 그 의미를 제대로 드러내기 위해서는 시대적인 교차 점검이 필요했습니다. 다시 첨단 기기 이야기로 돌아가겠습니다. 복강경과 비슷한 시기에 도입한 자궁 경부경(鏡)도 화제가 됐는데요.

자궁 경부의 염증을 모니터로 보여 주는 기기인데 환자 교육에 요긴하게 활용했습니다. 여성들이 몸이 아파도 참을 때까지 참아 보던 시절이어서 실제로 보여 주지 않으면 환자들이 병에 대해 이해하지 못하고 그 심각성도 인식하지 못했거든요. 자궁경부경이 큰 역할을 했습니다. 그 후에도 우리 병원은 의료 장비 면에서 줄곧 국내 최고 수준을 유지했습니다. 제가 그런 고가의 장비를 주저 없이 샀다는 소문이 나서 무슨 첨단기기만 나오면 의료 장비 업자들이 우리 길병원에 달려왔습니다.

인천 길병원 출범 이후의 일입니다만 1979년에 도입한 감마카메라 시스템도 그런 사례겠지요?

그렇습니다. 가격은 기억이 안 나는데 퍽 부담스러운 금액이었던 것은 분명합니다. 하지만 바로 구입했을 겁니다. 감마카메라는 핵(核)의학 진단 장비인데 인체의 내부 장기를 영상화하고, 분석할 수 있습니다. 획기적인 장비였고, 우리 병원에선 필수적인 기기였습니다.

신문 보도에 따르면 1978년 11월경에 가톨릭의대 부속 성모병원이 최신형 감마카메라를 미국 뉴클리어사(社)로부터 구입했습니다. 가격은 1억 2천 500만 원이었습니다.

그 무렵 인천길병원을 개원하면서 도입했던 것 같습니다.

이길여 산부인과는 대형 종합 병원 수준의 첨단 의료 기기를 갖추고 있었지만 그야말로 매우 특별한 경우라고 할 수 있겠는데요. 일본의 일반 병원 수준은 어느 정도였습니까?

일반 병원을 많이 가보지는 못했지만, 일본의 산부인과 병원은 초음파 기기와 복강경 정도는 필수적으로 갖추고 있었습니다. 일본이 달리 의료 선진국이었겠습니까. 일본의 의료 수준을 직접 체험하면서 산부인과를 종합 병원으로 만들겠다는 결심을 했습니다. 종합 병원이라면 내과, 외과, 치과, 안과, 이비인후과 등을 갖추어야만 해요. 그런 것들을 모두 이길여 산부인과 수준으로 만들면 서울대병원 같은 병원이 하나 더 생기는 것과 같다고 생각했습니다.

일본 유학을 통해 새로운 목표를 설정하셨네요.

두 가지 목표가 더 있었습니다. 하나는 좋은 의사와 간호사를 길러 내기 위해 의료 인력 양성에 힘써야겠다는 것이었고요. 다른 하나는 여력이 되면 무의도(無醫島), 무의촌(無醫村)에 병원을 세워야겠다는 것이었습니다.

일본 유학이 총장님 인생에 어떤 전환점이 된 것 같습니다. 간호 대학 인수, 의료 취약지 병원 개설, 의과 대학 설립, 나중에 가천대학교 출범 같은 일들이 모두 종합 병원 설립으로부터 출발하지 않았습니까.

물론 그전부터 종합 병원을 간절하게 생각은 했습니다. 산부인과 말고 다른 질환자들이 찾아오는 경우가 한두 번이 아니었거든요. 그런 환자들도, 우리가 할 수 있는 선에서 최선을 다해 치료했지만 한계가 있었습니다. 어느 날은 각혈한 피를 꿀꺽꿀꺽 삼키면서 숨도 제대로 못 쉬는 결핵 환자가 찾아왔어요. 저로서는 종합 병원으로 후송하는 방법밖에 없었습니다. 인천 도립병원이었습니다. 환자인 남편은 숨이 넘어가고 있고 젊은 부인은 발을 동동 구르고…… 그때의 절망감은 말로는 다 못합니다.

종합 병원은 오래 전부터 간절히 꿈꾸었는데 일본 유학 시절 구체화 됐다는 말씀이시지요?

그렇습니다. 큰 병원을 세워 사회 공헌을 더욱 확대하고 싶어진 겁니다.

그런데 1973년 2월 16일 공포된 개정 의료법은 병원 설립에 제약을 두고 있었습니다. 이전까지 병원 개설은 의사나 일반인이 당국에 신고만 하면 되는 '신고제'였습니다. 하지만 이 법으로 인해 일반인의 병원 설립은 금지됐습니다. 또한 의료인이라도 '민법상의 재단 법인체 규정을 준용하는 법인체'를 구성해야만 하고 그것도 당국의 허가를 받아야 하는 '허가제'로 변경됐습니다. 간단치 않은 문제였습니다.

단순히 절차가 복잡해지고 허가를 받은 과정에서 어려움이 생긴다는 문제가 아니었습니다. 법인이 아니면 '병원'이라는 이름을 쓸 수 없었고 한 단계 낮은 '의원(醫院)'이라는 이름을 써야 했습니다. 무엇보다 의료인이 의료 법인 설립을 기피했던 이유는 모든 재산을 사회에 내놓는다는 의미가 있었기 때문입니다.

이런 부분은 당대의 맥락을 좀 더 자세히 살펴볼 필요가 있을 것 같습니다. 1974년 2월 11일 〈동아일보〉 기사 내용인데요. 개정 의료법이 공포된 그해, 그러니까 1973년 1월 1일 기준으로 전국의 병원 수는 293개였습니다. 이 가운데 학교 법인, 사회 복지 법인, 적십자사 등이 세운 병원을 제외하고 약 150개가 법인 설립 대상이었습니다. 이 150개 병원 중 개정 의료법이 공포된 지 1년이 지난 1974년 2월경까지 법인으로 전환한 병원은 한두 군데에 불과했고요. 다시 말해 150개 병원이 '의원'으로 격이 떨어진 겁니다.

제 기억에도 150여 개였습니다. '남기고 싶은 이야기'에도 썼던 것 같네요.

의료인들이 법인 설립을 기피한 이유에 대해서는 1973년 4월 14일 〈경향신문〉 기사에 나와 있는데요. 첫째, 과세 기준이 상향될 우려가 있고, 둘째, 병원 재산 처분이 불가능해지며, 셋째, 수익 활용에 제약을 받고, 넷째, 승계자가 없을 경우 병원이 국가에 귀속될 가능성이 있다는 것이 당시 의료인들의 분석입니다. 의료 법인 설립이 모든 재산을 사회에 내놓는다는 뜻이었다는 말씀이 이해가 됩니다.

오죽했으면 어머니까지 나서서 법인 설립을 반대했겠습니까. "나는 의사 딸을 두어서 호강한다마는, 너는 그럴 자녀도 없으면서"라고 걱정하셨지요. 어머니가 그때까지 무슨 일에나 제 편이었거든요. 그런데, 이 일에 대해서만은 '여자 혼자 살려면 어느 정도 경제력이 있어야 하니 의료 법인은 안 된다'고 만류하신 겁니다. 석 달 정도 지나서야 겨우 허락을 받았습니다.

길병원을 짓다

●
●

총장님도 다른 의료인처럼 전 재산을 내놓는다는 생각을 하셨을 텐데 아쉬움은 없었습니까?

전혀요. 앞에서 제가 "'사' 자(字) 붙은 도둑놈' 이야기를 하지 않았습니까. 의사가 돈이 많다는 것은 내심 부끄러운 일이었습니다. 가끔 사람들이 그래요. "결혼도 안 하고 자식도 없는데 그 돈 다 어디에 쓸 거야?" 그런 말을 들으면 저는 속으로 '내가 부잔가? 난 부자가 되려고 한 게 아닌데…….'라는 생각을 했어요. 저에게 병원 설립은 오히려 그런 부끄러움을 털어 버릴 수 있는 기회였습니다.

開院 무렵의 길병원(현 동인천길병원). 1970년대 일본 유학을 통해 종합 병원 설립이라는 새로운 목표를 설정했다.

이런 것 같습니다. 지금은 의사가 돈이 많아도 부의 축적 과정만 정당하면 아무런 부끄러움을 느끼지 않습니다. 국민도 그런 의사를 아주 당연하게 받아들이고 선망의 대상으로까지 여깁니다. 하지만 총장님이 법인 설립을 결정하신 1970년대는 사정이 달랐습니다. 심지어 '사' 자 붙은 도둑이라고 불렸던 직업군이기도 했지요.

그랬습니다.

실제로 문제가 있는 의사들이 꽤 있었습니다. 보증금을 받아야 환자 치료를 시작하는 의사는 너무 많았고요. 적극적으로 사기를 쳤던 의사들의 사례도 찾을 수 있습니다. 1977년 2월 24일 〈동아일보〉에 '돈에 어두운 「인술」…의도(醫道)'라는 기사가 실렸는데요. 기상천외한 사례들이 소개돼 있습니다. 어떤 의사는 환자에게 450원짜리 '이프시론' 대신 45원짜리 식염수를 주사했고요. 엑스레이를 찍을 때, 시늉만 하고 필름을 넣지 않았습니다.

그건 무슨 이야깁니까? 필름을 안 넣고 어떻게 엑스레이를 찍어요?

다른 사람의 엑스레이 사진을 보여 주고 아무 이상이 없다고 했다는 겁니다. 필름값도 챙기고 진찰비도 받고요.

그런 일도 있었나요.

몇 가지 사례가 더 있는데요. 굳이 소개하지 않겠습니다. 병원과 의사에 대한 인식이 이런 상황에서 이길여 산부인과는 환자가 몰려들 수밖에 없었을 것 같습니다. 총장님은 바깥에서 보기엔 막대한 자산을 일구셨는데 '돈이 많은 의사'라서 부끄러우신가요?

물론 지금은 그런 생각만은 아니지요. 개인 자산을 더 많이 모았다면, 이런저런 손 내미는 곳에 더 보람 있게 쓸 걸 하는 생각도 하긴 해요. (웃음) 1970년대 초반이었을 겁니다. 영종도 어느 마을에 사는 부녀회장이 제 환자였어요. 그분 말로는 곧 영종도에 관광 단지가 들어서고 인천에서 영종도까지 케이블카가 생긴다는 거예요. 그때 영종도 땅값이 평당 100원인지, 1천 원인지 기억은 안 나는데 아무튼 계산해 보니까 제가 영종도 전체를 사고도 돈이 남겠더라고요. 반이라도 사 뒀으면 누구 안 부러운 부동산 재벌이 됐을 겁니다. 그렇지요? (웃음)

1981년 12월 여러 일간지에 '영종도 레저타운' 광고가 실렸네요. '바다 위에 떠 있는 환상의 레저타운'이라는 문구가 적혀 있습니다. 1980년대 후반에는 인천국제공항 건설이 논의되기 시작했고요. 그때 영종도 땅을 사두셨다면 준(準)재벌이 되셨겠지만, 오늘의 길병원과 가천문화재단, 가천대학교는 없었을 것 같습니다.

그럼요. 모든 게 법인 설립부터 시작됐는데 제 평생 가장 잘한 결정 중의 하나라고 생각합니다.

1977년 6월 인천길병원 건설에 착수하셨는데요. 이길여 산부인과 바로 옆인 인천시 중구 용동 117번지였습니다. 곧 확장되지만 처음 부지는 350평에 건평 1천 500평, 지하 1층에 지상 10층 규모였습니다. 병상은 150개였고요. 이후에 부지는 500평, 병상은 300개로 늘어납니다.

이길여 산부인과가 36병상이었는데 환자가 많을 때는 300명까지 왔잖아요. 얼마나 비좁았겠습니까. 하지만 이건 병원 확장을 위해서였지 종합 병원으로 가기 위한 것은 아니었습니다.

꿈으로만 남은 병원선(船)

1978년 8월 17일 '의료 법인 인천길병원'의 설립 인가가 나왔습니다. '이길여 산부인과'가 길병원이 되네요?

이름 가운데 '길(吉)' 자만 딴 간명한, '길병원'이 마음에 들었습니다.

그해 11월 15일에는 인천길병원 건물이 완공됐습니다. 이듬해인 1979년 1월 20일부터 환자를 받기 시작했고요. 그 직후인 1월 22일 〈경향신문〉에 개원 광고가 실렸습니다.

개원 광고를 찾으셨어요? 별게 다 나옵니다. (웃음)

중앙 일간지에 '이길여 이사장'이라는 이름이 등장하는 최초인데요. '개원 인사' 몇 대목을 읽어 보겠습니다. "기미년(己未年)을 맞이하여 강호제현(江湖諸賢)의 건승하심과 사업의 번창하심을 기

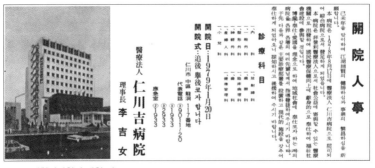

인천길병원의 개원 광고(1979년 1월 22일자 〈경향신문〉)

원합니다.'" "'박애 · 봉사 · 애국을 이념으로 하여 지역 사회에 봉사
코자 하는 저의 병원을 각계각층의 여러 선배님께서 지도 편달하
여 주시기 바랍니다.'" 현재 모든 가천 가족의 정신인 '박애 봉사 애
국'이라는 원훈(院訓)이 처음으로 공식화된 순간입니다. 3·1 운동
이 있었던 기미년에 '박애 봉사 애국'을 천명하신 거네요?

새삼스러운 건 아니고요. 누차 말씀드렸던 것처럼 봉사는 의사로서
의 마음가짐이고, 정신적 모토였습니다. 애국은 6·25 때 남학생 학우
들 학도병 출전하고 돌아오지 못한 이후로 다짐했던 것이었고요. 봉
사와 애국이라는 건 결국 사랑 아닙니까. 박애는 더 넓고 깊은 사랑이
지요. 인천길병원을 개원하면서 자연스럽게 내건 겁니다.

개원 당시에 갖추지 못한 장비나 시설에 대한 아쉬움은 없었습
니까?

왜 없었겠습니까. 병원선을 포기한 것은 한동안 아쉬움으로 남았습니다. 의료 법인을 설립할 때 '낙도(落島) 주민을 위한 병원선 배치'를 정관에 명시까지 했었거든요. 병원선을 구입할 자금은 충분했고요. 선장도 알아봤는데 월급이 1천만 원이라고 해서 깜짝 놀랐지만, 환자를 위해 고용할 생각이었습니다.

1천만 원이요? 1970년대 후반에 억대 연봉을 받았다는 뜻이 아닙니까?

확실합니다. 그때 우리 병원 의사의 월급이 300만 원 정도여서 선장 월급과 비교가 되었거든요. 병원선의 선장은 선장이라고 부르지 않고 파일럿이라고 부른다는 것도 그때 알았습니다.

1978년 7월 4일 〈경향신문〉 보도에 따르면, 당시 종합 병원 과장급 의사가 세후 130~150만 원을 받았다고 합니다. 의사 월급의 서너 배를 주고서라도 병원선을 운영하려고 하셨군요.

그랬는데 정부가 운영하는 병원선이 그 무렵에 침몰해서 뉴스에 크게 났습니다. 해난 사고가 지금보다 훨씬 잦을 때잖아요. 병원선이 침몰하면 돈이 문제가 아니라 우리 병원 의사들을 잃을 것 같아서 결국 포기했습니다.

기사를 찾아보니 1978년 1월 병원선 '새전남호'가 취항 이틀 만에 완도 앞바다에서 침몰했네요. 정부 주도로, 이웃 돕기 성금 1억 5천만 원을 들여 건조한 120톤급이었습니다. 선장은 항해 미숙으로 구속됐고요. 취항 이틀 만에 침몰했으니 병원선을 운영하려고 했던 총장님도 충격이 컸겠습니다.

컸습니다. 남의 일 같지 않았으니까요.

1967년 5월 보건사회부가 43톤급 병원선을 건조하기로 했다는 기사가 보이고요. 1974년 5월에는 수산업협동조합 중앙회가 병원선을 건조했다는 기사를 찾을 수 있습니다. 1976년 2월에 나온 기사가 특기할 만해서 몇 대목을 읽어 보겠습니다. "대한적십자사는 우리나라에서 처음으로 각종 진찰 및 치료 시설을 갖춘 본격적인 병원선을 건조해, 오는 5월 진수시킨다." "80톤짜리 이 병원선은 엑스레이 촬영기를 비롯 내과, 외과, 산부인과, 이비인후과, 치과 등은 물론 수술실까지 갖춘 현대식 해상 종합 병원으로 박정희 대통령의 하사금 7천만 원으로 건조된다." 병원선과 관련된 기사들을 훑어보면 개인의 종합 병원이 병원선을 운영한다는 것은 무리한 시도였던 것 같습니다. 길병원에서 왜 그렇게 병원선을 간절하게 운영하고 싶었던 겁니까?

뉴스인지 다큐멘터리였는지는 기억이 안 나는데 섬마을 부부 교사를 다룬 프로그램을 텔레비전에서 본 적이 있었습니다. 남편이 급성 맹장염에 걸려서 수술을 안 받으면 죽는데 육지로 나가려면 꼬박 이

틀이 걸리는 거예요. 배를 타고 나오면서 둘이 부둥켜안고 울다가 결국 남편이 죽었습니다. 얼마나 안됐던지……. 병원선이 있었다면 남편은 죽지 않았을 겁니다. 사람을 살리는 보람만큼 큰 건 없어요.

알겠습니다. 이런 기사도 찾을 수 있었는데요. 봉사와 희생의 뜻을 품고 낙도에 들어가는 교사가 사전에 맹장 수술을 받았다는 내용이 다수 있었습니다.

섬에 들어간다는 것은 그런 의미였습니다. 무의촌에 사는 사람들이 의사나 병원선이 찾아오면 하느님처럼 기쁘지 않았겠습니까.

다소 생뚱맞은 질문인데요. 1979년 2월 13일 어디에서 무슨 일을 하셨는지 기억나십니까? (웃음) 총장님의 삶의 궤적을 따라가고 있는 저로서는, 이날이 의료 법인 인천길병원 이사장으로서 공식적인 첫 대외 행사 참석이었다는 의미를 부여하고 싶습니다. 물론 그전에 다른 행사에 참석하셨을 수는 있습니다.

그날 무슨 일을 했는지 저도 궁금합니다. (웃음)

제54회 대야초등학교 졸업식 및 교문 신축 개통식에 참석하셨습니다.

아, 그렇습니까? 거의 인천길병원 개원 직후네요.

그래서 그런 의미를 부여하고 싶은 겁니다. 교문 앞에 '환영 의학 박사 이길여'라는 플래카드가 내걸린 길을 재학생들의 박수를 받으며 걷고 있는 사진이 있습니다. 일종의 금의환향(錦衣還鄉)이 아니겠습니까.

그때였군요. 그 2년 전쯤에 대야초등학교 교장 선생님이 저를 찾아와서 교문이 다 쓰러져 간다며 새로 지어 달라고 간청했습니다. 법인 설립하느라 한창 바쁠 때여서 바로 공사에 착수하지 못하고 1979년도 졸업식에 개통식을 맞춘 것 같습니다. 우연히 그렇게 된 것이지만.

이리여고, 서울대 의대를 위해서도 많은 일을 하셨지만, 대야초등학교에 대한 모교 사랑은 특히 각별하다는 느낌을 받았습니다.

아무래도 농촌에서 자랐기에, 이리와 서울은 저에게 타지(他地)였습니다. 입학 때마다 잘사는 집 아이들에 대한 위화감도 느꼈고요. 대야초등학교는 말 그대로 마음의 고향입니다. 의사의 꿈을 키운 곳이었고요.

대야초등학교와 동문에게는 지금까지 '무한 사랑'을 보여 주고 계셔서 제가 간략하게 정리해야 할 것 같습니다. 1986년 과학실, 1992년 고생물 화석전시관을 지어 주셨고 1994년에는 교문 리모델링을 해 주셨습니다. 그리고 1995년 탁구부 전용 훈련장을, 2014년에는 사재 20억을 들여 '가천 이길여 도서관'을 세워 주셨는데요. 도서관이 가장 흐뭇하실 것 같습니다. 지하 1층, 지상 2층 규모로 멀티미디어실과 컴퓨터실, 문화센터, 독서실, 돌봄실까지 갖춘 것이 인상적이었습니다.

말씀드렸지요? 제가 초등학교 다닐 때 책이 너무 읽고 싶어서, 담임 선생님의 일본 동화책을 탐냈던 이야기요.

청소 끝나면 일부러 교사 없을 때 일찍 가서 동화책을 읽었다고 하셨습니다.

읽을 책이 없다는 건 서러운 일입니다. 그리고 책은 어린 가슴에 꿈

―― 인천길병원 개원 직후인 1979년 12월 모교인 대야초등학교를 방문했다. 모교 교문을 새로 지어 주고 그 기념식에 갔다.

과 비전을 심는 소중한 씨앗이고요.

이제 시작일 뿐······.

　·
　·

　개원 당시 진료 과목은 내과, 외과, 소아과, 산부인과, 신경외과, 정형외과, 방사선과, 치과, 건강관리과, 마취과, 임상병리과, 약제과 등이었고 의료진은 약 120명이었습니다. 당시 인천뿐만이 아니라 경기도에서 가장 큰 민간 의료 시설이었고요. 이길여 산부인과 시절과 비교한다면 하루아침에 규모가 엄청나게 늘어난 셈입니다. 나아가 경기도에서 가장 큰 민간 의료 시설이었는데 그럼에도 만족하지 못하셨지요? (웃음)

　시작일 뿐이었습니다. 진료 과목도 기본적인 세팅이었고요. 계획이 많았습니다. 진료 과목과 병상 수를 늘리고, 좋은 의사와 간호사도 확보하고, 첨단 의료 기기와 시스템도 갖추고 싶었습니다. 큰 병원을 지향했다기보다는 더 많은 환자에게 양질의 의료 서비스를 제공해야 한다는 사명감 때문이었지요.

　의료진에게 특히 당부한 말은 있었습니까?

항상 하던 말이었습니다. 가슴으로, 마음을 기울여 진료하자. 박애 봉사 애국의 정신으로 인천 시민의 건강을 책임진다는 자세로 일하자는 것이었어요.

1979년 3월 10일 개원식에 참석한 박승함(朴承咸) 보건사회부 차관은 "인천길병원은 여의사로서는 전국에서 처음으로 의료 법인화를 한 선도적인 병원"이라고 말을 했는데요. 이런 말을 했던 것은 그만큼 의료 법인화가 의료계의 이슈였다는 뜻도 되지 않겠습니까?

뜨거운 이슈였습니다. 어느 날은 서울에서 대형 소아과를 운영하는 원장이 인천까지 저를 찾아왔어요. 대뜸 '의료 법인을 하면 뭐가 손해고, 뭐가 이익이냐'고 묻는 겁니다. 그래서 '의료 법인은 개인 소유의 개념이 없다' '사회에 헌납한다고 생각해야 한다' '병원이 잘되면 나라가 잘되는 거다' '그런 생각으로 운영하면 병원이 더 잘될 것이다'라고 대답해 줬습니다.

그분이 납득하던가요?

저는 모르지요. 그 후에도 가는 데마다 비슷한 질문을 받았습니다. 납득하시는 분도 있고, 그렇지 않은 분도 있었을 거예요.

인천길병원이 개원 직후부터 승승장구했다는 것은 잘 알려진 사실입니다. 150개 병상으로 시작해서 4년이 조금 지나 300개 병상이 됐습니다. 하지만 말처럼 쉽지만은 않았을 듯합니다. 우선 이길여 산부인과의 명성을 길병원이 그대로 이어졌을 것 같지는 않고요. '이길여표 산부인과'는 믿을 수 있다고 해도 '이길여표 종합 병원'에는 물음표가 붙지 않았을까요?

그런 핸디캡은 분명히 있었습니다. 더구나 인근에 인천기독병원이라는 강력한 경쟁자가 있었습니다. 마음먹고 찾아오는 환자가 아니면 신생 길병원을 찾기가 어려웠지요.

1952년 설립된 인천기독병원은 1974년 종합 병원으로 승격됐고 그 이듬해 250병상으로 확장됐습니다. 역사와 전통, 규모, 지리적 이점으로 보아 길병원은 인천기독병원의 상대가 아니었습니다. 어떻게 타개하셨습니까?

미국에서 본 '어탠딩 시스템(Attending System, 개방병원)'을 한국적 상황에 맞게 적용한 것이 효과를 봤습니다. 원래 '어탠딩 시스템'은 개인 병원 의사가 종합 병원의 장비와 시설을 활용할 수 있는 제도인데요. 한국에서 그대로 적용하기는 어려웠기 때문에 일종의 진료 의뢰 제도로 변형해 개인 병원과 종합 병원이 상호 보완할 수 있는 길을 찾은 겁니다. 방금 길병원이 개원 4년 만에 병상 수가 두 배로 늘어났을 만큼 승승장구했다고 하셨지만 제가 느끼기에는 발전 속도가 조금 더뎠다고 할 수 있습니다. '어탠딩 시스템'이 아니었다면 그 정도의 발전도 불가능했겠지요.

1979년 4월 수련 병원, 이해 10월 조산사 교육 병원으로 지정됐습니다. 인턴·레지던트와 조산사를 교육할 수 있게 된 것인데요. 좋은 의사와 간호사를 길러 내겠다는 총장님의 목표에 한걸음 다가간 셈입니다.

그것으로는 양이 찰 리가 없었지요. 당시 의과 대학 설립은 엄두도 못 낼 때지만 간호 대학 설립은 시도해 볼 만했습니다. 간호 대학을 설립해서 모든 학생을 무료로 교육하고 그 학생들이 6년 동안 고향에서 의무적으로 봉사하는 시스템을 만드는 것이 저의 구상이었습니다.

〈조선일보〉에 그것을 칼럼(1982년 11월 12일 '일사일언(一事一言)')으로 기고하신 게 있습니다. 그런데 왜 하필 6년이었습니까?

의사가 되기 위해서는 최소 6년을 공부해야 되잖아요. 무료 교육을 받으면 적어도 그 정도는 의무적으로 공공 봉사를 해야지, 이런 생각이었던 것 같습니다. 아무튼, 시골에서는 지푸라기를 깔아 놓고 '원시적'으로 분만하던 시절이었으니, 그런 농촌의 환경이 일조일석에 바뀔 수 없다고 본 것이지요. 간호 학교를 지을 부지도 확보해 뒀거든요. 그런데 바로 기회가 왔어요. 인천 간석동에 있던 경기간호전문대학(1939년 개교)이 새 주인을 찾는다는 소리를 듣고, 뛰어들었습니다.

산간벽지의 산모들이 겪고 있는 열악한 의료 환경을 지
적하면서 간호 학교를 설립하고 싶다는 칼럼을 썼다.
1982년 11월 12일자 〈조선일보〉에 기고한 '일사일언'.

경기간호전문대학이 나중에 경기전문대학으로 교명이 바뀐 학
교 아닌가요? 경기전문대학은 1994년 신명여고와 함께 인수하시
지 않았습니까? 그 후에 가천길대학이 됐고요.

맞습니다. 그러니까 저는 경기간호전문대학을 인수할 운명이었던
거예요. (웃음) 1980년에 실패했던 것을 꼭 14년 만에 성공했습니다.

그러면 실패한 이야기부터 먼저 들어 봐야 되겠네요. (웃음)

인수 대상자 조건이 인천에 법인을 갖고 있는 사람, 인천에서 오래 산 사람, 현금 잔고가 얼마 이상 있는 사람, 같은 것이었습니다. 우리는 결격 사항이 없었고 관계자들을 찾아다니며 길병원이 인수해야 할 당위성을 설명했습니다. 그런데 거의 성사를 앞둔 단계에서, 제가 영국에 출장 갈 수밖에 없는 상황이 생긴 거예요.

영국은 무슨 일로 가셨습니까? 그때는 해외여행이 금지됐던 시절이라 여간한 일이 아니면 출국 자체가 어려웠을 텐데요.

그러게 말이에요. 그해 영국 버밍엄에서 세계여자의사회의가 열렸고 데 제가 한국 대표단 단장을 맡게 됐거든요. 제가 한국여의사회 활동은 오래전부터 했었잖아요.

인수에 모든 것을 걸었다고 하셨는데 영국에 가야 하나, 말아야 하나 고민이 많으셨겠습니다. (웃음)

단장인 제가 안 갈 수는 없어서, 가긴 가면서도 개운치 않은 기분이었습니다. 영국에 있으면서도 인수 상황이 궁금해서 안절부절못했는데, 그때는 국제 전화도 쉽지 않은 시절이잖아요. 교환을 거쳐야 하고 '사우스 코리아'라고 설명해야 하고……. 몇 번 전화하고 잘 진행된다고 하길래, '잘 되겠지' 하고 연락을 포기했습니다. 40여 일 만에 돌아왔더니 아니나 다를까 다른 분에게 넘어가 버린 상태였습니다. 얼마나 속상했는지. 그 후 1985년에 정식으로 간호 대학 설립 신청서를 당국에 낸 적이 있습니다.

그때도 실패하셨습니까?

신청서가 아예 반려됐습니다. 단일 과(科)로 단과 대학을 설립하는 것이 법적으로 금지돼 있더군요. 특히 서울과 수도권은 인구 밀집, 지역 균형 개발 등의 이유로 4년제 대학 설립이 불가능했습니다.

관련 법도 모르시고 설립 신청서를 낸 건가요?

비서나 조력자 없이 모든 걸 저 혼자 처리하던 때여서요. 맨몸으로 부딪쳐 본 겁니다.

간호 대학 인수는 14년 후 1994년을 기약하고요. (웃음) 영국에 간 이야기도 간략하게 해 주십시오. 무슨 회의를 40일 동안이나 다녀오셨는지 궁금합니다. 찾아보니 회의 주제는 'Medical Priorities in Developing, Progressing and Established Countries'였는데 '국가의 각 발전 단계별 의료의 우선 순위'라는 의미 같습니다.

여의사 60명이 어렵사리 갔습니다. 차기 또는 차차기 회의를 한국에서 열기 위한 유치 활동까지 고려한 인원이었습니다. 한복까지 준비했는데, 해외여행을 관리 통제하던 국가안전기획부가 여성의 출국을 통제해서 겨우겨우 영국에 갔습니다.

당시는 해외여행을 국가안전기획부가 관리했었지요. 북한에 대한 경계가 삼엄하던 때라, 출국 과정에서 신원 조회, 사전 교육도 담당했고요.

회의 자체는 길지 않았습니다. 그런데 여자들에겐 얼마나 귀한 해외여행입니까. 다시는 못 나갈 줄 알고 유럽 돌고 싱가포르, 홍콩까지 돌아서 완전히 '국제 거지'가 돼서 돌아왔습니다. (웃음)

세계여자의사회 회의가 한국에서 처음 열린 것은 1989년이었네요. 차기나 차(次)차기 회의는 아니었지만, 필리핀, 캐나다, 이탈리아 다음에 개최한 것으로 자료에 나옵니다. 그때 한복을 입고 유치 활동을 한 효과가 뒤늦게 나타난 것은 아닐까요. (웃음)

아무튼 제가 여의사회 회장을 맡고 나서 국제여자의사회의를 한국에 유치하자고 다시 제의했습니다.

총장님이 한국여자의사회 회장으로 재직한 기간이 1982년 6월부터 1984년 5월까지 2년이었는데요. 1983년 정기 총회에서 유치 의견을 내시고, 1984년 유치단을 캐나다 밴쿠버에 보낸 것으로 기록돼 있습니다. 이때는 여의사 64명이 갔네요. 진전이라면 진전입니다.

그때도 정부 측의 반대가 왜 없었겠습니까. 논리는 똑같았습니다. '여자들이 왜 이렇게 많이 나가느냐?'라는 것이었지요. '한국의 위상을 높이기 위해 국제회의를 유치하러 가는 것'이라고 설득해서 간신히 떠날 수 있었습니다. 80년 버밍엄 때보다 조금은 나아진 셈이지요.

여의사회 활동은 언제부터 하셨습니까? 창립이 1956년이더군요.

개원 직후였으니까 1958년경부터였습니다. 1970년대부터는 여의사회와 연계해 무료 진료를 많이 다녔습니다. 서울 가락동 '평화촌', 봉천동 '달동네' 같은 곳을 가 본 게 그때네요. 여의사회가 봉사 활동을 많이 했는데 잘 알려지지 않아서 안타까움을 느꼈습니다. 가족계획사업(산아 제한)을 대대적으로 전개한 것도 그때이고 여의사회가 앞장섰는데, 지금은 아스라한 옛이야기이니.

1970년대는 '딸 아들 구별 말고 둘만 낳아 잘 기르자'는 표어가 지배하던 시절이었지요.

그전에는 다른 구호로 있지 않았습니까? '서른다섯 살 이전에 셋만 낳자', 이런 구호가 생각납니다.

_____ 한국여자의사회 회원들과 서울 달동네 봉사 활동을 마치고. 뒷줄 가운데 안경 쓴 이가 나.

1960년대 초에는 '알맞게 낳아 훌륭하게 기르자'였고요. 얼마 안 가서 '세 살 터울로 셋만 서른다섯 안에 낳자'로 바뀌었습니다. 그게 '3.3.35' 운동이었고요. '신혼부부 첫 약속은 웃으면서 가족 계획' '하나씩만 낳아도 삼천리는 초만원' '무서운 핵 폭발, 더 무서운 인구폭발' 같은 포스터도 있었습니다.

요즘은 아이를 낳지 않아 저출산이 국가적인 큰 문제에요. '딸 아들 구별 말고 많이 낳아 잘 키우자'라는 표어가 맞지 않을지? (웃음)

무의촌 의료 취약지에 인술 펴다

여의사회 회장은 어떻게 맡게 되신 겁니까?

제가 대학에 다닐 때는 의과 대학이 있는 대학교가 손가락으로 꼽을 정도였잖아요. 그러니 여의사는 또 얼마나 적었겠습니까. 이화여대와 서울여자의대(고려대 전신) 출신들이 번갈아 회장을 맡는 것이 관례였는데 점점 서울대 의대 출신 여의사들이 늘어나면서 목소리가 커진 겁니다.

그중에 총장님의 목소리가 가장 컸던 거군요. (웃음) 서울대 출신 가운데 제일 먼저 여의사회 회장을 맡으셨잖아요.

목소리가 컸다기보다는 서울대 출신 회장이 나올 무렵에 제가 가장 선배 축에 속해 있었기 때문이 아닐까 합니다. (웃음)

한국여자의사회 회장을 맡으시면서 어떤 변화를 추구하셨습니까?

앞에서 말씀드렸던 것처럼 여의사회는 좋은 일을 많이 하는 것에 비해 홍보 활동이 부족했습니다. 그래서 〈여의회보(女醫會報)〉를 창간하고 홍보 기능을 강화했지요. 조직 확장과 전문화도 중요하다고 보

——— 한국여자의사회 회관 현판식(1983년 11월). 역대 여의사회 회장들이 참석했다.

고 지회를 만들고 사업 위원회, 장학 위원회 같은 7개의 분과 위원회를 구성했습니다. 회원들의 숙원 사업이었던 여의사회 회관을 확장, 이전했습니다.

획기적인 변화였군요. 회장 취임 직후인 1982년 6월 〈동아일보〉와 인터뷰를 하셨는데요. 이런 말씀을 하셨습니다. "여의사라면 지적으로나 경제적으로나 비교적 여유가 있는 계층입니다. 그런 사람들이 자신만이 아닌 남을 돕는 일에 앞장서야 한다고 생각합니다." "후배를 기르고 병원은 사회의 재산으로 환원하겠다." "고향에 무료 병원을 세우고 싶던 꿈이 조금은 이루어지는 것 같다." 이길여 산부인과 시절부터 자주 하셨던 말씀이지만 신문 지면에서 보니 사회적 공언처럼 읽힙니다. 스스로 잘 실천했다고 평가하십니까?

고향에 무료 병원 짓는 것 말고는 실천한 것 같네요. 무료 병원은 전(全) 국민 의료 보험제도가 실시되는 바람에 무산됐지만 그건 오히려 다행스러운 일이었고요. 자는 시간 쪼개 가며 열심히 살았다고 자부합니다.

그리고 이해 11월에는 〈조선일보〉 '일사일언'을 4회 집필하셨습니다. 이 역시 한국여자의사회 회장 자격으로 한 사회적 발언이었는데요. 어떤 글을 쓰셨는지 기억나십니까?

하나는 확실히 기억납니다. 당시까지도 일부 가난한 농촌이나 산간벽지에는 짚을 깔고 아기를 낳는 산모가 있었습니다. 우리 어머니가 1930년대에 나를 그렇게 낳았는데 50년이 지난 1980년대에도 그런 산모가 있었다는 사실에 의료인으로서 자책감을 느낄 정도였습니다. 그런 현실을 지적하면서 모자(母子) 보건 요원을 육성하고 간호 학교를 설립하고 싶다는 내용이었을 거예요. 나머지도 제목이나 내용을 말씀해 주시면 기억날 것 같네요.

방금 말씀하신 것은 11월 12일에 실린 '벽지(僻地) 의료 실태'였고요. 그밖에 '서비스의 참뜻' '김득구 권투선수' '의료 부조리 정화'를 쓰셨습니다.

다 기억납니다.

프로 복서 김득구(金得九) 선수의 사망은 참 충격적인 사건이었지요. 싸우다가 쓰러져 죽어도 끝까지 싸운다는 자세로 임했던 것 같습니다. 총장님이 쓰신 몇 대목만 읽어 보겠습니다. 그냥 지나치기엔 아까워서요. "가난한 집안에서 태어나 배고픔을 참아 가며 정상의 문을 두드린 그의 인생 역정은 결과로 나타난 승패에 관계없이, 어쩌면 그의 생사마저 초월해서 갸륵한 인간 승리의 기록으로 우리 가슴에 남게 될지도 모른다. …… 돌이켜보면 지난날 우리들의 생활은 김 선수의 그것과 별로 다름이 없는 가난과 배고픔, 역경과 시련의 기록이었다. …… 근면과 성실이 한국인의 대명사가 된 것도 이와 같은 환경을 적극적으로 극복하려는 우리의 의지의 산물이었다. 거기에다가 우리는 나라 사랑의 남다른 사명감을 가지게 되었다."

제가 그렇게 썼습니까? 참 초지일관합니다. (웃음)

'의료 부조리 정화'라는 칼럼에 대해서도 한 말씀 해 주십시오. 국무총리 직속의 사회정화위원회가 1982년 11월 17일 수도권 지역 16개 병·의원에 대한 운영 실태를 발표했는데요. 의료 수가 과다 징수, 과잉 진료, 불친절 등 운영 전반에 환자들의 불만과 불신이 누적돼 있다고 지적했습니다. 이 발표 직후에 칼럼을 쓰셨는데요.

'사회정화위원회'라는 게 있었지요. 참 오랜만에 듣습니다. (웃음) 그때 의료 부조리는 사회적인 문제였습니다. 과잉 진료나 의료비 과다 징수는 문제 아닙니까. 불친절 문제만 해도 환자들의 원성이 자자했습니다. 의료인의 한 사람으로서 부끄러운 심정을 토로하고 자성하는 내용이었을 겁니다.

인천길병원은 모범적인 병원이었잖습니까. 친절하기로도 유명했고요.

모든 게 완벽하지는 않았을 겁니다. 또 우리만 잘했다고 빠져나가서도 안 될 일이었고요.

무료 자궁암 검진은 이미 오래전부터 시행하고 있었지만 인천길병원은 1980년 11월 무료 자궁암 조기 진단 센터를 설치합니다. 공식적으로 시스템을 갖추게 됐다는 뜻입니다. 그리고 11월 24일부터 12일 동안 인천에 거주하는 30세 이상의 여성을 대상으로 자궁암 무료 검사를 했습니다. 이길여 산부인과가 기존에 해 왔던 무료 부인병 검사를 확대한 것인데요.

병원이 커졌으니 무료 검진도 확대한 거라고 보시면 됩니다. 환자는 말할 것도 없고, 병원으로서도 좋은 점이 많았습니다. 무료 검진을 매년 실시하다 보니 데이터가 축적됐어요. 자궁암 발생률은 조금씩 낮아지고 있었지만, 스트레스에 의한 신경과민증 환자가 두드러지게 증가하고 있는 것을 알 수 있었습니다. 환자 치료만으로도 벅찬 시절이었지만 예방 의학에도 관심을 기울여야 할 시점이 되지 않았나 생각했지요.

무료 검진은 지역과 연령을 확대하면서 연례행사처럼 진행됐는데요. 그럴 여력이 있었습니까?

무료 검진이 본업은 아니었고, 여력이 있어서 한 것은 아닙니다. 마음으로 한 것이지요. 외딴 섬마을 무료 진료를 하다가 양평, 철원 같은 취약지 병원에 앞장서게 되었고, 그러한 환자 사랑은 나의 철학일 뿐만 아니라 길병원 역사의 자랑이라고 생각합니다.

취약지 병원? 취약지라는 말은 그 시절 북에서 파견한 간첩이 출몰하는 외딴 지역이라는 안보상의 표현인데요, 의료에서도 그런 말을 썼나요?

맞습니다. 정부의 공식 용어가 '의료 취약 지구'였어요. 인구 과소지역이고 도시와 떨어진 산골 오지(奧地) 낙도(落島)에는 의사도 병원도 없습니다. 무의촌이라 위급 환자는 죽어 가는데, 의료인과 설비가 들어갈 수 없어 딜레마지요. 정부조차도 예산 효율과 적자 때문에 엄두를 못 내고요.

길병원은 적자가 빤한데도 취약지 병원을 맡은 거네요.

예. 그곳 주민들의 눈물겨운, 애타는 청원을 뿌리치지 못해, 당시 의료 취약지인 양평과 철원에 길병원을 세우게 되었지요.

무료 검진의 지역 확대도 이어지고요?

맞아요, 거기 양평과 철원 두 길병원에서도 무료 진료를 실시했기 때문에 자연스럽게 지역 확대로 이어지고요. 대상 연령을 20세 이상으로 확대한 것도 의료 선진국은 이미 오래전부터 해오던 일이었습니다.

취약지 병원 얘기는 다시 추가하기로 하고요. 그냥 담담하게 말씀해 주셨는데요. 길병원의 무료 자궁암 검진이 얼마나 대단한 일인지 '대담 지원팀'이 '네이버 뉴스 라이브러리'를 통해 검증을 해 봤습니다. 키워드로 '무료 자궁암 검진'을 입력했는데요. 혹시 '네이버 뉴스 라이브러리'는 들어 보셨는지요?

못 들어 봤습니다.

1920년부터 1999년까지 국내 5개 신문이 발행한 기사를 무료로 볼 수 있는 사이트입니다. 키워드 검색이 가능하고요. 〈동아일보〉〈조선일보〉〈경향일보〉〈매일경제〉〈한겨레〉가 그 대상입니다. 예를 들어 '왕따'라는 키워드로 검색을 해 보면 1997년부터 기사에 등장합니다. 이런 식으로 사회적인 흐름을 유추하기에 용이한 사이트입니다. '대담 지원팀'이 많은 도움을 받은 뉴스 서비스이기도 하고요.

대단히 유용한 사이트라는 것은 알겠습니다. '무료 자궁암 검진' 검색 결과는 어떻게 나왔습니까?

1985년 6월 19일 〈동아일보〉에 처음 나와 있는데요. 한양대 의대 김두상(金斗相) 교수의 칼럼입니다. 해당 부분을 읽어 보겠습니다. "일본은 미국보다 훨씬 늦은 1958년부터 대암(對癌) 사업이 시작되었으나 사회 각층의 협력으로 암퇴치 사업이 미국 못지않게 활발히 펼쳐지고 있다." "일본에서는 연례행사로 9월을 암 정복 월간으로 하여 전국적으로 강연회, 무료 상담, 전시회 등을 열고 집단 검진차가 지방을 순회하며 위와 자궁암 검진을 실시한다." "국내에서도 암 퇴치를 위해 정부 기관 산하의 전문 기구 설립, 암 전문 인력의 양성, 전문 교육 기구의 설립, 암 예방을 위한 홍보 교육 등 대암 운동을 시급히 펼쳐야 하겠다."

그 정도였습니까? '하고 있다'가 아니라 '펼쳐야 하겠다'로, 예정이군요.

1986년에는 한국여자의사회가 서울, 충남, 경남 지역을 대상으로 '영세민 대상의 자궁암 무료 검진'을 실시한다는 기사가 보입니다. 뭔가 하실 말씀이 있을 것 같은데요. (웃음)

제가 1982년부터 2년간 여의사회 회장직을 맡았습니다. 자궁암 무료 검진은 여의사회의 역점 사업 가운데 하나였습니다.

—— 무료 자궁암 검진을 받기 위해 길병원 앞에 줄을 선 여성들

1987년 3월에는 서울시가 '저소득 여성' 5만 428명을 대상으로 자궁암 무료 검진을 실시했습니다. 이러한 '무료 자궁암 검진' 기사는 1990년대 말까지 계속 발견이 되는데요. 이런 일을 인천길병원은 훨씬 오래전부터 시작했다는 뜻이 됩니다. 그러니 매우 특별한, 길병원의 자랑스러운 역사입니다.

그러면 자부하는 김에 한 가지만 덧붙일게요. 저는 1960년대부터 자궁암을 포함한 부인병 무료 검진을 한 사람입니다. (웃음)

자궁암 무료 검진을 지금까지 하고 계신데요.

자궁암이 정복되지 않는 한 영원히 가지 않을까요.

8장

•
•
•

길병원의 성장 가도

가천, 그 아름다운 샘

●
●

인천길병원 설립을 기점으로 경영인으로서의 역할이 더 커졌는
데요. 이전까지는 의사 역할에 집중하셨고, 대외 활동이 거의 봉사
활동이었습니다만, 의료 법인 이사장이 되시면서 달라졌지요? 적
극적으로 사회 공헌 활동에 나서게 되신 것 같습니다. 1981년 11월
숭례원(崇禮院)을 설립하고 이사장으로 취임하셨는데요.

노인 공경을 실천하고 전통문화를 보전하기 위해 설립했습니다. 어
머니가 바느질 솜씨가 참 좋으셔서 주머니나 옷을 잘 만드셨는데 그
렇게 솜씨 좋은 어르신들이 전국에 얼마나 많겠습니까. 어르신을 잘
모시면서 전통문화까지 보전할 수 있다면 일거양득이 아니겠냐는 취
지였습니다.

구체적으로 어떤 활동을 하셨습니까?

삼강오륜(三綱五倫)을 쉽게 풀어 쓴 책자를 만들어 보급했고요. 청
소년 예절학교도 열었습니다. 한국의 전통 차(茶)를 부흥시키기 위해,
차문화 자료 전시회를 개최한 것도 그때였어요.

숭례원이 주도한 '전통 수공예품 전시회'는 전국적인 화제가 됐
는데요.

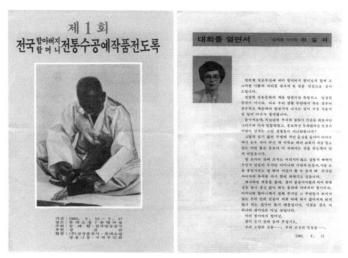

—— 제1회 전국 할아버지·할머니 전통수공예작품전 도록 표지(좌)와 인사말(우)

어머니가 인천 노인 대학에 다니셨잖아요. 항상 어르신들을 도와드리고 싶은 마음이었는데 마침 노인 학교를 운영하는 분이 저를 찾아왔습니다. 1982년 '세계 노인의 해'를 앞두고 전국의 어르신들이 만든 수공예품을 모아 전시회를 열고 싶다고 해서 흔쾌히 수락하고 우선 4천만 원을 기부한 것이 계기가 됐습니다.

노인들이 만든 수공예품이 전시회를 열 정도가 되던가요?

신문 방송에 광고를 냈고요. 직원들과 함께 봉고 승합차를 타고 어르신들을 찾아가고 행사 포스터도 붙이면서 전국을 돌았습니다. 참가를 권유하기 위해 푸짐한 상품을 마련하고 어르신들에게 막걸리를 대접하고 서울 구경도 시켜드렸지요.

당시 기사를 찾아봤습니다. '제1회 전국 할아버지 할머니 전통 수공예품 전시회'는 1982년 5월 12월부터 17일까지 서울 소공동 롯데백화점 7층에서 열렸고요. 441명이 총 1천 716점을 출품했고, 작품은 비녀, 담뱃대, 각종 주머니, 꽃신, 화문석, 노리개, 옥괴방석, 갈꽃비 보자기, 버선, 베갯모, 골무, 석제품, 목제품 등이 망라됐습니다. 대상은 '갈꽃비'를 출품한 한태안 할아버지와 '타래버선'을 출품한 박간난 할머니가 수상했고 상금 100만 원을 받았습니다.

화제를 불러일으켰습니다. 신문과 방송에서 보도했고요. 제가 방송 출연한 게 그때가 최초였을 거예요. 아쉬운 건 매년 새로운 수공예품을 찾아내야 하는 현실적 어려움 때문에 전시회를 3년 만에 접었다는 점이에요. 정말 귀하고 소중한 작품이 많았습니다.

기사를 읽어 보다가 저도 안타까움이 느껴지더군요. 현재 우리나라의 보자기 같은 경우만 보더라도 해외에서 상당한 호평을 받고 세계적인 디자이너들에게 영감을 주고 있지 않습니까?

그러게 말입니다. 전시회가 계속되고 제가 가천박물관을 좀 더 일찍 세웠더라면 수공예품 상설 전시관을 만들었을 겁니다.

대담(對談)이 1980년대 이야기로 넘어오면서 제 머리가 복잡해집니다. 1991년에 설립된 가천문화재단의 '전통 차(茶)문화 보급 운동'에 대한 질문을 지금 해야 할지, 나중에 해야 할지 쉽게 판단이 서지 않는데요. 대담의 흐름을 끊지 않기 위해 숭례원 이사장 시절 이야기를 이어 가겠습니다.

그러시지요.

총장님에게 '가천(嘉泉)'이라는 아호를 지어 주신 류승국(柳承國) 박사를 만난 게 이 무렵이었지요?

그렇습니다. 류승국 박사가 한국정신문화연구원 초대 원장이 되신 게 언제로 나오나요?

1983년 2월입니다.

류승국 박사가 성균관대 한국철학과 교수로 재직하다가 정신문화연구원 원장을 지내고 나서 다시 학교로 돌아오셨잖아요. 교수 시절에 처음 뵈었는데 원장을 하실 때 아호를 지어 주셨습니다.

'가천'은 어떤 의미라고 하던가요?

제 이름에 '길할 길(吉)' 자가 있잖습니까. '길(吉)' 자가 스무 번(十, 十) 더해진(加) 글자가 '아름다울 가(嘉)'라는 겁니다.

그런 아름다움 또는 뛰어남이 샘(泉)처럼 솟아난다? 그래서 '가천(嘉泉)'이다?

예. 그러니 매우 좋은 호라고 자화자찬하셨습니다. (웃음) 그런데 이건 '가(嘉)'라는 글자에 대한 말씀이었고요. '가회합례(嘉會合禮) 수세인천(壽世仁泉)'이라는 글을 친필로 써 주셨지요.

'참 아름다운 마음으로 바른 삶 이루게 하고, 마르지 않는 생명으

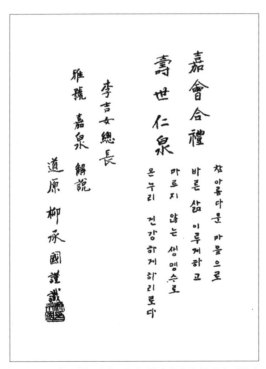

───── 아호 '가천'은 정신문화연구원장 류승국 박사가 지었다.
류 박사는 호를 지어 주며 직접 그 뜻을 적었다.

로 온 누리를 건강하게 적신다'는 뜻이라고 들었습니다.

거기서 '가천' 두 글자를 따온 것이라고 하셨고요. '아름다운 기운이 솟아오르는 샘'이라는 뜻이 있다고 하셨습니다.

'가천'이 탄생하는 순간이군요. 하지만 이때는 아는 사람만 아는 '가천'이었습니다. 1991년 가천문화재단이 출범하면서 비로소 세상에 알려지기 시작했지요.

류승국 박사가 좋은 아호라고 하시니 저야 뭐 기분이 좋았습니다. 좋은 이름이다, 좋은 이름이다, 라고 하면 실제로 그렇게 되는 거 같아요. 가천대학교, 가천문화재단, 가천길재단 같은 이름으로 모두 흥성했으니까요.

무료 병원과 양평길병원

숭례원 같은 단체뿐만이 아니라 운영이 어려운 병원까지 맡게 되셨지요? 양평길병원에 관한 이야기입니다. 이것도 비슷한 시기였습니까?

그때 구월동에 종합 병원을 또 하나 지으려는 구상을 하고 있었거든요. 여러 가지 일을 동시다발적으로 추진할 때여서 그렇게 됐습니다.

악상(樂想)이 떠오르면 즉시 오선지에 옮겨 적은 음악가처럼, 필(feel) 꽂히면 즉시 실행하는 성격 대로시네요. (웃음) 양평길병원 운영을 부탁하신 분이 당시 보사부 의정 국장 이성우(李晟雨) 씨였다고 알고 있습니다.

서울대 2년 후배였는데요. 논리정연하게 저의 가장 아픈 곳을 찔렀습니다. "선배님의 소원이 고향에다 무료 병원을 짓는 것이 아닙니까? 하지만 이제 전 국민 의료 보험 시대가 오는 만큼 무료 병원은 불가능합니다. 그러니 무료 병원을 짓는 셈 치고 양평병원을 맡아 주십시오" 이러는 거예요. 그러면서 "고향이 따로 있나요? 정들면 고향이지"라고 했는데 그 말이 지금도 잊히지 않네요.

그래서 바로 수락하셨군요.

아닙니다. 처음엔 무조건 '안 해!'였습니다. (웃음) 양평병원을 맡는다는 것은 1년에 수억씩 적자를 감수해야 한다는 의미였거든요. 큰돈을 벌면 무료 병원을 짓겠다는 뜻이었지, 새로운 종합 병원 건립 계획까지 세운 마당에, 적자가 눈에 뻔히 보이는 병원? 선뜻 내키지 않았어요.

시대적 배경을 설명해야 하는, 자료 조사가 또다시 필요한 시점인데요. 1977년 4월 보건사회부는 전국 13개 공업단지와 12개 의료 취약 지구에 총 25개의 종합 병원을 세우겠다고 발표합니다. 12개 '의료 취약 지구'에 양평이 포함돼 있었고요. 참고로 나머지는 인제, 영덕, 의령, 문경, 보령, 정읍, 보성, 하동, 평창, 해남, 함평이었습니다. 이듬해 1월 박정희(朴正熙) 대통령은 연두 회견에서 이를 재확인했습니다. 말하자면 의료 취약 지구 병원 건립은 국가적인 숙원 사업이었던 겁니다.

박정희 대통령은 절실했을 겁니다. 그때 북한에서는 모든 질병을 무료로 치료해 준다고 선전하고 있었거든요. 산부인과만 해도 '평양산원'이 무료 진료를 시행하고 있었습니다. 반면 우리나라는 군 단위에 의사가 한 명도 없는 곳이 드물지 않았던 상황이었습니다. 북과의 체제 경쟁 차원에서 의료취약지 문제가 떠오른 거지요. 그러니 이성우 의정 국장이 저를 얼마나 닦달했겠습니까. "모든 행정적 재정적인 지원을 다 해 줄 테니 제발 맡아 달라"라고 해서, 일단 양평에 가 보기나 하겠다고 하고 간 겁니다. 그런데 이분들이 엄청난 작전을 꾸며 놓고 있었어요.

작전이요?

지나고 보니 작전이었다는 뜻입니다. (웃음)

양평병원에 가 보니까 어떻던가요?

그때 양평은 말 그대로 허허벌판이었습니다. 병원은 철근이 삐져나와 있고 곳곳에 부실 공사 흔적이 남아 있어서 흉물 그 자체였어요. 아무리 생각해도 인수는 어렵겠다고 마음을 더 굳혔습니다.

1984년 1월 19일 〈의학신보(醫學新報)〉의 일부인데요. "이 병원(양평병원)은 원래 혜성의료재단이 1978년에 정부의 인가를 받아 1980년에 완공됐으나 자금 부족으로 개원을 못 한 채 약 1년 반 동안 거미줄을 치던 병원이었다. 정부에서는 성업공사(현 한국자산관리공사)로 넘어간 이 병원을 대학 병원 또는 유명 종합 병원에서 인수할 것을 종용했으나 이들 병원은 적자 운영이 뻔히 들여다보이는 이 병원을 인수하려 하지 않았다." 그런데 마음을 바꾸게 되신 계기가 있었습니까?

병원을 나오니까 할머니 대여섯 분이 기다리고 계셨습니다. 그분들이 제 치맛자락을 잡으면서 애원해요. '남편이 중병에 걸려 누워 있는데 큰 병원에서 큰 주사 한 번 맞고 죽는 게 소원'이라는 거예요. 비유적인 표현이 아니라 진짜 치맛자락을 잡고 놓아주지 않았습니다. 어느 분은 '제발 우리 아들 병원 구경 좀 하게 해 달라'는 말씀도 하셨고요. 그때 이미 마음이 흔들린 상황인데 조금 더 내려가니까 양평경찰서 수사과장 이정식 씨가 기다리고 있더라고요.

정말 잘 짜인 '작전' 같습니다. (웃음)

제 말이 그 말입니다. (웃음) 이정식 씨가 인천에서 근무할 때 우리 병원에서 아이 셋을 낳았거든요. 제게 추어탕을 대접하고 싶다고 해서 따라갔습니다. 그분이 "우리나라에서 이 양평병원을 맡을 사람은 선생님밖에 없습니다. 제가 선생님이 환자에게 쏟는 사랑을 직접 보지 않았습니까. 인천에서 그랬던 것처럼 양평 주민들도 돌봐 주십시오", 이렇게 통사정을 하는데 어쩌겠어요. 맡겠다고 그랬습니다.

양평병원 인수를 제의받았던 대학 병원이나 종합 병원 이름도 기록에 남아 있는데 궁금하시면 말씀드리겠습니다.

괜찮습니다. 우리 이야기만 하면 될 것 같네요.

1982년 6월 16일 경기도 양평군 공흥리에 80병상 규모의 양평길병원 개원식이 열립니다. 방치된 병원 건물을 다시 짓다시피 했는데요. 다소 비장한 표정으로 개원사를 하고 계신 사진이 남아 있습니다.

하필 그런 표정을 한 사진만 남아 있던가요?

제가 본 사진은 그렇습니다.

비장한 마음가짐도 있었을 거예요. 당시 양평군은 재정 자립도가

—— 적자를 각오하고도 의료봉사 차원에서 문을 연 양평길병원의 개원식. '큰 병원에서 주사 한번 맞아보고 싶다'는 지역 주민의 간청을 저버릴 수 없었다.

18퍼센트에 불과해 경기도 최하위권이었고요. 인수 이전에 서울대 보건학과 문옥륜(文玉綸) 교수팀에게 의뢰한 용역 결과도 '인수 불가'라고 나왔습니다. 운영을 잘해야 해마다 2억 적자라는 결론이었는데 우리는 1억 5천만 원 정도에서 적자를 막을 수 있었습니다. 다른 병원이 잘되어서, 그 양평길병원의 적자를 메웠습니다.

의사 수급 문제는 어떻게 해결하셨습니까? 의사들이 양평으로 가는 것을 꺼렸을 것 같습니다.

사실 그게 적자보다 더 큰 문제였습니다. 처음에 초빙한 의사들은 얼마 지나지 않아 그만두기 일쑤여서, 도리 없이 인천길병원 의료진을 양평길병원에 순환 근무를 하게 했습니다. '박애·봉사·애국'은 구호가 아니라 실천이라고 강압적으로 설득했고요. (웃음) 진료과장은 6개월 단위로, 인턴과 레지던트는 1, 2개월씩 의무적으로 다녀오게 했습니다. 벽지 수당을 지급해서 보수도 올려 줬지요.

의사들이 잘 따라 주던가요?

반응이 좋았습니다. 좋은 경험을 했다고, 의료 취약지의 현실을 생생하게 경험했다면서 다른 의사들에게 양평 근무를 권유하기도 했습니다. 개인적으로 저는 양평길병원을 개원한 바로 다음 날, 남한강에 투신한 농부를 살린 것이 가장 기억에 남습니다. 고단한 삶을 비관해서 양잿물과 소주를 마시고 자살 시도를 한 분인데 응급 치료를 받고 양평길병원으로 이송해 생명을 건질 수 있었습니다.

개원 다음 날에 그런 일이 있었군요.

보람이었지요. 인수하길 잘했다고 생각했습니다.

'인디언 핑크'에 담은 사랑

●
●

1982년 2월 18일 인천시는 새로운 시청 청사 부지로, 남구 구월동 2만 평을 지정하면서 이 지역을 도시 계획 지구로 결정합니다. 부지 가운데 2천 970평을 종합 병원 부지로 계획했는데요. 이 같은 사실은 이 날짜 〈매일경제〉 등 언론에도 보도됐습니다. 이 소식을 접하고 "바로 저기야" 하고 무릎을 치셨다고 알고 있는데요.

인천길병원을 열고 나서 제가 가장 놀랐던 사실이 있는데요. 산부인과와 소아과만 할 때는 산업 재해 환자가 그렇게 많은 줄 몰랐습니다. 산업 재해 환자가 실려 오면 끔찍하고 불쌍해서 눈 뜨고는 보지 못해요. 프레스에 손이 잘린 사람, 폭발 사고에 화상을 입은 사람, 이루 말로 다 못합니다. 인천만 해도 주안 공단과 부평 공단이 있었잖아요. 남쪽으로는 시흥 공단, 반월 공단도 있었고요. 남동 공단도 곧 들어설 예정이었습니다. 구월동 의료 용지가 절묘하게 그 중간에 있었습니다. 더 큰 병원을 짓겠다고 작정하고 있었는데 마침 의료 용지가 나온 거예요. '바로 여기다!' 싶었지요.

1970년대 산업화의 기반이 마련되고, 1980년대 경제가 저금리, 저유가, 약(弱)달러라는 '3저(低) 효과'로 고도성장을 구가하면서 산업 재해가 급속도로 증가했습니다. 노동부(현 고용노동부)의 통계에 따르면 1982년 산업 재해로 인한 사상자는 13만 7천 816명이었고, 이 중 사망자만 1천 230명이었습니다. 전년에 비해 17퍼센트가 증가한 수치였고요. 총장님 말씀은 이런 산업 재해 환자들이 안쓰럽고 불쌍해서 구월동에 병원 하나를 더 짓게 됐다는 말씀이군요.

인천길병원이 경기도에서 가장 큰 민간 병원이긴 했지만 300병상으로는 부족했고, 위치도 너무 한쪽에 치우쳐 있었습니다. 옹색한 위치와 공간이었습니다. 그런데, 그때 새 청사가 들어설 구월동은 허허벌판이었어요. 소가 풀을 뜯는 구릉지였고 채소밭 아니면 나대지(裸垈地)였습니다. 아무도 그곳에 병원을 지으려고 하지 않았습니다. 다들 망한다고 했어요. 그래서 사실 저도 조금 망설였습니다.

다른 경쟁자가 없었다면 좀 더 두고 봐도 되지 않았나요?

양평길병원을 개원하는 날, 양평에 가 있는데 직원으로부터 급한 연락이 왔습니다. 인천 시청에서 오늘 내로 매입 여부를 결정하지 않으면 의료 용지 지정을 철회한다고. 더는 미룰 수 없어 그냥 결정해 버렸습니다. 그러고 보니 그날 사진 속의 제 표정이 비장해 보였다면 그런 이유가 있었겠네요. (웃음) 적자가 분명한 병원을 개원하는 날이면서, 일생일대의 흥망을 건 결단의 날이었으니까요.

중대 결단인 건 확실한 것 같습니다. 의료 법인을 만들 때와는 또다른 것이 중앙길병원 건립으로 병상 수에서 일약 국내 랭킹 3위로

도약하지 않았습니까.

우리 병원 위로는 서울대 병원과 세브란스 병원밖에 없었지요. 삼성 병원과 아산 병원이 생기기 전까지 건강보험심사평가원의 보험금 지급 기준으로도 우리가 줄곧 국내 3위였습니다. 가천의대 설립 신청을 할 때도 바로 그 자료를 첨부했으니까요.

망한다는 소리까지 들으면서 내린 결단인데 두려움은 없었습니까?

전혀요! 인천 시청이 들어서는 신개발지이고, 수도권 서해안의 공단이 모두 교차하는 지점이라면 반드시 승산이 있다고 확신했어요. 최악으로 '실패하면 어머니 모시고 미국 가지, 뭐', 이런 배수진을 치고 각오했기 때문에, 무서울 게 없었습니다.

1983년 4월 인천 남구 구월동 172번지 3천 평의 대지에 500병상 규모의 중앙길병원 건립 공사가 착공됩니다. 터파기 공사였는데 이듬해 6월 28일 기공식까지 1년 2개월이 걸렸습니다. 무슨 터파기 공사를 이렇게 오래 한 겁니까?

우여곡절, 말도 마세요. 어느 건설 회사에 공사를 맡겼는데 부도가 나서 공사비 12억 원을 앉아서 날렸습니다. 누가 다른 업체를 알려 줘서 새로 계약을 맺었는데 그 업체가 또 말썽을 부렸습니다. 공사를 맡은 지 두어 달이 지나도 현장 사무소와 크레인만 설치했을 뿐 도무지 진척이 없었습니다. '왜 공사를 하지 않느냐'고 따졌더니 '건축비를 재산정하고 있다'는 거예요.

아니, 계약서를 이미 썼을 것 아닙니까?

당연하지요. 더 기가 막혔던 것은 '공사를 안 할 거면 나가라'고 했더니 기다렸다는 듯이 법적으로 해결하자고 나오는 거였습니다. 그래서 그 업체 회장이 어떤 사람인지 알아봤더니 소위 '재판 전문가'래요. 그런 식으로 재판을 걸어, 흑자 부도를 내서 골프장과 호텔을 강탈했

_____ 개원 당시 허허벌판 한가운데의 중앙길병원

다는 소문도 있었고요.

대충 어느 업체인지 짐작이 됩니다. 그 업자가 그런 면으로 유명했지요.

피가 마르는 것 같았습니다. 공사는 하루하루 공기(工期)가 바로 돈이잖아요. 공사를 멈추면 돈을 하늘로 날리는 거죠. 잠을 못 자겠더라고요. 며칠을 고민한 끝에 이 업체 회장을 설득해 줄 누군가를 찾아 나섰습니다. 그때 안 만난 사람이 없어요. 운이 좋았던지 제가 후원 회장으로 있던 한 정부 산하 단체의 기관장이 업체 회장과 잘 아는 사이였습니다. 이분 도움으로 간신히 건설 업체를 바꿀 수 있었습니다. 그분이 고맙게도 새로운 건설 업체까지 소개해 주셨어요. 그게 S 건설이었습니다. S 건설이 맡더니, 하루에 1미터씩 쑥쑥 건물 골조가 올라가는 거예요.

그런데, 위생 난방 시설 관련 공사는 다른 소형 업체에 맡겼는데 나중에 알고 보니 그게 조직폭력배 두목이 관여한 업체였다고 들었습니다.

그것도 몰랐고 그 업체가 시공 능력이 없다는 것도 몰랐습니다. 나중에 알게 돼서 공사를 다른 회사에 넘기려고 했더니, 난리가 났습니다. 조직폭력배 40여 명이 공사장에 난입해서 인부들을 구타하고 쫓아냈어요. 그러면서 공사비 13억 원을 달라고 협박하는 거예요. 알아보니 실제 공사비는 2억 원이 조금 넘었습니다. 인천길병원에 폭력배들이 몰려와서 소주병을 깨고 몇 날 며칠 난동을 부렸습니다.

인천길병원 10층이 총장님의 자택이었잖아요. 집에서 난동을 부린 것이나 마찬가지였는데 총장님에게 직접적인 해코지를 하지는 않았습니까?

죽기 살기로 버텼습니다. 어느 날은 무슨 일로 밖에 나가 있다가 병원 일이 궁금해서 언니에게 전화했습니다. 그때는 전화 혼선이 드물지 않던 때잖아요. 언니가 어딘가에 전화하려고 수화기를 들었다가 폭력배들이 서로 통화하는 내용을 들었다는 거예요. "이길여가 들어오면 다리를 분질러 버려"라는 소리를 들었다면서 "오늘 들어오지 마. 큰일 나"라고 우는 소리였습니다. 너무 무서워서 며칠 동안 집에 들어가지 못하고 호텔에 머물렀습니다.

나이가 지금 40대 후반 이상은 돼야 이 상황을 이해할 것 같은데요. 1970~1980년대에는 '조폭'이 병원에서 난동을 부려도 경찰이 먼 산 보듯 하는 경우가 있었습니다.

그런 때였지요. 인천길병원에도 정기적으로 칼을 품고 나타나서 돈을 뜯어 가려는 부랑자가 있었습니다. 그러다가 갑자기 사라졌는데 삼청교육대에 끌려갔다고 하더라고요.

제가 최악의 조폭 집단 이야기를 알고 있는 이유가 있는데요. 1986년 8월 '서진 룸살롱 살인 사건'이 발생했습니다. 서울의 한 룸살롱에서 조폭들끼리 싸움이 붙어 한쪽이 회칼 등으로 4명을 살해하고 시체를 서울의 한 정형외과에 버리다시피 한 사건입니다. 한국 조폭 역사에서 빼놓을 수 없는 사건으로, 사회적인 충격이 대단했습니다. 이 직후에 또 하나의 충격적인 보도가 나오는데요. 인천 뉴송도 호텔 사장이 폭력배에게 피습당해 두 다리가 거의 절단되다시피 했다는 기사가 나왔습니다. 엄청난 파장이 일고, 조폭에 대한 사회적 분노가 극에 달했습니다.

폭력배들이 인천길병원에서 난동을 부린 게 바로 그 무렵이었습니다.

뉴송도 호텔 피습 사건의 주범이 그들이었고, 일당이 검거되면서 인천길병원에 몰려왔던 폭력배들도 대부분 구속됐습니다. 그 결과 총장님은 위생 난방 시설 공사를 다른 업체에 맡길 수 있게 됐고요.

저로서는 천만다행이었습니다.

분위기를 유쾌한 쪽으로 돌려 보겠습니다. 1984년 6월 28일 중앙길병원 건립 공사 기공식이 열립니다. 시공업체가 말썽을 부리고 교체되기도 했지만 이때부터 건물 공사가 시작됐다는 의미인데요.

총장님의 모든 관심이 병원 신축에 집중되지 않았습니까?

총력을 쏟아부었지요. 그때는 교통 체증이 심하지 않아 인천길병원에서 차로 10여 분이면 갈 수 있었는데요. 매일같이 둘러보며 설계부터 인테리어까지 심혈을 기울였습니다.

인천길병원 소아과 대기실에 손수 디자인하신 의자를 들여놓을 때처럼요?

그 이야기를 알고 계시네요.

총장님이 워낙 애착과 자부심을 가지고 계신 부분이고 더러 이야기도 하셔서 알고 있었습니다.

한 5미터 크기의 삼색 의자인데요. 색깔 하나하나는 다 촌스러운 원색이라고 할 수 있습니다. 오렌지색, 녹색, 코발트색인데 이걸 한 하모니처럼 모아 놓으니까 그렇게 멋지게 보이는 거예요. 아이들도 너무 좋아하고 의자에 올라가 뛰어놀고…….

미국 시애틀 여행 중에 착안하신 것으로 알고 있습니다.

맞아요. 시애틀로 가는 고속 도로였는데요. 차창 밖으로 펼쳐지는 메타세쿼이아 숲 사이로, 학교인 듯한 건물이 보였어요. 외벽은 오렌지색이고 창문은 코발트색이었습니다. 문이 여러 개였어요. 그런 건물이 진한 녹색의 메타세쿼이아 숲의 한가운데 서 있어요. 한번 상상을 해 보세요. 그 황홀한 색상의 대비에 그냥 마음을 뺏겼습니다.

그런 감동의 인천길병원 버전은 '삼색 의자', 중앙길병원 버전은 '인디언 핑크'라고 할 수 있을 것 같습니다.

그렇습니다. 병원 나름의 상징 색깔을 지닌 병원이 몇이나 될까요? 당시엔 전무했습니다. 빨강, 파랑, 노랑, 초록색 같은 파격적인 색깔을 벽면 전체에 칠했다가 지우기를 여러 차례 반복하면서, 마음에 드는 것이 나올 때까지 시도했습니다. 모르는 사람은 왜 저런 데 돈을 낭비하나, 혀를 찼을 거예요. 그런 작업을 수없이 반복한 끝에 태어난 것이 중앙길병원의 '인디언 핑크'입니다. 벽과 천장의 기본 틀은 진한 '인디언 핑크', 문은 옅은 '인디언 핑크', 그렇게 변화를 준 것도 저의 아이디어였지요.

'인디언 핑크'는 환자는 물론 의료진으로부터도 '모성애적 따스함과 편안함을 안겨 준다'라는 호평을 받았습니다. 중앙길병원을 지을 때 기존 관행으로는 지하에 뒀던 병리실을 2층에 둔 것과 크고 쾌적한 화장실을 주문한 것은 전에 말씀해 주셨는데요. 화장실 때문에 설계까지 변경하셨다고요?

처음부터 환자 중심의 건물 설계를 주문했지만 완성된 설계도를 보니 화장실이 너무 비좁고 불편하겠더라고요. 추가 비용을 들여 설계를 변경했습니다.

중앙길병원 화장실이 20년 전쯤에 지은 크기 그대로라고 하면 지금도 크다고 놀라는 사람이 많습니다.

어느 신문사에서 '아름다운 화장실' 캠페인을 펼친 것이 1990년대 후반일 겁니다. 2002년 월드컵을 앞두고 대대적인 운동이 전개됐거든요. 그때까지도 우리나라에는 형편없이 지저분한 화장실이 많았습니다. 저는 1980년대 중반에 '아름다운 화장실'까지는 아니었지만, 화장실이 영어로 'Rest Room'이다, 쉬는 곳이어야 한다고 강조했습니다. (웃음)

병원 조경도 상당 부분 직접 하셨다고 들었습니다.

나무와 꽃을 직접 골랐습니다. 이른 새벽에 언니와 관리과장과 함께 서울 양재동이나 구파발에 있던 수목 단지와 화훼 단지를 돌았습니다. 수령과 모양이 같아도 가게에 따라 가격이 10배 이상 차이가 난다는 사실을 그때 알았습니다. 조경회사 견적이 2억 원 가량이었는데 직접 발로 뛰어 약 1천 500만 원 정도로 전체 조경을 해결한 것 같네요.

구월동 벌판에 길병원 우뚝

•
•

천신만고 끝에 1987년 3월 25일 중앙길병원 개원식이 열립니다. 인천이 떠들썩했다고 들었습니다.

그럼요. 3월 하순이지만 눈발까지 날리는 굉장히 추운 날씨였습니다. 저는 국회 의장(이재형)의 파워가 그렇게 대단한지 그날 처음 알았습니다. 국회 의장이 개원식에 참석하니까 국회 의원 예순 분 정도가 따라오신 것 같네요. 인천 시내 꽃집에 꽃과 화환이 동이 났다는 이야기도 나중에 들었습니다.

왜 그렇게 많은 국회 의원들이 왔습니까?

서울대병원, 세브란스병원(연세대 병원) 다음이 우리 병원 아닙니까. 두 병원은 오래전부터 있어 왔던 병원이지만 우리 병원은 그때 새로 확장된, 국내 최고 수준의 첨단 병원이었기 때문에 그렇게 관심을 받았던 것 같습니다.

당시 국회 의장은 이재형(李載灐) 선생이었는데 원래 친분이 있었습니까? '박애·봉사·애국'이 한자로 새겨진 원훈석(院訓石)의 글씨도 이재형 의장이 써 주셨잖아요.

———— 1987년 3월 중앙길병원 개원식 테이프 커팅

전주 이씨 종친회 모임에서 뵀었지요. 이재형 선생이 종친회 이사장
이었습니다. 이해찬(李海瓚) 전 총리도 종친회 행사에서 처음 봤습니
다. 저는 기억을 못 했는데 나중에 그분 말씀이, 거기서 만났다고 그러
시더라고요.

개원식이 성대했으니, 중앙길병원의 성공을 직감하셨겠습니다.

물론입니다. 하지만 그때까지도 중앙길병원 주변은 허허벌판이어
서 걱정하는 분들이 다수였습니다. 도로 포장이 안 돼서 진흙탕이었

고요. 그날 참석한 어떤 고위 공직자는 구두를 망쳤다면서, 그 후에 저를 만나면 새 구두를 내놓으라고 농담을 했습니다. (웃음) 홍사덕(洪思德) 의원은 개원식 때 엘리베이터를 같이 탔는데 '다들 망한다고 하는데서, 병원을 왜 하는 겁니까?'라고 묻기도 했고요. 하지만 저는 성공을 확신하고 있었습니다.

총장님의 확신대로 결과는 대성공이었습니다.

미리 추가 병상을 놓을 공간을 마련해 둘 정도로 성공을 예감하고 있었습니다. 500병상으로 시작했는데 6개월 만에 다 찼습니다. 바로 공사에 들어가 1천 병상으로 만들었지요. 그것도 1년 후에 모두 채워졌습니다.

새 질문을 드리기 전에 제가 몇 가지 사항을 정리해 보겠습니다. 구월동 중앙길병원이 개원함에 따라 용동 인천길병원의 이름이 동인천길병원으로 변경됩니다. 재단 명칭은 양평길병원 설립을 계기로 1982년 7월 5일 '의료 법인 인천길병원'에서 '의료 법인 길병원'으로 바뀌었고요. 이 명칭은 중앙길병원 개원 이후인 1987년 6월 15일 '의료 법인 길의료재단'으로 다시 바뀝니다. 이제부터는 변경된 명칭으로 대담을 이어가겠습니다. 중앙길병원이 개원 직후부터 대성공을 거둔 이유는 무엇이었을까요?

이유야 많지만 이길여 산부인과의 성공 요인과 기본적으로는 같고요. 추가된 요인은 전산화였습니다. 요즘은 AI다, 빅데이터다, 하지만 그때는 전산화가 사회적 화두였어요. 하지만 보수적인 의료계는 변화에 적응하는데 느렸습니다. 동인천길병원에 전산실을 신설한 것이 1984년 9월입니다.

다른 기사 하나를 읽어 볼게요. 혹시 그 연도가 기억나실까요? "병원 경영 개선책으로 떠오르고 있는 병원 전산화에 관한 종합 학술대회가 열린다. 대한의료정보학회(회장 고창순 서울대 교수)는 오는 30일부터 내달 1일까지 이틀간 롯데 호텔에서 「의료서비스 향상을 위한 정보기술 활용과 경영혁신」을 주제로 춘계학술대회를 개최한다고 밝혔다."

고창순(高昌舜) 박사는 우리 가천의과대학교의 초대 총장 아닙니까. 그분이 서울대 교수로 재직하고 있던 시기라면…… 글쎄요, 잘 모르겠습니다.

1995년 6월 23일 〈매일경제〉의 기사였습니다. 마이크로소프트사(社)가 '윈도 95'를 출시했던 해였지요. 이 무렵 병원 전산화가 경영 개선책의 하나로 부상하고 있다는 것을 알 수 있는 기사인데 동인천길병원의 전산화는 그보다도 10년 이상 시대를 앞서간 셈입니다.

그렇군요. 전산실을 신설할 때 메인 컴퓨터로, 대만에서 수입한 'MV

10000'을 설치했습니다. 크기가 엄청나서 한 층 절반이 모두 전산실이었는데, 그것을 운용하기 위해 의사, 약사, 간호사, 영양사, 물리 치료사, 방사선사, 경리, 원무과 직원 중에서 한두 명씩 골고루 뽑아 15명으로 팀을 꾸렸지요.

정확하게 기억하고 계시네요.

야심 차게 처음 추진하는 일이었잖아요. 기억나지요. 당시 국내 상황은 '전산'이라는 용어 자체가 생소했습니다. 기껏해야 원무과에서 입원비 계산만 전산 처리하던 때였습니다.

그런 상황에서 동인천길병원 전산실은 어떤 일을 추진했습니까?

병원에 필요한 전문적인 전산 시스템을 자체 개발하는 것은 무리한 일이었고요. 직원들을 대만, 일본, 미국 등지로 보내 전산 교육을 시켰습니다. 결과는 뭐 저도 놀랄 정도였는데 2년 만에 자체 시스템을 개발해 냈지요. 그게 DOS였습니다.

의사 오더 시스템(Doctor's Ordering System)의 약자지요?

맞습니다. 길병원의 DOS는 한마디로 '의사 처방 명령 프로그램'입니다. 의사의 처방이 컴퓨터를 통해 엑스레이실, 약국, 검사실 등으로 전달돼 각 부문의 업무가 동시에 연결되는 시스템이지요.

전산실이 개발한 DOS는 1986년 4월 1일 동인천길병원에도 적용됩니다. 물론 중앙길병원은 개원과 함께 적용됐고요. 그 후에 업그레이드를 거듭한 끝에 1991년 12월 1일 완전히 정착됩니다. 지금 관점에서 보면 시시해 보여도, 당시로서는 가히 '센세이셔널' 했어요. 스마트폰이 나왔을 때보다 라디오가 등장했을 때 사람들이 더 신기해했던 것처럼.

저도 그렇다고 봅니다.

그때는 환자나 보호자가 직접 병원 접수증을 펜으로 작성했지요. 종이도 의료 보험은 노란색, 산재 보험은 파란색, 일반용은 하얀색이었습니다. 접수증도 한 번 쓰고 마는 것이 아니라 진료를 받으러 올 때마다 새로 써야 했습니다. DOS를 이용하면 어떤 점이 편리했습니까?

처음으로 진료를 받으러 온 환자가 접수증을 제출하면 '마그네틱 진료 카드'가 발급됩니다. 환자 기록이 담긴 이 카드를 판독기에 넣으면 진료 과목과 시간이 자동으로 지정되고요. 환자가 진료실로 가는 동안 진료기록부가 에어슈터(Air Shooter)를 통해 진료실에 먼저 전달되지요. 특히 이 부분을 경이로워하는 환자들이 많았습니다.

에어슈터는 모르는 분이 많을 듯합니다. 신문사에서도 한때 원고를 위 아래층 간에 주고받는 데 그걸 썼습니다. 지름 4~8센티미터의 동그란 통 속에 서류를 넣어 파이프로 전달하는데, 파이프 내부의 공기 압력으로 전달하지요. 나름 첨단 기기였는데 너무 빨리 사라졌습니다. 핸드폰 나오기 전의 시티폰 같다고나 할까요. 에어슈터로 전송하다가 곧바로 이메일이나 메신저 시대로 접어들었으니까요.

적절한 비유입니다. 환자들이 진료실에 가 보면 이미 진료 준비가 다 끝나 있으니까 깜짝 놀라는 거죠. '아무개 씨죠?' '아니, 그걸 어떻게 아세요?', '감기 주사 맞으러 오셨지요?' '아니, 그건 또 어떻게 아세요?', '아무개 님, 약 타 가세요' '제 약 맞아요?' 이런 대화를 들을 수 있었습니다. (웃음)

개원 직후 중앙길병원을 취재한 언론이 있는데요. 1987년 3월 17일 〈경향신문〉에 「컴퓨터병원」 국내 첫선'이라는 제목의 기사가 실렸습니다. "외래접수는 물론, 입·퇴원 등 모든 병원 업무를 자동화하는 데 성공, 환자 대기 시간이 사라진 컴퓨터 병원이 국내에 처음 등장했다." "종합 병원을 찾는 환자들의 가장 큰 불만 거리인 「3시간 대기, 3분 진료」의 모순을 자체 개발한 전산 시스템으로 타파했다." 그때 기사를 다시 들어 보니 어떠신가요?

그때는 서울대병원 정도가 입·퇴원만 전산으로 처리하고 있었을 거예요. 중앙길병원은 접수부터 진료, 처방, 퇴원까지 진료 카드 하나로 가능했기 때문에 언론의 주목을 받았던 것 같습니다. 〈경향신문〉뿐만 아니라 방송사에서도 취재를 나왔습니다. 텔레비전에도 몇 차례 방영됐어요.

철원길병원 탄생 비화

1987년 1월 가족과 함께 귀순한 북한 의사 김만철(金滿鐵) 씨가 이해 5월 11일 중앙길병원을 방문했습니다. 개원하고 두 달도 안 된 시점이었는데요. 그분이 TV에서 중앙길병원 뉴스를 보고, 자기를 보호 관리하던 안기부에 부탁해서, 보여 달라고 했다면서요?

김만철 씨가 의사라고 하니, 안기부에서 서울대병원과 세브란스병원을 보여 줬나 봐요. 그 후에 길병원 뉴스를 보고 가보고 싶다고 했답니다. 수십 명의 안기부 요원들과 같이 왔는데 모두 눈초리가 삼엄하고 매서웠습니다.

김만철 씨는 병원 시스템에 대해 감탄하던가요?

다른 병원에서 와 보고 놀라는 지경인데, 북에서 온 김만철 씨야 오

——— 귀순한 북한 의사 김만철 씨(오른쪽)가 1987년 전산화된 병원 시스템을 직접 시연하고 있다. 중앙길병원은 국내 의료 전산화의 선구자였다.

죽했겠습니까.

　방금 소개한 경향신문 기사에는 총장님의 이런 말이 소개돼 있는데요. "환자들의 불편을 덜어 주고 의료 서비스의 질을 높이기 위해서는 병원 업무의 전산화와 야간 병원 제도가 필수적이다. 다른 병원에서도 이 제도가 확산되길 기대한다." 영화 '기생충'을 계기로 한동안 회자된 말마따나, 총장님은 '계획이 다 있었구나!'라는 생각이 드는데요. (웃음) 이해 9월 중앙길병원에 국내 최초의 야간 병원이 개설됩니다. 일반 종합 병원에서 야간 병원이 활성화된 것은 1990년대 중반인데요. 야간 병원 역시 10년 가까이 시대를 앞서갔습니다.

아무튼 오래전부터 품고 있던 생각이었습니다. 모든 걸 환자에게 맞추다 보면 누구나 생각해 낼 수 있는 의료 서비스였지요. 당시는 산업 재해과 국민 건강에 대한 인식이 매우 낮았습니다. 공장주는 노동자가 병원에 가는 것도 탐탁지 않아 해서 눈치를 봤어요. 아파도 참았다가 근무 시간이 끝나야만 병원에 갈 수 있었습니다. 하지만 병원의 진료 시간이 공장에서 일하는 낮 시간과 같았기 때문에, 밤에 가 봐야 허사였지요. 그래서 중앙길병원은 아예 24시간 문을 여는 야간 병원을 운영했던 거예요.

노동자를 위해 야간 병원을 운영한 것도 시대를 앞서간 일이었지만 산업 재해 노동자들에게 보험수가를 적용한 것은 더욱 선구자적인 행위였습니다.

매우 자랑스럽게 생각합니다. 한 번 상상해 보세요. 감기에 걸려 병원 가서 주사 맞는 데 몇십만 원이 든다면 누가 병원에 가겠습니까. 근로자들에게 보험수가를 적용한 것은 그분들에게는 축복이었을 거예요.

길병원 전산실이 개발한 DOS 이외의 프로그램 중에는 어떤 것들이 있습니까?

우선 '약제 업무 자동화 시스템'을 꼽을 수 있는데요. 일본 프로그램을 업그레이드해서 우리말 버전으로 개발한 겁니다. 의사의 처방에 따라 기계가 약을 조제하는 시스템입니다. 그밖에 '페이퍼리스 시스

―― 철원길병원 신축 기공식. 적자가 빤히 예상되었지만 지역 주민들의 간청을 뿌리칠 수 없어 세우기로 했다.

템'과 '결제 프로그램'도 길병원이 최초로 개발한 전산 프로그램입니다. 이것을 따로 설명할 필요는 없을 것 같네요.

1988년 9월 16일 철원길병원이 개원합니다. 시작은 1984년으로 거슬러 올라가는데요. '철원에 병원을 하나 세워 달라'는 부탁을 받으신 게 제2땅굴을 견학하러 가는 버스 안이었다고 알고 있습니다.

양평길병원을 개원한 뒤로 가끔 받는 부탁이었습니다. 제가 병원 인수 전문가도 아닌데 의료 취약지에 병원을 지어야 하거나, 적자로 허덕이는 병원이 생기면 저를 찾아오곤 했습니다. 그날은 평화통일정책자문회의 자문위원 자격으로 참석했는데 철원 지역의 어느 위원이 그렇게 부탁하더라고요. 그분도 제 옆에 작정하고 앉으셨던 것 같더라

고요. (웃음)

또 '작전'이 들어온 건가요? (웃음) 수락하셨습니까?

엄두가 나지 않았습니다. 양평길병원이 매달 적자를 보고 있었는데 철원에 또 취약지 병원을 지으면 적자가 두 배로 늘어나니까요. 중앙길병원을 짓느라 재원 조달도 힘들었습니다. 정중히 거절했더니, 그러면 병원은 우리가 지을 테니 의사만이라도 보내 달라고 하더군요. 의사 파견도 해드리기가 어려웠습니다. 대신 우리가 철원에 정기적으로 들러서 무료 진료를 해드리거나, 철원 주민이 동인천길병원에 오시면 의료 보험 수가를 적용해 드리겠다고 약속했습니다.

『길병원 40년사』 연표에는 철원군 주민을 대상으로 1984년 5월 5일 1차, 6월 20일 2차 무료 진료를 실시했다고 기록돼 있습니다.

그런 인연으로 길병원과 철원군이 자매결연을 맺었습니다. 철원 주민들이 인천까지 와서 치료를 받았어요. 지금도 철원에서 인천까지 가는 게 얼마나 시간이 걸립니까. 그 고생을 하고 인천에 오셨는데도 환자들이 다 만족해하시면서 돌아가는 거예요.

서울에 있는 병원을 우회해서 인천까지 왔다면 이유가 있는 거겠지요. 의료 보험이 되고 친절한 병원이라면 그 정도 고생은 감수할 수 있었던 시대라는 뜻도 되고요.

그겁니다. 그때는 병원, 호텔, 골프장을 마음대로 예약할 수 있으면 출세한 사람이라고 했던 시절이었어요. 철원 주민 입장에서는 인천에 아는 의사가 생긴 겁니다. 문제는 그런 의료 서비스를 경험한 주민들이 '철원에 병원을 지어 달라'고 이전보다 더 적극적으로 요청하기 시작했어요.

총장님한테요?

저 말고 또 누가 있겠습니까. (웃음) 한 석 달 동안 철원의 할아버지 몇 분이 교대해 가며, 제 방으로 출근을 하셨습니다. 그때는 제가 8시 정도에 출근할 때였는데 그분들은 정확히 그 시간에 제 방에 들어오셨습니다. 어떨 때는 저보다 먼저 와 계시기도 했고요.

비서가 없던 시절이라 그냥 엘리베이터를 타고 올라와서 문만 열면 되는 거군요. (웃음)

하얀 수염이 멋있게 난 할아버지가 좌장이었는데 성함을 잊어버렸네요. 그분은 제 방으로 출근하시고, 또 다른 분은 보사부에 가서 데모한다고 하셨습니다.

결국 항복하셨군요.

그래서 열 번 찍어 안 넘어가는 나무 없다는 말이 있지 않습니까. 지성이면 감천이라는 말도 있고. (웃음)

경과는 제가 간략하게 정리해 보겠습니다. 1984년 8월 철원군 주민 5천 13명이 연명으로 종합 병원 유치 청원서를 보건사회부에 제출했고, 보사부는 취약 지구 병원 지원자금 100병상을 강원도에 배정합니다. 강원도청은 총장님에게 병원 설립을 공식 요청했고요. 그렇게 1986년 7월 24일 철원길병원 기공식이 열렸고 1년 2개월 후부터 환자를 받기 시작합니다.

그런 과정이었습니다.

네쌍둥이 길병원서 태어나다

‘격동의 80년대’가 마무리되고 있는 것 같고요. (웃음) 1990년대 중앙길병원은 1년에 한두 채씩 새 건물을 지어 올리는 등 고속 성장의 시대를 맞이합니다. 그 이야기 전에 ‘길병원 네쌍둥이’를 언급하고 넘어가야 할 것 같습니다. 1989년 1월 11일 중앙길병원에서 일란성 여아 네쌍둥이가 태어났는데요.

지금도 맨날 헷갈리는 황(黃)'슬'이, '설'이, '솔'이, '밀'이지요. (웃음)

네쌍둥이가 중앙길병원에서 태어난 것도 극적인 스토리입니다. 강원도에 거주하는 남편과 부인이 둘째를 임신합니다. 병원에서 쌍둥이, 혹은 세쌍둥이 이상이라는 사실을 알게 된 부인은 출산을 위해 친정인 인천으로 오게 됩니다. 친정 근처의 작은 병원에 다니던 부인은 출산 예정일에 앞서 갑자기 양수가 터지고 인큐베이터 시설이 없었던 병원은 큰 병원으로 갈 것을 권합니다. 당황한 남편이 부인을 택시에 태우고 헐레벌떡 찾아온 것이 중앙길병원이었습니다. 그때가 새벽 3시였습니다.

바로 '큰일 났다'는 보고가 올라왔어요. 네쌍둥이라는 겁니다. 네쌍둥이가 모두 건강하게 태어날 확률은 사실 높지 않거든요. 산부인과 과장에게 제왕절개를 지시하고 다들 긴장한 채 기다렸습니다. 아침 9시가 조금 넘어 수술이 끝났습니다. 다행히 한 아이만 인큐베이터에 들어갔을 뿐 건강한 상태였습니다. 그때 인천에는 인큐베이터가 있는 병원이 우리 병원밖에 없었는데 그것도 천만다행이었습니다.

출혈을 계속하던 산모는 재수술까지 받았지만, 부부가 수술비와 병원비를 감당할 형편이 안돼 무료로 퇴원시켰지요?

해 오던 대로 그랬고요. 산모가 울면서 '이 은혜를 어떻게 갚느냐'고 해서 제가 '아이들이 크면 의사를 시켜라. 그게 갚는 거다'고 말해

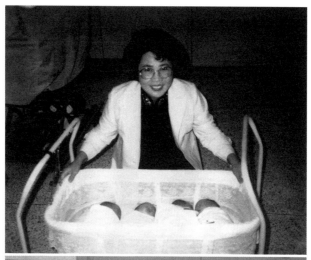

___ 네쌍둥이와의 운명적 인연. 네쌍둥이가 잘 자라나 길병원 간호사로서
이웃과 사회에 기여하게 된 것이 무엇보다 기쁘다.

췄습니다. 부인이 또 '무슨 돈으로 의대에 보내겠느냐'고 해서 '아이들
이 대학에 가면 학비를 대 주겠다'고 약속했습니다. 그리고 나서 까맣
게 잊어버렸는데 2006년에 제가 〈중앙일보〉에 '남기고 싶은 이야기'
를 연재하지 않았습니까. 글을 쓰기 위해 옛날 자료와 사진을 찾아보다
가 네쌍둥이와 함께 찍은 기념사진을 다시 보게 된 거예요. '아, 맞다. 얘

들 대학 갈 때가 됐지.' (웃음) 그래서 어디에 살고 있나, 수소문했지요.

네쌍둥이는 경기도 용인에 살고 있었고 슬이와 밀이는 수원여대 간호학과에, 설이와 솔이는 강릉 영동대 간호학과 수시모집에 합격한 상황이었습니다. 한 해, 한 아이를 대학에 보내는 것도 힘든데 네 아이의 입학금과 등록비를, 자청해서 책임지게 되셨습니다. (웃음)

그런 기분 좋은 우연이 어디에 있겠어요. 학비를 대 주겠다고 인천으로 불렀더니 넷이서 똑같은 옷을 입고 왔더라고요.

그날이 2007년 1월 10일입니다. 입학금과 등록금으로 2천 300만 원을 전달하셨고요. 여러 언론이 이 사연을 다뤘는데 어느 기사에는 총장님이 이날 이런 말을 하셨다고 기록돼 있습니다. "너희가 대학 가서 열심히 공부해 우수한 성적으로 졸업하기만 하면 전부 길병원 간호사로 뽑아 줄게. 네쌍둥이가 우리 병원에 와서 같이 근무하면, 모르는 사람들은 한 사람이 홍길동처럼 신출귀몰, 여기저기 병동을 다니면서 환자를 돌보는 줄 알 거야." (웃음)

그런 이야기를 했지요. 진짜 홍길동 같지 않겠습니까. (웃음)

그 후 네쌍둥이는 두 차례 더 매스컴의 주목을 받게 됩니다. 첫 번째가 각자 대학을 졸업하고 2010년 2월 중앙길병원에 첫 출근을 했을 때였습니다. 여러 매체가 관련 보도를 냈고, 이해 9월에는 일본 NHK가 20분짜리 프로그램을, 일본의 다른 민방은 '출연' 쇼프로를 제작해 방영했습니다. 네쌍둥이는 이후 가천의과학대학교 간호학과에 편입해 2012년 2월 4년제 학사모를 썼고요. 학비는 전액 총장님이 후원하셨습니다.

우리 집에 들어와서 가족이 된 거니까 후원이라는 표현은 좀 남 같습니다. (웃음) 그리고 얼마 후에 셋이 같은 날 합동결혼식을 했잖아요. 한 아이는 조금 먼저 시집갔고요.

두 번째 매스컴의 주목을 받은 게 그때인데요. 2013년 5월 네쌍둥이 중 세 자매가 합동결혼식을 올렸습니다. 네쌍둥이에 대해서는 재미있는 이야기가 좀 더 있지만 이쯤에서 줄여야겠습니다. 그런데 총장님은 네쌍둥이가 고등학교 1학년 때부터 1인당 한 달에 1만 원씩 적금을 부었다는 사실을 알고 계셨습니까?

아, 몰랐습니다.

총장님이 처음 학비를 내주신 직후인 2007년 1월 〈한겨레〉에 실린 내용인데요. 셋째인 '솔'이가 적금을 붓는 이유에 대해 이런 말을 했답니다. "지금까지 도움을 받아만 왔어요. 언젠가는 우리도 남에게, 아니 불쌍한 사람들을 도와야 하잖아요."

오, 그래요? 기특하네요. 그걸 모르고 있었네.

그리고 이런 말도 했습니다. "환자에게 친절한 간호사가 될 겁니다. 그래서 돈 없는 할머니들이 건강해지도록 도와드리고 싶어요."

예쁘네요. 잘 컸고요. 제가 받은 아기가 수천 명은 족히 넘을 텐데 지금은 다 어떻게 살고 있는지 궁금합니다. 의사나 간호사가 된 아이도 많을 텐데요.

9장

·
·
·

성공시대

이어령, "의사로 끝날 분 아냐"

●
●

1991년 11월 19일 가천문화재단 설립 인가가 나오고 이날 재단 이사장이 되십니다. 이해 12월 13일에는 중앙길병원 신축 제1별관인 가천관에서 창립 기념식이 열렸습니다. 문화 재단 설립은 어떤 계기와 의미였나요?

의료 법인을 설립한 목적과 비슷합니다. 의료 법인은 더 많은 환자에게 의료 혜택을 주고 싶어서 만들었잖아요. 사회적 책임과 문화적 봉사를 확대하고 싶어서 문화 재단 법인을 만든 거예요.

당시 이어령 문화부 장관이 기념식에 참석해 축사를 해 주셨는데요. 훗날 이어령 선생은 이때가 총장님과의 '첫 만남'이었다고 하면서 이렇게 쓰신 적이 있습니다. "그때 '의사로 끝날 분은 아니구나!' 하는 인상을 받았습니다. 당시만 해도 대학을 설립하지 않았고, 경원대를 인수하기도 한참 전이었습니다." 이어령 선생이 왜 그런 인상을 받았을까요?

제가 개업의로 끝나기 싫어서 의료 법인과 재단 법인을 만들었잖아요. (웃음)

그렇네요. (웃음) 혹시 이어령 선생은 총장님이 정치에 나설 것

가천문화재단 설립 20주년을 기념해 열린 '인천 시민과 함께하는 세시봉 콘서트'. 전통문화 보전과 새로운 문화 창달을 위해 1991년 가천문화재단을 설립했다.

같다는 예감을 한 것은 아닐까요?

그럴지도 모르지요. 그때까지 제가 걸어 온 길이, 생업에만 급급하고 돈 모으기 위한 길이 아니니까요.

법조계에는 그런 스토리가 흔하지요. 이를테면 가난한 집에서 태어나 고시 합격으로 입신양명하고 '강골' 검사로 싸우다가 압력을 받아 사표를 내고 정치계에 입문하는 스토리 말입니다.

정치권으로부터 여러 번 권유를 받은 건 사실입니다만, 한 번도 내킨 적이 없어요.

정치를 하셨어도 잘하셨을 거라는 평들을 하는데요.

지기 싫어하고 뭐든 '올인' 하는 성격이라, 해내긴 했을 겁니다. 하지만 바로 그 이유 때문에 정치를 할 수 없었습니다. 정치에 '올인' 하면 환자는 어떻게 합니까? 죽어도 환자 곁을 떠날 수는 없었고 정치 쪽으로는 꿈도 꿔 본 일이 없습니다. 나의 길이 아니니까요.

이어령 교수 이야기를 한 김에 '세살마을'에 대해 질문드리겠습니다. 가천문화재단에 대한 질문은 잠시 미뤄 두고요. '세살마을' 아이디어를 제안한 분이 이어령 교수시지요?

창의력 또는 발상의 전환, 그런 방면으로는 따라갈 사람이 없는 분이시잖아요. '세 살 버릇 여든까지 간다'는 속담이 있는데 하필 두 살도, 네 살도 아닌 세 살일까, 라는 문제의식에서 나온 아이디어였습니다. 과학적 근거도 있었습니다. 가천대 뇌과학연구소의 연구 결과, 생후 39개월 된 유아의 뇌와 20세 성인의 뇌가 별반 차이가 없는 것으로 나타났거든요.

이어령 교수는 "이 속담에는 세 살 유아에 축적된 인식의 능력과 경험에 대한 조상들의 지혜가 담겨 있다. 영유아 교육에 대한 조상들의 깊은 통찰을 되살리는 노력이 필요하다"는 말을 하셨습니다.

그리고 예전에는 아이를 키우는 데 온 마을 사람들이 힘을 보탰잖아요. 그렇게 '세살마을'이 출범한 겁니다.

2009년부터 논의가 진행된 '세살마을'은 이듬해인 2010년 6월 28일 국립중앙박물관에서 공식 발대식이 열렸고 총장님께서 총괄 멘토, 이어령 교수가 고문을 맡으시게 됩니다. 가천길재단과 서울시가 공동으로 진행하고 보건복지부, 교육과학기술부, 여성가족부, 경기도, 국립중앙박물관이 후원하는 운동이었습니다.

세계 최저 수준인 우리나라의 출산율을 끌어올리기 위해 전개한 프로젝트인데 아직 갈 길이 멉니다.

가천문화재단으로 화제를 돌리겠습니다. 사업이 너무 방대해서 따로 책 한 권으로 다뤄도 될 정도입니다.

문화가 그런 거 아니겠습니까. 생활이 풍족해지면 문화가 전반적으로 확대 심화됩니다. 가천문화재단도 그런 흐름에 부응하다 보니 사업이 크게 늘어난 것이지요.

그렇긴 합니다. 첫 행사는 1991년 9월 중앙길병원 별관에서 열린 '움직이는 미술관' 전시회였는데요. 국립현대미술관의 순회 전시였습니다. 이후에 자체적으로 전시회를 열면서 전시 품목을 확대했습니다. 그리고 심포지엄, 문화유산 답사, 문화 강좌, 차(茶)문화 보급·교육 행사, 청소년 문화학교, 어린이 예절학교, 경로위안

잔치, 장애인 위로행사, 각종 공연 등 수많은 행사를 개최했는데요. 이 가운데 차(茶)문화 보급 운동에 대해서만 질문을 드리도록 하겠습니다. 어떻게 시작하시게 된 겁니까?

1970년대 중반이었는데요. 어떤 모임에 참석하고 돌아온 언니가 어이없는 이야기를 들었다는 겁니다. 한 외국인이 '한국에는 어떤 전통차가 있느냐'고 물었는데 어느 분이 숭늉이라고 대답했다는 거예요.

아니, 우리나라 전통 차가 얼마나 많은데요.

그러게 말입니다. 언니와 저는 동학 운동에 관여했던 할아버지의 영향으로 차와 친숙한 집안 환경에서 자랐습니다. 이 일을 계기로 언니와 저는 우리 전통 차를 알리고 보급해야겠다고 결심했습니다. 숭례원 이사장 시절에 제가 한국의 전통 차문화 자료전시회를 연 것도 그런 이유에서였고요. 언니는 언니대로 차문화 보급 운동에 본격적으로 뛰어들었습니다.

1980년대 후반 구월동 중앙길병원의 은은한 차 향기를 추억하시는 분들이 많습니다.

병원 곳곳에 탄산음료나 커피 대신 전통 차를 놓아 두도록 했습니다. 우리가 직접 우려낸 차였습니다. 직원들에게 '차 예절' 교육도 시켰고요. 1991년 가천문화재단을 설립하신 직후에는 병원 별관에 전통 다실을

── 길병원은 차 향기가 그윽한 병원이었다. 가천대에서는 외국인 유학생에게도 우리 전통 차문화와 예절을 경험하게 했다.

그대로 재현한 다도 교육장을 만들었습니다. 그것도 네 곳을요.

나머지는 제가 정리해 보겠습니다. 1994년 '한·중 차문화 교류'를 시작으로 한·미, 한·독 간 차문화 행사를 개최하셨고요. 정기적으로 중국과 스리랑카에서 '한국 차문화 행사'를 여셨습니다. 2002년부터는 2인 1조로 직접 차를 달여 마시는 체험 프로그램을 전국적으로 펼치셨고요.

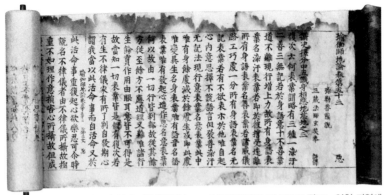
고려 팔만대장경보다 일찍 나온 『초조본(初雕本) 유가사지론(瑜伽師地論)』 권53. 인천 지역에
소장된 유일한 국보이다.

차문화 보급 운동은 언니의 역할이 컸습니다. 언니기 복원, 정립한
'규방다례'는 2002년 인천시 무형문화재로 지정됐고 언니는 기능보유
자로 선정됐습니다. 저도 '일본 차문화의 아류'라고 여겨지던 우리 차
문화에 대한 인식을 바꿔 놓았다고 자부하고 있습니다.

다시 가천문화재단의 주요 사업 이야기로 돌아가겠습니다. 먼저
가천박물관에 대한 질문입니다. 1995년 10월 30일 중앙길병원 별
관 가천관 6층에 가천박물관이 개관됐는데요. 역사 유물에 관심을
기울이시게 된 건 언제부터였습니까?

역시 1970년대 중반이었습니다. 고서점을 운영하는 중년 남자가 저
를 찾아왔습니다. 전국에 집안 대대로 내려오는 고서(古書)를 보관하고
있는 분이 많은데 이분들의 고서를 모아 전시회를 열고 싶다는 거예요.
도와 달라고 해서 전시회마다 3천만 원을 지원하기로 약속했습니다.

1970년대 중반이면 총장님께서 정신적인 방황을 하셨을 때잖아요. 의료 법인을 세우기 위해 골몰하셨던 때이기도 하고요.

그래도 도와드리고 싶더라고요. 그런데 전시회를 열려면 고서를 포장하고 운반해야 되잖아요? 가마니에 넣고 지게꾼을 불렀다는 거 아닙니까. 하지만 그때는 달리 뾰족한 수가 없었습니다.

그게 1970년대지요.

남은 고서들은 제가 떠맡을 수밖에 없었는데 처치 곤란이었지요. 한동안 창고에 쌓아 둘 수밖에 없었습니다. 나중에 거기서 국보가 나온 거예요.

그게 인천 지역에 소장된 유일한 국보인 『초조본(初雕本) 유가사지론(瑜伽師地論) 권53』이지요? 고려시대 때 최초로 판각한 대장경의 일부였고요. '유가사지론'은 인도의 미륵(彌勒)이 지은 책을 당나라 현장(玄奘) 법사가 총 100권으로 한역(漢譯)한 책입니다. 팔만대장경보다 200년 이상 앞서 인쇄됐습니다.

저는 대장경에 대해 잘 모릅니다. 가천문화재단을 설립한 이후에 전문가들이 자료를 정리하는 과정에서 알게 된 사실입니다.

『초조본 유가사지론 권53』은 1993년 4월 28일 문화체육부에 의

해 국보로 지정됐습니다. 이때 비로소 세상에 알려졌고요.

사실 저는 의료사 박물관에 관심이 더 많았습니다. 틈틈이 전통 의료 유물을 모으면서 안 그래도 박물관을 세우려고 했거든요.

그러면 의료사 유물 이야기 먼저 해 주십시오. 가천박물관은 국내 최대, 최고의 의료사 박물관이기도 한데요.

저는 지금 병원에서 사용되는 의료 기구나 기기도 후대에 이르면 중요한 유물이 될 것이라고 믿고 이길여 산부인과 시절부터 병원 안 내장, 의료 기구, 인큐베이터 같은 것을 폐기하지 않고 보관해 왔습니다. 병원 직원들에게 중요한 기록과 의료기구는 가천박물관으로 보내라는 지침도 내렸고요.

별도로 의서(醫書)나 관련 문화재를 모으기도 하셨잖아요.

그렇습니다. 가천박물관이 소장한 의료 관련 국가 지정 문화재가 모두 몇 점인가요?

『향약제생집성방 권6』, 『태산요록』, 『신응경』, 『산거사요』, 『식물본초』, 『간이벽온방』, 『세의득효방 권10~11』, 『중수정화경사증류비용본초 권17』 등 보물 지정 의서만 8점입니다. 6점을 소장한 한독의약박물관이 국내 2위입니다.

의료사 자료도 가천박물관이 제일 많이 소장하고 있지요.

총 1만 8천 436점입니다. 2위인 예수병원 의학박물관이 보유한 1만 1천 23점과 차이가 큽니다.

우리나라 전통 의학의 역사를 살필 수 있는 다양한 한의학(韓醫學) 유물뿐만 아니라, 근대에 전래된 의료사 자료도 많이 모았습니다. 가천박물관은 전통과 현대를 아우르는 의료사 자료를 소장하고 있는 국내 유일한 의학 박물관입니다. 이런 상황에서 『초조본(初雕本) 유가사지론(瑜伽師地論) 권53』이 국보로 지정되면서 더 넓고, 더 좋은 시설을 갖춘 새로운 박물관 건립이 가속화된 겁니다.

1996년 10월 7일 소장가 이희경(李喜敬) 선생이 평생 수집한 간행물 창간호 5천 357권을 가천박물관에 기증했습니다. 가천 박물관이 국보·보물관, 의료박물관, 창간호 박물관 등을 갖추는 계기가 됐는데요. 이날 이희경 선생은 "사실 스스로 창간호 박물관을 만들고 싶었으나, 건강이 매우 좋지 않아 대신 내 뜻을 이해해 준 가천박물관에, 딸을 시집보내는 마음으로 모든 창간호를 기증하게 됐다"라고 밝혔습니다.

국내 최다 간행물 창간호를 소장한 박물관이 있다는 건 인천 시민에게도 좋은 일이잖아요. 정말 기뻤습니다. 하지만 병원 별관 한 층에 박물관을 마련했다는 건 인천 시민들에게 너무 미안했습니다. 그래서 벼르고 벼르다가 인천 송도에 건물을 크게 지어 10년 만에 박물관을 이전했습니다.

이후의 역사는 제가 간략하게 정리해 보겠습니다. 2005년 12월 인천 연수구 옥련동에 신축 건물이 완공됐고요. 10개월간의 준비 기간을 거쳐 2006년 11월 1일 이전 개관식이 열렸습니다. 이 공간도 곧 비좁아져서 5년 만인 2011년 증축 공사가 시작됐고요. 1년여 간의 공사 끝에 5개 전시실, 2개 수장고, 103명이 수용 가능한 영상관 등을 갖추게 됐습니다. 지하 1층, 지상 4층 규모였습니다. 2013년에는 인근에 가천문화공원을 조성했습니다.

아시다시피 가천박물관이 저희 집 바로 뒤에 있잖아요. 가끔 박물관

과 문화 공간에 올라가 보곤 하는데 학생들, 시민들이 즐거워하는 모습을 보면 뿌듯합니다. (웃음)

1992년 7월 18일 개관한 가천인력개발원도 총장님 자택 근처에 있으면서 인천 시민들에게 즐거움과 휴식을 주는 곳입니다. 문학산에서 내려다보면, 송도 일대의 배꼽같이 보인다고 하는 곳인데요. 길병원 연수원으로 출발해 가천대학교와 가천문화재단의 인재 교육의 산실 역할을 하다가 이제는 예술창작공간으로도 사용되고 있습니다.

그렇네요. 입주한 단체명이 어떻게 됩니까? 10년간 무상 임대 방식으로 계약했잖아요.

예술창작공간 '아트플러그 연수'입니다.

무상 임대 계약은 정말 잘한 결정이라고 생각합니다. 인천 시민들에게 미술관 하나를 선물한 셈이니까요.

베트남 환자 도티늉과 '새생명찾아주기'

•
•

1993년 3월 8일 인천 남동공단 내에 남동길병원과 산업보건연구소가 문을 열었는데요. 규모는 11개 진료 과목에 80병상이었습니다. 중앙길병원에도 산업 보건과가 있었던데 그것만으로는 모자랐나요?

많이 부족했습니다. 손가락이 잘리거나 손목과 팔이 으깨진 노동자들이 하루가 멀다고 찾아왔습니다. 그래서 중앙길병원의 산업 보건과를 확대 발전시켜 만든 거예요.

1990년 8월 16일에는 인천 최초로 손목 재접합 수술에 성공한 사례가 있는데요. 보루네오가구 인천 공장 노동자였는데 기계톱에 손목이 잘린 환자였습니다.

잊을 수가 없어요. 환자에게 잘린 손목은 어디 있냐고 물었더니 그냥 쓰레기통에 버렸다는 거예요. 빨리 찾아오면 붙일 수 있다고 하니까 부랴부랴 찾아와서 수술을 할 수 있었습니다. 그때만 해도 미세 접합 수술이 가능한 전문 병원은 별로 없었습니다. 경기 지역의 웬만한 병원은 신체 일부가 절단된 환자를 서울로 이송하느라 골든 타임을 놓치는 일이 비일비재했어요. 우리 병원에서는 그런 일이 없었습니다. 남동길병원과 산업 보건 연구소가 '산업 전사의 버팀목' 역할을 했지요.

1990년대는 외국인 노동자가 급증합니다. 1995년 1월 〈한겨레〉
는 '긴급진단 외국인 노동자' 시리즈를 연재하기 시작했습니다. 병
원에서도 그 늘어난 숫자를 감지할 수 있었지요?

물론입니다. 그런데 외국에서 온 산업 연수생이든, 불법 취업자든
외국인 노동자는 의료 사각지대에 방치되었어요. 1996년에 인천에서
는 처음으로 외국인 진료소를 개원했고요. 또 2002년으로 기억하는데
그때부터 남동길병원은 외국인 노동자에 대한 무료 진료를 정례화했
습니다.

정확히는 1996년 1월 외국인 진료소가 열렸고 2002년 12월에 외
국인 무료 진료가 시작됐네요. 관련 기사들이 여러 신문에 보도되
었습니다. 2004년 1월에는 신부전증 등을 앓아온 네팔인과 '선천

——— 길병원은 1996년부터 해외 심장병 어린이 430여 명을 초청해 수술, 치료했고 지금까지
5천 300여 명을 치료 지원하며 새 생명을 불어넣었다.

성 신장기형에 의한 요로결석'이라는 진단을 받은 인도네시아인이 무료 진료를 통해 길병원에서 수술을 받았다는 기사도 보이네요. 1월 6일자 〈한겨레〉는 "인천 남동공단 등에서 일해 온 외국인 노동자 2명이 한 병원의 무료 진료로 새 생명을 찾았다"라고 보도했습니다.

그 한 병원이 남동길병원이군요?

맞습니다. '새 생명을 찾았다'라는 대목이 눈에 확 들어와서 인용했습니다. 여기에서 '새생명찾아주기 운동'을 질문드리지요. 그 운동을 시작하신 게 1990년대 초반인데요. 무슨 계기가 있었습니까?

1991년에 베트남에 간 이야기부터 해야겠네요. 여의사회가 호치민시에 의료 봉사를 갔습니다. 그때 저도 동행했거든요.

신문에 보도된 게 있습니다. 10월 1일 박양실(朴孃實) 한국여자의사회 회장, 주일억(朱一億) 국제 여의사 회장, 장정순(張婧淳) 박사 등 7명의 의료 봉사단이 출국한 것으로 나와 있습니다.

장정순 박사가 진료한 환자 중에 심장병을 앓던 도티늉이라는 주부가 있었습니다. 그때 20대였는데도 병 때문에 40, 50대처럼 나이 들어 보였어요. 1983년 레이건 미국 대통령이 방한했을 때 심장병을 앓는 우리나라 어린이 두 명을 미국으로 데려가 수술받게 한 일이 있었습니다.

1983년 11월이었습니다. 대통령 전용기인 미 공군 1호기에 같이 타고 갔지요.

도티늉을 처음 봤을 때 그때 그 심장병 어린이들을 떠올렸습니다. 1983년에는 우리가 미국에 도움을 받아야 할 처지였지만 이제는 우리가 가난한 나라를 도울 여력이 있고 또 도와야 한다고 생각했지요.

어린이 중의 한 명이 이길우(李吉雨) 군이었습니다. 총장님과 한자 이름까지 비슷합니다. (웃음) 심장병이 완치된 이길우 군은 미국 가정에 입양됐고, 성인이 되어 국제구호단체 '생명의 선물'에 들어가 지구촌의 가난한 어린이들에게 무료 심장 수술을 주선하는 일을 하게 됩니다. '생명의 선물'은 이길우 군의 심장병 수술을 주선한 바로 그 단체였습니다.

그런 사례를 보면 하늘이 정해 놓은 일도 있다는 생각이 들어요. 무슨 인연이 그리 극적입니까. 제가 그 사실을 알고 이길우 군을 새생명 찾아주기운동본부 홍보대사로 위촉했잖아요.

2009년 7월이었습니다.

하여간 도티늉도 한국에 와서 수술만 받으면 금방 나을 텐데, 인천

미국 레이건 대통령 방한 후 심장병 어린이2명 미국으로 동행치료 1983년

—— 새생명찾아주기운동 홍보대사로 위촉한 이길우 씨와 함께. 그는 1983년 11월 레이건 미국 대통령 부부의 손에 이끌려 미국으로 건너가 심장 수술을 받은 후 완치된 '심장병 어린이'였다.

으로 데려오는 게 그렇게 힘들더라고요.

한국과 베트남이 수교에 합의한 것이 1992년 12월인데요. 그전에는 베트남이 미수교 공산권 국가라서 한국 입국 절차가 복잡하고 까다로웠을 겁니다.

보건복지부가 적극적으로 도와줘서 가까스로 입국 문제가 풀리긴 했습니다. 1992년 4월쯤에 입국했어요. 도티늉이 중앙길병원에서 수술을 받고 한 달 정도 입원을 했을 거예요. 수술도 무료로 받고 격려금도 꽤 받아 가서 집도 사고 부자가 됐다고 하더라고요. 나중에 그분에게서 직접 들은 이야기입니다.

신문 기사에는 '도치농'이라는 이름으로 나오네요. 당시 27세, 수술일은 4월 13일이었고요. 어쨌든 도티늉을 또 만나셨습니까?

제가 베트남하고 인연이 좀 있나 봐요. 이 이야기부터 먼저 해야겠네요. 1993년 여름에 한센국제협력후원회를 설립하고 회장으로 취임했습니다. 주로 베트남과 중국의 한센병 환자를 후원하는 모임이었습니다.

회장을 맡으시게 된 계기 같은 것이 있으셨습니까?

작고하신 박선규(朴善奎) 한센복지협회장의 간곡한 부탁이 있었습니다. 어릴 때 봤던 한센병 환자들이 생각나더라고요. 동네를 돌며 구걸을 하는 모습을 자주 봤었거든요. 회장 취임 직후부터 모금에 착수하고 거리 캠페인이나 자선 바자회 같은 행사를 펼쳤는데요. 1998년쯤에 6억 7천만 원 정도를 모았습니다. 이 정도면 외국의 한센병 환자를 도와줄 때가 됐다고 생각했고, 우선 지원 대상국으로 베트남을 선정한 겁니다.

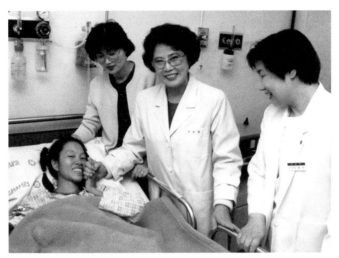
_____ 중앙길병원에 입원한 심장병 환자 도티늉 씨를 돌보던 1992년 사진

총장님은 1995년 세계보건기구(WHO)의 초청으로 베트남의 나 환자촌을 방문하셨잖아요. 베트남을 우선 지원 대상국으로 선정한 이유가 된 겁니까?

그런 이유도 있었고요. 베트남전에서 전사한 분들과 그 유족들에게 위로를 드리고 싶었습니다. 한국군이 참전한 전쟁이어서 마냥 남의 일도 아니었으니까요.

1990년대까지만 해도 전국적으로 나환자촌이 산재해 있었고 한 센병 환자들을 터부시하는 분위기가 상당했습니다.

1997년에 베트남 정부와 연간 300명의 연수생을 배출할 수 있는 직업훈련원을 현지에 만들어 주기로 약속했는데 IMF 사태를 맞은 거예요. 규모를 축소할 수밖에 없었고, 외환 위기에서 어느 정도 회복된 후에 약속을 지킬 수 있었습니다.

2001년 12월 7일 베트남 중부의 해안 도시인 빈딘성 퀴논시에서 직업 훈련원 준공식이 열렸습니다. 공사비는 18만 3천 달러, 당시 약 2억 원이었고요. 연 100명의 한센병 환자와 가족들이 봉제 기술을 배울 수 있는 규모였습니다. 베트남의 주석과 부주석은 대통령과 국무총리에 해당하는데, 두 분이 모두 참석했습니다.

그날 도티늉이 딸과 함께 호치민시에서 달려온 거예요. 너무 젊고 예뻐 보여서 처음엔 못 알아볼 정도였습니다. 저를 덥석 안더니 울더라고요. 말 그대로 새로운 생명을 찾은 게 아니겠어요? 부자도 됐고요. (웃음)

"끝까지 도와야지요"

●
●

도티늉은 우리나라에서 새 생명을 얻은 최초의 저개발국 외국인 환자였습니다.

그 수술을 계기로 중앙길병원은 1996년부터 본격적으로 심장병 어린이를 초청했습니다. 그해에 우즈베키스탄 어린이 2명과 네팔 어린이 1명을 수술했을 거예요. 그 뒤로는 한 해도 거르지 않았습니다. 지금은 몇 명이나 될까요?

2022년 9월 현재 432명입니다. 그 공로로 몽골과 키르기스스탄으로부터 최고 훈장을 받으셨지요? 훈장 이름을 기억하십니까?

이름까지 어떻게 기억합니까. (웃음)

당시 보도됐는데 너무 재밌어서 한번 읽어 보겠습니다. 2009년 9월 몽골의 '훙테트 템데그' 훈장과 2015년 6월 키르기스스탄의 '아뜰리치닝 즈드리바 아흐라네니야' 훈장입니다. (웃음) 그런데 '새생명찾아주기운동'을 이야기하려다가 여기까지 왔는데요.

그렇네요. '새생명찾아주기운동'을 시작할 무렵의 세상 분위기를 말하려고 하다가 이야기가 길어졌습니다.

1990년대부터는 우리나라도 저개발국의 빈민에게 자선과 봉사의 눈길을 돌리기 시작했다는 말씀이시지요?

그렇습니다. 사회적 분위기도 달라졌었지요.

1980년대 말부터 국제 봉사에 눈을 뜬다고나 할까, 사회적 분위기가 달라지고 있었습니다. 저는 그 계기를 1987년 10월 대통령 직선제를 골자로 한 개헌안 통과와 이듬해 서울 올림픽의 성공적인 개최라고 보는데요. 한국이 독재 체제에서 시민 사회로 전환하기 시작한 게 그 무렵입니다. 가령 자선이나 봉사 활동의 동력이라는 것이 예전에는 관(官)이 아니면, 독지가의 개인적인 호의 또는 자비심이었는데요. 1980년대 후반부터 그런 활동의 중심이 시민으로 옮겨 가기 시작했습니다. 중산층이 형성되고 그만큼 시민 사회의 역량이 성숙했다고 볼 수 있을 것 같습니다.

제 경우만 해도 그렇네요. 1980년대까지 저는 개인 차원이나 여의

—— 새생명찾아주기운동본부의 1992년 발대식. 인천 지역의 시민운동이 전국 규모로 발전한 유일한 사례이다.

사회를 통해 봉사 활동을 했거든요. 시민의 참여를 호소하고 시민과 함께했던 것은 1990년대부터인 것 같습니다. 새생명찾아주기운동도 그렇고, 가천미추홀청소년봉사단도 그렇고요.

새생명찾아주기운동부터 말씀해 주십시오.

1992년 4월 경이었을 거예요. 신임 인천시장이 부임해서 각계 기관장, 지역 유지와 함께하는 자리가 마련됐습니다. 그 자리에서 제가 '의료 보험 혜택이 전 국민을 대상으로 확대되었는데, 아직도 돈 때문에 치료를 받지 못하는 환자들이 있다. 인천 시민이 나서서 이런 분들을 돕자'고 제안했습니다. 그러면서 제가 책임지고 수술과 치료를 맡겠다고 하고, 기금 1억 원 출연을 약속했습니다.

그래서 새생명찾아주기운동본부 발기인의 면면이 인천 지역 기관장과 유지들이었군요. 총장님을 비롯해 박종우 인천 시장, 신홍균 인천시 교육감, 이기성 영진공사 회장, 심명구 선광공사 회장(나중에 국회 의원) 등입니다. 발기인 모임은 5월 12일 열렸습니다. 이날 총장님이 대표로 추대되셨고요. 총장님이 주도해 인천 지역의 시민운동으로 발전한 새생명찾아주기운동은 곧 전국적인 운동으로 확산됐습니다. 이런 사례는 유일하지 않나 싶습니다.

유일하지요. 사실 이 운동이 확산되고 지금까지 이어져 온 것은 인천 시민과 국민들 덕분이에요. 커피 한 잔, 담배 한 갑 값인 1천 원을 후원 회비 1계좌로 정해 후원금을 모았는데 정말 열성적으로 참여해 주셨습니다. 기록이 아마 남아 있을 거예요. 6개월 조금 넘는 기간에 2억 이상 모였습니다.

1992년 첫해에 2천 375명이 후원 계좌에 가입해 2억 1천 200만 원이 모금됐습니다. 새생명찾아주기운동본부가 인천 지역 봉사 단체를 찾아가 취지를 설명하고 스티커와 전단지 5만 부, 또한 달력을 배포하며 시민들의 동참을 호소한 결과였지요.

효율적인 진료를 위해 인천의 9개 종합 병원과도 진료 지원 협약을 맺은 것으로 기억하고 있습니다.

1992년 12월 22일 제1회 '새 생명 만남의 밤' 행사가 중앙길병원 내 가천인력개발원 강당에서 개최됐습니다. 가천인력개발원은 같은 해 7월 개원한 국내 병원업체 최초의 연수 시설입니다. 이날 심장병 수술을 받았던 인천 지역 어린이들이 50여 명이나 모였군요?

'도움을 받은 사람'들도 함께한 행사였습니다. 행사 명칭에 드러나 있잖아요. 나중에는 이 행사를 콘서트와 함께 진행하기도 했습니다. '만남의 날'과는 별개로 개최된 가수 조용필, 이승철, 소프라노 조수미 씨 콘서트도 기억나고요. 따로 자선 바자회와 마라톤 대회도 정기적으로 열었습니다.

새생명찾아주기운동본부는 2001년 1월 4일 사회복지법인으로 전환돼 현재까지 활동을 이어오고 있습니다. 2022년 9월 현재 후원 회원은 2만 7천 221명에 달하고, 총 5천 296명에게 수술비를 지원했고요. 총장님은 새생명찾아주기운동을 전개한 공로로 1997년 10월 25일 '자랑스러운 전북인' 공익 부문 대상을 수상하셨습니다. 같은 공로로 나중에 몽골과 키르기스탄으로부터 훈장을 받은 사실도 이미 언급했습니다만 지금까지 한결같이 새생명찾아주기운동을 계속하고 있는 이유는 무엇일까요?

그늘진 곳을 끝까지 도와야지요. 우리나라가 아무리 선진국이 됐다고 하지만 가난하고 형편이 어려운 사람이 아예 없어질 수는 없는 겁니다. 새생명찾아주기운동을 멈출 수 없는 이유이지요.

1993년 5월 29일 연수구 옥련동 가천인력개발원에서 가천미추홀봉사단 제1회 합동수련회가 열렸습니다. 이날이 실질적인 설립일이라고 볼 수 있는데요. 어떻게 조직하게 되셨습니까?

미국과 일본에서 본 자원봉사를 한국에도 뿌리내리게 하고 싶었습니다. 저변을 넓히기 위해서는, 초등학교 학생회장부터 시작하면 좋겠다는 생각을 했어요. 기초 학교의 리더잖아요. 이 아이들이 봉사를 깨우치고, 자부심과 긍지를 가지고 자라나 사회의 리더가 되어, 선진국을 만들어 주었으면 하는 바람으로요.

보통 공부 잘하고 리더십이 있는 아이가 학생회장이 되는 경우가 많은데 엘리트주의라는 비판을 받을 수도 있지 않겠습니까?

그런 비판이 나온다면 감수해야지요. 하지만 전국 초등학교 학생 전체에게 봉사 활동을 가르치는 것은 교육부나 할 수 있을지언정, 우리로서는 능력 밖의 일이니까요. 저 나름대로, 인천 지역의 새싹들이 진정한 봉사 정신을 깨닫도록 해 주고 싶었습니다.

첫 합동 수련회에는 인천 시내 총 113개 초등학교 학생회장들이 모였습니다. 학부모들의 반응은 어땠습니까?

공부할 시간도 없는데 무슨 봉사냐는 반응이 대다수였습니다. 하지만 아이들이 변하는 모습을 지켜보면서 학부모들도 '우리 어른들도 봉사단을 만들어 달라'고 부탁하더라고요.

아이들이 무슨 변화를 보였길래 부모들의 마음이 변한 건가요?

단원들이 매주 양로원, 보육원, 장애인 시설 같은 데를 돌면서 봉사 활동을 했습니다. 할아버지, 할머니 목욕 봉사를 하면서 등도 밀어드리고 보육원 아이들과 함께 시간을 보내면서 새로운 것을 배웠습니다. 병원에서는 휠체어를 밀어 주고 환자를 부축하기도 했고요. 나날이 의젓해지는 거예요.

단원들이 다른 활동도 많이 하지 않습니까. 스키, 승마, 수상스포츠, 서바이벌게임, 극기 훈련 등과 사물놀이팀 같은 동아리 활동도 한다고 들었습니다.

리더의 소양을 쌓는 훈련이라고 생각하고 지원했습니다. 1997년에는 단원들이 인천시와 자매결연 맺은 필라델피아까지 가서 홈스테이했지요. 그 뒤로 일본, 호주, 유럽 등지로 연수를 보냈습니다.

가천미추홀봉사단은 1997년 12월 가천미추홀청소년봉사단으로 명칭이 변경됩니다. 그러면서 어린이대(초등학생)가 청소년대(중학생)로, 또 한벗회(고등학생), 가천회(대학생)로 확대됩니다. 그 사이 학부모의 요청에 따라 어머니회, 아버지회 모임도 신설됐고요. 근년에 32기 신입 단원을 모집했는데 지금도 봉사단에 대한 애정이 특별하신 것 같습니다.

그러고 보니 1기가 벌써 마흔이 훌쩍 넘어 버렸습니다. 1기 중에는 의사가 돼서 우리 길병원에 근무하는 이도 있고요. 서울대학교, 공군사관학교, 하버드대학교 같은 데를 들어간 새싹들도 많지요. 그들이 멋지게 잘 자라는 것이 가장 큰 보람 중의 하나입니다.

백령도라서 인수한 백령길병원

:

1995년 6월 15일 백령길병원 개원식이 열렸습니다. 병원 인수는 2월에 하시고 진료는 3월부터 시작됐는데요. 개보수 공사를 병행하면서 11억 4천만 원 상당의 최신 의료장비를 갖추게 됐습니다. 이때도 양평길병원과 철원길병원은 계속 적자였지 않았나요?

그걸 다 감수한다는 생각으로 인수한 건데요. 두 병원을 합쳐 매년 3, 4억은 됐던 것 같습니다. 나중에 그 돈으로 땅을 샀다면 큰 부자가 됐을 거라는 우스개를 했어요. (웃음)

백령길병원은 원래 백령도 적십자병원이었습니다. 정부의 지원이 줄어들어, 적자 폭이 늘어나 대한적십자사가 운영을 포기한 병원이었는데요. 더구나 백령도는 그야말로 너무 먼 외딴섬이고 북한에 인접한 접적(接敵) 지역이 아닙니까. 인수 결정을 내리는 데 쉽지는 않았을 것 같습니다.

1994년에 처음 인수해 달라는 제의를 받았는데, 그런 문제들로 선뜻 내키지는 않았습니다. 하지만 백령도라서 인수를 결정했습니다. 제가 백령도 환자 한 분을 잊지 못했거든요.

백령도였기 때문에 인수 결정을 내렸다는 말씀입니까?

_____ 백령길병원에서. 인천 중앙길병원을 연결한 원격화상 진료시스템을 점검하고 있다. (1995년)

이길여 산부인과 시절에 백령도에서 온 환자를 받은 적이 있는데요. 보통 백령도에서 오면 다 죽어가다시피 해서 옵니다. 그때는 백령도에서 인천까지 오는 데 꼬박 하루가 넘게 걸렸잖아요.

인천항에서 228킬로미터로 나오니, 지금도 멀긴 하지요.

그 여성은 자연 유산으로 출혈이 멈추지 않았습니다. 의학적으로는 사망한 상태나 다름없었어요. 간호사에게 "어서 혈액을 받아오라" 하고, 하트만용액(Hartman Solution, 혈액 감소 시에 보급 및 대사성 산증을 보정하는 약)을 투여했습니다. 그때는 긴급 수혈이 필요한 환자가 오면 간호사가 인천 혈액원까지 뛰어갔다가 왔어요. 다행히 거리가 멀지 않아 10분 정도 걸렸습니다.

환자는 살아났습니까?

기적이었습니다. 환자의 맥박과 혈색이 정상으로 돌아왔을 때 만세를 부르고 싶은 심정이었습니다. 간호사들도 거의 축제 분위기였고요.

백령도 환자에 대한 연민으로 적십자병원을 인수하셨지만 백령길병원도 매년 적자를 기록하지 않았습니까.

양평과 철원보다 적자 폭이 더 컸습니다. 해마다 4~5억 정도였어요. 하지만 국내 최초로 원격화상 진료시스템을 백령길병원에 구축한 것은 지금도 자부심을 느낍니다. 백령도 주민에게 육지나 다름없는 의료 서비스를 제공할 수 있었잖아요. 1998년에는 물리 치료실을 개설해 섬 주민들이 24시간 이용할 수 있게 했지요.

여러 미디어가 백령길병원의 개원을 기사화하면서 원격화상 진료시스템에 대해 보도했습니다. 특히 정보화 캠페인을 전개하고 있던 〈조선일보〉는 1995년 7월 12일자에 '백령도에서 「육지 의사」 진찰받는다'라는 제목의 기사를 싣기도 했습니다.

당시로선 획기적인 시스템이었습니다.

백령길병원이 다시 한번 화제가 된 것이, 2000년 의약 분업에 반발한 '의사 파업' 때였습니다. 2000년 6월 22일 〈매일경제〉는 "의사 폐업에 아랑곳하지 않고 환자들을 돌보고 있는 병원이 있어 화제다. 서해 최북단에 위치한 백령도 유일의 병원인 백령길병원이 바로 그곳. 그곳에 있는 4명의 전문의를 포함해 20명의 직원들은 여느 때처럼 환자들을 대하느라 분주하기만 하다"고 썼습니다.

당연한 일 아닌가요? 사람 생명을 위해 촌각을 다투는 의료인이니까요.

백령도에 가 본 사람은 지금도 지역 주민이나 공무원, 군인 아니면 드뭅니다. 몇 번이나 다녀오셨습니까?

서너 차례 갔어요. 그때는 백령도를 오가는 배가 지금처럼 큰 페리 선박이 아니었습니다. 어느 날은 백령도에 갔다가 밤에 배를 타고 돌아오는데 하이힐을 신은 채로 배와 배 사이를 멀리뛰기로 건넌 적도 있었습니다. 한 번에 오고 가는 것도 아니고 갈아타기도 했던 겁니다.

백령도는 효녀 심청의 고장입니다. 『심청전』에 나오는 장산곶, 인당수, 연화봉 등은 백령도나 그 인근에 실존하는 지명이지요. 백령도에 '심청 동상'을 세우시지 않았습니까.

저만큼 '심청전'에 대해 애착을 가진 사람도 드물 겁니다. 다들 '심청전'의 역사적 디테일을 모를 거예요.

효녀 심청이가 봉사인 아버지를 눈뜨게 하려고 공양미 300석에 팔려, 인당수에 뛰어들었다는 줄거리지요?

우리나라 고전 소설은 줄거리와 주제만 갖고 판단해서는 안 돼요. '심청전'의 진정한 묘미도 디테일에 있거든요.

2020년에 한국관광공사 광고에 등장해 세계적으로 수억 회 조회 수를 기록한 '이날치 밴드'의 〈범 내려온다〉가 떠오르네요. 『별주부전』의 한 대목을 가사로 만든 노래인데요. 호랑이가 토끼 '토선생'을 '호선생'으로 잘못 알아듣고 산에서 내려와, '별주부'로부터 봉변을 당하는 내용입니다. 『별주부전』에 그런 디테일과 재미와 해학이 있는지 저도 처음 알았습니다.

『심청전』에도 그런 게 다 있어요. 우리 어머니가 마을 사람들에게 『심청전』을 읽어 주실 때 저도 같이 들었잖아요. 저에게 『심청전』은 어머니의 스토리텔링 추억, 그 자체였습니다. 그러니 백령종합고등학교 교감 선생님이 '심청 동상'을 세웠으면 좋겠다고 해서 흔쾌히 동의했습니다. 마침 인천시 옹진군도 심청각을 건립하기로 해서 그 앞에 동상을 세우면 안성맞춤이었지요.

1999년 10월 21일 심청각 개관식과 '심청 동상' 제막식이 열렸는데요. 한 달 전인 9월 21일 〈동아일보〉에는 '현대판 효녀 심청을 찾습니다'라는 제목의 기사가 실립니다. '심청 효행상'의 주인공을

_____ 백령도 심청동상 제막식(1999년)

찾는다는 내용인데요. 심청각, 심청 동상, 심청 효행상, 삼위일체가
이뤄졌다는 느낌입니다.

　효행상까지 만들면 좋겠다는 생각이 들어 제정하게 됐습니다. 효행
상을 제정하기 한 해 전에 어머니가 돌아가셔서 어머니를 기리는 마
음도 있었고요. 어머니 역시 지극한 효녀이자 효부(孝婦)여서 상의 취
지에도 맞고요.

　'심청 효행상'은 가천문화재단이 시작부터 매년 시상하고 있고,
2021년까지 24회 수상자가 나왔습니다. 지금은 '심청 효행상' 대상
을 남학생까지 확대하고 '심청 다문화 효부상', '심청 다문화 도우

미상'도 수여하고 있는데요. '심청 효행상'은 올해부터 가천효행대상으로 명칭이 변경돼 현재까지 이어져 오고 있지만 백령길병원은 2001년 6월 문을 닫게 됩니다.

그 무렵에는 정부와 자치 단체의 힘으로도 감당할 만해져 인천시가 맡았습니다. 사실 도서 벽지의 의료 시설은 처음부터 공공 부문이 담당해야 할 몫이었는데요. 민간인 우리가 맡아 나름대로 최선을 다한 후에 지자체가 바통을 이어간 겁니다. 그만큼 우리나라가 발전했다는 의미가 되니까요. 양평과 철원도 자립 기반이 좋아져서 순리대로 독립해 나갔습니다.

'훈 할머니'와 '정신대'

1990년대부터 '의료 법인 길의료재단'은 종합 병원의 역할에 머물지 않고 '종합 의료 센터'로서의 기능을 수행하기 시작합니다. 예를 들어 여성 클리닉센터, 인천한방병원, 심장센터, 생명공학연구소, 안·이비인후센터 등이 1990년대에 잇따라 설립되는데요. 그 시작이 1994년 4월 18일 개원한 여성 클리닉센터였다는 사실이 의미가 깊은 것 같습니다. 길병원의 모체가 산부인과 의원이었으니까요.

국내 최초의 여성 질환 전문병원이었습니다. 이상한 표현이 될지 모르겠지만 전혀 병원 같지 않은 병원을 짓고 싶었어요. 아늑한 분위기와 시설, 철저한 서비스로 여성만의 편안한 공간을 지향했습니다.

개원식 날, 기념사에서 "국내 최고의 여성 전문 의료 기관을 세우겠다던 꿈이 이루어져 기쁘다" "이 여성 클리닉센터가 한 가정의 구심점이 되는 여성의 건강을 돌보아 건강한 가정, 건전한 사회, 힘 있는 국가를 만드는 원동력이 되길 바란다"라고 하셨습니다. '힘 있는 국가'라는 대목이 인상적입니다.

'눈 떠보니 선진국'이라고 한다던데 마침내 우리나라가 힘 있는 국가, 세계 10대 교역국이 됐잖아요. (웃음) 이렇게 되는 과정에 여성이 얼마나 크게 기여했습니까? 세상의 절반이 여성이지만, 반 이상을 이바지했을 겁니다.

여성 클리닉센터를 개원하면서 '여성 토털케어'라는 개념을 내세우셨습니다. 지금은 너무나 익숙한 용어가 됐지만 '토털케어'가 처음 등장한 것이 거의 여성 클리닉센터 개원 때던데요.

지나고 나면 너무 당연하게 받아들이는 것이 많지요. 백령길병원 화상 진료시스템만 해도 지금 관점에서는 '그게 별거라고?' 할 수 있는 일이잖아요. 제가 그런 피해를 많이 받았습니다. (웃음)

_____ 길병원 여성 클리닉센터에서 1997년 훈할머니와

　캄보디아의 '훈 할머니' 이야기를 빼놓을 수 없겠는데요. 여성 클리닉센터 입원 환자 가운데 가장 유명하고 사회적으로 주목을 받았던 분인 것 같습니다. 훈 할머니는 18세 때 일본군 '위안부'로 끌려가 해방 후에도 귀국하지 못하고 캄보디아에 정착했습니다. 54년 동안 캄보디아에 살면서 우리말을 까맣게 잊어버렸고 한국 이름이 '오니', 고향이 '진동'이라는 사실만 기억했습니다. 할머니의 존재가 한국에 알려진 것은 1997년 6월입니다.

　아련한 기억입니다. 그런데 일본군 '위안부'가 합법적인 매춘부였다고 주장하는 사람들은 도대체 왜 그러는 건가요?

　일본군부가 위안부 강제 동원을 주도했다는 역사적 사실을 감추고 싶어 하는 오늘날 일본 정부 입장 때문에 그렇고요. 하버드대 램지어 교수는 미쓰비시 등으로 대표되는 일본 자본에 휘둘린 사례라고 봐야 되겠지요.

역사는 날조할 수 없습니다. '정신대'에 끌려가지 않기 위해 얼마나 조혼이 성행했습니까. 우리 마을 주변 이야기는 제가 증언해 줄 수도 있어요.

일본군 '위안부'로 끌려가지 않으려고 처녀가 첩으로 들어갔다는 이야기는 해 주셨습니다. 그런 증언을 해 주실 분들이, 고령 나이로 점점 사라져 가고 있는 현실입니다. 훈 할머니에 대한 보도가 이어지고 훈 할머니를 한국에 모셔 고향과 가족을 찾아 주자는 움직임이 일어났습니다. 처음 귀국한 날짜가 1997년 8월 4일, 이날 길병원에 입원해 건강 진단, 심리 치료 등 특별 진료를 받았습니다. 어떻게 길병원이 훈 할머니를 진료하게 된 건가요?

언론으로 접하는 할머니의 사연이 너무나 기구했습니다. 모국어를 잊어버리고 자신의 이름과 고향도 정확하게 기억하지 못할 정도인데, 심지어 '지원금을 노리고 한국인인 척한다'라는 식의 보도도 있었잖아요. 어떻게든 제 손으로 치료를 해드리고 싶었습니다. 마침 훈 할머니의 임시 숙소가 인천 부평에 마련됐고, 길병원 여성 클리닉센터의 시설과 서비스가 국내 최고 수준이어서 우리 병원으로 모실 수 있었습니다. 특별팀을 꾸려 최선을 다해 진료했습니다.

1994년 7월 21일 동인천길병원 내에 동국대학교 인천한방병원이 개원합니다. 국내 최초의 양·한방 협진이었는데요. 한의학을 의학으로 인정하지 않는 양의(洋醫)도 꽤 있는 것 같은데 원래 한의학에 관심이 있으셨습니까?

저는 항상 한의학에 대해 우호적이었습니다. 서양 의술의 관점으로 설명할 수 없다고 해서 의학이 아닌 것도 아니고요.

동국대학교 인천한방병원은 길의료재단이 1998년 경원학원을 인수하면서 병원명이 바뀌게 됩니다. 경원학원 재단 내에 경원대학교 서울한방병원이 있었기 때문입니다. 1999년 1월 31일 동국대 인천한방병원이 철수하고 2월 1일부로 같은 자리에 경원대학교 인천한방병원이 문을 열었습니다. 경원대 인천한방병원은 2008년 4월 경원대 길한방병원으로 이름을 바꾸고 이 이름으로 2009년 3월 서울 송파동의 서울한방병원과 통합 개원합니다. 서울한방병원이 길한방병원으로 이전하는 형식이었습니다.

그렇습니다. 되돌아보니 과정이 복잡했군요.

_____ 길병원 심장센터 개원식(1995년 4월). 개원식을 겸해 국제 심혈관중재술 실황생중계 심포지엄이 열렸다.

세계 최고 수준이 된 한국 의료

•
•

　길한방병원은 길의료재단의 모태인 동인천길병원 내에 있기 때문에 다소 복잡하지만 그 역사를 짚어 봤습니다. 그런데 아직도 좀 남은 부분이 있습니다. 경원대 길한방병원은 가천대학교가 출범하면서 '가천대 부속 길한방병원'으로 명칭이 변경되어 오늘에 이르고 있습니다. 편의상 이 이름으로 통일하기로 하고 이제 다음 질문을 이어가겠습니다. 1995년 4월 7일 심장센터가 개원했는데요. 앞서 여성 클리닉센터의 경우도 마찬가지였지만 길병원 내에 공간을 마련해 센터를 만든 것이 아니라 건물 하나를 더 지은 거죠?

나중에 뇌과학연구소, 암·당뇨연구원 같은 곳도 다 그렇게 지었습니다. 평균적으로 3년에 건물 두 개 정도 세웠을 겁니다. 인천 시민들이 길병원 크는 소리에 잠을 못 잔다는 우스개도 나왔으니까요. (웃음)

심장센터는 어떻게 만드시게 된 건가요?

제가 우리 병원에 온 의사들에게 늘 강조했던 게 두 가지였습니다. 하나는 '박애·봉사·애국'이고, 다른 하나는 '인천 시민의 건강을 책임진다는 자세로 일하자'라는 것이었어요. 그런데 어느 날 흉부외과 과장이 심각한 표정으로 나를 찾아와서 대뜸 묻는 거예요. '이사장님, 길병원은 인천 시민의 건강을 지키기 위해 존재한다고 하시지 않았습니까?' '당연하지요.' '그런데 왜 인천 시민이 심장병 때문에 서울로 올라가다가 죽습니까?' 인천에 심장센터가 없기 때문에 위급한 환자가 서울로 이송되다가 도중에 사망하는 사례가 많다는 이야기였습니다. 큰 충격을 받았습니다.

1998년 문을 연 심장센터는 지하 3층, 지상 7층 규모였고 공사비는 200억 원이 넘게 들었습니다. 국내에서는 1991년 개원한 세브란스병원 심혈관센터에 이어 두 번째였고, 국내 최대 규모의 심장 전문 병원이었습니다. 부산과 대구보다 인구가 적은 인천에 심장센터가 탄생한 거예요. 개원식 행사로 심혈관 중재술 실연(實演) 국제심포지엄이 인터넷을 통해 전 세계에 생중계됐습니다. 심혈관

중재술은 칼로 절개하지 않고 혈관 속으로 튜브를 넣어 심혈관 질환을 치료하는, 당시로는 획기적인 기법입니다.

정확히는 심근경색 같은 관상동맥 질환의 새로운 치료법으로 고안된 풍선확장술 등을 소개한 심포지엄이었는데요. 수술실과 심포지엄실이 원격화상 시스템으로 연결되어 실시간 토론이 이어졌습니다. 인터넷으로 이 장면이 세계로 전송됐지요. 원격화상 시스템은 심장센터보다 두어 달 뒤에 개원한 백령길병원에도 적용됐습니다.

당시 보도에 따르면 혈관 확장용 기구인 스텐트를 처음 발명한 미국 게리 루빈 박사와 심혈관 초음파 권위자인 미국 스테판 걸프 박사 등이 참석했다고 하는데요. 세계적인 관심을 받았던 모양입니다.

심혈관 중재술 시연을 생중계한 것은 아마 세계 최초였을 겁니다. 당연히 세계적인 주목을 받았습니다. 국내외 학자와 의사 200여 명이 참석했던 것으로 기억합니다.

이후 심장센터의 성과가 이어집니다. 국내 최초의 성공 사례만 꼽아 보더라도 심근 성형 수술, 다(多)장기 적출 동시 이식 수술, 심장 성형 수술, 심장·폐 동시 이식 수술 등이 있는데요. 어떤 수술이 가장 기억나십니까?

모두 우리 식구들이 한 '위업'이라서 하나만을 꼽을 수는 없을 것 같고요. 심장 센터와 직접적인 관련은 없는 일화이긴 한데 이런 일이 있었습니다. 심장 센터에서 마주친 어떤 중년 남성 환자가 저에게 반갑게 인사하면서 "너무나 고맙습니다"라고 거예요. 옛날에 부인이 길병원에서 무료로 수술을 받았다고 하면서 "그때는 돈이 없어서 무료로 수술을 받았지만, 이번에는 돈을 내고 나갈 겁니다"라고 해요. 그때 낳은 아이가 연세대에 다닌다고 했습니다. 제가 얼마나 기분이 좋았겠습니까. (웃음)

그런 일을 자주 겪지 않았습니까?

1980년대까지는 일상이었습니다. 그러다가 병원이 커지고, 직접 환자를 볼 시간이 부족해지니까 내가 돌본 나의 환자가 점점 줄어들어 갔습니다. 그건 참 허전했어요. 그래도 2000년대 초까지는 그런 기쁨이 자주 있었습니다.

그런 일을 겪을 때마다 주위의 의사나 간호사에게 "봤지? 여기 증인 있잖아? 내가 이런 사람이야"라고 하시지 않았습니까? (웃음)

그랬었나요? (웃음)

심장센터에 이어 국내 최대 규모의 안·이비인후센터가 개원한 것이 1998년 7월 6일입니다. 지하 3층, 지상 9층 규모였습니다. 종합 병원이 이렇게 안과와 이비인후과 전문 병원을 크게 지은 것은 매우 드문 사례인데요.

그것도 사연이 있는데요. 중앙길병원 개원할 때 제가 '의사로서 크고 싶은 사람은 다 와라. 내가 키워 주겠다'고 공언하고 다녔거든요. 심장 센터 소장을 지낸 신익균(申翼均, 나중에 길병원 병원장 지냄) 박사도 그때 영입한 인재였습니다. 신익균 박사가 언제 우리 식구가 됐지요?

신익균 박사는 미국 마이애미대학교 심장내과 연구원으로 재직하다가 1988년 길병원 심장내과 의사로 왔습니다.

신익균 박사가 제시한 조건이 심장센터를 지어 주면 길병원으로 오겠다는 것이었는데 그것도 제가 심장센터를 세운 이유 중의 하나였습니다. 그래서 약속을 지켰더니 어느 안과 의사가 자기 분야도 키워 달라고 하는 거예요. 그래서 그림을 그려 오라고 했습니다.

계획을 세워 오라는 뜻이겠지요?

가져온 계획서가 마음에 들지 않았습니다. 규모가 너무 작았어요. 그 정도 규모로 어떻게 동양 최대의 안과 전문 병원이 될 수 있겠느냐고 퇴짜를 놨습니다. 계획을 수정해서 이전보다 몇 배 큰 규모로 안과 센터를 짓기 시작했는데 차흥억(車興億) 박사가 '우리 이비인후과도

1999년 12월 개원한 인천·서해권 응급 의료센터. 권역응급 의료센터로서 국내 최고의 위상을 자랑하고 있다.

키워달라'고 해서 안·이비인후센터가 된 겁니다. 이런 게 단순히 시설만을 키우는 게 아니거든요. 사람을 육성하는 겁니다. 사람을 키우는 게 나의 뿌듯한 보람이고 책무라고 생각합니다.

안과와 이비인후과가 합쳐진 것이 조금 의아했는데 그런 곡절이 있었네요. 안·이비인후센터 개원으로 길병원 전문 병동의 병상은 여성 클리닉센터 192개, 심장센터 141개, 안·이비인후센터 82개 등 총 1천 352개로 증가했습니다. 이 무렵 중앙길병원은 총 병상 수를 1천 552개로 늘리는 대규모 확장 계획을 발표했는데요. 1990년대 길병원의 발전은 눈부시다고 말할 수밖에 없을 것 같습니다. 1990년대의 대미(大尾)를 장식한 것이 1999년 12월 8일 인천·

서해권 응급 의료 센터의 개원입니다.

우리 길병원이 국가로부터 인정받고 책임을 부여받았다는 점에서 뿌듯했습니다. 그것도 제일 먼저 선정된 거라서 의미가 더 컸지요.

보건복지부가 부산대병원, 전남대병원, 경북대병원과 함께 길병원을 권역별 응급 의료센터로 지정한 것이 1995년 12월입니다. 그 후에 나머지 8개 권역의 대상 병원이 차례로 지정됐고 현재는 전국적으로 총 38개의 권역별 응급 의료센터가 있습니다. 길병원의 권역별 응급 의료센터 기공식은 1997년 6월에 있었는데요. 이때부터 국내 최초의 선진국형 응급 의료센터를 지향했습니다. 성공했다고 보시는지요?

물론입니다. 지금 국내 최고의 권역 응급 의료센터 아닙니까. 국내 최고면 세계 최고 수준이고 선진국형 이상입니다. 한국의 의료 수준이 세계 최고 수준이니까요.

한국 의료가 세계 최고 수준이 된 건 언제라고 생각하십니까?

글쎄요. 꽤 오래된 것 같은데…… 아, 그러고 보니 생각나는 일화가 있네요. 인천아시안게임이 열린 게 2014년이었나요?

그렇습니다.

그때 어느 싱가포르 선수가 급성 맹장염에 걸려 우리 길병원에서 수술을 받았습니다. 싱가포르 측이 처음엔 우리 기술을 못 믿어서 특별 비행기로 싱가포르에서 최고라는 의사를 보냈습니다. 우리가 맹장 수술을 이렇게 할 계획이라고 설명하니까 그 의사가 깜짝 놀라는 거예요. 우리는 이미 맹장 수술을 내시경으로 원포인트로, 한 번에 하고 있었거든요.

싱가포르는 그 수준에 이르지는 못했나 봅니다.

그렇지요. 우리는 당연하다고 생각하는데 외국인들이 먼저 차이를 알아본 겁니다.

의료 한류라고 할 수 있겠네요.

그렇게 보면 2010년 전후에 이미 우리 의료 수준이 세계 최고 수준으로 올라섰다고 볼 수 있을 것 같습니다.

서울대 의대 동창회장과 '성공시대'

●
●

길병원 응급 의료센터의 개원 당시 규모는 지하 2층, 지상 13층이었습니다. 옥상에는 헬기장이 설치됐고요. 서해 도서 등지에서 발생하는 응급 환자를 헬기로 수송할 수 있도록 했습니다. 시설은 나무랄 데가 없는 듯한데 시스템은 어떠했습니까?

시설도 좋았지만, 시스템이 훨씬 더 자부할 만했습니다. 이전에는 응급 환자가 3~4단계에 거쳐 진료를 받았거든요. 여러 가지 필수 검사장비를 설치해서 그 과정을 1~2단계로 줄였습니다. 그걸 '쇼트트랙'이라고 했어요. 그리고 응급실도 '레드' '오렌지' '그린' 3개 구역으로 구분했습니다. 환자를 위급 상태에 따라 분류해 신속히 치료가 이뤄질 수 있도록 했습니다. 함께 운영한 '1339 응급 의료 정보센터'도 획기적이었습니다. 구조 요원들이 환자를 이송하는 과정에서 응급 조처를 하거나, 환자의 상태를 전문의에게 시시각각 화상으로 전달했지요.

길병원 응급 의료센터는 2002년 보건복지부의 응급 의료센터 평가가 시작된 이후 현재까지 20년 동안 줄곧 최우수 기관으로 선정됐습니다. 2016년에는 길병원 병원장이 국내 응급 의료체계를 선진국 수준으로 향상시킨 공로로 국민 훈장을 수훈했고요.

국내 최고 수준이라고 자부할 만하잖아요. 자랑스러운 일이지만 앞으로도 더 잘해야지요.

응급 의료센터 이야기를 한 김에 권역 외상센터에 대해서도 여

_____ 서해 낙도 응급환자 수송을 맡은 길병원의 '닥터 헬기'. 배를 타고 인천에 오다 변을 당하는 낙도 주민들을 살리기 위해 도입되었다.

쬐보겠습니다. 길병원은 2011년 6월 외상외과를 신설했고, 같은 해 9월부터는 응급 의료 전용 헬기인 '닥터 헬기'를 운항하기 시작했습니다. 우선 '닥터 헬기'는 총장님의 참으로 오랜 꿈이었지요?

그렇습니다. 서해 낙도에서 길병원까지 환자 이송에 너무 시간이 걸리지 않습니까. 영종도 산모가, 내가 도착하기도 전에 숨진 비통한 기억도 그렇고요. 닥터 헬기는 병원선(船)과 더불어 나의 꿈이었습니다. 그런데 미국은 제가 유학을 떠난 1960년대에도 이미 '닥터 헬기'를 운항하고 있었습니다.

일본도 길병원이 도입하기 4, 5년 전부터 '닥터 헬기' 운항을 개시한 것으로 알고 있습니다.

제가 '닥터 헬기'를 운항 중인 일본 가와사키병원을 시찰한 것도 그 이유에서였습니다. 우리나라만 못하고 있는 것을 보면서 부럽기도 하고 분하기도 했지요. 어느 날 병원장에게 전화를 걸었더니 보건복지부 담당관을 만나러 간다는 거예요. 그래서 당장 차를 돌려 '나도 같이 만나자'고 달려갔습니다. 담당관을 설득하고 강력히 밀어붙여 '닥터 헬기'를 국내 최초로 도입할 수 있었습니다.

그런 일이 있었군요. 길병원은 2012년 11월 권역외상센터로 선정되고, 2014년 7월 21일 권역외상센터 개소식이 열렸습니다. 국가가 지정한 우리나라 최초의 권역외상센터였습니다. 최초라는 타이틀을 달게 된 원동력은 뭐라고 생각하십니까?

응급 의료센터를 봐도 알 수 있듯이 그만큼 축적이 있었던 거지요. 시설과 인력도 국내 최고 수준이고요. 외상외과 신설과 '닥터 헬기' 운영 등을 통해 경험을 쌓으면서 꾸준히 준비한 것도 우리가 국가 지정 권역외상센터를 최초로 오픈할 수 있었던 이유라고 봅니다.

잠시 화제를 돌려 보겠습니다. 1995년 6월 21일 방영된 MBC '명사 가요초대석'에 출연하셨습니다. 각계의 명사가 출연해 노래를 부르고 사회자 등과 대담을 하는 프로그램이었는데요. 이날 〈봄날

은 간다〉를 부르셨습니다. 잘하고 싶어서 한 일주일은 연습하셨을 것 같습니다. (웃음)

아, 노래는 조금 하는 편인데. (웃음)

저도 얼마 전에 이 프로그램을 비서실이 MBC로부터 구한 비디오를 통해 시청했습니다. 잘 부르시던데요. 성량도 풍부하시고요.

어머니가 워낙 목청이 좋으셨어요. 그건 조금 닮았나 봅니다.

총장님이 이 프로그램의 출연 섭외를 받은 이유 중의 하나가 1995년 3월 19일 서울대 의대 동창회장에 선출됐기 때문이라고 생각합니다. 서울대 의대 동창회 역사상 여성이 회장에 선출된 것은 처음이었지 않습니까. 그래서 화제가 됐고요.

처음이자 마지막 여성 동창회장입니다. 현재까지는요. 의대 역사상 '일대 사건'으로 여겨졌어요.

그랬을 거 같아요. 제가 서울대 의대 역사를 조사해 봤기 때문입니다. 서울대학교는 공식적으로 경성제국대학을 전신(前身)으로 인정하지 않지만, 서울대 의대는 경성제국대학은 물론 대한제국 시절의 '관립 의학교'까지 그 역사를 소급하고 있습니다. 그만큼 전통을 중시한다는 의미가 되고, 또한 보수적이라는 뜻도 됩니다.

총장님 이전의 동창회장은 대부분 경성제국대학 의학부 출신이었는데 총장님은 그렇게 보수적인 서울대 의대 동창회에서 회장이 되었으니까요.

저는 전임 강신호(姜信浩) 회장(동아제약 창업, 전 전경련 회장) 때부터 부회장으로 활동했거든요. 그런 활동이 회원들로부터 인정을 받은 것 같습니다.

동창회장 선출 직후 〈조선일보〉와 인터뷰를 하셨습니다. 이런 말씀을 하셨는데요. "여성만의 조직이 아닌, 동창회장에 취임한 만큼 남자들보다 더욱 열심히 일해 여성의 사회 진출 활성화에 한몫하겠다." "동창 간의 화합이나 친목 도모, 모교 발전 기여 등이 동창회의 주요 업무지만 기금 조성을 통해 의학 연구 지원이나 장학 사업 등 사회봉사 활동도 적극적으로 펴 나가며 여성 회장의 매운맛을 보이겠다." 보수적인 동창회 분위기 속에서 어떻게 '매운맛'을 보이셨는지 궁금합니다.

하필이면 왜 여자 회장이냐는 냉소적인 반응이 있었던 것도 사실입니다. 하는 일마다 줄줄이 고생이긴 했습니다만 밀고 나가는 수밖에 없었지요. 우선 회원들이 끈끈한 결속력을 가지고 소속감과 자부심을 느낄 수 있게 하는 것이 중요하다고 봤습니다.

서울대 출신들은 '모래알'처럼 결속력이 없기로 유명하지요. 의사 자격을 지니고 각개약진으로, 펄펄 나는 서울대 의대 출신은 더하면 더 했을 테고요.

제가 여의사회 회장을 해 본 경험이 있지 않습니까. 자리와 책임이 부여되면 소속감을 느끼게 마련입니다. 당시 동문 수가 8천여 명이었는데 임원은 10여 명에 불과했습니다. 이 숫자로는 수동적인 일밖에 할 수 없었지요. 동창회 규모에 맞게 임원과 위원장을 200여 명으로 늘렸고 실무 위원회도 조직했습니다. 200여 명이 자주 모이니까 조직이 안 돌아갈 수가 없었습니다. 동창회에 활력이 붙었고 바둑, 테니스, 등산 동호회 모임도 활발해졌지요.

역대 동창회장의 면면을 살펴보니 대단한 분이 많더군요. 전부를 소개할 수는 없고 초대 회장과 총장님 이전의 몇 분만 언급하겠습니다. 초대 회장 박건원(朴乾源) 선생은 해방 후 강원도 지사, 전라남도 지사 등을 지냈습니다. 6·25때 공군 장교로 참전해 휴전 후 준장으로 전역했고 미국 동성훈장을 받기도 했습니다.

대단하시네요. 그런 경력까지는 몰랐습니다.

총장님 이전의 동창회장은 국회 의원과 보사부 장관을 지낸 문태준(文太俊) 선생이 20·21대(1976~1979) 회장을 지냈고요. 그 뒤로 백낙환 전 백병원 이사장이 22·23대(1979~1983), 전경련 회장을 지낸 강신호 동아제약 창업주가 24~29대(1983~1995) 회장을 지냈습니다. 강신호 회장이 동창회를 오래 이끄셨네요.

12년을 하셨지요. 덕분에 저도 그 기반 위에서 많은 일을 할 수 있었습니다.

총장님은 30~34대(1995~2005), 10년 동안 동창회장으로 재직하셨는데요. 그 기간에 '함춘의학상', 장기려 의도(醫道)상, 함춘대상(大賞) 제정과 '함춘회관' 건립이 가장 굵직한 사업으로 보입니다. 우선 '함춘의학상'은 어떻게 제정하시게 된 겁니까?

조직을 확대하니까 동문의 참여도가 높아지고 여기저기서 아이디어가 쏟아져 나왔습니다. 의료계에 큰 발자취를 남긴 동문을 현창하자는 제안도 그중 하나였지요. '함춘의학상'을 제정해서 1997년에 첫 수상자를 선정했습니다. 1999년부터는 '함춘의학상'과는 별개로 '함춘대상'을 제정해 수여하고 있습니다.

서울대 의대 안에 함춘원(含春苑) 터가 있었지요. 함춘원은 창경궁의 후원(後苑)이었고요. '함춘'이 서울대 의대를 상징하는 말이 된 것은 '봄을 품는다'는 좋은 뜻이었기 때문인 것 같습니다. 회장 임기 끝머리에는 '장기려 의도(醫道)상'을 제정하셨지요?

2004년입니다. 아시다시피 장기려 선생은 '한국의 슈바이처'라고 불리는 분이고요. 그분의 이타(利他) 정신과 헌신을 기리는 상이었지요.

"서울대 의대 졸업장값을 내놔라"

‘함춘회관’을 건립하는 데도 여러 가지 우여곡절이 많았다고 알고 있습니다. 동창회관 건물 하나를 짓는 게 그렇게 어려웠습니까?

길병원 짓는 것보다 훨씬 어려웠습니다. (웃음) 동창회관 건립은 제가 회장이 되어서 공약한 사업이었는데요. 동창회의 단합을 끌어내고 구심점을 만들기 위해서는 ‘우리만의 당당한 공간’이 절실히 필요했기 때문에요.

그런 취지에는 회원들이 전적으로 공감했을 것 같은데요.

서울대 측도 이미 제가 회장이 되기 전에 회관 터를 제공하겠다고 약속한 상태였는데요. 그런데 막상 동창회관을 짓는다고 하니 갑자기 다들 머뭇거렸다고 합니다. 회관 운영이 어려워지면 대학 본부가 뒤치다꺼리를 해야 하지 않느냐고 해서. 그래서 제가 ‘동창회가 동창회관 운영을 못 하면 이길여 개인이 책임을 지고 관리하겠다’라고 문서로 약속했습니다. 또 회관을 20년 동안 동창회가 활용한 후 서울대에 기부채납한다는 합의를 이뤄냈습니다. 그랬더니 이제는 서울대 의대의 교수 몇 분이 반대하고 나섰습니다. 가뜩이나 캠퍼스가 좁은데 무슨 동창회관이냐고 하시면서요.

_____ 2004년 서울대 의대 미주 동창회에 참석해 명(名) 스피치로 동창회관 건립 기금을 크게 모았다.

첩첩산중이었네요.

여러 번 만나서 설득하고 싸웠습니다. 결국 1996년부터 성금 모금에 들어갔습니다. 최소한 30억 원이 필요했거든요.

그 모금이 더 어려웠을 것 같은데요. 단합이 잘 안되는 의사들, 더구나 서울대 출신 의사들 아닙니까.

그걸 걱정하는 분들이 절대다수였습니다. 제가 여의사회 동료들에게 이 이야기를 했더니 "30억? 3억도 어려울 거다. 꿈도 꾸지 말라"는 거예요. (웃음) 전에 말씀드렸던 것처럼 여의사회의 주축은 단합력으로 명성이 높은 이화여대, 고려대 출신들 아닙니까.

고려대야 워낙 유명하고요. (웃음) 이화여대도 그런가요?

저는 자신이 있었습니다. 동창회비를 내는 회원이 200여 명이었는데 이분들이 100만 원씩만 내도 벌써 20억이 넘어요. 당시 이자율이 연 10퍼센트가 훌쩍 넘었습니다. 그러니 매달 8만 원을 내도 1년이면 이자까지 해서 100만 원이 됐거든요. 인턴과 레지던트에게는 30만 원, 50만 원 정도로 모금액을 낮춰 줬습니다. 아르바이트 요원을 고용해 동문들에게 전화를 걸게 했습니다. 자동이체로 한 달에 8만 원씩 나가는 거라니까 다들 거절을 못하더라고요.

동문들에게 '서울대 졸업장 값'을 내라고 하셨다지요?

당신들 다 병원 문 앞에 서울대 의대 출신이라고 걸어 놨을 거 아니냐, 그게 100만 원이면 너무 싼 거 아니냐, 그 값을 내라, 그렇게 설득했습니다. (웃음) 해마다 미주 동창회에 참석해서 호소도 했고요.

최종적으로 얼마를 모금했습니까?

40억 원이 넘게 모였습니다. 미주 동창회에서도 20만 달러가 넘는 돈을 모아 주셨고요.

미주 동창회에서의 즉석 연설은, 그 자리에 계셨던 의대 후배 심영보 박사(의사협회 고문)로부터 생생하게 들은 적 있습니다.

제가 참 인복이 많아요. 무슨 일을 할 때마다 요소요소에서 인재들이 나타나 저를 도와주시거든요. 심영보 박사는 서울 의대 동창회 운영에 많은 도움을 주셨지요. 그런데 뭐라고 하시던가요?

2004년 6월 30일부터 7월 4일까지 펜실베이니아 허시시(市)에서 열린 '서울대 미주동창회 정기총회 및 학술대회'에서 총장님이 하신 연설을 전해 주셨습니다. 이때 미주 동창회 회원 200여 명이 모였다고요.

기억납니다. 우리 쪽에서는 박양실 전 장관, 왕규창(王圭彰) 서울대 의대 학장, 이왕재(李旺載) 부학장, 심영보 박사 등 20여 명이 갔을 겁니다.

'남기고 싶은 이야기'에 쓰셨던 그날 연설 내용을 읽어 보겠습니다. "내가 서울대를 나오지 않았다면 오늘의 내가 있었을까 하고 항상 생각합니다. 여러분도 모교를 나오지 않았다면 이 자리에 없었을 것입니다. 여기 오신 많은 사모님들은 결혼 전, 모두 대단한 분들이었습니다. 여러분이 서울대를 나오지 않았더라면 사모님들이 여러분을 택했을까요? 내조의 힘이 여러분을 미국 상류 사회로 이끌어 냈습니다." 이 대목에서 사모님들의 환호와 함께 박수가 터

져 나왔고요. (웃음)

맞는 말 아닙니까. (웃음) 책에는 그렇게 순화해서 썼지만, 사실은 좀 적나라했지요. '서울대 나와서 다들 잘 먹고 잘 살고 있으니 모교에도 기부금을 내뇌라'는 취지였습니다.

나머지 부분은 이렇게 쓰셨습니다. "그런데 여기선 재산 상속을 미국에서 키운 아이들 모교에 기부하는 경우가 많은 것 같습니다. 한국에선 재산을 자식에게만 물려주려고 하는데 이에 비하면 참 좋은 생각입니다. 하지만 오늘 이 자리에 있게 해 준 여러분의 모교와 모국에 대해서는 어째서 관심 두지 않는지 섭섭한 생각이 듭니다. 여러분이 모교라는 언덕과 울타리에 있었기에 성공했다는 점을 잊지 마시고 모교와 조국을 생각해 주시길 바랍니다."

그러니 "지금 1천 달러씩 내라"는 이야기는 안 나와 있나요?

안 나와 있습니다.

1천 달러씩 내라고 해서 그날 밤에만 4억 원이 약정됐지요. (웃음) 사실 미주 동창회와의 관계가 조금 미묘한 부분이 있었는데요. 한국과 미국의 관계와도 무관하다고 할 수는 없습니다. 한미 관계가 20, 30년 전보다 많이 대등해지지 않았습니까. 지금은 대등해졌지만, 한미 관계와 비슷한 측면이 있던 시절이 분명히 있었습니다.

미주 동창회의 입김이나 자금력이 더 강했다는 말씀이신가요?

그렇습니다. 사실 그날 연설은 즉흥적으로 한 겁니다. 총회 전에 어떤 분과 이야기를 나눴는데, 그분이 아들 학교에는 얼마를 기부하고 딸 학교는 또 얼마를 기부했다고 자랑을 해요. 합치면 100만 달러가 넘었습니다. 자신이나 부인의 모교도 아니고 자식들 다니는 미국 학

_____ 여의사회 주최의 기금 모금을 위한 자선 패션쇼에 모델로 나섰다.

교에 그렇게 많은 돈을 기부했다는 사실에 놀랐고, 솔직히 조금은 화가 났습니다. 그래서 그날 준비된 원고도 없이 그런 연설을 하게 된 겁니다.

심영보 박사가 "즉흥 연설로 그렇게 좌중을 휘어잡고 박수 받는 걸 보고, 여걸(女傑)이 따로 없다고 감탄했다"라면서 고개를 저었습니다. 그런데 2002년 10월 21일 함춘회관 준공식이 열렸습니다. 그 후의 운영은 어떻게 됐습니까?

남은 공간을 임대로 내놓아서 연 2억 원 이상의 수익을 냈습니다. 관리비를 지출하고도 동창회 사업을 펴는 데 큰 보탬이 됐지요. 지금은 회관 운영권이 동창회에서 서울대 의대로 넘어간 상황이지만 임대 수익이 배 이상은 늘었을 겁니다.

함춘회관이 준공된 후 회장직에서 물러나려고 하셨잖아요?

함춘회관이 개관하면서 동창회장으로서의 역할은 어느 정도 다 했다고 보고 길병원 일에 전념하고 싶었습니다. 2003년 정기총회 때 사임 의사를 밝혔지만 동문들이 기립 박수로 재추대를 해 주셨습니다. 딱 한 번 더 했지요. 결과적으로 네 번을 연임한 겁니다.

1998년 4월 17일자 〈조선일보〉에 '서울 의대 재(在)미주 동창, 나라 사랑 방한 행사'라는 제목의 기사가 실렸는데요. 방한 일정이 서울대, 가천의대, 길병원을 방문하고 삼척, 강릉, 부산, 목포 등지를 관광하는 것이었습니다. IMF 외환 위기 직후 한국의 경제 위기 극복을 돕자는 취지였고요.

그런 데 돈을 쓰면 좋잖아요. 나라를 사랑하는 방법은 여러 가지가 있는 겁니다. 언제, 어디서든, 각자의 위치에서 할 수 있는 만큼만.

서울대 의대 동창회장 임기가 끝나기도 전인 2003년 11월 '대한 의사협회 창립 100주년 기념사업회' 위원장으로 위촉되셨는데요. 바쁘셨을 텐데 또 하나의 직책을 맡으셨습니다.

몇 차례 사양했지만, 대한의사협회 김재정(金在正) 회장이 하도 간곡하게 부탁해서 거절할 수가 없었습니다. 여의사협회와 서울대 의대 동창회에서 했던 대로 여러 분과 위원회를 만들고 기념 콘서트, 100년사 편찬, 100주년 기념 학술 대회 같은 행사를 준비했습니다.

기념 행사의 하이라이트 중의 하나가 2006년 1월 서울 하얏트 호텔에서 열렸던 '여의사 자선 패션쇼'라고 생각되는데요. 총장님도 모델로 나섰지요?

쑥스럽습니다. 기념사업 기금 모금을 위한 자선 행사였고요. 마침 여의사회도 창립 50주년이 되던 해여서 20대부터 80대까지 여의사 50명이 모델로 참여했습니다. 저도 앞장섰고요.

간호 대학 인수와 의대 설립 추진

:

1994년 12월 10일 길의료재단이 신명학원을 인수하면서 의과 대학은 아니지만, 간호 대학을 소유하게 됩니다. 큰 소원 하나를 푸신 건데요.

제가 그래서 '간절히 꿈꾸고 뜨겁게 도전하면 운도 자기 편'이라는 말을 하지 않습니까. 제가 1980년에 경기간호전문대학을 인수하려다가 성사 직전에 실패했다는 이야기를 했었지요?

한국 대표단 단장으로 영국 버밍엄에서 열린 세계여자의사회 회의에 참석할 수밖에 없어서 경기간호전문대학 인수가 어그러졌다고 말씀하셨습니다. 경기간호전문대학은 그 후에 경기전문대학으로 교명이 변경됐습니다.

1994년 4월로 기억하는데요. 경기전문대학 임청(任清) 학장이 저를 찾아왔습니다. 학교가 부도 위기에 처했으니, 저보고 인수해 달라고 부탁하는 거예요. 저는 감사했지요. 경기전문대학을 운영하면서 4년 제 대학교로 승격시킨다면 의과 대학도 할 수 있겠다는 생각을 했지요. 그 자리에서 바로 '오케이', 했습니다. 예전에도 말씀드렸지만 저는 운명적으로 경기전문대학을 인수하게 되어 있었던 거예요. (웃음)

———— 신명여고 졸업식. 학생들이 기성(奇聲)을 지르면서 환호하고 안긴다.

지금도 그 기쁨을 반추하시는 것 같습니다.

곧바로 학교에 갔습니다. 그때는 경기전문대학이 신명여고와 나란히 붙어 있었습니다. 두 학교 모두 신명학원, 같은 재단이에요.

그럼 신명여고도 함께 인수하시게 된 거네요?

그렇습니다.

신명학원을 인수한 것이 1994년 12월 10일, 신명학원의 명칭이 가천학원으로 변경된 것이 1995년 5월 23일입니다. 인수 직후부터 두 학교 모두 비약적인 발전이 있었습니다. 비결이 있다면 무엇이었을까요?

학교 발전은 인수 이후의 일이 아니라 학교를 보러 간 날부터 시작됐습니다. 맨 처음 지시를 내린 것은 화장실부터 고치라는 것이었습니다. 여학생들이 쪼그려 앉는 재래식 화장실을 사용하고 있어서 너무 가슴이 아팠거든요. 다 내 자식처럼 키우고 싶었고, 아낌없이 주면 잘 자랄 것이라는 믿음이 있었습니다. 물심양면으로 지원을 아끼지 않은 것이 첫 번째 비결이라면 비결이겠지요.

그전의 경기전문대학은 운동장도 없는 캠퍼스에 3천여 명의 학생이 건물 두 동에 북적이던 학교였는데요. 1995년 8월 22일 지하 1층, 지상 5층 규모의 도서관이 완공됐습니다. 공사비는 50억 원이었고요. 또한 이해에만 경기전문대학 3억 4천 100만 원, 신명여고 1천 500만 원의 장학금이 지급됐습니다. 장학금은 해마다 대상 인원과 금액이 확대됐습니다. 지원이라면 이런 투자를 말씀하시는 것이겠지요?

그런 건 기본 중의 기본입니다. 중요한 건 마음인데 제 마음이 아이들에게 닿은 것 같습니다.

그래서 지금도 신명여고 졸업식에 가시면 학생들이 연예인을 맞는 것처럼 환호하는군요. 저는 2007년쯤에 그 광경을 처음 봤는데 깜짝 놀랐습니다. 요즘 가천대 캠퍼스에 출근하실 때는 여기저기서 같이 사진을 찍자는 학생들도 많고요. 학생들의 눈이 정확한 것 같아요. 정말 학교와 학생을 위하는 재단인지, 아니면 등록금에만 관심이 있는 재단인지는 학생들이 가장 잘 아는 것 같습니다.

제가 학생들에게 인기가 좀 있지요. (웃음) 코로나로 인해 신명여고 행사에 참석하지 못했을 때가 안타까웠습니다.

이렇게 경기전문대학과 신명여고를 가천학원 산하에 둔 상태에서 의과 대학 설립의 길이 열립니다. 정부의 정책이 변경되는 거지요. 교육부는 1996년 8월 6일부로 새로운 대학 설립 운영 규정을 시행하는데요. 이에 따라 대학 신설을 금지해 온 수도권 지역에도 1997년부터는 학부 과정이 없는 대학원과 입학 정원이 50명 이하인 대학의 설립이 허용됩니다. 물론 서울 한복판 같은 '과밀 억제 권역'은 절대 안 되고, 너무 낙후되어 조금 키워야 할 성장 관리 권역이나 자연 보전 권역 내에, 번듯한 교지(校地)와 교사 등 일정한 요건을 갖춰야 한다는 전제는 있었습니다. 사실 이 운영 규정으로 비수도권 중부권에 수많은 대학이 설립돼 요즘 구조 조정의 대상이 되어, 사회적 부담이 되고 있습니다. 하지만 총장님에게는 의과 대학을 설립할 '찬스'가 되었는데요. 바로 의과 대학 설립을 추진하셨지요?

생애 소원 중에서 간호 대학은 성취했고, 남은 건 의과 대학 설립뿐이었으니까요. 곧바로 뛰어들었지요. 지역 기자 출신 한 명을 비서로 뽑은 뒤에 둘이서 기획과 서류 준비를 다 했습니다. 서류 준비하고 설립 신청서 작성하고요.

그때까지도 비서나 보좌진이 없었습니까?

의사 간호사 말고, 누가 있었겠습니까. 원래 그런 문제는 언니와 더러 상의를 하곤 했는데 그때 언니는 차(茶)문화협회 일에 바빠서 대화를 나눌 틈도 없었습니다.

설립 신청서에는 어떤 내용을 담으셨나요?

길병원이 의과 대학을 설립할 명분과 당위성을 가졌고 준비도 잘돼 있다는 내용이었습니다. 사실 객관적으로 봐도 우리가 경쟁자들보다 월등히 우수했습니다. 우리는 취약지 병원과 간호 대학을 운영하고 있었고 기부와 봉사 활동도 많이 했고요. 더구나 우리는 3차 병원이었습니다. 그런 요건들이 충족되고도 남을 정도였어요.

일반 국민은 3차 병원에 대해 잘 모르실 텐데요. 1차 병원은 의원과 보건소, 2차 병원은 병원과 종합 병원, 3차 병원은 상급 종합 병원을 말합니다. 총장님 말씀은 경쟁자 가운데 몇 곳은 2차 병원이었다는 뜻이지요?

그렇습니다.

결과가 여러 언론에 보도됐기 때문에 경쟁자를 언급하지 않을 수가 없는데요. 1996년 10월 25일 교육부는 의료 취약 지역에 500병상 이상의 종합 병원을 설립하는 조건으로 성균관대 의과대학(삼성의료원·수원), 을지의과대학(을지병원·대전), 중문의과대학(차병원·포천) 3개 의과 대학 신설을 인가했습니다. 정원은 40명씩이었고요. 이때 1998년 개교 예정으로 설립 신청서를 낸 길병원의 가천의과대학교도 1998년에 설립하는 것으로 조건부 승인을 받았는데요.

언론에는 그렇게 보도됐지만 실은 우리만 낙방한 거예요. 발표 전날, 교육부에서 오라고 해서 제가 직접 들어갔거든요. 차관실에서 통보를 해 줬습니다. 다른 경쟁자들과 함께 기다리다가 차례대로 들어갔습니다. 순서가 삼성의료원, 차병원, 을지병원, 길병원 순이었습니다.

한곳에 불러놓고 합격자 통보를 개별적으로 해 준 셈이네요.

다들 들어갔다가 기쁜 표정으로 나오는데 저도 잘될 줄 알고 편한 마음으로 들어갔다가, 날벼락 같은 '유예' 통보를 받았습니다. 객관적 지표에서 뒤질 게 없었고, 혼자서 그렇게 맹렬히 뛰었는데…… 앞이 캄캄하더라고요.

충격이 컸겠습니다.

나도 모르게, 책상을 치면서 고함을 질렀습니다. "다른 데보다 못한 점이 있으면 한 가지만 대 보십시오. 단 한 가지만!" "내가 결정권자라면 그런 결정 못 내립니다." "이유를 하나라도 대 보십시오." 얼마나 책상을 쳤는지 나중에 보니 손에 멍이 다 들었더라고요.

이유는 끝내 말하지 못하던가요?

못 하지요. 나라면 그런 결정 못 내린다고 하니까 그분도 한숨을 쉬면서 '저도 그래요' 하더라고요.

그때도 김영삼 정부의 실세가 힘을 썼다는 소문이 돌긴 했었지요.

돌아와서 제가 그랬습니다. "정권 바뀌면 내가 가만히 안 있겠다!"라고요. (웃음) 그런 말을 공공연히 하고 다녔습니다.

1996년 10월이면 '이회창 대세론'이 그야말로 대세이던 때인데요. 국민회의 김대중(金大中) 총재가 대선 후보로 나설 것은 확실했지만 당선은 어려울 것이라는 관측이 지배적이었습니다. 실제로 IMF 외환 위기와 이인제 후보 출마가 없었다면 김대중 후보의 당선은 불가능했고요. 총장님은 정권이 바뀔 것으로 예측하셨습니까?

_____ 1997년 착공한 가천의과대학교(강화도 선두리). 세상에서 가장 아름다운 캠퍼스를 만들어 내라고 건설사에 주문했다.

전혀 못 했지요. 그리고 정권이 바뀐다고 해서 제가 무슨 힘을 쓸 수 있었겠습니까. 그냥 말만 그렇게 한 겁니다.

그래도 공무원들은 혹시 정권이 바뀌면 불이익을 받지 않을까 찜찜했겠는데요.

그랬을지도 모르지요. (웃음) 설립 허가가 1997년 대통령 선거 직후에 났거든요.

가천의대 입학은 인생의 가장 탁월한 선택?

•
•

1997년 4월 가천의대 부지를 선정하셨는데요. 지금은 인천광역시이지만, 당시는 경기도 강화군 길상면 선두리였습니다. 교육부의 불허로 개교가 늦어져 버린 상황인데 부지 선정이 너무 늦었던 것은 아닙니까?

1996년에 작성했던 설립 신청서 그대로 재심사를 받는 게 아니었습니다. 모든 것을 새로 해야 했습니다. 그러다 보니 부지 선정도 다시 할 수밖에 없었습니다. 강화도는 성장(촉진) 관리 권역이어서 대학 설립이 가능했습니다. 인천과 가깝고 당시 강화 초지대교 건설이 예정돼 있었기 때문에 최적의 장소였지요.

강화도도 넓다면 넓다고 할 수 있는데 강화도 안에서 길상면 선두리는 어떻게 찾으셨습니까?

두 가지를 생각했는데요. 하나는 세계로 뻗어 나가라는 의미, 또 하나는 바다가 보이고 산이 있는 캠퍼스라야 한다는 것이었고요.

선두리는 바다 건너 인천국제공항과 영종도가 보이는 곳입니다. 뒤편에는 길상산이 병풍처럼 둘러져 있고요.

무척 마음에 들었습니다. 길상산(吉祥山), 길상면(吉祥面)에 의미 있는 '길(吉)' 자가 들어 있잖아요. 또 선두리(船頭里)에는 '뱃머리'라는 뜻이 있어서 세계로 나아간다는 의미도 되고요. 국내 유명 설계사무소를 선정한 뒤, 그곳에 '세계에서 가장 아름다운 캠퍼스를 만들어 달라'고 부탁했습니다. 실제로 그렇게 됐고요. 설계를 누가 했느냐, 기숙사가 호텔 수준이다, 가서 본 캠퍼스 중에 가장 아름답다, 이런 말을 많이 들었습니다.

하지만 그때부터 또 난관이 있었는데요. 1997년 6월 건설교통부 수도권 정비 심의 위원회의 심의를 거쳐야 했고 그 후 건축 허가를 받아야 했습니다. 교육부는 캠퍼스를 완공한 후에 대학 설립을 허가하겠다면서 11월에 실사를 나오겠다고 예고했습니다. 시간이 너무 없었는데요.

밤낮없이 공사를 진행했습니다. '돌관(突貫) 공사'라는 말을 그때 배웠어요. 의외로 암석이 많아 발파 작업을 계속했지요. 주민들 민원을 설득하는 데도 어려움이 많았습니다. 물리적으로는 거의 불가능한 시간이었지만 길 의료재단과 시공업체 직원들에게 '할 수 있다'는 자신감을 불어넣는 데 주력했습니다.

현장에 자주 가셨겠습니다.

시간만 나면 갔습니다. 지금 표현으로는 '갑질'이 될지도 몰라도.

(웃음) 왜 빨리 안 하냐고, 왜 이렇게 늦냐고 재촉했지요. 급한 마음에.

그런 와중에도 국내에서 아름답다는 캠퍼스란 캠퍼스는 모두 답사 다니셨다고요?

실제로 가보지 않으면, 저 같은 비전문가는 의견을 내기 어렵지요. 나중에 경원대학교 캠퍼스를 재정비할 때도 많은 참고가 됐습니다.

교육부에서 예정보다 일찍 실사를 나왔지요?

그것도 말도 못 합니다. 다 되어 있고, 운동장만 3분의 2 정도밖에 안 됐는데 전체 공정률을 3분의 2로 줄여서 잡더라고요.

『길병원 40년사』에는 교육부의 실사가 10월과 12월 두 번 있었다고 기록돼 있습니다. 이해 대학수학능력시험은 11월 19일, 대통령 선거는 12월 18일에 있었습니다. 이때까지도 교육부의 허가가 나지 않았습니다. 마음이 타들어 갔을 것 같습니다.

지금 돌이켜 보아도 머리가 아픕니다. 보건사회부와 교육부 사이에 약간의 입장 차이가 있었고 김영삼 정부 말기의 미묘한 정치적 상황도 있었을 겁니다. 그래서 늦어진 것 같네요.

최종적으로 설립 허가가 난 것은 12월 27일입니다. 입학생 정원은 50명을 신청했지만 다른 대학과의 형평성을 고려해 40명으로 허가됐고요. 신입생 원서 접수는 1998년 1월 4일부터 6일까지였습니다. 정시모집 '다'군이었고요. 이제는 신입생 선발과 개교라는 과제가 놓여 있었는데 이것도 보통 문제가 아니었습니다. 역시 시간이 너무 촉박했는데요.

관건은 우수 인재를 확보하는 것이었는데요. 정식 인가를 받기 전에는 신문에 신입생 선발 광고를 낼 수가 없었습니다. 인가 전에 교수 초빙 광고를 내서 가천의과대학이라는 이름을 알리는 데 그쳤습니다.

그 광고가 1997년 12월 8일 〈경향신문〉에 실렸습니다. 설립 인가가 나기 20여 일 전입니다. 문구는 "길병원이 설립하는 가천의과대학교가 여러분을 기다립니다"였는데요. 여기서 '여러분'은 신입생이 아니라 '교수'와 '교직원 및 병원 직원'이었습니다. 설립 인가가 나고 이틀 후에야 비로소 신입생 모집 광고가 실립니다. 12월 29일 〈한겨레〉였습니다. 이 광고에는 캠퍼스 전경을 담은 컬러 일러스트와 함께 '98 신입생 특전'이 소개돼 있는데요. 가천의대의 신입생 특전은 주요 언론의 사회면 기사로 보도되는 등 상당한 반향을 불러 일으켰습니다. 전무후무한 특전이었는데요.

기억나지요. 6년 동안 납입금과 기숙사비를 면제해 주는 가천 장학금이 기본이었고, 별도로 성적 상위 10퍼센트 이상 학생들에게 길 장학금을 지급했습니다.

'졸업 후 특전'도 있었는데요. 가천의대 부속병원에서 수련의 활동 보장, 석·박사 학위 취득 후 교수 채용 보장, 해외 자매결연 대학에 유학 기회 부여. 3가지였습니다. 신입생 모집 결과는 요즘 말로 '대박'이었습니다.

저는 모든 게 기적이었다고 생각합니다. 우주선 발사 같은 공정이었지요, 초(抄)를 다투고 나사 볼트 하나만 어긋나도 다 망치고 마는. 캠퍼스 건설 공사부터 설립 허가, 신입생 선발까지 뭐 하나라도 어긋났으면 가천의대의 출범은 불가능했을 겁니다.

원서 마감 결과, 가천의대를 지원한 학생은 당초 예상의 두 배인 1천 597명이었습니다. 경쟁률은 40대 1이었고요. 355~360점대를 예상했던 합격생 수능 점수 평균은 378.69점으로 집계됐습니다. 전국 41개 의대 가운데 서울대, 연세대, 성균관대, 아주대 등과 함께 상위 5위권에 들어가는 높은 점수였습니다.

전원이 우수한 학생이었습니다. 다른 명문 대학에 복수로 합격한 학생이 최종적으로 우리 학교를 선택한 사례도 꽤 있었습니다.

〈매일경제〉에 보도된 내용입니다. 98학번 윤상철 군은 서울대 경제학과, 연세대 의대에도 합격했지만, 가천의대에 들어왔지요. 윤 군은 "명문 대학보다는 교육 시설이나 투자가 많이 이뤄지는 좋은 교육 환경의 대학들이 더 유망하다는 판단에 따라 가천의대에 지원했고 그 판단이 틀리지 않았다고 생각합니다"라고 말했습니다.

시설과 투자는 가천의대가 최고였다고 자부합니다. 기숙사는 2인 1실이었고요. 방마다 펜티엄급 컴퓨터와 전화기가 있었습니다. 강의실에도 1인당 1대의 컴퓨터를 비치했고요. 체육관에는 노래방, 탁구

장, 당구장, 없는 것 빼고 다 있었습니다. (웃음)

지금은 집마다 컴퓨터 한 대씩은 다 갖추고 있지만 1998년 7월 2일 〈동아일보〉 기사에 따르면 당시 우리나라의 가구당 PC 보급률은 29퍼센트에 불과했습니다. 더구나 펜티엄급이라면 학생들이 꿈꾸는 최고 사양이었고요.

아이들이 너무 좋아하더라고요.

캠퍼스 조경에도 관여하셨을 것 같네요. (웃음)

당연하지요. 중앙길병원 지을 때 경험을 쌓지 않았습니까. 언니와 함께 묘목원, 식재원 등을 다니면서 10억 원도 넘는 견적이 나온 조경을 1억 원 내에서 해결했습니다.

첫 입학식에서 "가천의대야말로 내 반세기 의료인생의 결산이자 결정체입니다. 신입생 여러분은 머지않아 가천의대를 택한 것이 인생에서 가장 탁월한 선택 중 하나였다는 것을 확인하게 될 것"이라는 말씀을 하셨습니다. 지금도 가천의대가 총장님 의료인생의 결산이자 결정체라고 생각하시는지요?

그렇습니다. 정말 감개무량한 날이었어요.

가천의대 입학이 인생의 가장 탁월한 선택 중 하나였냐? 그에 대해서는 기회가 되면 졸업생에게 질문하도록 하겠습니다. (웃음)

그렇게 하세요. (웃음)

1998년 3월 가천의과대학 개교와 함께 경기전문대학의 교명은 같은 해 6월 가천길대학으로 변경됩니다. 2000년 3월에는 인천 연수동에 1만 8천여 평 부지에 지금의 메디컬캠퍼스를 세우고, 교명도 가천의과학대학교가 되는데요. 98학번 1회 입학생들이 본과에 진학하는 시점이었습니다. 이에 따라 선두리 강화캠퍼스는 예과 2년, 메디컬캠퍼스와 길병원이 본과 4년 과정을 담당하는 시스템을 구축하게 됐습니다.

강화캠퍼스가 3만여 평 규모였잖아요. 본과생들을 위해 좀 더 넓고 운동장도 있는 캠퍼스를 지어 주고 싶었지만, 매입할 수 있는 부지 자체가 한정돼 있었습니다. 원래 목표는 연수동에 새로운 캠퍼스를 지어 가천길대학은 물론 가천의대 본과 일부를 옮기는 거였지요.

연수동 부지는 어떻게 마련하시게 됐습니까? 인천 시내에 새로운 부지를 마련하는 게 쉽지는 않았을 것 같습니다. 더구나 연수동은 '인천의 강남'이라고 불리는 곳인데요.

신명학원을 인수할 때부터 넓지도 않은 공간에 경기전문대학과 신명여고가 같이 붙어 있는 게 아니다 싶었습니다. 그때부터 경기전문대학이 들어갈 새로운 부지를 찾게 된 겁니다. 그 부지가 현재 가천대학교 메디컬캠퍼스가 들어서 있는 자리예요. 이 부지를 마련하는 데도 행운이 따랐습니다. 임청 학장이 전문대학 부지가 나와 있다고 해서 가 보고, 그 자리에서 바로 사자고 결정했습니다.

그 자리에서 바로 결정하시는 게 불안하지는 않았습니까? 거금을 투입하는 일인데요.

학교 지을 땅을 사는데 불안할 게 뭐가 있습니까. 돈을 아낄 일도 아니었고요. 투자나 투기용으로는 땅을 한 평도 사본 적이 없지만, 학교 지을 땅이고 터무니없는 가격이 아니라면 돈을 아껴 본 적은 없습니다. 강화도에 가천의대를 지을 부지를 알아볼 때도 '비싼 땅이 우리 땅이다. 좋으면 그냥 사자'고 했습니다.

그렇게 연수동 부지에 새로운 캠퍼스가 지어졌고요. 2004년 9월 가천길대학이 기존 간석동에서 현 위치로 이전됐습니다. 2006년 3월에는 가천의대와 가천길대학이 가천의과학대학교로 통합돼 첫 입학식이 열립니다. 여기까지 두 학교의 역사가 간략하게 정리된 것 같고요. 현재의 가천대학교는 가천의대와 가천길대학뿐만이 아니라 경원대학교와 경원전문대학을 통합한 학교인데요. 이쯤에서 다소 골치 아픈 이야기입니다만 경원대학교 인수를 다뤄야 할 것 같습니다.

_____ 가천의대 예비 의사인 제자들과

벌써 씁쓸한 기억이 떠오릅니다. (웃음)

우여곡절 많았던 경원대 인수

●
●

가천의대가 출범한 그해인데요. 1998년 9월 25일 경원학원 이사장으로 선임되셨습니다. 어떻게 경원학원을 인수하게 되셨는지요?

가천의대를 성공적으로 출범시키긴 했지만, 더 크게 발전시키고 싶었습니다. 가천의대는 입학 정원이 단출한 단과대학이어서 한계가 있었습니다. 더 큰 발전을 위해서는 종합대학교의 의과 대학이 되어야 하는데 수도권은 종합대학 설립이 불가능하잖아요.

수도권에서는 종합대학 설립이 금지돼 있지요.

그때는 IMF 외환위기 직후라서 종합대학을 소유한 학원재단들이 경영난을 겪으면서 인수 희망자를 물색하고 있었습니다. 저에게도 여기저기서 인수 제안이 들어왔지만 그런 이야기를 다 할 필요는 없을 것 같고요. 그중 하나가 경원학원이었습니다. 이때는 저도 비서팀이 생겨서 인수 문제를 검토해 보라고 지시했습니다.

경원학원은 1993년 부정 입학 사건으로 사회적 물의를 크게 빚은 바 있는데요. 이 밖에도 크고 작은 불법과 비리 혐의가 언론에 기사화되곤 했습니다. 1998년 7월 초부터는 최원영(崔元榮) 이사장의 횡령 혐의가 보도되기 시작했는데요. 그런 상황인데도 아래에서는 긍정적인 의견을 제시하던가요?

경원대학교가 수도권의 교통이 좋은 곳에 위치해 있어서 발전 가능성이 크다는 의견이었습니다. 경원학원의 부정적인 이미지가 걸림돌

이긴 했지만 저는 자신이 있었거든요. 경기전문대학과 신명여고를 운영해서 발전시킨 경험도 있잖아요. 사심 없이, 아낌없이 지원만 하면 학교가 크는 줄 알았습니다.

곁에서 지켜본 심영보 박사도, 총장님께서 "투명 공정하게 경영만 하면, 이 경원대학교는 명문이 될 거야!"라고 자신하더라는 목격담을 전하시더군요.

그런데, 그럴 줄 알고 경원학원을 인수했다가 곤욕을 치르게 된 거죠. 생각지도 못한, 옛 재단 내부의 법적 분쟁으로.

경원대에 한의학과가 있었던 것도 경원학원 인수를 고려한 하나의 이유가 되지 않았습니까?

그것도 있었고요. 저는 1970년대부터 양한방 통합이 필요하다는 생각을 해 오고 있었습니다.

최원영 이사장을 처음 만난 건 언제였습니까?

1998년 8월로 기억해요. 처음 만난 날, 그분이 "운영하던 회사가 어려워져서 학교 돈 218억 원을 갖다 썼다"라고 털어놓더군요. 제가 그 돈을 채워 주고 학교 부채 60억 원을 떠안아, 학교를 정상화하면 경원학원을 양도하겠다고 했습니다.

당시 최원영 이사장의 친형인 최원석 회장의 동아건설도 퇴출 수순을 밟고 있었습니다. 최 이사장의 제의를 받아들이는 것이 위험할 수도 있겠다는 생각은 안 해 보셨습니까?

그런 생각은 못했고요. 그저 가천의대의 발전만 생각했습니다. 그리고 최 이사장과 이야기를 나누다 보니, 경원대학교와 경원전문대학의 학생들을 도와야 하겠다는 생각이 들어 그날 인수를 결정해 버렸습니다. 최 이사장은 예술인이더라고요.

참, 이해찬 회고록을 보니 그런 대목이 나오네요. 당시 교육부 장관을 했던 그분이 최근에 '꿈이 모여 역사가 되다'라는 제목으로 대담 형식의 회고록을 냈습니다. 거기에 경원대 얘기를 하면서, 최원영 이사장이 음악도 '플루티스트'라고 적었어요.

최 이사장이 서울대 음대 대학원을 나왔잖아요.

예술 쪽에 관심이 많은 분이긴 했습니다. 월간 〈객석〉 대표, 예음 그룹 회장 등을 지냈지요. 이해찬 회고록에 상세한 경위가 나와서 인용해 보겠습니다. "동아건설 회장 최원석의 아우 최원영이 학교 돈 218억 원을 빌려 간 뒤에 부도가 났어요. 못 갚으니 최원영이 배임이 되고, 일본으로 건너가서 오질 않았지. 이사회가 굴러가질 않아 교육부가 임시이사를 파견했어요. 그렇게 되니, 학교를 거저먹으려고 덤비는 사람들이 하나둘이 아니었어요."

당시 담당 교육부 장관의 생생한 기억이로군요.

이해찬 회고록이 이어집니다. "그런데 인천 가천길대학의 이길여 이사장이 나를 찾아왔어요. 작은 대학을 운영 중인데, 수도권에서 제대로 대학교육을 해 보고 싶다고 해요. 그래서 교비 218억을 현금으로 넣어야 한다고 했어요. 납입 후 상호 간 약속 이행 얘기가 나와서, 이해찬-이길여 공동명의로 예금통장을 만들자, 그걸 교육부에 보관해 놓고, 가천길대학을 감사해서 비리가 없는지 보겠다고 했지. 말하자면 그분이 우선 협상권자가 된 거지" 이상은 팩트에 부합하는가요? (웃음)

그분이 총리 하실 때도 '실세 총리'로 유명하고, 워낙 총명한 분이시니, 맞겠지요. (웃음)

이해찬 회고록의 다음 대목도 중요합니다. "현금 납입이 이루어지고, 가천길대학을 감사한 결과도 문제없이 깨끗했어요. 그래서 경원대 새 감사를 맡아 달라고, 천정배 의원에게 부탁하고 이사회도 새로 구성했어요. 그렇게 해서 가천길대학과 경원대가 하나가 된 겁니다. 그로부터 10년쯤 뒤 가천대학교 행사에 축사해 달라는 초청을 받아 가보았지. 학교를 아주 잘 만들어 놓았더구먼. 세계적인 석학을 스카우트해서 연구소도 만들고, 앞으로도 잘 되겠구나 싶었어요."

아무튼 최원영 이사장과의 첫 대좌에서, 이분이 예술 분야에는 소양이 깊지만, 학원 경영은 어떨까 하는 느낌이 들었습니다. 그러면서 거짓말처럼, 3만 개의 눈이 저를 바라보고 있다는 느낌을 받았습니다. 경원대학교와 경원전문대학 학생 수가 대략 1만 5천 명이라고 했거든요. 경원학원을 인수하지 않으면 이 학생들은 어떻게 될까, 걱정이 드는 거예요. 그렇게 인수를 하고 나서, 처음은 모든 게 순조로웠습니다.

교육부는 실사를 거쳐 1998년 12월 7일 총장님의 경원학원 이사장 선임을 승인했고요. 12월 9일자 〈동아일보〉와의 인터뷰에서는 이런 말씀을 하셨습니다. "인재 양성이 제 평생소원입니다. 경원대를 수년 내에 국내 10대 사학(私學)으로 육성하겠습니다." "재단의 등록금 횡령 사건 등으로 수개월째 학내 분규를 겪고 있는 경원대 정상화에 당분간 온 힘을 쏟겠습니다."

학내 분규도 일단은 진정됐습니다. 등록금을 횡령해서 생긴 분규였는데 그걸 원상태로 되돌려 놓았으니까요.

12월 21일 최 이사장이 도피성 해외 출국을 했는데요.

나중에 그 사실을 알게 됐습니다.

경원학원 정상화는 경원전문대학의 입시 경쟁률이 전년보다 두 배 오른 16대 1을 기록한 사실이 증명하는 것 같습니다. 이에 대해 1999년 3월 11일 경향신문은 "교육계에선 이를 두고 「이길여가 투자하는 학교는 정말 다를 것이다」라는 믿음을 학부모들이 갖게 된 때문이라고 분석하고 있다"라고 썼는데요.

학생들에게도 그런 믿음을 주고 싶었습니다. 10년 가까이 재단 비리로 상처를 입은 학생들이었어요. 새로운 재단이 들어왔다고 해서 쉽사리 마음을 열지 않았습니다. 직접 만나 대화하는 것이 최선이라고 생각하고 학생 대표단을 만났습니다. '여러분과 내가 한마음이 되지 않으면 어떠한 계획이나 투자도 소용이 없다, 나를 믿어 달라'고 호소했지요.

그 자리에서 '학원 민주화' 투쟁 과정에서 제적된 학생들을 모두 복학시키겠다고 약속하셨지요? 그리고 약속을 지키셨고요.

사익이 아니라 학교나 사회를 위해 젊음을 희생한 아이들 아닙니까. 어떻게든 보상을 해 주는 것이 옳다고 생각했습니다. 그 아이들에게 장학금을 준 것도 같은 이유에서였습니다.

학원이 빠르게 정상화되고 있다가 갑자기 청천벽력 같은 일이 벌어집니다. 1999년 9월 6일 법원은 총장님을 비롯한 경원학원 이사 8명에 대한 직무정지 가처분 결정을 내렸는데요.

그야말로 '마른 하늘의 날벼락'이었습니다. 최원영 이사장과 옛 재단 관계자 사이에 그런 문제가 있는 줄 제가 어떻게 알았겠습니까.

여기서부터는 총장님과 직접적인 관련이 없는 일이라 제가 간략히 정리하겠습니다. 옛 재단(설립자) 관계자는 경원학원 운영권을 최 이사장에게 양도했고, 최 이사장은 총장님에게 그 권리를 넘겼습니다. 그런데 갑자기 옛 재단 관계자들이 자신들은 최 이사장에게 "재단 운영을 위탁했을 뿐이며 운영권을 넘긴 것은 아니다"라고 주장합니다. 그러면서 법원에 총장님 및 경원학원 이사진에 대한 직무 정지 가처분 신청을 합니다. 그게 받아들여졌고요.

그들이 가처분 신청을 낼 때 우리 자문 변호사들은 아무런 문제가 없을 거라고 했거든요. 멍하니 앉아 있다가 그런 봉변을 당했습니다. 자세한 이야기는 너무 길지만, 아주 거대한 세력이, 나한테서 경원학원을 뺏으려고 붙었더라고요. 그때부터는 제가 전면에 나섰습니다. 바로 가처분 이의 신청을 냈지요.

총장님이 가처분 이의 신청을 낸 것이 1999년 9월 22일, 옛 재단 관계자측이 이사회 결의 무효 확인 청구 소송을 제기한 것이 같은 해 11월 6일입니다. 법원은 두 사건을 병합 심리하고 반년여가 지난, 2000년 6월 23일 가처분 취소 결정과 저쪽(원고) 패소 판결을 내립니다. 본안 소송으로 7개월여 만에 경원학원 운영권을 되찾은 것인데요. 그동안 심정이 어떠셨나요?

그 고통은 당사자가 아니고서는 모를 겁니다. 말해 뭐하겠어요. 필설로는 형언하지 못합니다.

이 문제는 도피성 출국을 했던 최 이사장이 14년 만인 2012년 11월 자진 귀국하고, 이듬해 8월 옛 재단 관계자들이 최 이사장을 횡령·배임 등의 혐의로 고소하면서 약간 화제로 떠오릅니다. 하지만 이 역시 총장님과는 무관한 일이어서 이 이야기는 여기서 끝내도록 하겠습니다.

떠올리기조차 싫은 기억이지만 털어 버리고 나니 조금 후련하기도 합니다.

이런 복잡한 사안은 단편적인 사실과 이미지로 남는 경우가 많은데요. 총장님이 경원학원 운영권 분쟁에 대해 언급 자체를 싫어한다는 것을 알면서도 제가 관련 질문을 드린 이유는 지금도 이 사안에 대해 오해하고 있는 사람이 적지 않아서였습니다.

잊어버리고 싶은 얘기들이네요.

10장

●
●
●

어미새의 노래

아, 어머니

.

1999년 8월 19일 〈경인일보〉 회장으로 선임되셨습니다. 이 사실을 보도한 8월 20일자 〈동아일보〉는 "주변에선 그를 '철(鐵)의 여인'이라고 부른다. 한번 마음먹으면 끝까지 밀어붙이는 여장부이기 때문이다"라고 썼는데요. 당시 〈경인일보〉는 경기·인천 지역에서 가장 오래된 지역 언론사였습니다. 〈경인일보〉 인수를 어떤 경위로 밀어붙이게 되셨는지요?

솔직히 저는 언론 문외한이었습니다. 〈경인일보〉 성백응(成百應) 회장으로부터 요청이 와서 인수한 것뿐입니다. 지방 언론사가 겪고 있는 재정난 때문에 망설이긴 했지만, 제가 당시 가천문화재단을 소유하고 있었고 지역문화 발전에도 기여할 수 있다는 주위의 권고도 있어서요.

언론 문외한이라고 말씀하셨지만, 인수 직후 많은 발전이 있었는데요. 〈경인일보〉 기자들이 3년 연속 '한국기자상'과 20여 차례 '이달의 기자상'을 수상했습니다.

기자들에게 최신형 노트북을 지급하고, 사진부에 디지털 카메라와 사진 전송 시스템을 지원했는데 좋은 결과로 나타나서 흐뭇했습니다.

MBC 〈성공시대〉(1998년 6월 7일 방영). 제작진은 첫 화에 출연해 달라고 요청했지만 바쁜 일정으로 7개월 후에 출연했다.

총장님의 1990년대는 그야말로 '성공시대'였습니다. 여성 최초로 종합 일간지 사주가 되신 것도 특별하고요. 실제로 MBC 〈성공시대〉라는 프로그램에 출연하셨습니다. 방영일은 1998년 6월 7일이었는데 출연 섭외는 언제 받으셨습니까?

〈성공시대〉라는 프로의 첫 회가 언제 처음 방송됐습니까?

1997년 11월 23일입니다.

사실 MBC에서 그 첫 회분에 출연해 달라고 하더라고요. 그런데 그때는 제가 너무너무 바쁠 때여서.

1997년 하반기는 가천의대 캠퍼스를 짓고 설립 인가를 받고 신입생 선발에 정신이 없으실 때였습니다. (웃음)

MBC에 얼마나 시간을 내야 하느냐고 물어보니, 적어도 일주일은 찍어야 한다는 거예요. 도저히 시간을 낼 수가 없어서 미루고 미루다가 이듬해 늦은 봄에 촬영했을 겁니다.

저도 비디오를 통해 〈성공시대〉를 봤습니다. 백령길병원에도 가셨더군요. 배를 몇 시간은 타셨을 텐데요.

그럼요. 거기서 '성공시대' 팀이 원격화상 진료시스템을 촬영했어요. 그런데 백령길병원에서 원격 진료 장면을 실행한 의사를 제가 산부인과 시절에 받아낸 인연이 있습니다. (웃음)

화면 속의 모습이 너무 젊어 보이시던데 그때 총장님의 나이가 벌써 예순일곱이었습니다.

그때만 해도 펄펄 날아다녔습니다. (웃음) 하이힐을 신고 배와 잔교, 그리고 배과 배 사이를 뛰어넘기도 했고요. 나중에 〈성공시대〉를 조카와 같이 봤는데 "이모가 지금 나보다도 나이가 더 많을 때네. 나는 지금 저렇게 못 다녀요", 그러더라고요.

방송에 출연한 뒤, 사람들이 알아보던가요?

그해 여름에 서울대 의대 미주동창회에 참석할 예정이었습니다. 저는 미주동창회에 갈 때마다 동대문시장에 들릅니다. 옷감을 사서 직접 옷을 만들어 입고 가요. 그런데 그날은 방송 직후여서 그런지 포목상에 들렀을 때, 저보고 "성공시대 나오셨죠?" "길병원이죠? 방송 봤어요" 하시면서 인사를 하는 거예요. 뒤에서 "이길여다~" 하고 수군거리는 분도 있었습니다. 그 뒤로는 동대문시장에 예전처럼 못 가겠더라고요.

공교롭게도 이해 미주동창회도 6월 30일부터 7월 4일까지 펜실베이니아주 허시시(市)에서 열렸네요. 미주동창회를 미국 독립기념일에 맞추나 보죠?

미국의 국경일이고 연휴 기간이라 그런지 그렇게 맞추더라고요. 장소는 돌아가면서 하는데 펜실베이니아에서 몇 번 열렸던 것 같습니다. 서재필(徐載弼) 선생이 펜실베이니아에서 주로 활동하고 의사 생활도 해서 그런가 보네요.

여기에서, 총장님이 '서재필 의학상'을 수상한 사실을 언급할까요? 하지만 그건 나중에 따로 여쭤보도록 하겠습니다. 어쨌든 '성공시대' 방영일이 6월 7일이었으니 시청자들에게 방송의 생생한 잔상과 여운이 남아 있는 상황에서 동대문시장에 가신 거군요. 동대문시장을 자주 이용하시는 편이었습니까?

많이 갔지요. 이길여 산부인과 시절에도 병원 물품을 사기 위해 자주 들렀지만, 동대문시장에서 옷감을 사서 옷을 지어 입는 게 취미라면 취미였습니다. 한번은 지어 입은 골프웨어를 미주 동창들이 보고 '어디 메이커냐'고 물어보더라고요. 또 한번은 핑크색 스카프를 200여 개 만들어 갔는데요. 미주동창회 모임 마지막 날, 참가자 대부분이 매고 나왔습니다. '핑크 물결'이었어요. (웃음)

'성공시대'에 어머님이 두 번 등장하시는데요. 첫 번째는 자택에서 총장님이 자리에 누운 어머니의 얼굴을 쓰다듬는 장면이고요. 두 번째는 중앙길병원 특실로 옮겨진 어머니에게 총장님이 미음을 떠먹여드리는 장면입니다. 촬영 기간에 어머니의 기력이 급격히 떨어진 것으로 보였습니다.

4월 말쯤이었을 거예요. 어머니가 허리가 너무 아프다고 하셔서 급히 길병원으로 옮겨 엑스레이를 찍었는데 요추 골절이었습니다. 제 사무실 옆에 만든 병실에 그때부터 장기 입원하셨지요. 어머니를 한 번이라도 더 볼 수 있어서 마음이 놓였습니다.

어머님(차데레사)은 1998년 11월 11일 영면하셨습니다. 제가 〈성공시대〉 이야기를 꺼낸 이유도 실은 어머님의 일생을 따라가 보고 싶어서였습니다. 〈성공시대〉는 총장님의 성공 동기를 네 가지 주제로 다뤘습니다. 차례대로 '구박 덩어리의 오기' '일에 미쳐라' '어머니의 사랑' "'나' 아니면 못한다!'인데요. 보는 눈은 비슷한 것 같습니다. 저도 총장님을 성공으로 이끈 절대적인 힘을 '어머니의 사랑'으로 보거든요.

100퍼센트 동의합니다. 저는 어머니가 없었으면 지금의 저는 존재하지 않았을 거예요.

2000년 2월 『어미새의 노래』라는 책이 출간됐습니다. 부제가 '차데레사 평전'인데요. 어머니의 생애를 다룬 평전입니다.

나명순 시인(작고)이 노력해서 편집한 책입니다.

당연히 읽어 보셨겠지요?

아닙니다. 못 읽어 봤습니다. 그 책 서두를 펼치면 동진강에 대한 언급이 나오는데 어머니 고향이 동진강이 흐르는 전북 부안이거든요. 거기서부터 눈물이 쏟아져, 한 페이지를 못 넘기겠더라고요.

책에 총장님 이야기가 많이 나오는 것은 아닙니다만, 저는 그 책을 읽고 나서 총장님에 대해 더 잘 이해할 수 있었습니다. 이따금 총장님이 "우리 어머니, 우리 어머니" 하시면서 절절한 그리움을 드러내실 때, 그 심정을 조금은 이해할 수 있었고요. 아버지와 언니에 대한 사랑, 시샘, 연민 같은 감정들이 있을 것 같다는 생각도 했습니다. 그런 의미에서 저는 어머님이 어떤 분인지 독자들에게도

_____ 어머니 차데레사 평전 『어미새의 노래』

알려드리고 싶습니다.

'우리 어머니'는 세상에 자랑하고 싶은 분이에요.

학자님 또는 갈매기단 대장님

•
•

어머님은 1910년 6월 11일 전북 부안군 동진면 하진리에서 태어났습니다. 5남 3녀 가운데 다섯째였고요. 위로 오빠가 넷, 아래로 여동생 둘과 막내 남동생 하나가 있었습니다.

딸 가운데는 맏이셔서 어릴 때부터 집안일을 도맡아 하셨습니다.

1925년 10월 열여섯 나이에 네 살 연하의 남편과 결혼식을 올리게 됩니다. 3년 후 남편이 열다섯이 되던 해, 시부모님이 남편과의 합방을 허락했고 이듬해 장녀(이귀례 이사장)를 낳았습니다. 또 3년 뒤 총장님이 태어났고요.

어머니는 심성이 곱고 너른, 자애로운 분이었습니다. 우리 집안 전통이긴 하지만 어머니도 걸인이 오면 고봉밥으로 한 상을 차려 대접하셨어요. 할머니의 거동이 불편해지시면서 걸인 대접은 어머니의 몫이 됐지요. 어머니나 할머니나 '베풀면 반드시 돌아온다. 내 대(代)에 안 오면 자손이 복을 받는다'라는 믿음을 갖고 계셨습니다.

책을 읽으면서 총장님의 많은 부분이 어머니를 닮았다는 생각도 했습니다. 예를 들어 기억력, 활달함, 리더십 같은 것들이라 할까요.

총명하셨습니다. 활달하셨고요. 교회 야학에서 한글 배우시고 어깨 너머로 한문 깨치신 건 말씀드렸던 것 같고요. 일본어도 잘하셨습니다. 모르는 게 없다고 별명이 '학자님'이었습니다. 리더십은 어머니가 '갈매기단' 대장이었다는 사실 하나만으로도 증명이 되지요.

갈매기단이라니요?

일종의 부녀회 모임이었는데요. 옥구군에서 좀 산다 하는 집안의 딸이나 며느리들의 모임이었습니다. 마을에 한두 명씩이었으니 10여 명쯤 됐을 거예요. 갈매기 날갯짓처럼 춤을 추고 돌아다닌다고 해서 그런 별난 이름을 붙였던 것 같습니다.

어떤 활동을 하는 모임이었습니까?

친목 모임이었습니다. 회비를 걷어 마을에 좋은 일도 하고, 놀러도 다니고요. 마을 잔치 분위기는 도맡아 띄웠습니다. 어르신들은 갈매기단이 집에 몰려오면 피해 다니셨답니다. 소매를 잡아 마당으로 끌고 와서 같이 춤을 추자고 하니 난감해했던 거죠.

그때나 지금이나 한국 여성의 힘은 대단하네요. (웃음) 가난하고 열악한 때였지만 흥과 여유가 있었던 것 같습니다. 운치와 해학도 느껴지고요.

그런 모임의 대장이 어머니였으니까, 얼마나 대단하셨겠습니까. (웃음) 매사에 부지런하고 열심이셨지만 놀기도 잘하셨고요. 고전소설, 시조창 같은 것도 능하고, 신문물에도 적극적인 신여성이었습니다.

—— 꽹과리를 치며 신명나게 춤을 추시는 어머니(차데레사)

　마을에서 거의 최초로 쪽진 머리를 풀고 '히사시 가미(庇髮, 챙머리)'를 하셨다고 『어미새의 노래』에 나오는데요.

　마을이 발칵 뒤집혔었지요. 어디 그것뿐인가요. 상해는 끝내 못 가보시긴 했지만 '상해 양말'로 불렸던 스타킹도 신고 다니셨습니다. 옆가르마를 하시고 하얀 저고리에 까만 통치마, 거기에 상해 양말을 신고 양산을 쓰고 다니시던 모습이 생생합니다. 어린 자식에게는 엄마가 세상에서 제일 예뻐 보이지 않습니까. 상해 가보는 게 꿈이셨는데 끝내 못다 이룬 꿈이 되고.

만주 봉천(현 심양)은 다녀오셨던데요.

안터마을 이웃 중에 봉천에 친척이 있는 사람이 있었습니다. 이분이 무명베를 팔러 봉천에 다녔는데요. 어머니와 갈매기단 몇 분이 따라 나선 겁니다. 서울 창경원(현 창경궁)도 가보셨고 국내 여행은 더 많이 다니셨지요.

어머니와 시어머니의 관계가 참 묘하다는 느낌을 받았습니다. 시어머니가 평소엔 그렇게 구박을 하면서도 어머니가 갈매기단 모임에 나가거나, 만주에 다녀올 때도 '또 바람이 도졌구만' 하시면서 다 보내 주거든요. 총장님은 어떻게 생각하십니까?

할머니도 속으로는 어머니에게 미안했을 거예요. 아들을 못 낳았다고 구박도 하시곤 했지만, 할머니도 여자이니 어머니 속을 짐작하고도 남았을 겁니다. 그러니 한 번씩 바람 쐬고 오라고 보내 주신 것이겠지요.

저는 이 대목도 특히 인상적이었는데요. 어머니가 삯바느질이나 가을걷이로 돈을 받으면 항상 시어머니에게 맡기셨잖아요. 나중에 돈이 필요할 때면 시어머니와 실랑이를 벌어야만 돈을 타낼 수 있다는 것을 알면서도 왜 그러셨을까요?

어머니가 할머니께 큼지막한 돈주머니까지 만들어 드렸습니다. 할머니는 주머니를 고쟁이 속에 감춰두고 거기서 돈을 꺼내 주시곤 하셨지요. 어머니는 그런 일이 할머니의 자그마한 낙(樂)이라고 하셨습니다. '그런 낙마저 없으면 할머니가 무슨 재미로 살겠느냐……' 어머니는 그런 분이었습니다.

세 모녀의 행복했던 시절

1948년 아버님이 젊은 나이로 하루아침에 별세하십니다. 창졸간에 남편을 잃은 아내나, 하나뿐인 아들을 잃은 시어머니나 하늘 무너지는 것 같은, 슬픔과 고통을 느끼셨겠지요.

서로 의지하며 힘겨운 세월을 견뎌 내신 건 아닐까요?

아버님이 돌아가시고 난 후 가세는 급격히 기울고 집안은 퇴락합니다. 정미소를 팔고, 총장님이 대학에 들어가자 논과 땅도 조금씩 팔기 시작합니다. 남편을 잃은 집에서 더 이상 살고 싶지 않았던 어머니는, 1953년 여동생이 사는 부안으로 이주합니다. 시어머니는 별말 없이 허락해 주셨고요. 얼마 후 어머니와 시어머니는 군산의 큰딸 집으로 살림을 합칩니다. 그리고 1956년 11월 21일 시어머니가 영면합니다. 책에는 "남편을 보냈을 때보다 더 깊고 진한 상실감이었다"라고 묘사돼 있는데요.

할머니가 돌아가셨을 때 저는 대학 재학 중이어서 잠깐 들려 장례식에 참석하고 바로 상경했습니다. 그때 어머니와 많은 이야기를 나누지는 못했지만, 어머니가 많이 상심하셨던 것 같습니다. 쓸쓸해 보이셨어요.

1958년 5월 총장님이 병원을 여시면서부터 어머님은 군산과 인천을 오가며 살게 됩니다. 이듬해 가을부터는 병원 2층에서 총장님과 함께 지내게 되고, 1962년에는 언니 가족이 인천 송학동으로 이주합니다. 1964년 10월 총장님이 미국으로 유학 가고, 어머님은 이듬해 여름부터 인천 답동 성당에 다니기 시작합니다.

어머니가 성당에 다니신 것은, 순전히 저 때문입니다. 그전에는 가끔 개신교 교회에 나가셨어요. 제가 미국에서 가톨릭이 운영하는 메리 이머큘리트 병원에서 인턴을 하고 있던 때, 어머니는 교회보다는 성당에서 기도하는 것이 더 딸을 위하는 것이리라고 생각하시고.

1966년 3월 22일 세례를 받고 '데레사'라는 영세명을 갖게 됐고요. 성당 내 '안나회'라는 봉사 모임에 가입해 노인 목욕 봉사 등의 봉사 활동을 합니다. 어느 날은 노인의 등을 밀어 주다가 시어머니를 씻겨드리던 기억이 떠올라 흐느낍니다. 1968년 10월 총장님이

—— 어머니에겐 내가 일본 유학에서 귀국한 1976년부터 뇌경색으로 쓰러지신 1979년까지 4년여가 어머니의 일평생 가장 행복했던 시간이었다. 언니(좌), 어머니(중), 나(우)

귀국했고, 이길여 산부인과 맨 위층에서 총장님과 함께 생활하게 됩니다.

어머니가 병원 일을 많이 도와주셨습니다. 그 후에 제가 인천 북성 동에 집을 마련해 드리면서 병원 일은 돕지 않으셔도 된다고 했지요.

이때부터 어머님이 뇌경색으로 쓰러졌던 1979년까지가 그분의 가장 행복했던 시절 아닌가, 생각합니다. 두 딸과 사위, 외손들을 언제든지 볼 수 있었고요.

저도 그렇게 생각합니다. 다만 제가 너무 바빠서 그때 잘 챙겨드리지 못한 게 너무 한스럽네요.

어머님께서 노인대학과 국악원을 다니시며 취미 생활도 하셨잖아요.

소리꾼 최창남(崔틈男) 선생이 국악원에서 소리와 장구를 가르치고 있었습니다. 어머니가 거기서 판소리와 장구를 제대로 배우셨지요. 꽹과리도 잘 치셨고요. 시조창은 워낙 목청이 좋으셔서 한번 뽑으시면 가락이 일품이었습니다.

의사 딸을 둔 덕분에 고향의 지인들에게 어깨도 펼 수 있었던 것은, 이 시절 어머니의 큰 기쁨이었던 듯합니다.

제가 군산도립병원에서 수련의였던 시절에 어머니가 지인이나 친척, 마을 사람들을 모시고 왔잖아요. 그때도 그렇게 좋아하셨는데 이길여 산부인과를 할 때는 훨씬 더 좋아하셨습니다. 친구들을 인천으로 불러 생신 잔치도 하시고 고향 집 마을에도 자주 내려가셨지요.

『어미새의 노래』의 관련 부분을 읽어 보겠습니다. "순녀는 여행도 자주했다. 그러자면 자연히 순녀가 대야에 내려가야 했다. 대야에 내려갈 때면 더욱 화려하게 단장하였다. 그때 당시로는 귀한 밍

크코트를 입고, 온갖 귀금속을 끼고 달아서 귀부인처럼 단장하였다. 길여를 논 팔아 가르칠 때 삐죽거리던 사람들에게 보란 듯이 일부러 꾸민 것인가.'' 어머니로서는 금의환향(錦衣還鄕)이었던 것 같습니다.

저를 대학까지 보내시느라, 아까운 '오리쌀'까지 팔아가며 얼마나 힘겨운 세월을 보내셨겠습니까. 할머니의 반대는 그럭저럭 넘길 수 있었겠지만, 무지몽매한 마을 사람들의 비아냥은 견디기 힘드셨을 겁니다. 그러다가 보란 듯이. (웃음)

어머니가 1960년대 말부터는 두 딸과 함께 지방 여행도 다니셨는데요.

제가 미국에서 돌아와 얼마 안 돼서 온양 온천에 함께 갔습니다. 언니와 저는 그때 한창 유행하던 미니스커트를 입었고 어머니는 한복을 입으셨는데요. 어느 커피숍에 앉아 있는데 40~50대로 보이는 남자 두 명이 우리에게 다가가 말을 거는 거예요.

요즘 말로 하면 헌팅을 당하신 거군요. 총장님의 성격상, 잘 됐을 것 같지는 않고. (웃음)

결말이 보이나요? (웃음) 아무튼 그때 어머니가 50대 후반이셨는데 너무 고우셨습니다. 남자들이 어머니에게 집중적으로 말을 붙이면서 대전에 같이 가면 맛있는 점심을 대접하겠다고 했어요. 어머니도, 언니도 거의 넘어갔는데 저만 결사반대를 했습니다.

남자들이 별로였나요?

아닙니다. 멋쟁이들이었어요. 나중에 보니까 외제차를 끌고 왔더라고요.

총장님만 오케이, 하셨다면 다들 만족하셨을 텐데요. (웃음) 어머님과 언니가 불평하시지 않던가요?

왜 아니겠어요? (웃음) 우리가 차를 타고 이동하니까 남자들이 뒤따라오는 거예요. 가까스로 따돌리기는 했지만 어머니와 언니가 인천으로 돌아오는 내내 제게 핀잔을 줬습니다. (웃음)

1974년경 세 분이 속리산에서 찍은 사진도 있던데요.

그때만 해도 어머니가 저희보다 산을 잘 타셨습니다.

시기를 보면 총장님이 그나마 시간적인 여유가 있을 때 여행이 이뤄진 것 같습니다. 귀국 직후에 한 번 있었고, 1974년이면 총장님이 정신적으로 방황하실 때가 아닙니까.

그렇네요. 이렇게 후회할 줄 알았다면 없는 시간을 짜내서 어머니와 함께 여행을 더 다녔을 텐데요. 뇌경색으로 쓰러지시기 전에 어머니와 설악산에 간 것이 마지막 여행이었던 것 같습니다.

찬바람 부는 11월이 오면

●
●

어머님은 50대 중반에 성당에 나가기 시작해 남은 생을 '데레사'로 살았습니다. 천주교는 어머니에게 어떤 의미였을까요?

당신 삶의 버팀목이었을 거라는 생각을 합니다. 굉장히 독실하게 믿으셨어요. 성당과 신부님, 교우들에게 위로와 안식을 받으시면서 저를 비롯한 자손들의 건강과 행복을 위해 기도도 많이 하셨을 겁니다.

그 말씀을 들으니까 어머님께서 총장님의 성공과 행복을 기원하기 위해 천주교에 귀의하셨을 것 같다는 생각도 듭니다.

그게 어머니의 마음 아닐까요? 저도 그렇게 생각합니다.

1971년 답동성당 신축 때는 헌금 100만 원을 봉헌하셨습니다. 당

_____ 어머니의 노인 대학 졸업식에서

시로는 상당한 거금이었는데요.

　어머니가 원하시는 건 무엇이든 해드리고 싶었습니다. 자식이라면
누구나 같은 마음이었을 겁니다. 하루는 뭔가 혼자 끙끙 앓고 계시더
라고요. 그래서 제가 "뭔지 후딱 말하세요"라고 했더니 "내가 심봉사다.
심학규여" 하시며 한숨을 쉬시더라고요. (웃음)

공양미 삼백 석을 약속한 심봉사처럼 성당 신축헌금을 약속하신 거군요?

저는 무슨 큰일이라도 난 줄 알았습니다. 그런 건 언제든지 말씀하시라고 하고 당장 해드렸지요.

어쨌거나 총장님이 효녀 심청이 역할을 한 거네요. 1990년에는 만수1동성당에 엘리베이터를 설치해드렸는데요.

그때는 어머니가 휠체어를 타고 다니실 때였습니다. 그래도 어머니는 한 주도 빠짐없이 성당에 나가셨어요. 엘리베이터는 어머니의 소원이었고 또 저에게 부탁도 했기 때문에 기꺼이 해드렸습니다. 당장 어머니부터 엘리베이터를 이용할 수 있었잖아요.

어머니가 뇌경색을 앓고 난 뒤 총장님은 요양 도우미, 차와 운전기사를 붙여드렸습니다. 이 시기 어머님의 가장 큰 낙은, 친구 생일 때 고향에 다녀오는 것인 듯한데요. 그마저도 친구들이 하나둘 떠나고 어머님의 기력도 점점 쇠약해져 갔습니다. 나중에는 운전기사를 부르고 차를 타는 것마저 힘들어하게 되고, 친구에게 '마실(동네) 오는 셈 치고 와 달라'는 부탁을 하게 됩니다. 『어미새의 노래』에는 "자신에게 부여된 생이 그리 많이 남지 않았을 것이라고 직감했다"라고 기록돼 있습니다.

어머니가 쓰러지시고 닷새 만에 깨어나셨거든요. 그 뒤로 20년에 가까운 세월 동안 의연하게 물리 치료를 받으셨습니다. 노인 대학 친구들을 모셔다 놓고 잔치를 여실 때는 어깨춤도 추시고 소리도 곧잘 하셨습니다. 그러셨는데, 돌아가시기 2년 전쯤이에요. 안방에 누워 계시던 어머니가 "더는 치료를 안 했으면 좋겠다"라고 하시는 겁니다. 갑자기 눈물이 왈칵 쏟아져서 일단 방을 나왔습니다. 온갖 생각이 다 떠올랐습니다.

다시 방에 들어가시니, 어머니가 무슨 말씀을 하시던가요?

"나 이제 죽어야겠다. 더 이상, 치료하지 마라"라고 하셨습니다.

그때 상황을 총장님이 '남기고 싶은 이야기'에 썼던 구절을 인용해 보겠습니다. "어머니, 날 놔두고 가시면 어쩌란 말이에요. 어머니께서 가시면 나는 엉엉 울면서 이 세상을 돌아다닐 거예요. 안 그럴 거 같아요? 어머니가 아시잖아요. 내가 그러고도 남을 딸이라는 걸. 그러니 앞으론 그런 말씀은 하지 마세요. 나를 봐서라도 치료를 받으세요. 내가 돌아가셔도 좋다고 할 때까지 더 사셔야 해요." 언어란 참으로 유용한 도구이지만, 특별한 정황과 감정을 표현하기에는 턱없이 부족할 때가 있는 것 같습니다.

그런 생각이 듭니다.

어머니는 그날 이후 다시 물리 치료를 받기로 합니다.

저는 어머니가 너무 고마웠습니다.

다시 관련 기록을 옮겨보는 것이 좋을 것 같습니다. "나는 매일 아침 물리 치료를 함께 다니며 '야, 우리 어머니 정말 이쁘네~'라며 기분 맞추어 드렸다. 집에서는 어머니의 머리부터 발끝까지 온몸을 어루만졌다. 어머니와의 추억을 하나라도 더 쌓고 싶어서였지만, 노쇠한 살갗으로 전해지는 어머니의 체취 때문에 매번 눈물을 삼켜야 했다." 어머니를 위해 인천 청량산 자락에 집을 지으셨지요? 지금 그 집에 살고 계시고요.

병원 일을 돕기도 한 형부가 오랫동안 암 투병을 했습니다. 형부의 건강을 위해 언니가 먼저 집을 지어 들어갔고요. 저는 그 옆에 집을 짓기 시작했었습니다. 고향 집을 그리워하던 어머니를 위해 텃밭을 꾸릴 요량이었는데, 어머니의 병세가 갑자기 악화하고 말았어요. 끝내 그 집에 모시지는 못했습니다. 1년만 더 살아 주셨으면 텃밭에 호박도 상추도 심고 가꾸시면서 향수를 달래실 수 있었을 텐데.

어머니가 1998년 4월 중앙길병원에 입원한 이후 언니는 매일같이 곁에서 잠을 잤습니다. 언니도 건강이 좋은 편이 아니었지 않습니까?

형부가 1993년에 돌아가셨는데, 언니도 그 이후로 여기저기 아프다고 그러더라고요. 어머니가 돌아가시기 한 해 전에는 언니도 입원 퇴원을 반복했습니다. 그래도 언니는 어머니 곁을 지킬 때가 건강이 가장 좋았습니다.

가장 많이 문병을 온 분 중의 하나가 천주교 정의구현전국사제단 대표를 지낸 김병상(金秉相, 2020년 작고) 신부라고 알고 있습니다.

이틀에 한 번씩 병실에 들러 기도해 주셨습니다. 어머니의 마지막 길도 김병상 신부님이 인도해 주셨지요. 마지막 2개월 동안은 의식이 거의 없으시고 산소마스크에 의지하셨습니다. 임종하시는 날, 부슬비가 내렸습니다. 지금도 그런 날이면 생각이 납니다.

1998년 11월 15일 어머님 영결식이 열렸습니다. 온통 꽃으로 단장된 분향소에는 꽃향기가 가득했습니다. 생전의 어머니는 남편의 산소 옆에, 자식들이 가묘(假墓)를 만들어 드렸을 때 아이처럼 좋아했습니다. 안터마을 선산의 남편 곁에 나란히 묻혔습니다. 이것으로 이 장(章)은 마무리 지어야 할 것 같습니다.

오랜만에 어머니의 시대와 그 일생을 추억해 보는 기회였습니다. 어머니는 그토록 사랑했던 아버지 곁에서 편히 잠드셨습니다.

_____ 친구 박지홍은 '영혼의 벗'이었다.

　평생의 지기 박지홍 선생에 관한 회고도 더 들어 보겠습니다. 박지홍 선생이 2003년 11월 27일 가천의대 길병원에서 별세하셨습니다. 어머니도, 죽마고우도 삭풍이 불기 시작하는 11월에 보내셨는데요. 해마다 찬바람 부는 11월이 오면 쓸쓸해지실 것 같습니다.

　쓸쓸하지요. 지홍이가 지금도 살아 있다면 얼마나 좋겠어요. 지홍이와는 인생의 긴긴 세월을 한 지붕 아래서 살았습니다. 제가 어머니를 텃밭 있는 집에 모시기 위해 송도에 집을 지었는데, 어머니는 어머니

대로 그 집에 모시지 못했고, 지홍이는 그때 아파트를 얻어 독립해 나
갔습니다. 어머니가 돌아가시고 5년 만에 지홍이도 세상을 떠났습니
다. 제행무상(諸行無常)이라는 말처럼.

11장

가천의 이름으로

'10대 사학' 공약

1998년 12월 경원학원 인수와 관련해서는 '경원대를 수년 내에 10대 사학(私學)으로 만들겠다'라는 총장님의 공약이자 목표가 핵심이었는데요. 경원학원 운영권 문제를 해결하느라 1999년 9월부터 2000년 6월까지 9개월을 보내셨습니다. 경원학원 운영권을 되찾은 이후에 '10대 사학'이라는 목표에 매진하셨는데요.

제가 2000년 8월에 경원대학교 총장에 취임했어요.

_____ 가천대 통합 출범식 (2012년)

정확히는 8월 17일입니다.

처음에는 총장을 할 생각은 없었습니다. 물심양면으로 지원만 잘하면 목표를 달성할 수 있으리라고 순진하게 믿었었지요. 하지만 재단 운영권 다툼을 겪고 나서, 이게 보통 일이 아니라는 직감이 들었습니다. 그리고 대학 사회는 변하기 어려워서, 총장 권한으로 앞장서서 밀어붙여야만 목표에 도달할까 말까라고 느꼈고요.

서울 시내 사립대 중에 이름 있는 남녀 공학 10개 대학만 꼽아 봐도 고려대, 연세대, 성균관대, 한양대, 서강대, 경희대, 중앙대, 건국대, 한국외국어대 등이 있는데요. 여기에 이화여대, 숙명여대가 서울에 있고 지방에도 명문 사학이 여럿 있습니다. 부정 입학의 이미지에다 100위권을 맴도는 경원대가 10대 사학을 목표로 한다는 건, 너무 야심 찬 공약 아닌가요?

코웃음을 쳤던 사람들이 많았습니다. 사실 벅찬 공약이고요. 하지만 경원학원 관계자나 동문이라면 누구나 명문이 되길 바랄 게 아닙니까. 총장 취임 직후에 수많은 사람을 만났습니다. 그중에 경원대를 졸업한 공무원이 있었습니다. 필사적으로 공부하고 노력해서 공무원 과장까지 됐지만, 회식 같은 자리에서 출신 학교가 화제에 오르면 부끄러워서, 화장실 가는 척 자리를 피한다는 거예요. 그러면서 저보고 "우리 경원대학교를 자랑스러운 대학으로 만들어 주십시오"라고 부탁을 했습니다. 가슴이 먹먹했습니다. 피눈물 나는 이야기 아닙니까.

경원대 졸업생의 아픈 토로가 이해도 됩니다.

모교가 자랑이 아니라 부끄러움의 대상이라는 건 너무나 슬픈 이야기입니다. 그래서 다짐했습니다. 최선을 다해 경원대학교를 반드시 부끄럽지 않은 학교로 만들겠다, 반드시 자랑스러운 학교를 만들겠다고요.

총장님의 어록 가운데 "간절히 바라고 뜨겁게 도전하라"라는 말이 생각납니다. 이제 '뜨거운 도전'에 대해 말씀하실 차례인 것 같습니다.

제가 교수와 직원들을 향해 그랬습니다. '왜 안 돼?' '왜 안 해 보고 안 된다는 소리부터 해?' 저는 계획이 있었고 자신도 있었습니다.

구체적으로 어떤 계획이 있었는지요?

우선은 학교의 인프라, 교육 환경 개선에 주력했습니다. 운동장이 없던 캠퍼스에 대운동장을 새로 만들었고요. 부족한 강의실 문제를 타개하기 위해 2001년에 '새롬관'을 지었습니다. 새롬관은 산학협력을 위한 강의동이었는데요. 신소재응용연구센터, 창업보육센터, IT교육센터, IT부품소재연구센터 등이 입주했습니다.

2003년에는 경원대 국제어학원이 건립됐는데요. 2004년 3월 개원 때 '취업이 되지 않으면 수강료를 돌려 드립니다!'라는 홍보 문구를 썼습니다.

지금이야 구글 번역기와 AI가 있고 한국어의 위상도 급상승하고 있지만, 2000년대 초반에는 취업이나 해외 진출에서 영어 실력이 절실했습니다. 요즘도 제품이나 서비스에 자신이 있으면 '환불'을 내세우기도 하잖아요. 그런 개념을 20여 년 전에 도입한 겁니다.

그다음 계획은 통합이었습니까?

획기적으로 순위를 올리려면, 아무리 생각해도 통합밖에 없었습니다. 하나 물어볼게요. 앞서 서울 남녀 공학 대학 중에 이름 있는 10대 사립대학교를 꼽으셨는데 기준이 뭐였습니까?

지원 경쟁률, 합격 점수, 취업률, 논문 경쟁력, 평판 등이었습니다.

저도 그런 기준으로 10대 사학을 선별해 봤거든요. 선별하고 나니 10대 사학의 공통 요건이 보였습니다. 첫째, 수도권에 있는 대학이었고요. 둘째, 학생 수가 1만 명이 넘었습니다. 셋째, 대부분 의과 대학이 있는 학교였습니다.

그렇네요. 당시 경원대와 경원전문대학의 재학생 규모가 8천여

—— 가천대 글로벌캠퍼스 비전 타워. 가천대의 웅혼한 비전을 상징적으로 보여 주는 건물이다.

명씩이었습니다. 그리고 가천의대가 200여 명, 가천길대학이 3천 700여 명이었습니다. 각각은 1만 명에 못 미쳤고요. 이들 학교를 통합하면 1만 8,9천여 명의 재학생 규모가 됩니다. 더욱이 평판 높은 의과 대학이 있었고요.

결론은 통합이었습니다. 그런데 그것 역시 이만저만한 난관이 많았습니다.

사회적 배경을 설명해야 할 듯한데요. 우리 사회의 거의 모든 부문이 가파른 변화와 급성장을 경험했습니다. 교육 분야도 예외는 아니었습니다. 1990년대 초반만 해도 지방 국립대가 우수한 학생들을 확보할 수 있었지만 1990년대 후반부터는 수도권 대학에 대한 선호도가 더욱 높아집니다. 수도권 집중, 양극화가 심해지는 안타까운 측면이기도 합니다만. 대학 입학생도 수도권 선호, 그리고 교수의 배우자와 자녀도 마찬가지여서 수도권 쏠림이 가속화하고요. 2000년대 초반부터 '지방대학 존폐 위기'라는 말이 회자되고, 2002년 수능부터는 2년제를 포함한 전체 대학의 입학 정원이 수험생 수를 넘어서게 됩니다. 이에 따라 교육인적자원부는 2003년 4월 9일 대통령 업무보고에서 대학 경쟁력을 높이기 위해 학과 통폐합, 대학 간 M&A, 폐교 등 대학 구조 조정의 법적 기반을 마련한다고 보고합니다. 이때부터 대학의 구조 조정이 화두가 됩니다.

맞아요. 이른바 '인(in) 서울'로 분류되는 우리도, 선제적으로 구조 조정 통폐합을 할 필요가 절실했어요. 그런데 사실 경원대와 경원전문대학의 통합은 2001년경부터 검토하고 있었고, 2002년에 처음 시도를 해 봤습니다. 하지만 내부의 반대가 극렬해 뜻을 이룰 수 없었지요. 이때 성공했다면 입학 정원을 줄이지 않아도 됐을 겁니다. 그때는 교육부에서 그런 통합도 장려하는 분위기였거든요. 그러다가 2003년경에 사회적 분위기와 법적 근거가 마련되면서 본격적으로 다시 추진하게 됐지요.

이렇게 좋은 대학 만들어 주셔서…….

•
•

가천의대와 가천길대학의 통합은 2005년 10월 교육부의 승인을 받아 2006년 3월 첫 통합 입학식이 열립니다. 이때 교명은 가천의과학대학교로 변경된 상태였지요. 두 학교의 통합은 무난하게 진행됐습니다. 가천의대 의예과 1개 학과와 가천길대학 19개 학과의 통합이었기 때문입니다. 이에 비해 경원대와 경원전문대학의 통합은 엄청난 진통이 따랐습니다. 이 사실이 여러 매체에도 보도됐고요.

그렇게 반대가 극심할 줄은 몰랐습니다. 경원대와 경원전문대학 교수와 학생들이 들고일어났습니다.

당시 두 학교의 개요를 보면 비슷한 성격의 학과가 많아서 통합이 더욱 어려웠을 것으로 보입니다. 한 학과에 모이면 상충하는 이해득실로 교수들이 고민할 테니까요. 이를테면 경원전문대학의 전기과, 토목과, 건축과, 경영과, 무역과, 산업디자인과, 의상디자인과 등은 경원대에 공대, 경상대, 미대 등이 있었기 때문에, 각 과교수들의 개인적인 미래 전망, 이해관계가 첨예하게 맞물려 있었습니다. '이길여 장례식'이 열리고 만장(挽章)이 나붙을 정도였는데요.

천막을 쳐 놓고 매일 시위를 했지요. 별의별 소리 다 들었습니다. (웃음)

그런 이해 충돌과 갈등을 어떻게 푸셨습니까?

자세하게 말씀드리는 것은 적절치 않을 것 같습니다. 누구는 무슨 이유로 반대했는데 어떻게 풀었다는 이야기가 되니까. 다만 '제자들의 미래를 생각해서라도 통합을 해야 한다.' '교수 한 사람도 자르지 않는다. 다 같이 간다.' '전문대의 박사 학위가 없는 교수도 학위를 취득할 기회를 주고 지원하겠다.' 이런 메시지로 교수들을 달래면서, 맨투맨 스킨십으로 풀어 나갔다는 것 정도만 말씀드리겠습니다.

이해합니다. 그런데 스킨십에 대해서는 구체적으로 말씀해 주실 수 있지 않을까요?

매일 같이 밥 먹고 차 마시면서 대화하는 거였지요. 아침저녁으로 교수나 관계자들을 만나, 대의명분을 걸고 "좋은 대학 만들자, 명문 만들어서 취직 잘 시키자"라고 설득했습니다.

그때 반대했던 교수들이 몇 년 전부터 정년을 맞고 있는데요. 인사차 총장님을 찾아올 텐데 지금은 뭐라고 말하나요?

격세지감입니다. "가천대 교수라는 직함에 무한한 자긍심을 느낄 수 있게 해 줘서, 이렇게 좋은 학교를 만들어 줘서 정말 고맙다"고 합니다. 제가 귀를 의심할 정도예요. 어떤 분들은 그런 감사 편지를 보내 주기도 하고요.

경원대와 경원전문대 통합은 2006년 10월 교육부의 승인을 받았습니다. 그리고 이듬해 3월에는 통합 경원대학교가 출범했습니다. 전문대의 입학 정원이 40퍼센트 정도 줄어, 4년제가 되기는 했지만, 전무후무한 최대 규모의 대학 통합이었습니다. 통합 당시 비전 선포식이 열렸는데요. 어떤 비전을 제시하셨습니까?

핵심 과제는 두 가지였는데요. 우선 국내 최고 수준의 지원을 통한 교수와 학생의 경쟁력 강화였습니다. 〈사이언스〉〈네이처〉〈셀〉 등 세계 3대 유명 과학 저널에 주 저자로 논문을 게재하는 교수에게는 1억 2천만 원에서 5억 원을 지급하기로 했고요. 영어 실력을 갖추어야만 졸업시키는 졸업 인증제, 해외 대학 교환 프로그램 등을 통해 학생들의 경쟁력을 높이는 방안도 제시했습니다.

지금이라고 해도 파격적인 금액인 것 같습니다. 당시 그런 포상 제도를 실시하고 있는 대학도 드물었고 최고 금액이 1억 원이었습니다. 나머지 핵심 과제는 대학 특성화였지요?

대학 특성화는 시대적 흐름이었습니다. 대학 특성화란 결국 선택과 집중 전략 아닙니까. 'G2+N3 프로젝트'로 세계 최고 학과 2개, 국

인천송도 경제자유구역 안의 이길여 암·당뇨연구원

내 최고 학과 3개를 만들겠다는 청사진을 제시했습니다. 'G2+N3'는 Global Top2+National Top3를 의미합니다.

2007년 10월 9일 경원대에 바이오나노연구원을 설립한 것도 대학 특성화를 위한 조처였나요?

우리 가천대학교는 사통팔달(四通八達)입니다. 수도권 외곽 고속도로 155킬로미터 구간에서 유일하게 버스 정거장이 있어, 서울 강남, 송파, 분당 등과 수원, 인천, 아산, 동두천까지 지하철 환승이 됩니다. 판교테크노밸리의 배후 연구기지로 IT(정보기술), BT(바이오기술), NT(나노기술) 게임 소프트웨어 개발 연구를 추진하는 데 유리합니다. 그래서 스티븐 추(朱棣文) 미국 UC 버클리대 교수를 바이오나노연구

원의 명예 원장으로 영입해 연구 자문을 맡긴 거예요. 스티븐 추 교수
는 중국계 미국인인데 1997년 노벨 물리학상을 받았고요. 우리 연구
원의 명예 원장으로 온 지 1년쯤 후에 미국 오바마 행정부의 에너지장
관을 지냈습니다.

"내일 당장 라스베이거스로 가자!"

가천대의 비전을 상징적으로 보여 주는 건물이 2010년 10월
15일 준공식이 열린 비전 타워입니다. 국내 최대 규모의 지하 캠퍼
스인 비전 타워는 공사비 1천억 원, 공사 기간 3년, 지하 4층, 지상
7층 규모였습니다. 하실 말씀이 많으시지요? (웃음) 설계 단계의
발상이나 추진력의 측면에서 상당히 화제가 된 건물이었습니다.
지금도 이런 건물은 짓기 어렵습니다.

어디서부터 이야기할까요? (웃음)

비전 타워는 지하철역에서 직접 이어지는 건물입니다. 지하철
통로와 대학 캠퍼스가 이렇게 바로 연결되는 사례는 국내에서 유
일합니다.

처음 설계에는, 학생들이 지하철역에서 내리면 '∩'자 형태로, 수백 미터를 우회해야만 학교로 들어설 수 있게 설계됐습니다. 말도 안 된다고 생각했습니다. 진입로를 바로 연결하면 되잖아요. 지하철 공사 등에서 허가를 안 내 준다면 될 때까지 설득해야지요.

사실 그런 행정적 법적인 장애가 있어 어려운 부분인데요. 분당 선은 이미 운행 중인 상황이었습니다. 이것은 비전 타워와 직통하 는 새로운 출구와 통로를 만들어야 하는 건데요. 지하철 입장에서 도 전례가 없다거나 특혜 시비가 일어날 수 있는 허가는 주저하기 마련입니다. 어떻게 설득하셨습니까?

누구의 편의를 위한 것이냐, 합리적인 것이 무엇이냐가 중요하지 않 겠어요? 재단이나 개인을 위해서가 아니라, 학생들을 위해서다, 학생 과 교수들이 길에서 허비하는 시간이 얼마나 아깝냐, 국가적인 낭비 를 연년세세 되풀이할 거냐? 이런 점을 집중적으로 설득했습니다. 말 도 마세요. 숱한 도시계획 전문 교수들도 손사래 치던 일을, 내가 우겨 서 뚫어 낸 겁니다.

가천대 부속 길병원(중앙길병원)과 비슷한 사례인 것 같습니다. 길병원 암센터와 본관 사이를 연결하는 지하 통로를 뚫지 않았습 니까. 지상 8차선 도로 아래를요.

그래서 제가 노하우가 있었습니다. 어떤 관계자들을 만나고 어떻게

───── 가천대와 가천대역을 연결하는 통로의 지하 광장. 미국 라스베이거스의 호텔들을 벤치마
킹하여 설계했다.

설득해야 할지 알게 된 거예요. 그때도 인천 시민과 환자의 편의를 위

해서라는 명분으로 집념을 갖고, 공무원들을 설득해 냈습니다.

비전 타워 내의 '선큰 광장(Sunken Plaza)' 입구, 지하철과의 연결

지점은 한번 가본 분들에게는 인상적으로 기억되는 공간입니다.

총장님이 직접 아이디어를 내셨다고요?

안 가 본 분들에게는 어떻게, 시각적으로 설명해야 할지 모르겠습니

다. (웃음)

그렇긴 합니다. 간단하게는, 지하철과 캠퍼스의 연결 길목을 정

성껏 다듬은 것 아닌가요? 18미터 거리의 진입로를 최대한 넓히고, 분수를 배치하고 에스컬레이터를 설치한 것이니까요.

그렇게 만들지 않으면 그냥 18미터 굴속을 빠져나오는 거잖아요. 공간을 넓히라고 했더니 우리나라에는 그런 지하 광장이 없다고, 다들 안 된다고 반대하는 거예요. 그래서 제가 담당자들에게 다른 나라에는 그런 사례가 없냐고 물었습니다.

그 비슷한 게 일본 도쿄의 시오도메(汐留) 역입니다.

맞아요, 거기입니다. 교수들이 일본에 그런 곳이 있다고 해서, 제가 내일 당장 시오도메에 가 보자고 했습니다.

'내일 당장'이라고 하셔서 담당자들이 경악을 했습니다. (웃음)

그러게요. 지금 생각해 보면 그때는 왜 그렇게 급하게 살았는지 모르겠습니다. 일본에 출장을 갔으면 맛있는 것도 먹고, 여유 있게 일정을 잡아도 됐을 텐데 1박 2일로 후다닥 다녀왔습니다. 그래도 거기서 본 게 그대로 적용됐습니다.

지하철 출구 진입로에 작은 광장이 있고, 그곳에서 올라가면 선큰 광장이 있는 구조입니다. 가천대 글로벌캠퍼스를 기준으로 해서 말하면 비전 타워 내의 지하 광장, 거기에서 올라가면 '선큰 광장'인 프리덤 광장, 또 완만한 몇 개의 계단을 올라가면 또 다른 '선큰 광장' 스타덤 광장이 있는 거죠. 주위보다 4개 층이 낮은 지하 공간이지만 하늘이 열려 있는 광장인 셈입니다. 두 광장 위로 일반 도로를 놓은 것도 특별한 발상입니다. 광장과 광장 사이는 연결되어 있지만 위로 사람과 차가 지나다닐 수 있는 구조이지요. 이런 구조 덕분에 비전 타워 지하 어느 층에서도 하늘이 보입니다.

제가 직원들에게 벤치마킹과 현장 답사를 강조하는 이유가 그겁니다. 우선 저부터가 그래요. 전문가가 아니니까 직접 현장에 가보지 않으면 머릿속 이미지를 구현하기가 어렵습니다.

분수 광장 천장에 인공 하늘을 만들기 위해 담당자들과 함께 미국 라스베이거스도 다녀오셨잖아요. 이것 역시 '내일 당장'이었습니다. (웃음)

저는 가 봐서 알고 느끼지만, 담당자들이 모르니까 견학을 시켜 줬던 거예요. 라스베이거스 시저스 팰리스 호텔을 비롯해 미라쥬 호텔 등이 천장을 하늘처럼 꾸며 놓고 30분 간격으로 이벤트를 합니다. 이벤트가 시작되면 갑자기 캄캄해지고 번개가 치고 천둥소리가 들려요. 그러다가 소나기까지 내립니다. 지하 광장에 비까지 내리게 할 수는 없었지만 적어도 하늘처럼 보이게 한 거예요. 공간은 넓혀 놓았는데 횅하고 밋밋하면 의미가 없잖습니까. 학생들에게 반가운 학교, 탁 트인 학교, 가고 싶은 펀(fun) 캠퍼스를 만들자고, 끊임없이 독려했습니다.

하지만 모처럼 라스베이거스까지 가서 하룻밤만 자고 돌아온 건 가혹했다고 생각됩니다. 오며 가며 비행기에서 하루씩 자고 1박 4일 일정으로 다녀왔다고, 그때 다녀온 간부들이 푸념하던데요. (웃음)

지금도 미안합니다. 그때는 하루라도 빨리 비전 타워를 완공하고 싶은 마음에.

비전 타워와 관련해서는 두 가지만 더 여쭤보도록 하겠습니다. 비전 타워 주변과 스타덤 광장 위로 '빛의 벨트(Light Belt)'를 설치하셨습니다. 단순한 조명 라인이 아니라 훌륭한 예술 작품인데요. 체조를 하는 듯한 몸동작을 빛으로 그려낸 네온 조명은 창조적이

—— 가천대의 랜드마크 비전타워에 설치한 오브제 조명. 사람이 허공에서 나는 듯한 신비감을 주며 한밤의 캠퍼스를 빛의 예술로 승화했다.

고 역동적인 인간상을 구현하는 가천대의 교육 비전을 표현하고 있습니다. 조명이 켜질 때 비전 타워 벽면을 보면 마치 동영상을 보는 듯도 하고요.

광주에서 세계 광(光)엑스포가 언제 열렸지요?

2010년 4월 2일부터 5월 9일까지였습니다.

그때 프랑스 출신의 조명예술 연출가 알랭 기요(Alain Guilhot)를 우리 학교로 초청했습니다. 세계 최고라고 평가받는 사람인데요. 그 인연으로 비전 타워의 경관 조명 설계를 맡긴 겁니다.

알랭 기요는 그때까지 전 세계 40여 국에 3천여 개의 작품을 연출했습니다. 그는 "프랑스의 에펠탑, 중국 천안문 광장, 상하이 동방명주 타워 등 여러 가지 등 여러 작품이 있지만 학생의 면학권을 우선시한 비전 타워의 경관 조명은 어느 작품보다 자부심이 큽니다"라고 했는데요.

좋은 작품을 만들어 주셔서 늘 감사한 마음을 갖고 있습니다. '빛의 벨트'는 언제 봐도 아름답고 황홀한데, 못 보신 분들은 한번 구경해 보시라고 권하고 싶네요.

뇌과학, 암·당뇨 연구 위해 수천 억 투자

가천대 글로벌캠퍼스를 벗어나 인천의 길병원과 가천의과학대학교 이야기를 해 보겠습니다. 2004년 9월 가천뇌과학연구원을 설립하셨는데요. 이 역시 대학 특성화 전략 가운데 하나였습니까?

그런 측면이 있긴 한데요. 의료, 교육, 연구를 하나로 묶는 것은 저의 오랜 신념이었고, 1978년 의료 법인을 세울 때부터 그런 생각을 하고 있었습니다. 가천의대 설립이나 경원학원 인수 같은 상황에 따라 조금씩 구체화, 현실화시켜 나간 겁니다.

뇌과학 연구원에 1천억 원 정도를 지원한 것으로 알고 있는데 뇌과학 부문의 수익성은 아득히 먼 얘기이므로, 경영자로서 큰 부담이었을 텐데요.

수익만 따지면 그런 일은 못 하지요. 기초의학 과학에 투자해야 우리나라 의과학이 세계적 수준으로 갈 수 있는데, 그러한 투자는 무(無)수익에 가깝습니다. 그리고 저는 누군가에게 영입 제의를 할 때 같이 일하자고 하지 않아요. 뜻을 같이 하자고 말할 뿐입니다. 인재를 영입할 때도 '이제 나라를 위해 일하실 때가 되지 않았느냐', '원하는 환경을 갖춰드릴 테니 나를 믿고 결심해 달라'고 설득했습니다.

───── 길병원 뇌과학연구원. 국내 최초, 세계 4번째의 7.0테슬라 MRI를 갖추었다.

그런 식으로 영입한 분이 적지 않아 일일이 자세하게 언급할 수
는 없는데요. 1990년대까지 심장센터 신익균, 신경외과 이언(李
彦), 가천의대 초대 총장 고창순 박사 등이 그런 사례 아니었습니까?

그렇습니다. 이언 박사 같은 경우는 약간 특이한데, 뇌정위(腦定位)
수술 기계를 사주면 다른 곳으로 안 가겠다고 해서 기계를 갖춰 주고
눌러 앉힌 케이스입니다. (웃음) 뇌정위 수술은 뇌중추신경계 심부의
한 지점을 정확한 좌표로 수술하는 것을 뜻하는데 두개골을 열지 않
고 작은 구멍만 뚫어요. 그때가 1987년이라 서울대병원도 뇌정위 수
술 기계가 없을 때였지만, 당시로선 상당한 거금인 3억 원을 들여 구
입했습니다.

2009년 3월 뇌과학연구원 내에 뇌건강센터가 개소했는데요. 뇌

과학연구원이 뇌에 관한 연구를 하는 곳이라면, 뇌건강센터는 임상적으로 뇌질환을 검진하는 곳입니다. 당시 뇌건강센터는 '7.0테슬라 MRI'와 양전자단층촬영장치(PET)의 장점만을 결합한 초고해상도의 퓨전영상시스템(PET-MRI Hybrid System)을 갖추고 있었습니다. 이 시스템은 MRI, 즉 자기공명영상장치에서 제공하는 정밀한 인체 사진과 PET가 제공하는 분자 영상을 결합한 장치였습니다.

'7.0테슬라 MRI'는 아시아에서 유일했고, 세계에서도 4번째였습니다. 퓨전영상시스템은 우리 뇌과학연구원이 개발한 시스템이에요. 뇌 속을 손금처럼 들여다보면서 뇌속 신경 물질의 흐름, 단백질 구조 등을 분석해 뇌 질환을 조기 진단할 수 있습니다.

2010년 2월에는 뇌과학의 대가가 대표 저자로 참여한 『7.0 Tesla MRI Brain Atlas(7.0테슬라 MRI 뇌지도책)』 출판기념회가 열렸습니다. 대표 저자가 이 책을 총장님께 헌정하는 형식이었는데요. 표지 안에는 'To Dr. Gil-Ya Lee, Founder of the Neuroscience Research Institute, Gachon University of Medicine and Science(가천의과학대 뇌과학연구소 설립자인 이길여 박사에게 바침)'이라는 글귀가 인쇄돼 있었었습니다.

그 책은 세계 의학계에 공헌한 성과물이었습니다. '테슬라'가 자장(磁場)의 세기 아닙니까. 더 자세하고 정확하게 보이도록 해상도를 높이려면 자장이 강해야 하거든요. 남들이 3.0테슬라에 만족할 때 우리

_____ 길병원 뇌과학연구원이 개발한 퓨전영상시스템. 두뇌 내부를 획기적인 해상도로 구현해냈다.

는 그 두 배가 넘는 7.0테슬라를 도입해서 찍은 겁니다. 7.0테슬라는 기존 3.0보다 해상도가 최대 70배~100배 선명합니다. 거친 비유지만, 현미경으로 보던 것을 전자현미경으로 볼 수 있게 됐다고 보면 됩니다. 그런 성과를 담은 책이었습니다.

2020년 12월 8일 가천브레인밸리에서, 7.0보다 월등히 성능이 높은 11.74테슬라 MRI용 마그넷 설치를 위한 기념식이 있었습니다. 이 공정이 완성되고 마침내 '11.74테슬라 MRI 완제품'이 성공하면 원자현미경으로 비유해도 될 것 같은데요.

11.74는 7.0보다 해상도가 100배나 높으니까요. 기적의 해상도가

나오는 것이지요.

　암·당뇨연구원 이야기를 해 보겠습니다. 2008년 5월 인천 송도 테크노파크 내에 지하 2층, 지상 5층 규모의 이길여암·당뇨연구원이 개소했습니다. 암·당뇨연구원은 앞서 언급한 바이오나노연구원, 뇌과학연구원과 함께 가천길재단의 3대 연구소입니다. 이들 3개 연구소는 2008년 12월 정부로부터 세계 수준 연구중심대학(World Class University) 연구소로 선정되기도 했고요.

　암과 당뇨병은 선진 첨단 의학조차도 아직까지 해결하지 못한 난제 중의 난제 아닙니까. 암과 당뇨의 고통에서 해방된다면 인류의 삶이 얼마나 행복하고 풍요로워지겠어요? 그렇기 때문에 도전한 겁니다. 초기 사업비만 670억 원이 들었을 거예요.

　암·당뇨연구원 초대 원장으로 영입하려고 했던 윤지원(尹址洹) 박사의 별세는 안타까운 일이었습니다.

　윤지원 박사는 시카고대 당뇨병연구소장이었고, 세계적인 당뇨병 권위자였습니다. 모셔 오기 위해 정말 삼고초려(三顧草廬)하며 공을 들였고, 마침내 그분도 승낙하셨어요. 그런데 갑자기 간암으로 돌아가셨습니다.

　그게 2006년 4월인데요. 향년 71세였습니다.

그때 제가 '우리나라가 미국보다 의료 선진국일 수 있겠구나' 하고 어렴풋이 느꼈습니다. 우리나라는 그 나이면 2년마다 무료 건강보험 검진을 받잖아요. 미국에는 그런 게 없었습니다. 윤지원 박사님도 정기적으로 건강 검진을 받으셨으면 그런 일이 없었을 거예요.

2008년 12월 4일 암·당뇨연구원은 한국생명공학연구원과의 공동 연구를 통해 한국인 유전체의 전체 염기서열 지도를 완성했다고 발표했습니다. 인간 유전체 전체 염기서열이 해독된 것은 세계에서 4번째였습니다. '한국인의 유전자 비밀을 풀었다'는 보도가 이어졌습니다.

그것도 상당한 성과이기는 한데 암·당뇨연구원의 궁극적인 목표는 당뇨, 비만, 고지혈증 같은 대사성 질환 연구와 신약개발이었습니다. 암·당뇨연구원의 핵심 실험실이 '마우스 대사질환 특화센터'였잖아요. 쥐의 유전자를 형질전환해 대사성 질환을 연구하면 암과 당뇨를 극복하는 열쇠를 찾을 수 있을 거라고 본 겁니다. 지금도 그런 노력을 하고 있고요.

2011년 10월에는 가천대 길병원 암센터 개원식이 있었습니다. 암 정복을 위한 또 하나의 새로운 도전이었는데요. 암센터는 사립대 부속병원 최초로 국가 지정 지역 암센터로 지정됐습니다.

암 같은 난치병 연구는 협력 연구기관이 있어야 용이합니다. 길병원 암센터는 뇌과학연구원, 암·당뇨연구원, 바이오나노연구원이 받쳐 주고 있어서 치료와 연구 효과를 극대화할 수 있었습니다. 아시아에서 최초로 도입한 노발리스TX(Novalis TX)는 세계 최고의 정밀도를 가진 방사선 암 치료기였습니다. 가격이 100억 원 정도 됐을 거예요. 우리가 언제 도입했지요? 암센터 개원 이전에 들여왔던 것 같은데요.

2009년 11월부터 환자 치료에 사용하기 시작했습니다. 다른 병원들보다 확연히 빨랐습니다. 노발리스TX는 종양 부위에 대한 방사선 조사(照射) 정밀도가 최고 2.5mm에 달한다고 기사에 나와 있는데요. 정밀도는 어떤 개념인가요?

방사선은 산란 현상이 있습니다. 넓게 퍼지는 거죠. 최대한 종양 부위만 파괴하고 주변의 정상 조직이 다치지 않게 하는 것이 좋잖아요? 정밀도란 필요한 부위만 치료될 수 있도록 제어하는 수치를 의미합니다. 높은 정밀도로 다양한 방향에서 암 세포를 타겟으로 방사선을 조사해 정상 세포 손상을 최소화하고, 암 세포는 제거하는 방식입니다. 정밀도가 높을수록 환자가 받는 피폭량은 줄어들겠지요.

암 센터가 표방한 '암 코디네이션'도 설명해 주십시오.

암 전문 코디네이터가 지속적으로 환자 치료에 참여하는 시스템입니다. 치료 관리는 기본이고 암 환자와 가족을 위한 영양 교육이나 일상생활 관리까지 총체적인 관리를 서비스하는 거예요.

—— 인천광역시 연수동에 있는 1만 8천여 평 부지의 가천대 메디컬캠퍼스

약대 유치도 가천대 도약에 결정적인 역할을 했는데요. 2010년 인천 지역의 약학대학 신설을 놓고 연세대(송도캠퍼스), 인하대, 인천대, 가천의과대 4군데가 경쟁해서 연세대와 가천대 두 곳이 선정됐습니다. 세상을 깜짝 놀라게 했는데요. 그해 2월 26일 교육과학기술부가 15개 약대의 신설을 허가한다고 발표한 뒤로 격렬한 경쟁이 벌어졌습니다. 결과적으로 저는 뇌과학연구원, 암·당뇨연구원 등에 기초 과학에 기울인 노력이 가천대의 약학 대학 유치로 이어졌다고 보는데요?

물론입니다. 의대 역사가 짧아, 인천 지역만을 놓고서, 연세대(송도캠퍼스), 60년 전통의 공과대학에서 뿌리내린 인하대, 시립대학 간판을 내세운 인천대(2013년부터 국립대)와 버거운 경쟁을 했습니다. 비록 우리는 경쟁 대학들보다 불리한 출발선에 놓여 있었지만, 우리가 이겼습니다. 기적이라고들 했어요.

보건복지부가 약대 신설 방침을 밝힌 것이 2009년 5월, 교육부가 약대가 없던 인천 지역의 신설 정원을 50명으로 확정한 것이 그해 10월이었습니다. 언제부터 준비했다는 말씀이신지요?

짧게 잡아도, 이무상(李武相) 교수를 가천의과대 석좌교수로 영입한 때부터라고 할 수 있습니다. 그분이 언제 우리 학교에 오셨지요?

2009년 2월입니다.

이무상 교수는 연세대 의대에서 정년퇴직한 분인데 의대·약대 교육 프로그램의 국내 최고 전문가였습니다. 이 교수가 유치 전략을 세웠지요. 저는 공격적인 계획서를 준비하라고 주문했습니다. 우리에게 핸디캡이 있었으니까요. 교수 인원이 경쟁 대학의 4분의 1에 불과했고, 그때까지 발표한 논문 수도 적었습니다. 연구 논문이 없는 전문대의 틀에서 갓 벗어난 터라, 논문 부족이 절대적인 약점이었습니다.

어떻게 극복하셨습니까?

약대 설립 후 7년간의 투자 계획을 약대 설립 계획서에 담았고요.

_____ 길병원 인력개발원. 송도와 인천대교, 서해바다를 한눈에 내려다보는 위치다.

약학관 설치, 연구 보조금과 장학금, 생활 지원금 등의 내용도 포함시켰습니다. 그리고 우리에게는 가장 든든한 후원들이 있었습니다. 백령도, 강화도를 포함한 인천 지역민들의 성원이 담긴 청원서였지요.

2천 225명이었습니다. 그야말로 사활을 건 경쟁이었는데요. 약대 유치가 그만큼 메리트가 있는 건가요?

우리로서는 반드시 유치해야 했습니다. 가천대 길병원과 산하 연구소들에 약대를 더한다면 시너지 효과를 거둘 수 있었고요. 배후 효과와 유발 효과도 기대되었습니다. 또 미래 유망 산업인 바이오 산업의 중심에 약대가 있지 않습니까. 학교 입장에서는 약대에서 연구 논문이 많이 나오고, 취업률도 높기 때문에 명문대로 인정받기 위해서는 기필코 약대가 필요했습니다.

전국적인 상황은 따질 필요가 없을 것 같고요. 쟁쟁한 인하대, 인천대, 연세대(송도캠퍼스)와 실력을 겨룬 결과, 가천의과학대와 연세대가 각각 30명씩 약대 입학 정원을 허가받는 것으로! 미디어에서는 다윗이 골리앗을 이긴 셈이라고 평했지요.

남들이 운이 좋았다고 평하지만, 저는 그렇게 생각하지 않습니다. 운이 아니라 노력이 있었기에 가능했고요. 투자 계획, 치밀한 청사진, 그리고 월드클래스의 연구 시설이 승리를 안겨 주었다고 생각합니다.

통합 가천대학교 출범

2022년 5월 9일 가천대 통합 10주년 행사를 성대하게 했습니다. 가천대학교로 통합한 말씀을 할 차례인데요. 2011년 7월 11일 교육부는 가천의과학대학교와 경원대학교의 통합을 승인했습니다. 가천의대와 가천길대학의 통합, 경원대와 경원전문대의 통합, 약대 신설 등 사전에 진행된 일을 모두 다뤘기 때문에 남은 부분은 교명을 둘러싼 진통밖에 없는 것 같습니다. 가천의과학대학교와 경원대학교를 통합하면서 가천대냐, 경원대냐를 두고 격론이 있었는데요.

교명을 정하기 위해 여론 조사를 했었습니다. 그런데 '경원대학교'라는 이름에 부정적인 이미지가 강하고, 전문대 이미지가 떠오른다는 결과가 나왔어요. 그래서 교명을 가천대학교로 하려고 했는데 경원대 동문들의 반대가 심했습니다. 총동문회 명의로 '가천대' 명칭 사용 중지 가처분 신청까지 내겠다고 발표했어요.

총동문회가 그런 의사를 발표한 날이 2011년 10월 6일이었습니다. 저도 경원대 동문들이 그렇게까지 반대할 줄은 몰랐습니다. 다행히도 총동문회의 가처분 운운은 법원까지 가지 않았고, 잘 마무리됐습니다. 예상하셨습니까?

제가 사심이 없었고, 대학 발전과 사회와 국가 발전을 위한 일이었기 때문에 시간이 지나면 그분들도 이해를 해 줄 것이라고 믿었습니다. 생각보다 빨리 해결이 된 거죠.

2012년 2월 27일 통합 가천대 초대 총장으로 선임되셨고, 3월 1일에는 통합 가천대학교가 출범했습니다. 이날부터 가천의대 길병원은 가천대 길병원으로 명칭이 변경됐고요. 가장 먼저 드리고 싶은 질문은 총장을 맡으신 이유입니다. 이때가 만 80세이셨고, 이룰 건 다 이뤘다고 볼 수도 있었는데 재단 이사장만을 맡으면서 조금은 여유롭게 시간을 즐길 생각은 안 해 보셨습니까?

'여유롭게', 라는 마음의 유혹이야 왜 없겠어요? 하지만 저밖에 할 수 없는 일이 있었습니다. 대학 발전이라는 것이 수백 억, 수천 억을 쏟아부어도 10, 20년이 지나야 겨우 성과를 기대할 수 있는데, 저부터 걷어붙이고 앞장서지 않으면 안 될 거 같았습니다. 스스로 책임지고 이끌어 가자는 생각이었습니다.

뇌과학 연구원, 암·당뇨 연구원 등 가천길재단의 3대 연구소가 대표적인 사례인 것 같습니다.

3개 연구소에 현재까지 2천 억 정도를 투자했습니다. 애초부터 수익을 기대했던 것이 아니었습니다. 인재 영입도 그래요. 의료 발전이라는 뜻을 같이하는 것이었지, 이익 내고 돈 벌자는 것은 아니었습니다. 암·당뇨 연구원 박상철 박사, 내분비 전문가 김광원 박사 등이 그런 분들 아닙니까.

당시 의료 전문지에서 가천대가 인재를 빨아들이는 '블랙홀' 같다는 기사가 나왔었지요. 통합 가천대 출범으로 성남의 글로벌캠퍼스와 인천의 메디컬캠퍼스가 구축되고 수도권에 있고 의대와 약대가 있으며 학생 수가 2만 명이 되는, 명문 사학으로 뻗어 갈 수 있는 완벽한 구조를 갖추게 됐습니다.

1998년에 경원학원을 인수해서 2012년에 통합 가천대를 출범시켰으니 14년 만에 겨우 종합대학다운 '하드웨어'를 완비한 셈입니다. 10대 명문 사학의 진정한 출발은 통합 이후부터였고 현재까지 계획대로 잘 되고 있습니다. 연차적으로 세웠던 목표에 다가섰습니다.

통합 가천대 출범으로 일생의 숙원을 실현하셨습니다. 성취감이 컸을 것 같은데 어떤 심정이었습니까?

한 계단, 한 계단씩 난관을 극복하고 매 순간마다 가슴 떨리는 결단을 통해 이뤄낸 성과였기 때문에 대단한 자부심을 느꼈습니다. 이길여 산부인과, 동인천길병원, 중앙길병원, 가천길대학, 가천의대……이런 벽돌, 디딤돌, 어느 것 하나라도 거치지 않았다면 가천대학교는 없었을 겁니다. 저는 인생의 각 단계에서 최고가 되는 꿈을 꾸며 살았고, 그것을 이루기 위해 밤잠을 잊고 노력했습니다.

통합 가천대학교 출범 역시 가천의 인생에서 본격적인 도약대에 올라섰다는 의미로 들리는군요.

유명한 번역 소설 중에 『언덕 위의 구름』이라는 것이 있지요. 저 멀리 보이는 언덕 너머의 구름을 잡기 위해 내달립니다. 그렇게 앞만 보고 달리고 오르다 보니, 어느 순간 내가 높은 위치에 올라와 있구나, 하고 자각하지요. 그런데 동시에, 구름은 다시 저 먼 산 위로 달아나 있고, 새로운 목표가 생기는 것이 인생길이라고 생각합니다. 본질적으로 인생은 한 걸음씩, 한 계단씩 웅대한 꿈을 추구하며 앞으로, 또 앞으로 달려가는 것이 아닐까요.

통합 10년을 어떻게 평가하십니까?

기대치 이상으로 대성공을 거두었습니다. 완벽하게 시너지를 거두었고, 전국 4년제 대학 평가에서 종합 20위권에 안착하는 디딤돌이 되었습니다. 사실 100위권 바깥에서 출발한 셈이니, 기적이지요. '10년 동안 가장 수직 상승한 가천대학교'라는 자부심이 있습니다. 이제 글로벌 100대 대학을 목표로 나아가야지요.

잠시 머리를 식힐 겸, 하와이캠퍼스 얘기를 하시지요. 2012년 2월 1월 하와이캠퍼스를 구축했습니다. 미국 하와이 호놀룰루에 기숙사형 연수원인 '하와이 가천글로벌센터'를 오픈한 것인데요. 그런데 골프는 언제부터 시작하셨습니까? (웃음)

골프를 안 했다면, 하와이캠퍼스도 없었겠지요. (웃음) 처음 배운 건 정확히 1970년입니다. 우리 병원 병리과 과장이 골프가 정말 좋은 운동이라고 권유했습니다. 1970년에 인근 골프연습장에 조금 다니다가 말았습니다. 너무 바빠서요.

언제 재개하셨습니까?

1980년대 초반에 다시 레슨을 받았습니다. 그때 제가 벌써 쉰을 바라보는 나이였네요. 제가 워낙 운동을 좋아합니다. 그때는 승마도 같이 배웠는데 새벽 4시에 일어나서 간석동 승마장에 가고, 병원으로 돌아오는 길에 골프 레슨을 받고, 집에 와서 씻고 아침 먹고 출근하고, 그러면 8시였습니다. 그러다 일에 쫓겨서 얼마 지나서 그만두게 됐지요.

너무 바빠서요?

그렇습니다. (웃음) 그러다가 중앙길병원을 짓고 나서 1980년대 말부터 골프를 다시 시작했는데 그 무렵 수해(水害)가 참 많이 났습니다.

1980년대 말이면 노태우 대통령 때인데 스스로 '물태우'라는 별명을 이야기하기도 했거든요. 수해가 자주 발생해서 그런 별명이더 회자된 측면도 있습니다.

해마다 수해가 났던 것 같은데, 그때마다 우리 병원 직원들이 밤새워 가면서 무료 진료를 많이 했습니다. 그러니 제가 미안해서 어떻게 골프를 칩니까. 노태우 정부 시절에는 수해 때문에 골프를 치지 못했고, 그다음은 김영삼 정부인데 그때는 공무원들한테 '골프 금지령'을내렸습니다.

김영삼 대통령이 공식적으로 공무원에게 골프를 금지시킨 것은아니지만 "나는 안 친다. 너희는 알아서 해라"라고 해서, 다들 알

—— 한때 승마를 운동삼아 했지만 위험한 스포츠라고 주위에서 만류하는 사람이 많아 그만둔 지 오래다.

아서 기었다는 것이지요.

저는 모범생 아닙니까. (웃음) 대통령이 사실상 골프 금지령을 내렸는데 제가 굳이 골프를 칠 이유는 없었습니다. 김대중 정부 때부터 다시 시작했습니다.

그러면 1990년대 후반이군요. 총장님의 골프 역사는 단절의 역사인 것 같습니다. (웃음) 60대 중반부터 본격적으로 골프를 치셨다는 이야기인데 실력은 어떻게 되십니까?

곧잘 친다는 소리는 들었는데 스코어(점수)엔 신경을 쓰지 않았거든요. 그냥 스윙하면서 스트레스를 풀고, 공이 날아가는 것을 보면서 즐거워하는 정도였습니다. 그러다가 제가 '에이지 슈트(Age-Shoot)'를 하게 된 거예요.

'에이지 슈트'란 자신의 나이나 그 이하로 스코어를 내는 것을 말하는데요. 2010년 안양 컨트리클럽에서 78타를 치셨지요? 저도 들어서 알고 있습니다. 그때 총장님의 나이가 만 78세였고요.

뭔가 인생의 전환점에 섰다는 생각이 들었습니다. 프로가 아닌 '주말 골퍼'는 나이가 칠십은 넘어야 에이지 슈트를 할 수 있잖아요.

2006년 5월 24일부터 9월 1일까지 〈중앙일보〉에 '남기고 싶은 이야기'를 연재하셨는데요. 그때 비로소 지난 생애에 대해 돌아보지 않으셨나요? '인생의 전환점'을 인식하시게 된 계기였겠어요.

어느덧 그런 나이가 됐구나 하는 생각이 들더라고요. 그 무렵부터 '잃어버린 40년'을 살았다는 약간의 아쉬움을 느꼈습니다. 미국에서 돌아온 후부터 2000년대 후반까지는 일밖에 몰랐습니다. 개인적인 삶이 없었어요. 직원들과 이야기를 하다 보면 제가 아무것도 모르는 거예요. 그때 유행했던 노래도 모르고 영화도 모르고…… 완전히 새장 속에 갇힌 카나리아처럼 살았던 것 같습니다.

개인적 소소한 행복이라는 측면에서는 '잃어버린 40년'이지만,

그래서 많은 것을 성취한 삶이 아닐까요?

직원들도 그렇게 말하더라고요. 절대로 잃어버린 40년이 아니라면서요. 하지만 제가 그때부터 웃음이 적어지긴 했습니다.

'활짝 웃음'은 총장님의 트레이드 마크였지 않습니까. 신입 면접을 볼 때도 '활짝 웃어 보세요'라고 주문하시잖아요.

그랬습니다. 잘 웃지 못하는 사람이 있어요. 간호사나 의사가 웃을 줄 모른다? 그건 마음이 닫힌 사람이라고 저는 생각을 한 거예요. 빈말이 아니라 저의 성공 비결 중의 하나가 잘 웃는 거였습니다. 웃음은 거짓말을 못 합니다. 진정으로 마음을 열지 못하면 다 드러나요.

흔히 웃는 연기가 우는 연기보다 훨씬 어렵다고 하지요.

진정으로 사람을 아끼고 사랑하면서 활짝 웃으며 다가가면 상대방도 나를 좋아하게 돼 있어요. 제가 만난 환자가 그랬고, 의료 또는 교육 관계자, 기자들이 그랬습니다. 직원들은 말할 것도 없고요. 그분들이 저를 좋아한다는 걸 제가 느끼겠더라고요.

—— 의사인 나에게 골프는 심신의 피로를 풀어 주는 운동이었다.

하와이 캠퍼스는 제자 사랑의 소산

•
•

다시 골프와 하와이 이야기를 해야겠는데요. (웃음)

아, 그것도 2010년 즈음이었네요. 가끔 가긴 했지만 놀러 간 게 아니어서 제대로 구경하고 즐긴 것은 그때가 처음이었습니다. 날씨와 풍광에 매료돼서 넋을 잃을 정도였어요. 이듬해 겨울 방학 때 학교 간부들과 다시 한번 그곳을 찾았습니다.

그때 하와이 캠퍼스가 될 건물을 찾은 건가요?

에피소드가 있어요. 어느 날 와이키키 해변 주위를 저녁 산책을 하는데 동양인 학생들이 해변 공원에서 파티를 하고 있었습니다. 뭔가 싶어서 다가가 보니, 중국 학생들이 놀고 있었어요. 중국 학생들이 이미 하와이까지 와서 놀고 있다? 가천대 학생들도 이렇게 천국 같은 곳에서 영어를 익히고 즐겁게 놀게 해 주고 싶었습니다. 당장 한국에 전화를 걸었습니다. 하와이에 분교나 캠퍼스를 세우는 게 가능한지 알아보라고 했지요.

시차가 있었으니까 한국은 아직 근무 시간이었겠네요.

산책을 하고 몇 시간을 기다리다가 마음이 급해 제가 다시 전화를 걸었습니다. "전례는 없지만, 금지사항도 아니다"라는 것이 교육부의 대답이었대요. '그래? 그럼 당장 집 보러 다닌다.' (웃음) 다음 날부터 운동은 팽개치고 땅과 건물을 보러 다녔습니다. 다행인 것은 그때 참 매물이 많았습니다.

2007년 서브프라임 모기지 사태, 2008년 세계 금융 위기로 부동산 매물이 많이 나왔을 때였지요.

부동산 업자와 함께 하루 종일 부동산을 보러 다니기 시작했습니다. 며칠을 그렇게 다니니까 동행한 간부들은 다 나가떨어졌어요. 저도 꽤 지쳤고요. 땅이나 건물을 보러 다니는 게 그렇게 힘든 일인지 예전엔 미처 몰랐습니다. 농담으로 '복부인'들 참 대단하다는 말까지 했어

요. (웃음)

간부들은 무슨 죄입니까. (웃음)

한국으로 떠나는 마지막 날 저녁 6시쯤에 부동산 업자로부터 적당한 매물이 있다고 전화가 왔습니다. 간부들에게 함께 가자니까 다들 지쳐서 '제발 살려 달라'고 하더군요. (웃음) 결국 저 혼자 갔습니다. 호텔 건물이었는데 바로 이거다 싶더라고요.

어떤 점이 그렇게 마음에 드시던가요?

우선 위치가 너무 좋았습니다. 와이키키 해변이 바로 앞이었어요. 마침 뉴질랜드 학생들이 그곳에서 수영을 하거나 바비큐를 구워 먹으며 놀고 있었습니다. 그런데 그 예쁘고 멋진 학생들이 점점 검은 머리가 되고 가천대 학생들로 보이는 거예요. (웃음)

환상을 보기까지 하셨군요. (웃음)

환상이 아닙니다. 진짜로 그렇게 변하는 거예요. (웃음) 게다가 호텔이 시세의 절반 값에 나와 있어서 조금만 보수를 하면 훌륭한 교육 시설이 될 것 같았습니다. 그 자리에서, '법적 결함만 없으면 계약을 맺겠노라'고 약속하고 귀국했습니다.

한국에 돌아오니 대학 본부의 주요 처장들이 시큰둥한 반응을 보였지요?

시큰둥한 반응 정도가 아니라 절대 안 된다, 불가능하다는 의견이 대부분이었습니다. 심지어는 '총장님이 미국을 잘 모르셔서 그런다'는 말까지 나왔어요. 그래서 제가 그랬습니다. 나는 당신들이 태어나기도 전에 미국 유학을 다녀온 사람이라고요.

나이와 경륜이라는 비장의 무기를 꺼내셨네요.

백문(百聞)이 불여일견(不如一見)이라고 하잖아요. 당신들도 일단 가 보라고 등을 떠밀었습니다. 다녀오더니 이구동성으로 좋다고 하더군요.

저는 하와이캠퍼스에 가보지는 못했지만 구글 지도를 통해 찾아보니 정말 위치가 좋더군요. 와이키키 해변까지 걸어서 5분이면 충분하겠던데요. 2012년 2월 2일 개관한 하와이 캠퍼스는 현재 가천대학교의 보배가 됐습니다. 이듬해 5월에는 영어 퀴즈 대회인 '가천대 영어 골든벨(Gachon English Golden Bell)'을 열어 우승자 1명과 준우승자 2명에게 하와이 캠퍼스 어학연수 프로그램 지원 시 가산점을 부여하고 장학금을 지급했지요.

어디 그것뿐입니까. 하와이주립대학교와 연계한 '엘리트 코스'와

'프리미엄 코스'는 가천대 학생이라면 누구나 꿈꾸지 않습니까.

특히 '프리미엄 코스'는 15주 동안 교육을 받으면서 두 학기 12~18학점을 인정받으며 장학금 600만 원을 수령합니다. 제가 대학생으로 돌아간다면 기필코 도전하고 싶습니다.

다시 대학 시절로 돌아갈 수는 없지만 부총장도 하와이캠퍼스에 꼭 한번 가 보세요. 우리 학생들이 그곳에서 영어를 배우고 현지 문화를 체험하고 레저와 스포츠를 즐기는 걸 직접 보시면 정말 흐뭇할 겁니다.

_____ 하와이 가천 글로벌센터에서 연수생들과 함께

꼭 가 보겠습니다. 하와이 가천 글로벌센터는 국내 대학의 처음이자 마지막인 해외 캠퍼스 시설이 됐습니다. 교육부 관계자의 말로는 '가천대는 믿지만 다른 대학들이 경쟁적으로 해외 연수원을 짓는다고 부동산 투자에 나서게 되면 감당할 수가 없다'는 것이었습니다.

그런 거 보면 제가 참 운이 좋은 것 같아요. 하와이에 휴식차 갔다가 그처럼 훌륭한 교육 시설을 만들게 될 줄은 미처 몰랐습니다.

모든 걸 사무사(思無邪)로 바라보시니까 그런 행운도 따른 겁니다. 저는 하와이캠퍼스가 교육로부터 허가를 받을 수 있었던 것도, 2010년에 있었던 교육부의 감사가 큰 역할을 했다고 봅니다. 교육부 감사관 하는 말이 "부외(簿外)계좌 하나도 없이, 이처럼 회계가 깨끗한 대학은 처음 봤다"고 했다지 않습니까. 다른 재단은 대학 시설이라고 지어 놓고 실상은 재단 별장으로 쓰다가 적발되었다는 보도도 있었고요.

우리 학생들이 매년 하와이캠퍼스로 영어 교육을 떠나다가 코로나 사태로 주춤했지만, 이제 정상화됩니다. 아이들이 얼마나 좋아합니까. 그들이 행복하면 저도 좋아요.

그 말씀을 들으니까 '가천누리' 이야기를 지금 해야겠다는 생각이 드는데요. 2014년 12월 길병원의 자회사 가천누리가 설립되고 이듬해 5월 15일 개소식이 열렸습니다. 가천누리는 관리 담당자를 제외한 직원 모두가 3급 이상 중증장애인으로 구성된 장애인 표준사업장이었습니다. 직원들은 2021년까지 수기로 된 진료 기록을 스캔하고 파일 작업하는 업무를 담당했습니다. 이 업무가 끝나면 세탁, 주차 등의 업무가 예정돼 있었고요. 설립 때 채용된 18명의 장애 직원들이 온 세상을 얻은 것처럼 감격해했는데요.

직원들뿐만이 아니라 부모님들도 특히 기뻐하지요. 어느 직원은 난생처음 통장을 갖게 됐다고 기뻐했고 또 어느 직원은 자신만의 책상과 의자가 생겼다고 기뻐했습니다. 부모들도 집안의 근심이 다 씻겨나갔다고 환호하고, 저도 감격스러웠고요.

가천누리는 장애인 고용 창출의 모범 사례로 평가받고 있는데요. 코로나 시국에도 장애인 직원 수는 오히려 34명으로 늘어나 있습니다.

설립 5주년을 기념해 사무실 확장 이전식이 열렸을 거예요. 언제였습니까?

2019년 12월 12일이었습니다.

그날 저도 참석했는데요. 애초에 제가 가천누리를 만든 것은 중증장애인들의 경제적, 사회적 자립을 위해서였습니다. 그분들이 원한 건

단순한 도움이 아니라, 자립의 터전이 되는 직장이었어요. 대화를 통해 그걸 알게 됐지요. 앞으로도 교육, 의료 지원을 확대하고 양질의 일자리를 제공하기 위해 노력할 겁니다. 가천누리는 가천길재단의 당당하고 자랑스러운 일원입니다. 길병원과 함께 영원히 갑니다.

"아이들을 안아 주고 싶어요"

사업가 중에는 시대의 흐름에 적응하지 못해 도태되거나, 자신의 성공 방식에 매달려 현상 유지에만 급급하다가 결국엔 그 지위

———— 해마다 학생군사훈련단(ROTC) 입영 훈련장을 찾는다. 서울 의대 동기들이 6·25 전쟁에 나가 돌아오지 못해 항상 미안한 마음으로 '애국'을 다짐한다.

마저 잃는 사람이 많습니다. 레코드 음반 업자들이 인터넷과 음악 공유 프로그램의 등장에 적응하지 못하고 사라진 게 대표적인 경우인데요. 반면 길병원은 시대의 흐름을 선도해 왔습니다. 2016년 11월 길병원은 IBM의 '왓슨 포 온콜로지(Watson for Oncology)'를 암 치료에 도입하며 국내에 '인공 지능(AI) 의사' 시대를 열었습니다. 도입 배경에 대해 말씀해 주십시오.

단순합니다. 내가 의사이지만, 아무리 명의라도 생애에 진찰하는 환자 수가 몇만이겠지요. 그 통계와 경험으로 명의가 되는데, 인공 지능은 몇백만, 몇천만 케이스를 자지도 먹지도 않고 데이터가 생기는 대로 쌓아 가는 것이니, 의사가 대적할 수 없지요. 당연히 도입해야 합니다. 환자 우선으로 생각하다 보면 가장 최선의, 또는 가장 최적의 방법을 찾게 되고 이를 남보다 먼저 적용하게 됩니다. 최근 의료 기관에서 앞다퉈 도입하는 'AI 의사'의 최선두에 섰던 겁니다. AI, 빅데이터 등으로 대표되는 4차 산업 혁명 시대를 선도하지 못하면 뒤처진다고 생각한 겁니다.

가천대 길병원은 2013년 3월 26일 국내 10대 연구 중심 병원에 선정됐습니다. 연구 중심 병원 프로젝트는 병원의 임상 지식을 기반으로 연구개발과 기술사업화를 통해 의료서비스를 고도화하고, 최신 의료 기술을 선도하는 세계적 수준의 병원을 육성하겠다는 정부의 의지가 담긴 사업인데요.

요컨대 연구 중심 병원은 임상 기반의 연구 결과물을 기술사업화를 통해 제품으로 완성시킬 수 있는 병원입니다. 여기에 '플러스 알파'는 필수적이지요.

현재 세계는 보건 의료 기술인 'HT(Health Technology)'에 주목하고 있습니다. HT는 생명 연장에 대한 폭발적인 수요가 존재하는 산업인데요. 고용이나 산업 파급효과에서도 다른 산업에 비해 1.5~2배의 경제적 파급효과가 발생할 것으로 예상되는 분야입니다. 연구 중심 병원의 사업 전망에 대해서는 어떻게 보고 계십니까.

우리나라 의료인들은 세계적으로 우수한 인재입니다. 의료 기관 또한 수준 높은 치료 기술과 첨단 장비를 갖추고 있어서 보건 의료 기술을 산업화시킬 수 있는 훌륭한 인프라 역할을 할 수 있습니다. 대단히 낙관적으로 보고 있습니다.

조금 다른 이야기입니다만 길병원이 연구 중심 병원으로 지정됐을 때 의료계에서 질시에 가까운 반응도 나왔는데요.

우리는 정부가 연구 중심 병원 육성 계획을 추진하기 시작한 2009년 이전부터 준비를 하고 있었습니다. 뇌과학연구소, 바이오나노연구원, 암·당뇨연구원이 그 증거가 아니겠습니까. 이 3대 연구소는 '과학에서 2등은 없다'는 의지가 반영된 결과물이었고, 2008년 세계 수준의 연구 중심 대학(WCU)으로 선정되기까지 했습니다.

연구 중심 병원 선정 1년 후 시행된 연차 평가에서 길병원은 서울대병원, 세브란스병원과 함께 가장 높은 점수를 받은 3대 병원에 포함되면서 연구 역량을 객관적으로 인정받게 됐습니다.

아시다시피 연구 중심 병원 사업은 3년에 한 번씩 재지정 평가를 받게 됩니다. 길병원은 2016년, 2019년, 2022년 시행된 평가에서 3회 연속 재지정됐고 명실상부한 연구 중심 병원으로 확고한 위상을 구축했습니다.

이 대담의 마지막 주제가 될 것 같습니다. 현재 진행 중인 사업 중에서 가장 큰 프로젝트인 가천 브레인 밸리(Brain Valley)에 대해 듣고 싶습니다. 2009년 4월 가천길재단이 송도 지식정보단지 내에 주식회사 BRC를 설립하면서 첫발을 내디뎠습니다. BRC는 바이오 연구단지를 뜻하는 'Bio Research Complex'의 약자인데요.

브레인밸리의 목표는 세 가지였는데요. 첫째는 세계 최고 성능의 진단·치료기기에 기반한 뇌질환 치료의 메카가 된다는 것이었고, 둘째는 뇌 관련 연구 및 산업 조성을 위한 최적의 메디 클러스터를 조성한다는 것이었습니다. 마지막으로는 뇌 기능 복합연구의 중심지가 된다는 것이었고요.

BRC 인근에 있는 셀트리온은 지금 국내 최고의 바이오기업으로 성장했습니다.

셀트리온 같은 업체들이 더 많이 생겨서 송도 단지를 꽉 채우면 얼마나 좋겠습니까. 시너지 효과도 생기고요. 기업가의 도전 정신이 있어야 하고, 나라에서도 적절한 지원을 해줘야 하는데 그런 면이 아쉽습니다. 좀 전에 마지막 주제라는 말씀을 하셨는데 이제 어지간한 이야기는 다 하지 않았나요? 제가 지금까지 건강하게 살면서 많은 일을 하기는 한 모양입니다. (웃음) 사안별로는 간략하게 이야기한 것 같은데 꽤 많은 시간이 흘렀잖아요. 2020년 초가을에 인터뷰를 시작했는데 벌써 2022년 가을이네요.

저도 이 긴 여정의 종착점을 찾고 있었습니다. 몇 가지를 고민해보다가 '가천대의 명물'을 화두로 해서 매듭을 지어가는 것이 좋을 것 같다는 생각을 했습니다. '가천대의 명물'은 총장님을 상징하는 키워드와도 연결되기 때문입니다. 그런데 그러기 전에 한 가지 주제만 더 여쭤보겠습니다. 통합 가천대 출범 직후인 2012년 5월, 한 언론으로부터 이런 질문을 받으셨습니다. "일제 강점기부터 지금까지 한국 사회의 발전을 다 지켜보셨다. 한국이 이만큼 발전한 으뜸의 동력은 무엇이라고 생각하시나요?" 약 10년 전인데요. 기자가 왜 이 같은 질문을 했다고 생각하십니까?

글쎄요. 제가 오래 현역이라서? 대한민국의 파란만장한 근현대사

―――― 가천대학교 대표 교양 강좌인 '지성학' 강좌는 2007년 3월 이어
령 초대 문화부장관의 강의를 시작으로 '명품 교양 강좌'로 자
리매김됐다. 지성학 강좌 강단에서

를, 두 눈으로 지켜보기는 했습니다. (웃음)

이때 어떤 대답을 하셨는지 기억나십니까?

우여곡절 속에서도, 위기일수록 강한 응전(應戰)으로 달려왔기 때문
에 그만큼 발전한 거라고 대답한 것 같습니다.

총장님의 답변은 이랬습니다. "우리나라 사람들은 위기에 처하

거나 어려운 시기에 있을 때 단결하고, 열심히 일한다. 젊은 사람들은 모르겠지만 6·25 전쟁 후에 정말 비참했다. 우리가 어떻게 그걸 이겨 냈는지 모르겠다. 우리나라 사람들의 유전자가 강한 거 같다. 서로 갈등하면서도 통합을 이뤄 내 발전을 하는 게 신기할 정도다.”

기억이 대체로 맞네요. (웃음)

갑자기 ‘푸른 눈의 한국인’ 인요한 박사가 어느 인터뷰에서 했던 말이 생각납니다. 한국인들이 50년 동안 ‘죽는다, 죽겠다’고 하는 말만 듣고 살았다. 그랬더니 대한민국은 어느새 세계 10대 무역국으로 올라섰더라! (웃음) 인류의 삶을 뒤흔든 이 팬데믹 사태도 한국인들은 잘 이겨 냈고, 이제 실외에서는 마스크를 벗는 단계로 왔습니다.

그럼요. 오늘날 환경은 우리말을 쓴다고 내가 뺨 맞은 일제강점기나, 동족상잔의 처절한 비극 6·25에 비하면 아무것도 아닙니다. 무한대의 가능성이 열려 있는, 거리낄 것 아무것도 없는 기운의 시대, 21세기를 맞고 있다고 생각합니다.

이전의 일상이 돌아온다면 맨 먼저 하고 싶은 일은 무엇인지요?

아이들을 안아 주고 싶지요. 우리 가천대 아이들, 오래 못 본 신명여고 아이들, 코로나 이전에는 해마다 찾아왔던 대야초등학교와 이리여고 후배들, 모두 안아 주고 싶습니다.

당시 '한국의 선진국 진입을 낙관하는가'라는 질문도 받으셨습니다. 그때는 "낙관 안 하지만 믿는다. 20~25년 후쯤에 우리나라는 굉장한 일등국이 될 것이다"라고 말씀하셨는데요.

우리나라가 지금 '굉장한 일등국'이 된 건 아니지만, 누가 뭐라 해도 선진국 아닌가요? 제가 한국 의료 수준을 질문받고, '어느 날 아침, 눈 떠 보니, 세계 최고가 돼 있더라'라고 했는데 코리아의 위상도 마찬가지인 것 같습니다. 경이롭습니다. 그리고 자랑스럽고.

미래 내다보며 오늘도 달린다

●
●

가천대학교의 미래에 대해서는 어떻게 보십니까.

모든 가천 가족이 일체가 되어 총력을 기울인다면 머지않아 국내 10대 사학, 글로벌 100대 대학이 될 겁니다. 올해 9월 첫 입학식을 가진 가천코코네스쿨도 그런 노력의 일환입니다.

창업 대학인 가천코코네스쿨은 진화학자이자 과학철학자인 서울대 자유전공학부 장대익 교수를 학장으로 영입하면서 큰 화제가 됐습니다.

그런 인재가 가천의 일원이 돼서 흐뭇하고 든든했습니다. 결국 일은 사람이 하는 거예요. 창업 대학 공간 조성 비용 30억여 원은 가천대 동문이기도 한 천양현 코코네 회장이 희사하지 않았습니까. 얼마나 아름다운 그림입니까.

창업 대학은 3학기를 마친 학생들로 구성하지요?

맞습니다. 현실적으로 고등학생이 대학에 들어오자마자 창업 트랙으로 가는 방법은 적절하지 않다고 생각했습니다. 전공 공부도 해봐야 하고 창업할 아이템에 대해서도 고민을 많이 해봐야 하죠. 그런 학생 중에서 진심으로 창업을 하고자 하는 학생들을 선발하여 가르치고자 했습니다. 이렇게 창업학기제에 진입한 학생들에게 우선 한 학기 동안 창업 관련 수업을 18학점(6과목) 수강하게 하고, 그들 중 우수한 학생들을 선발하여 이후에 창업학 복수전공, 또는 단독전공으로 졸업할 수 있게 했습니다.

창업에 몰두하면서 졸업하고, 학사학위 받는 게 특징이군요.

그렇습니다. 대학 때 스타트업 창업을 하는 학생들의 가장 큰 고통은 창업 때문에 졸업하기 힘들다는 것이지요. 그래서 우리는 국내 최초로 '창업학'으로 졸업할 수 있는 시스템을 만들었습니다. 실제로 창업을 해서 열심히 한다면, 그것만큼 큰 공부는 없다고 생각합니다.

애플의 스티브 잡스도 대학 중퇴 후에 창업해서 위대한 기업의 씨를 뿌렸으니까요. 말하자면, 고졸 학력으로 명문 예일대학교의 졸업식에 초청되어, 명연설을 남겼습니다.

잡스뿐인가요? 테슬라의 일론 머스크, 아마존의 제프 베이조스, 마이크로소프트의 빌 게이츠, 소프트뱅크의 손정의 같은 대부분의 글로벌 최고봉 기업의 창업자들도 모두 청년기에 창업했습니다. 네이버 카카오 창업자들도 마찬가지이고요. 이 황금기에 기업가적 정신을 가진 대학생들이 스타트업을 성공시키기 위해 전력을 다한다면, 그것으로 그들을 졸업시켜 주고 지원해 주는 일이 미래 대학이 해야 할 일이 아닐까요?

대담한 시도이군요. 20세기가 공업화 제조업의 시대라면, 21세기는 플랫폼 경제의 시대라고 하는데, 거기에 대학도 맞추어 가자는, 새로운 도전인가요?

야심 찬 도전입니다. 가천대학교는 대학의 기업가적 전환을 시도하며 '온리원(only one)' 전략을 추구하는 미래 대학입니다. 우리는 남들의 길을 따라가고 싶지 않습니다. 우리 시대의 청년들이, 또 국가가 나가야 할 새로운 길에 열어가고 있습니다.

창업 밑천도 각각 최고 1억 5천만 원까지 지원하지요?

그렇습니다. 향후 10년간 총 200억 원의 재원 조달을 천양현 회장이 약속했습니다. 천양현 회장은 강의에서 학생들에게 "사람들은 성공확률이 낮은 벤처, 스타트업 지원을 바보짓이라고들 한다. 나는 여러분들의 벤처 창업을 돕기 위해, 기꺼이 바보가 되어 주겠다"라고 합니다. 얼마나 멋진 말입니까?

길병원은 연구 중심 병원 등으로 확고한 위상을 구축했지만 위례신도시 서울길병원은 이제 출발점에 서 있습니다. 서울길병원의 비전은 무엇일까요?

지금까지 존재했던 최상급 병원의 수준을 뛰어넘는 슈퍼 첨단 병원이 목표입니다. 서울길병원은 4차 산업혁명 시대를 선도할 겁니다.

가천대 글로벌캠퍼스의 명물 중의 하나가 '바람개비 언덕'입니다. 최근에 '바람개비 언덕'에 가 보신 적이 있습니까?

먼발치에서 바라보곤 합니다.

어릴 때부터 바람개비가 좋았다고 하셨습니다. 특별한 계기 같은 것이 있었습니까?

시골이라서 달리 갖고 놀 것도 없고, 그러니 수수깡으로 만든 바람개비를 돌리면서 놀았지요. 씽씽 돌아가는 모습이 재미있었다고 할까요. 어릴 때부터 바람개비를 들고 산과 들을 휘젓고 다녔습니다.

총장님은 "바람개비는 바람이 불지 않으면 돌지 않는다"는 말씀을 하셨습니다. 여기서 바람은 고난과 역경을 상징하는 것이겠지요?

그래요. 맞바람이 바람개비를 돌리듯이, 사람은 고난과 역경을 통해 삶의 동력을 얻는다고 확신합니다. 저는 지금까지 살아오면서 수없이 많은 고난과 역경을 겪었지만, 그것이 언제나 나를 나답게 단련하고, 성취로 이끄는 동력이 됐거든요.

가천관(대학본부) 앞에 세운 '무한대상(像)'의 총장님 글귀가 유명합니다. "무변광활(無邊廣闊)한 미래로 나아가자! 무한천공(無限天空)에 꿈을 펼쳐라! 무한대를 품은 가슴만이 위대하다"라는 뜻을 새기셨습니다. 무한대상 제막식이 2019년 5월 9일에 있었으니 비교적 최근의 일인데요. 가천 가족들에게 새로운 메시지를 전달하려고 했던 겁니까?

평생을 품었던 생각인데 가천대를 상징하는 조형물을 만드는 과정에서 드러낸 것뿐입니다. 바람이 불지 않아도 바람개비는 돌아야 하지 않겠습니까. 그렇게 하려면 앞으로 달려야 합니다. 무한대의 꿈을 품고 도전하라는 의미를 담은 거예요.

저는 가천대 글로벌캠퍼스의 '무당벌레(lady bug) 버스'도 총장님의 삶과 철학을 단적으로 보여 주는 가천대의 명물 중의 하나

———— 무한대상(위)와 캠퍼스를 순환하는 무당벌레 셔틀버스(아래)

라고 생각합니다. 팬데믹으로 인해 일시 중단됐지만, 올해 다시 무당벌레 버스가 오가는 것을 보면서 이전의 일상으로 돌아가야 한다는 마음이 더욱 절실해졌습니다. 무당벌레 버스는 좋은 걸 보면 아이들에게 베풀고 싶어 하는 어머니의 마음으로 만든 것 아닙니까.

무당벌레 버스가 통합 가천대 출범 직후부터 운행됐어요. 시애틀 '스페이스 니들 타워'의 옥외 엘리베이터를 보고 영감을 얻었습니다. 시애틀의 시그니처 건물인데 옥외 엘리베이터가 그 벌레 모양이었습니다. 그게 건물을 오르내리는 게 너무너무 예쁜 거예요. 이거다, 싶었습니다.

그 엘리베이터가 어떻게 버스로 바뀌었습니까.

통합 가천대 출범을 앞두고 아이들에게 줄 선물 비슷한 거였습니다. 그런데 그 무렵 어느 대학교의 캠퍼스 내에서 학교 셔틀버스에 대학생이 치어 사망하는 불행한 사고가 있었거든요. 사고를 접하고 안 되겠다 싶어 좀 더 안전한 소형 버스로 바꾸려고 했지요. 그러면서 디자인이 덧붙여진 겁니다.

일이 커졌다는 건 저도 잘 알고 있습니다. (웃음) 단순한 소형 버스가 아니라 환경친화적인 무공해 전기차가 됐고요. 학생들의 눈을 즐겁게 해 주기 위해 놀이동산 셔틀버스처럼 꾸몄습니다. 버스 모양도 총장님이 직접 그림을 그려가며 '무당벌레 엘리베이터'처럼 만들라고 지시를 하셨고요.

무당벌레가 영어로 'ladybug'인데 서양에서는 무당벌레에 대한 이미지가 좋습니다. 무당벌레가 '행복'과 '치유'를 상징한다고 해요. 그러니 얼마나 좋아요.

담당자들은 현대자동차에 문의했고, 총장님은 서울랜드와 에버랜드에도 직접 가 보셨잖아요. 현대자동차에서는 제작이 어렵겠다고 해서 결국 다른 해외 업체가 만들게 됐고요.

아무튼 그 '무당이(학생들이 부르는 애칭)' 버스를 보면 기분이 좋아요.

총장님이 미국에서 선진 의료를 접하고 돌아와 이를 우리나라에 뿌리내리게 하려고 노력한 것과 똑같은 맥락이라고 생각했습니다. 또 그 과정에서 온 힘을 다하신 것도 비슷하고요. 언젠가 이런 말씀도 하셨습니다. "인간에 대한 사랑 없이는 아무것도 할 수 없다. 공익 경영은 곧 사랑이다."

똑같은 맥락이라는 게 그런 의미였군요. 사실 저는 공익 경영이니 윤리 경영이니 하는 말은 잘 모릅니다. 다만 사랑으로 경영했을 뿐이에요. 무당벌레 버스 같은 것도 아이들에 대한 사랑이 없었다면 탄생하지 않았을 겁니다.

───── 제자와 환자를 사랑하며 외곬으로 달려왔다. 다시 태어나도 이 길을 다시 걷고 싶다.

그런 사랑을 학생들이 알아 주고 있다고 생각하십니까?

그럼요. 그러니까 제가 아이들에게 '나 같은 사람이 되어라'라고 자신 있게 말할 수 있는 겁니다. 가천대 학생뿐만 아니라, 신명여고를 포함해 우리 가천 가족들은 저에 대해 잘 알고 있고 저를 믿는다고 확신합니다.

가천 가족이 아닌 분들이 '이길여라는 사람'을 모르고 대하면 서운하지는 않습니까?

솔직히 조금은. (웃음) 예를 들어 지금은 묻는 사람조차 드물지만, 저에 대해 모르는 사람에게 '보증금 없는 병원'의 의미를 설명하기 힘들 때가 있거든요.

용신봉사상, 국가 훈장을 비롯해 수많은 상을 받으시지 않았습니까. 최근에 받으신 상만 해도 서재필의학상, 국제 라이온스의 인도주의상이 있고 한국경영학회가 제정한 '명예의 전당'에도 헌정되셨는데요. 이것은 사람들에게 인정을 받았다는 뜻이 아닐까요?

감사한 일이지만, 제가 살아 온 과정보다는 저의 성공에 초점이 맞춰져 있는 것 같습니다.

이 대담을 계기로 비로소 '이길여라는 사람'에 대해 알게 되는 분들이 많을 겁니다. 성취보다는 과정에 초점을 맞춘 대담이었으니까요. 이제 총장님의 삶의 기록을 아주 세세하게 남겨 둬야 한다는, 후세대의 책무를 조금은 내려놓을 수 있을 것 같습니다. 대담을 매듭지으려 하니, 문득 중앙공무원 연수원장을 지내신 윤은기 박사가 총장님에 관해 평한 글이 생각납니다.

뭐라고 하셨나요?

이길여 총장은 실력(實力), 담력(膽力), 매력(魅力), 3대 요소를 두루 갖춘 특이한 분이다!

무슨 의미로 그런 말씀을?

저도 궁금해서 직접 윤 박사께 물었습니다. 윤 박사의 말이 이래
요. '첫째, 실력은 길병원과 가천대학교를 일으킨 걸출한 업적을
말한다. 둘째, 담력은 웅대한 비전을 갖고, 반신반의하는 아래 사
람과 인적 자원을 동원해 성과를 도출하는 리더십이다. 셋째, 매
력은 스스로를 헌신하고 희생해, 벌들이 날아오게 하는 꽃 같은
매력이다.'

매력이 있다는 말이 특히 마음에 드네요.(웃음)

그리고 도리불언 하자성혜(桃李不言 下自成蹊)라는 말도 하더군
요. 중국 춘추좌전 이씨 편에 나오는 말이라는데요. "복숭아와 오
얏(자두)은 입이 없다, 말하지 못한다. 그러나 그 아래 오솔길이 난
다. 사람들이 스스로 모인다"는 뜻이라고 합니다.

그래요? 과찬이시네요.

"길을 묻다"라는 목표로, 총장님의 생애를 타임머신을 타고 일
제강점기까지 거슬러 올라가, 함께 하는 길고도 먼 여정이었습니
다. 2년여 동안 긴 인터뷰에 응해 주셔서 감사합니다. 윤은기 박사

가 말한 '실력과 담력'에 관해서는 독자에게 어느 정도 답을 안겨 드렸다고 생각합니다만, 매력에 관해서는 충분한 답을 내지 못했다는 반성을 하게 됩니다. (웃음) 이는 추후로 미룰게요. 아무튼, 총장님, 수고 많으셨습니다.

처음 밝힌 이야기도 많았고, 실무진도 자료를 찾느라 장기간 수고들 많이 하셨네요. 정말 감사합니다.

길을 묻다
이길여 회고록

1판 1쇄 인쇄 2022년 12월 15일
1판 1쇄 발행 2022년 12월 31일

지은이 이길여 김충식
펴낸이 김성구

콘텐츠본부 고혁 조은아 김초록 이은주 김지용 이영민
마케팅부 송영우 어찬 김하은
관리 김지원 안웅기

펴낸곳 (주)샘터사
등록 2001년 10월 15일 제1-2923호
주소 서울시 종로구 창경궁로35길 26 2층 (03076)
전화 02-763-8965(콘텐츠본부) 02-763-8966(마케팅부)
팩스 02-3672-1873 | **이메일** book@isamtoh.com | **홈페이지** www.isamtoh.com

ISBN 978-89-464-2229-2 03810

값은 뒤표지에 있습니다.
잘못 만들어진 책은 구입처에서 교환해 드립니다.

샘터 1% 나눔실천
샘터는 모든 책 인세의 1%를 '샘물통장' 기금으로 조성하여 매년 소외된 이웃에게 기부하고 있습니다.
2021년까지 약 9,400만 원을 기부하였으며, 앞으로도 샘터는 책을 통해 1% 나눔실천을 계속할 것입니다.